Français

法語
文法大全

初級、中級、高級程度皆適用

前言

　　本書是一本詳細解說所有法語文法重點的文法書，適合初級（已學過一些法語的人）至高級（將法語用於專業領域的人）階段的人使用。

　　本書製作的初衷是想要將此書打造成適合各個階段的學習者，而且是本可拿來學習、查詢、參考各文法重點的法語文法書。

　　以下是本書的特色：
- 詳細解說法文教科書中很少談到的「句法結構」（句子或句型是由哪些詞類的單字組合而成、是依什麼樣的語順所構成的）。
- 用簡單易懂的方式解說句法結構與句子意義之間的關係。
- 列舉各詞類的形態變化（但動詞變化的部分，只會針對重要動詞做解說，動詞的所有變化請查字典或是動詞變化表）
- 考量到文法和詞彙之間的密切關聯，本書所列舉的詞彙都盡量符合各文法說明項目。（但各單字的意義與用法請查字典確認）
- 在文法說明中或針對文法說明的例句中，不時會標註某用法或某例句是**口語的説法**、是**文雅的説法**或是**書面語**，且也不時會標註某例句的使用場合。此外，也不時會列舉出用起來較不正確或不自然的例句，以及較正確或自然的例句，來做前後比較。
- 本書沒有解說關於發音的部分。

　　希望本書能夠幫助熱愛法語的各位讀者。

　　最後誠摯地感謝編輯部的各位，非常有耐心地協助作者完成本書，特別是鈴木曉子女士、保坂惠理子女士、細心校閱例句的克莉絲汀羅賓（佐藤）女士，以及製作本書的相關人士。

六鹿 豊

▎本書的使用說明

初學者

　才剛開始學法語的人，在用一般的法語教科書學習時，在學習過程中若有遇到無法理解的文法問題，或是有想要深入了解的文法知識時，請翻閱本書。遇到不懂的文法說明時，可使用本書的頁碼指示（ ☞ p.00 ）或索引找到更詳細、更貼切的文法解說。

　另外，建議初級的學習者一開始先讀本書的第 1 章，先了解一下法語文法中的句子基本結構以及基本的文法用語。

中級學習者

　在實際使用法語來表達的過程中，若想要解決跟文法有關的疑問，或是要確認特定的文法觀念時，請使用本書。如果時間上充裕的話，請搭配例句，閱讀整個小節（或一整個章節），來掌握各文法項目的概念。只要重複這樣的學習方式，就算你離高級程度還有一段距離，也能一點一滴有效地提升法語程度。

高級以上的學習者

　本書由於是透過網羅各專業人士之法語知識來編輯各文法重點的，高級以上的學習者可將本書視為參考用的書籍。

　特別是有在教法語的人，在備課時或在設計教科書時，可用本書來查詢或整理文法知識，或是參考本書來思考教學方式。

＊ 筆記 會穿插在各文法解說之間，針對相關的解說內容做額外的補充。

＊ 中高級！ 是將程度比較高、難度比較深、超出基本範圍的法語文法知識，獨立整理在一些專欄之中。

＊在解說文法的內容中，當要轉換主題時，會適當地加入以▼或◆標示的內容，來做額外的知識補充。與後者相比，前者符號會補充更大量、更詳細的文法知識。

＊在例句中，和文法解說相關的內容會用粗體字來顯示，而需要學習者注意的地方，也會適當地使用粗體字。

目錄

第 1 章

句子

句子是在表達某事件或情況時，已具備完整語意、語意前後一致的單位，是在遵守特定規則之下，由各詞類所組合而成的結合體。

1. 句子的基本結構

（1）主詞－謂語

句子基本上是由**主詞**和**謂語**（Prédicat）所構成的。

主詞：即句子的主體，是執行某動作或呈現某狀態的主體。

謂語：針對主詞（可能是人、事或物）來描述此主詞「是什麼」「在做什麼樣的動作」或是「處於什麼樣的狀態」。

| Le chien | garde les moutons |. 那隻狗看守著羊群。
　主詞　　　　　　謂語

在上面的例句中 **le chien**（狗）是主詞，**garde les moutons**（看守著羊群）則是謂語。

就像這樣，句子能表達出「某人事或物（主詞）及其狀態或動作（謂語）」這些要素，具體上句子是由單字連結而成的。

但句子並不是單純將單字排在一起而已，而是先把一個至多個相關的單字放在一起形成一個詞組，每個詞組都有各自的作用，當這些作用聯繫在一起、產生意義時，就形成了句子。在上述的例句中，**Le** 和 **chien** 成為一個組合，發揮了主詞的作用。同樣地，**garde** 和 **les** 以及 **moutons** 成為一個組合，發揮了謂語的作用。

如上所述，這些能作為構成句子的要素、形成自己一個單位的團體，我們稱之為詞組。以名詞作為核心的組合就是**名詞詞組**，以動詞作為核心的組合就叫**動詞詞組**。

（2）句子的構成要素

❶ 句子＝名詞詞組＋動詞詞組

「主詞－謂語」的關係具體來說就是「名詞詞組＋動詞詞組」的組合。

Le chien garde les moutons .　那隻狗看守著羊群。
主詞（名詞詞組）　　　謂語（動詞詞組）

在這個例句中，冠詞 le 和名詞 chien（狗）組合成一個團體單位，並發揮主詞作用的「冠詞＋名詞」，即名詞詞組。

另外，動詞詞組則是動詞 garde（看守）和受詞功能的名詞詞組 **les moutons**（羊群）所組成。也就是說，這個動詞詞組的結構是「動詞＋名詞詞組」。

❷ 名詞詞組

名詞詞組除了「冠詞＋名詞」的結構之外，還有像下列的組合方式。

ce chien　這隻狗（指示形容詞＋名詞）

deux chiens　兩隻狗（數量詞＋名詞）

像冠詞、指示形容詞、數量詞等放在名詞前面來限定名詞範圍、程度或屬性的單字稱為限定詞。一般來講，名詞詞組是由「冠詞＋名詞」所組成。　☞ 名詞詞組&名詞的章節 p.18、限定詞的章節 p.42

> **筆記** 雖然名詞詞組典型的形式是「冠詞＋名詞」，但是也有像 Marie 這樣的專有名詞或 il 這樣的代名詞，是沒有限定詞在前面修飾的，而以單獨形態的方式出現。為了方便記憶，就把以上所提到的都當作是名詞詞組。　☞ 代名詞的章節 p.79

Il garde les moutons .　他在看守羊群。
代名詞　　　動詞詞組

❸ 動詞詞組、介系詞詞組

動詞詞組除了「動詞＋名詞詞組」之外還有像下列的例子。

(Le chien) dort.　（狗）睡覺〔動詞〕

(Ce chien) ressemble à un loup.
（這隻狗）像狼〔動詞＋介系詞詞組〕

dort（睡覺）是單獨動詞。另一方面 ressemble à un loup 則是把動詞 ressemble（像）拿來接續被介系詞 à 引導的 un loup（狼）。

介系詞後面要放名詞詞組才能發揮作用。像 à un loup 這樣的（介系詞＋名詞詞組）團體稱為介系詞組。　☞ 介系詞&介系詞詞組的章節 p.296

動詞詞組的結構，會依主要動詞的特性來決定。　☞ 動詞詞組&動詞的
章節 p.150

4 形容詞詞組、副詞詞組

有時在名詞詞組中或是動詞詞組中，會有形容詞來修飾該名詞，或是有副詞修飾該動詞。

des chiens gentils　　溫馴的幾隻狗

Le chien dort tranquillement.　　那隻狗安靜地在睡覺。

在第一句中，形容詞 **gentils**（溫馴的）修飾名詞 **chiens**。而 **chiens gentils** 這個名詞詞組又與前面的限定詞 **des** 結合成一個名詞詞組。

在第二的例句中，副詞 **tranquillement**（安靜地）修飾動詞 **dort**，形成一個動詞詞組。

在這些例句中雖然形容詞和副詞常常是單獨存在的，但根據情況也會出現像是 **très gentils**（非常溫馴的）一樣，和其它如副詞之類的單字組成群組來修飾名詞或動詞。以形容詞為核心的詞組是形容詞詞組，以副詞為核心的詞組則稱之為副詞詞組。

☞ 形容詞的章節 p.127、副詞的章節 p.279

筆記 但為了方便，可單獨作用的形容詞、副詞也可視為形容詞片語、副詞片語的一種。

★從法語學習的觀點來看

就像上面提到的，句子中會出現的詞組，主要有名詞詞組、動詞詞組、介系詞詞組、形容詞詞組、副詞詞組五種。從法語學習的觀點來看，前面三個詞組最重要。

從名詞詞組這個概念來看，當名詞在當作句子的要素時，基本上是伴隨著限定詞的。另外，當名詞後面有形容詞或是關係子句在修飾時，可連同將形容詞、關係子句等修飾詞整個一起視為一個名詞詞組。

從動詞詞組這個概念來看，以動詞為中心的詞組有很多種形式。

而從介系詞組這個概念來看，可將介系詞和後面的名詞詞組視為一整個結合體，整體來說我們也可以把介系詞組理解為一種代名詞化的詞組（如 **en** 或 **y**）或變成移動的對象。

5 詞類

句子或片語都是由一個個單字遵照著文法規則組合而成的。在組合之中，最小的構成要素，也就是單字，可藉由其形態上的特徵或與其它單字組合之後的特徵來分類成各詞類。

法語的詞類有**名詞、限定詞、代名詞、動詞、形容詞、副詞、介系詞、連接詞、感嘆詞**共九種。☞ 感嘆詞（附錄）p.463

> **筆記** 也有文法書是不用「限定詞」來稱呼，而是把「冠詞」當作獨立的詞類。

（3）各詞類在句子中所發揮的功能

❶ 主要的功能：主詞・直接受詞・間接受詞・補語

要造出符合文法、有意義的句子，就要正確地運用會隨動詞發揮各種不同功能的名詞詞組，而哪些功能是必要的，則是看動詞的種類而定。

首先在法語裡，任何句子都需要「主詞」來發揮「構成句子」的重要功能（除了命令式的句子之外）。在直述句裡，主詞會放在動詞前面，而動詞會根據主詞的人稱、單複數而產生形態變化。
☞ p.151 ❶

Le chien dort. 那隻狗在睡覺。

上面的這個句子已經結束了，結束在動詞的位置。但不是每個句子都是這樣結束在動詞的位置，得依照動詞的特性來決定，也有特定一些動詞，後面沒有出現名詞來作為受詞補語的話，這個句子的文法是有問題的情況。

Le chien garde **les moutons**.
狗在看守羊群。（×**Le chien garde.**是句意、文法有誤的句子）

Ce chien ressemble **à un loup**.
這隻狗很像狼。（×**Ce chien ressemble.**是句意、文法有誤的句子）

像這樣在動詞後面發揮作用讓句子完成、文法與句意都正確的名詞詞組，我們稱之為動詞的必需受詞。直接接在動詞後面的受詞是直接受詞（或稱直接受詞補語）（如上面的 les moutons），要透過介系詞來間接地接在動詞後面的，則稱為間接受詞（或稱間接受詞補語）（如上面的 à un loup）。☞ p.154 3

> **筆記** 上面提到的「補語」是指填補句中欠缺的部分，視為發揮補充說明作用的要素。
> 一般我們熟悉的「直接、間接受詞」用語，其實是從「直接、間接受詞補語」省略了來的。「受詞」這個用語帶有「承受動作的對象」這個較強烈的意思，所以有時會使用像直接補語、間接補語這種稱呼。

在動詞是 **être**（是…）的場合中，跟在後面的必要名詞詞組稱為

補語或表語。 ☞ p.18

Je suis un chat.　我是一隻貓。

▶ 名詞詞組以外的其他各種要素

　　有時在句子中，主詞、直接受詞、間接受詞、補語的功能會由名詞詞組以外的詞組來表現。例如，動詞不定式或是名詞子句也能發揮直接受詞的功能。

J'aime danser.　我喜歡跳舞。（不定式）

J'aimerais que tu viennes.　我希望你來。（名詞子句）

　　另外，形容詞（詞組）也能發揮出補語的作用。 ☞ p.128　介系詞詞組也可發揮出補語的作用。

Je suis très contente.　我非常滿意。（形容詞詞組）

L'avenir est à vous.　未來是屬於你們的。（介系詞詞組）

2 不是很重要的功能：狀況補語‧形容詞‧名詞補語等

　　在構成句子或片語的種種要素中，有時為了在文法上、意思上能讓句子成立，也會出現某些特殊的要素來發揮不是很重要的功能。

① 狀況補語

　　狀況補語的功能是將時間、地點等各種補充的訊息加到句子（或是加到動詞詞組）裡。

Le chien garde les moutons tous les jours.
那隻狗每天看守羊群。

En France, on roule à droite.
在法國，車子是靠右行駛的（左駕）。

　　狀況補語是任意的，就算拿掉，在文法、意思方面來看，句子還是成立的。另外和動詞的必需補語不同，很多情況下狀況補語相對的可以自由地改變位置。

Tous les jours, le chien garde les moutons.
狗在看守羊群每一天。

▶ 會成為狀況補語的要素

詞組會因為以下要素而發揮狀況補語的作用。

〔介系詞詞組的例子〕

après le repas 用完餐後 / en été 在夏天 / à la maison 在家裡
en France 在法國 / avec un couteau 用刀子 / pour tout le monde
為了大家

〔名詞詞組的例子〕

ce matin 今天早上 / la semaine prochaine 下週 / tous les jours 每天

〔副詞（詞組）的例子〕

aujourd'hui 今天 / maintenant 現在 / ici 在這裡 / en general 一般 /
apparemment 表面上，似乎

〔子句的例子〕

quand je suis arrivé(e) 我抵達的時候 / s'il pleut 要是下雨的話

②其它

狀況補語還有修飾句中其他要素或補充意思的作用。以下列舉幾個例子。

〔形容詞〕

即直接接在名詞後面發揮修飾作用的形容詞（片語）。關係子句也發揮這個作用。

un chien **gentil**　溫柔的狗（形容詞）

le chien **qui m'a mordu**　咬了我的狗（關係子句）

〔名詞補語〕

也就是接在名詞後面作為補充說明的介系詞片語，有時子句也發揮這個作用。

la voiture **de mon père**　我爸的車（介系詞片語）

l'espoir **qu'il reviendra un jour**　（補充子句）
希望他總有一天會回來

◆從法語學習的觀點來看

句子的構成要素（如名詞）在句子裡發揮了什麼樣的功能作用（主

詞、直接受詞、間接受詞、補語、狀況補語等等），是法語學習過程中非常重要的事。

　　一般來說，名詞會因其**與動詞的關係或位置、與介系詞之間產生的作用**，來決定它是發揮哪一個功能。

　　另一方面，人稱代名詞、關係代名詞、疑問代名詞則會因為在句子中發揮的功能，而**改變單字本身的形態**。

　　要理解法文句子的意思，以及表達出符合個人意思的適當句子，就有必要搞懂這些個詞類的「功能」，也就是所發揮的「作用」。

2. 句子的種類

（1）單數句和複合句

　　所謂的單句就是「名詞詞組＋動詞詞組」這個組合。

Le chien garde les moutons.　狗看守羊群。（單句）

　　相對的，由兩個子句（以上）組成的句子，則稱作複句 ☞ p.414。

J'aimerais que tu viennes.　我希望你來。（複合句）

（2）肯定句和否定句

　　像是「…是…」「…做…」此形式的句子基本上都是**肯定句**；而使用否定形式來否定一個肯定句所表達出來的句子，就是**否定句**。

　　要表示法語的否定句，一般來說就只要在肯定句的動詞前後各加上具「否定意義的副詞」就行了。法語中最重要的否定副詞是 **ne... pas**。

☞ 否定句的章節 p.306

Le chien dort.　狗在睡覺。（肯定句）

Le chien *ne* dort *pas*.　狗沒有在睡覺。（否定句）

（3）直述句、疑問句、命令句、感嘆句

　　說話者在造任一句法文句子時，每個句子都能顯示出說話者對於

要描述的事物所做出的判斷或態度，以下可分成四種形式的句子。

直述句　句子所描述的內容，主要是用來斷定說話者所描述的是真實的。組合順序是「名詞詞組＋動詞詞組」。用在說話時，其語調會在句尾下降。

Le chien garde les moutons.　狗在看守羊群。

疑問句　句子所描述的內容，主要是用來跟聽者確認某件事，或是為了詢問出更多資訊或線索。☞ 疑問句的章節 p.318

Tu viens demain?　你明天會來嗎？

Qui vient demain?　明天誰會來？

命令句　句子所描述的內容，主要是用來對聽者提出要求，來完成說話者所交代、要求的事項。在命令式中不會有主詞，且命令式所要求的對象，不會只是聽者（你，您）而以，有時還會有說話者本身（我們）。☞ 命令句的章節 p.332 命令式 p.242

Partez immédiatement!　請（您）馬上出發。

Chantons ensemble!　（我們）一起唱歌吧。

感嘆句　句子所描述的內容，主要是用在當說話者認為某事態的程度已超出一般範圍，而表達出的驚訝感。☞ 感嘆句的章節 p.337

Comme elle chante bien!　她歌唱得這麼好啊！

▶這些形式不只用於肯定句，也適用在否定句，只不過是說，否定形用在感嘆句的情況下，通常是一種修辭技巧，其意思和肯定形是一樣的。☞ p.341

（4）其它

以上所列舉的是句子最基本的句法種類，但其實還是有其它各式各樣的句法，這些句法與最單純的直述句有著不一樣的形式及意思特徵。關於這些請參照 ☞ 各式各樣的句法 1、2、3（p.342、p.357、p.372）

第 2 章 名詞詞組 & 名詞

名詞詞組在句子中用來當作主詞或是受詞的補語。名詞主要用來表達人、事物，是在造名詞詞組時擔任其文法上、意思上的核心。

1. 名詞詞組

（1）名詞詞組的作用

名詞詞組是以名詞當作核心的一個單位。在句子中，和其它要素的關聯是，名詞詞組會發揮主詞、直接受詞等各式各樣文法上的作用。以下來看一下只有名詞詞組的情況，以及和介系詞詞組（介系詞＋名詞詞組）組合起來的兩種情況吧。

❶ 只有名詞詞組

① 主詞

Mes enfants sont partis en vacances.
我的孩子們出去渡假了。

② 直接受詞

Elle a mangé **deux gros gateâux**.
她吃了兩個大蛋糕。

③ 補語　☞ p.156 p.176 **4**

主詞的補語（或表語）　　　Son père est **un acteur célèbre**.
他爸爸是位有名的演員。

直接受詞的補語　On l'appelait 《**la Grande Mademoiselle**》.
她被稱作「大郡主」。

④ 狀況補語　☞ p.14

有一部分的名詞詞組不需要介系詞來引導，而是直接拿來當作狀況補語。

Cette année, je ne travaille pas **le samedi**.
今年，我禮拜六都不工作。

18

在這個例子中，**cette année**（今年）、**le samedi**（禮拜六）這兩個名詞詞組發揮了狀況補語的作用，在句子中佔有時間副詞的這個位置。

⑤ 同位語

句子中，和某一名詞詞組（即下面例句中的 **Gilles**）並排，並以補充的方式敘述其屬性，來說明它是什麼。

Je te présente Gilles, **un ami d'enfance**.
我來向你介紹我小時候的朋友，吉兒。

2 用〈介系詞＋名詞詞組〉的形式 ☞ p.299 (4)

① 動詞 **être** 的補語（或表語） ☞ p.157 ②

作為 **être** 的補語（或表語）來說明主詞的地點或狀況。

La clé est **dans mon sac.** 　鑰匙在我的包包裡。

Elle était **avec sa tante.** 　她曾和她阿姨待在一起。

② 間接受詞

Le tabac nuit **à la santé.** 　香菸有害健康。

③ 狀況補語

Qu'est-ce que vous avez fait **pendant les vacances?**
休假時您做了什麼事？

④ 名詞的補語
附加在其它名詞後面作為補語來限定它的意思。

le nom **de cette fleur** 　這朵花的名字

⑤ 形容詞、副詞的補語

fâché **contre son mari** 　對她丈夫生氣

contrairement **à notre attente** 　與我們預期相反

（2）名詞詞組的結構

上面已經看了名詞詞組以及它和其它要素之間的關係，在這裡則要看一下名詞詞組本身是由什麼要素所構成的。

❶ 基本型

組成名詞詞組最小的單位是〈**限定詞＋名詞**〉。

| un | chien |　（一隻）狗 | | cette | voiture |　這輛汽車 |
| 限定詞 | 名詞 | | | 限定詞 | 名詞 | |

基本上，法文的名詞是不會什麼都不附加，就直接拿來使用的，一定會伴隨著某個**限定詞**的形式使用。換句話說，名詞在句子中所表示的意思，並不是其原意，而是受到冠詞等詞類限定其範圍、屬性之後的意思。

名詞詞組一般的形式是〈限定詞＋名詞〉，但有三個例外。

① 專有名詞：大多數的專有名詞可以不帶限定詞來使用。 ☞ p.39

Cécile aime les chiens.　賽西爾喜歡狗。

② 代名詞：代名詞不會附加限定詞（除了所有格代名詞之外，如 **le mien**（我的某東西）。

Elle aime les chiens.　她喜歡狗。

③ 在特定的狀況下，會使用沒有限定詞的名詞。 ☞ p.70

Sa femme est **avocate**.　她的妻子是律師。

❷ 擴張型

名詞前後可以附加各式各樣用來修飾或補充的要素，這些要素會以名詞為中心，也就是說，這樣的一個名詞詞組是由加了修飾要素的名詞及限定詞所結合構成。

①〈限定詞＋名詞＋形容詞句〉

un chat **noir**　黑貓

une théorie **difficile à comprendre**　很難理解的理論

> **筆記** 就修飾的要素來說，有些名詞會附加過去分詞、現在分詞，或是關係子句這些修飾的要素。

les étudiants **bénéficiant de ce système**
享有這個制度的學生們（現在分詞）

la chanson **que j'aime le plus**　我最喜歡的歌（關係子句）

②〈限定詞＋名詞＋介系詞組〉

Le fantôme de l'Opéra 「歌劇魅影」

un livre **sur le cinéma français** 關於法國電影的書

筆記 有時介系詞的後面會是動詞不定式。

une maison **à vendre** 要出售的房子

le désir **de vaincre** 想贏的慾望

③〈限定詞＋名詞＋補充子句〉

fait（事實）、**idée**（思考）等特定的名詞能夠在後面加上補充子句 **que~**來補充它的內容。☞ p.422 **5**

le fait **que personne n'ait vu Nicole** 沒有人看到尼可的這個事實

la probabilité **que ce projet réussisse** 這個計畫成功的可能性

④〈限定詞＋名詞＋用來當形容詞的名詞〉
一般來說，從常用的名詞到特殊的用法都有。

un emballage **cadeau** 禮物的包裝

une petite fille **modèle** 典型的女孩子

les produits **100% coton** 100%棉的製品

un immeuble **très XXI siècle**
非常 21 世紀風格的建築物（特殊的表達）

◆定名詞詞組和不定名詞詞組
　名詞詞組也有像 ce livre（這本書）這樣，從多數選項中專指特定對象的詞組，以及像 un livre（某一本書）這樣，專指不特定的對象。一般而言，前者是專有名詞，或者限定詞是定冠詞、指示形容詞、所有形容詞的名詞詞組，被稱作定名詞詞組。後者則是當限定詞是不定冠詞、部分冠詞或數量詞等時的名詞詞組，被稱作不定名詞詞組。

Prends **mon parapluie.** 我的傘你拿去吧。（定名詞詞組）

Il faut **deux voitures.** 需要兩台車。（不定名詞詞組）

2. 名詞

　　名詞是名詞詞組的核心。**普通名詞**一般來說是以伴隨限定詞的形式，用在句子裡的。相對的，**專有名詞**則大多不伴隨限定詞就直接出現在句子裡當主詞、受詞來使用。

　　法語所有名詞都有其性別，可分成**陽性名詞**和**陰性名詞**，而且實際使用時還要選擇是用**單數形**還是**複數形**。搭配著名詞的限定詞或形容詞，也會因為名詞的陰陽性·單複數而變化其形態。

　　這裡首先從文法上的觀點來對名詞進行分類，接著確認陰陽性·單複數的形態變化，最後再看專有名詞跟限定詞（特別是冠詞）的關係。

（1）名詞的種類

❶ 可數名詞·不可數名詞

　　法語的名詞很多會因為和限定詞（特別是冠詞）結合的特性來分成可數名詞和不可數名詞。☞ p.42 這個區別某種程度上來說也和單字的意思內容有關。

①可數名詞

　　可數名詞指的是像 chien（狗）或 chaise（椅子）這樣能夠以一個個獨立的個體，計算出「一個⋯」、「兩個⋯」的名詞。要區分法文名詞的單複數，從名詞前面的冠詞形態變化也能區別，此外除了冠詞，名詞也能和表達數量的限定詞連用。

> un chien （一隻）狗 / des chiens （一些）狗
> cette chaise 這張椅子 / ces chaises 這些椅子
> trois chiens 三隻狗 / plusieurs chiens 好幾隻狗
> beaucoup de chaises 多張椅子

Je voudrais avoir un chien. 　我想要養狗。

Sylvie aime les chiens. 　西爾維喜歡狗。

　▶就像在上面看到的，名詞不只是像 chien 或 chaise 這樣單純的單字，也有比較複雜或抽象的 pays（國家）、armée（軍隊）、question（問題），以及具上位概念（最上層、具廣泛概念的名詞）的 mammifère（哺乳類）、liquide（液體）等等，很多都是可數

名詞。

J'ai une question à te poser.　我有一個問題要問你。

Avez-vous **des questions?**　您有什麼疑問嗎？

Les deux pays ont conclu un accord de coopération.
這兩國締結了互助協定。

②不可數名詞

　　不可數名詞指的是像 vin（葡萄酒）、air（空氣）、sel（鹽巴）、viande（肉）一樣，不是獨立且明確的個體，而是不能計算出「一個…」、「兩個…」的連續體。

　　因為不是用單數・複數的概念，所以不和不定冠詞（單數・複數）連用，而是和部分冠詞連用，而且，所配合使用的定冠詞也要用單數形。液體、氣體、食材、製品等，也就是所謂的物質名詞，是典型的不可數名詞。

　　不可數名詞可以和表達量（不是數量）的限定詞結合。無論是在哪種場合，不可數名詞本身的形態都不會有變化，都是用單數形。

---

du vin（某個量的）葡萄酒　　　de la viande（某個量的）肉
ce vin 這個葡萄酒　　　　　　cette viande 這個肉
un peu de vin 少量的葡萄酒　　un kilo de viande 一公斤的肉

Il faut acheter **du vin.**　必須買葡萄酒。

Chantal n'aime pas **le vin.**　香塔爾不喜歡葡萄酒。

筆記 有一部分的物質名詞，法文可用容器之類特定的分類名詞，來讓它變得可被計算。形式是〈數量詞＋分類名詞＋de＋物質名詞〉。☞ p.69 **3** 這時會有單數形・複數形變化的是分類名詞（數量詞不只是可用 un、une，別的數量也能使用）。
例：une bouteille de vin 一瓶葡萄酒 / une tasse de café (thé) 一杯咖啡（紅茶）/ un morceau de viande (fromage、pain、sucre) 一塊肉（一片起司、一片麵包、一顆方糖）/ une feuille de papier 一張紙等等。

▶不只是物質名詞，像是 argent（錢）、temps（時間）、bruit（噪音）或是 courage（勇氣）、patience（耐性）等抽象意義的單字，很多都是不可數名詞。

Tu as de l'argent?　你身上有錢嗎？

Il y a **trop de bruit** ici. 這裡太多噪音了。
（注意 bruit 是單數形）

Vous avez **de la patience!** 您很有耐心！

◆可數名詞・不可數名詞在分類上要注意的重點

可數名詞、不可數名詞的性質雖然很固定明確，但並非絕對，有時不可數名詞會因為人的看法或使用的場合，而被當作獨立的個體或各式各樣的種類名。

[不可數名詞的可數化]

以下的情況可以讓不可數名詞當作可數名詞。

(i) 像飲料、食品經常被當作是商品來計算。

Trois cafés et deux vins chauds, s'il vous plaît!
（在咖啡店）麻煩來三杯咖啡和兩份熱紅酒。

(ii) 當該名詞被視為各式各樣的種類時，這時也會被當作是可數名詞，因為種類是可以計算的。

les **vins** de Bordeaux （各式各樣的）波爾多葡萄酒

Il y a **des fromages** que je n'arrive pas à avaler, le roquefort par exemple.
有些起士我怎麼樣都吃不下去，例如羅克福乾酪。

(iii) 當名詞前有形容詞作修飾時，冠詞不用部分冠詞，而是用不定冠詞單數。

Agnès a **une patience extraordinaire.**
阿涅斯有無比的耐心。（比較：Agnès a de la patience.）

Il y a toujours **un brouillard épais** en cette saison.
這個季節總是會有濃霧。（比較：Il y a toujours du brouillard.）

筆記 當〈名詞＋形容詞〉被當成是一個固定的概念時，冠詞還是用部分冠詞。

Je bois **du vin rouge** à chaque repas. 我每一餐都喝紅酒。

[可數名詞的不可數化]

另一方面，常見的可數名詞的不可數化，會用在例如「吃魚肉」「吃雞肉」等的表達時，這時的「魚肉」「雞肉」是單數形，與生物名詞的「魚」「雞」等是不一樣的。

Ils n'ont mangé que **du poisson** à Taiwan.

他們在台灣只吃過魚。

（比較：attraper deux gros poissons 抓住兩隻大魚）

類似的例子還有下面這個，這時的「檸檬」不是看作獨立的個體，而是要看作裡面的成分，變成不可數名詞。

J'ai mis **du citron** dans cette sauce.

我在這個醬汁裡加了檸檬（汁）。

（比較：acheter trois citrons 買三顆檸檬）

中高級！ 可數名詞的不可數化 特殊案例

一般來說，某些名詞就算是用可數名詞的屬性來表達的，但依情況也能用集合名詞、回歸事物本質的概念，以不可數名詞的屬性來表達，這可說是一種不把事物看作是獨立個體，無視每個個體的差異性，而是以回歸到概念、本質的方式來表達。

Il y a **du sanglier** dans les parages.　這附近有野豬。

Ça, c'est **de la voiture**!　這才叫作車嘛！

---

③難以分類成可數‧不可數的名詞

名詞中也有一些是屬於難以用可數‧不可數來分類的種類，大致上有兩種。

(i) 表示世上唯一的名詞

像是世上唯一存在的事物，或是像運動、學科這類的名詞這類可看作唯一概念的，一般都會和單數定冠詞連用。

le soleil 太陽 / la lune 月亮 / le ciel 天空 / la nature 自然 /
la paix 和平 / le nord 北方 / le sud 南方 / la cuisine 料理 /
le football 足球 / la physique 物理學 / le français 法語

Le soleil brille dans **le ciel.**　太陽在天空中發光。

Joël apprend **le japonais** depuis deux ans.

喬艾爾從兩年前開始學日語。

▶在這些名詞之中，有些在特定的狀況下會像不可數名詞一樣，伴隨部分冠詞來使用。特別是運動、學術領域在作為動詞 **faire**（做）的受詞時，經常會伴隨著部分冠詞來使用。

On a **du soleil** dans cette pièce.　這間房間有日光照進來。

Mon fils fait **du judo**.　我兒子在打柔道。

Il a fait **de l'allemand** au lycée.　他高中學過德語。

▶另外，雖然此情況不常見，但因考慮到該名詞在此表達之下很明顯是複數的概念，所以此時會看作可數名詞。

Elle était certaine d'avoir vu **deux lunes**.
她曾堅信自己看到了兩個月亮。

(ii) 從用來形容人事物的形容詞所衍生出來的名詞

la beauté 美（←beau）　　　　la bêtise 愚蠢（←bête）
la blancheur 白色（←blanc）　　la gentillesse 親切（←gentil）
la grandeur 大、偉大（←grand）　l'innocence 天真（←innocent）
la supériorité 優越性（←supérieur）

以上這些名詞都是單數形，且會伴隨定冠詞或所有格形容詞使用，一般是不會和不定冠詞單數‧複數（可數名詞的特徵）以及部分冠詞（不可數名詞的特徵）連用。

René fut frappé par **la blancheur** de sa peau.
荷內對他（她）肌膚的美白留下了深刻的印象

Votre gentillesse nous a beaucoup touchés.
您的好心好意讓我們深受感動。

筆記 不過這些名詞中，以「帶有該性質的行為‧事物‧人」的意思來看，也是有可當作可數名詞性質的。
例：faire des bêtises 做蠢事 / commettre des atrocités 做出殘忍行為 / commettre une indélicatesse 做出沒規矩的行為 / avoir des rougeurs sur le visage 臉上出現紅色斑點 / une beauté 美女

▶上述(i)(ii)的名詞也是和不可數名詞的情況一樣，加上形容詞的同時也要附上不定冠詞單數。

une lune énorme　巨大的月亮

une paix durable　永續的和平

Elle parle **un français impeccable.**
她能說出完美的法語。

une blancheur éblouissante　十分耀眼的白

La princesse était d'une beauté éclatante.
公主的美貌十分耀眼。

❷ 其它的分類

　　以下來從別的觀點來看可數・不可數的區分法，都是具有其特徵性的集合體。

① 物質名詞

　　物質名詞也就是液體、氣體、食材、製品素材等表達「物質」的名詞。因為是直接可從意思上、直覺上來分類的，是很典型的不可數名詞。

Tu as mis du sel dans la soupe?　你有在湯裡放鹽嗎？

C'est de la soie, ce tissue?　這塊布是絲綢嗎？

② 集合名詞

　　集合名詞也就是指某一類相同種類事物的總稱，來當作這些相同事物的集合體。從意思上及文法上來看，能整理出幾個類型。

(i) 單純視為一個集合體的名詞

　　包含具不可數性質的名詞（能用部分冠詞來表示「一部分～，一些～」）以及不具此性質的詞。另外，還有一些對應到這些集合名詞的意思，並衍生出相關意思、具獨立個體的個別名詞。

〔用部分冠詞可表達「一部分、一些」〕（個＝個別名詞）

人：monde 人們 / personnel 工作人員 / clientèle 客群（個 client 客戶） / auditoire 聽眾（個 auditeur 聽者） / électorat 選民（個 électeur 有選舉權的人）

Il y a du monde partout.　走到哪都是人。

Cet homme ne fait que chercher de l'électorat.
這個男的只是在收集選票。

動物：bétail 家畜類 / volaille 家禽類

Comment élever de la volaille?　家禽應該要怎麼飼養呢？

東西：courrier 郵件 / herbe 草 / feuillage（樹上所有的）葉子（個 feuille 葉子）/ mobilier 一套家具（個 meuble 家具）/ outillage 一套工具（個 outil 工具）

Il y a **du courrier** pour moi?　有我的郵件嗎？

Où acheter **du mobilier** bébé?　嬰兒用的家具要在哪裡購買呢？

〔不適用部分冠詞的名詞〕

peuple 人民 / assistance 全體出席者（個 assistant 出席者）/ bourgeoisie 資產階級（個 bourgeois 資產家）/ noblesse 貴族階級（個 noble 貴族）

Son discours a ravi toute **l'assistance.**
他（她）的演講吸引了所有出席者。

(ii) 帶有特定意義的集合名詞

　這類型的集合名詞是可數名詞，所表示的集合意義通常是指某群體。

foule 人群 / équipe 團隊 / essaim（蜜蜂之類的）群 / troupeau（羊、牛的）群 / groupe（人的）群 / bouquet 花束

Une équipe de spécialists a été créée.　一個專家團隊組成了。

Offrez **un bouquet** de roses à votre bien-aimée!
送您的摯愛一束玫瑰花吧！

③行為名詞・性質名詞

　表達行為或性質的名詞，有很多時候會伴隨著「行為執行者」或「接受某行為的對象」或某性質、狀況的體現者一起使用，以補語（**de**＋名詞）的結構呈現，即〈行為名詞・性質名詞＋**de**＋名詞〉。另外，有時會看到所有格形容詞擺在這些名詞前面的情況。

l'amour de Dieu 對神的愛 / l'arrivée du train 列車的到站 /
l'analyse de la situation 狀況的分析 /
mon analyse de la situation 我的狀況分析 /
la cohérence de cette théorie 這個理論的關聯性

◆主要的後綴詞及對應的行為名詞、性質名詞

　行為名詞或性質名詞大多是從動詞、形容詞接後綴而衍生的。看看主要的後綴和行為名詞、性質名詞的例子吧。

(i) 由動詞衍生

-age	assemblage（零件等）組裝 / lavage 清洗
-aison	conjugaison （動詞的）變化 / pendaison 上吊、絞刑
-ion	（-ation）dégustation 品嚐 / explication 說明 / préparation 準備
	（-tion）construction 建設 / protection 保護
	（-ssion）expression 表達 / discussion 討論
	（-xion）connexion 結合
-ment	aménagement 整備 / conditionnement 附帶條件 / effondrement 崩壞
-ure	fermeture 關閉 / ouverture 打開 / filature 跟蹤

(ii) 從形容詞衍生

-ance	importance 重要性 / puissance 力量強度
-ence	innocence 無辜 / permanence 永續性
-eur	blancheur 白 / hauteur 高度 / longueur 長度 / rondeur 圓
-esse	bassesse 下流 / gentillesse 親切 / richesse 富裕
-ise	bêtise 愚蠢 / franchise 坦率 / gourmandise 貪吃
-té	beauté 美麗 / bonté 善良 / complexité 複雜 / curiosité 好奇心 / énormité 巨大，重大 / fierté 驕傲 / habileté 巧妙 / pauvreté 貧困 / supériorité 優越性

（2）名詞的陰陽性・單複數和其形態

❶ 陰陽性

　法語的名詞可分成陽性名詞或陰性名詞，雖然某些有男有女、有公有母的名詞，能用「男性、女性」「公的、母的」這樣直覺的方式來判斷，但是大部分的名詞無法從意思去類推。

　不過有些名詞是可以從詞尾去做判斷的。與人有關的名詞，在法語文法上的陰陽性，大致上和生物學上的陰陽性是一致的。動物的情況就有些不同。

筆記 依說話者的習慣或認知，少數名詞在陰陽性的判斷上有所不同。
例：après-midi 下午（大多情況是陽性） aphte 口內炎（官方上是陽性）

①可以從詞尾判斷陰陽性的例子

〔陽性〕

-age	mariage 結婚 / village 村子（但 cage (籠子)、image(畫)是陰性）
-isme	capitalism 資本主義 / impressionnisme 印象主義
-ier	cerisier 櫻花樹 / grenier 閣樓
-ment	bombardement 爆破 / gouvernement 政府（但 jument(母馬)是陰性）

〔陰性〕

-sion, -tion	occasion 機會 / expression 表現 / conversation 會話
-aison	maison 家 / raison 理由 / saison 季節
-ure	blessure 傷 / ouverture 打開
-ette	camionnette 小型貨車 / maisonnette 小的房子
-ade, -ude	noyade 溺死 / certitude 確信 / solitude 孤獨
-ille	fille 女孩子 / aiguille 針（gorille (猩猩)是陽性）
-(e)rie	boulangerie 麵包店 / pâtisserie 糕點店 / raillerie 捉弄

②表達人、動物名詞的陰陽性

· 表達人的名詞

(i) 名詞的性別很明顯和文法上的陰陽性一致

　　基本上，這些名詞是有很明顯的性別之分，且都和法文文法上的陽性、陰性的規則是一致的。單字的形態有以下幾個情況。

[分成男性女性的單字]

homme 男人 / femme 女人　garçon 男孩 / fille 女孩

[陰陽同形]

　　以下單字可同時表示陽性、陰性兩者，名詞本身不會有陰陽性的變化。不過修飾這些名詞的限定詞或形容詞，則會隨其陰陽性作變化。

enfant（對大人來說）小孩子 / élève 學生 / journaliste 新聞記者 / malade 病人

Olivier (Agnès) est un (une) **journaliste** très compétent (compétente). 奧莉微（阿妮絲）是一位非常能幹的新聞記者。

[從陽性名詞轉變成陰性名詞]

也有名詞是在陽性名詞後面加上 e 來造出陰性名詞。

筆記 以陽性名詞為基礎來造陰性名詞的作法，和形容詞的陰性變化相同。

☞ p.141

原則：在陽性名詞後面加上 e。

étudiant ➡ étudiante 學生　avocat ➡ avocate 律師
cousin ➡ cousine 表兄弟姊妹

除了加上 e 之外還需做微調的單字

espion ➡ espionne 間諜　musicien ➡ musicienne 音樂家
romancier ➡ romancière 小說家　époux ➡ épouse 配偶

例外：變成 -euse、-trice、-esse 這樣的形式

chanteur ➡ chanteuse 歌手　vendeur ➡ vendeuse 店員
acteur ➡ actrice 演員　instituteur ➡ institutrice 小學教職員
prince 王子 ➡ princesse 公主　héros ➡ héroïne 英雄

(ii) 名詞的性別和文法的陰陽性不一致

有時候，名詞意義本身的性別，和文法上的陰陽性會有一般認知上的落差。以下的情況是，文法上是歸在陰性，但也適用於男性的情況，以及文法上是歸在陽性，但也適用於女性的情況。

[陽性名詞]

auteur 作者 / écrivain 作家 / médecin 醫師 / otage 人質 / témoin 證人 / escroc 騙徒 / assassin 殺人犯

[陰性名詞]

> connaissance 相識 / personne 人物 / vedette 明星 /
> victime 犧牲者，被害人

筆記 很少會出現名詞意義上的性別，和文法上的陰陽性產生相反的情況，但以下正是幾個少見例子。

· 雖為陽性名詞但名詞意義上的性別都是女生：mannequin 服裝模特兒 /
laideron 醜女 / tendron 年輕女孩
· 雖為陰性名詞但名詞意義上的性別都是男生：sentinelle 哨兵 / recrue 新兵

中高級！ **職業·職位名稱**

　　法文很多詞原本都是陽性名詞，但隨著女性進入職場，因此對陰性名詞的使用也跟著變多了。

（1）語尾是 -e、陰陽同形的名詞，可用於男性及女性。

> archéologue 考古學家 / dentist 牙醫 / guide 導遊 /
> journaliste 新聞記者 / juge 裁判 / maire 市[里、村]長 /
> ministre 部長 / photographe 攝影師

（2）在陽性名詞語尾後加上 -e 等方法變成陰性形。

> avocat ➡ avocate　律師
> banquier ➡ banquière　銀行員
> pharmacien ➡ pharmacienne　藥劑師
> footballeur ➡ footballeuse　足球選手
> enquêteur ➡ enquêtrice　調查員，市場調查員
> agriculteur ➡ agricultrice　從事農業的人
> ambassadeur ➡ ambassadrice　大使
> directeur ➡ directrice　所長，部長
> facteur ➡ factrice　郵差
> rédacteur ➡ rédactrice　編輯

（3）可直接當作陰性名詞使用。

> **professeur** 教師

　　以上這些職業名詞雖然有陽性名詞形態和陰性名詞形態，但社會對職業的性別認知是會流變的，會因人或因地區的不同，對該職業是否

有男有女，或是僅限於男或女，其接受度也會有所不同，且也會隨時間而產生變化。

　另外，還有以下這些陽性名詞並沒有陰性名詞的形態，還是傾向於維持陽性名詞的形態。

[維持在陽性的名詞]

> charpentier 木匠 / chauffeur（公車、計程車）駕駛 /
> commissaire 警察署長 / couvreur 屋頂工匠 /
> couturier 服裝設計師（比較：couturière 裁縫師）/ écrivain 作家 /
> imprimeur 印刷工人 / plombier 水電工 / médecin 醫師 /
> sculpteur 雕刻家

・關於動物的名詞

　(i) 有些陰性形態的動物單字是以陽性名詞作為基礎來做變化的。不過除非是特別強調雌性，不然一般來說是用陽性形來表達。

> 以陽性為基礎做變化的陰性形：chien ➡ chienne 狗 / chat ➡ chatte 貓 /
> lion ➡ lionne 獅子 / ours ➡ ourse 熊 / loup ➡ louve 狼

　不過還是有一些動物的雄性、雌性，是有其個別獨立的單字形態，而非依靠陽性來做變化的。

> 雄性、雌性有其個別單字形態的動物（雄性 / 雌性）：bœuf / vache 牛
> bouc / chèvre 山羊　coq / poule 雞　porc / truie 豬　cerf / biche 鹿

　(ii) 不過一般來說，大部分的動物名詞在文法上並不會同時有陽性形態或陰性形態，大多不是陽性名詞的話，就是陰性名詞，不會去特別區分公（雄性）或母（雌性）。

[陽性名詞]

> éléphant 大象 / gorille 猩猩 / papillon 蝴蝶 / serpent 蛇

[陰性名詞]

> souris 小家鼠 / giraffe 長頸鹿 / grenouille 青蛙 / mouche 蒼蠅 /
> fourmi 螞蟻

　如果真的必須要特別區分、指出雄性和雌性的話，可以加上 **mâle**（公的）、**femelle**（母的）等等形容詞。

une giraffe mâle 公的長頸鹿　　une maman éléphant 象媽媽

②得憑藉陰陽性來區分意義的同形詞

　　有好幾組名詞的拼法和發音，倆倆是完全一樣，但分成陰性和陽性時是不一樣的意思。從語源方面來看有兩者的根源是一樣的情況和不一樣的情況。

[同語源]

> le manche（工具的）柄 / la manche 袖子
> le mémoire 研究論文 / la mémoire 記憶
> le mort（陽性）死者 / la mort 死
> le pendule 擺 / la pendule（掛鐘）時鐘
> le physique 容貌 / la physique 物理學
> le poste 工作崗位 / la poste 郵局
> le voile 面紗 / la voile 船帆

[不同語源]

> le livre 書 / la livre 半公斤，半磅
> le moule 鑄模 / la moule 淡菜
> le poêle（木材、石炭）暖爐 / la poêle 平底鍋
> le tour 周圍 / la tour 塔，高樓大廈
> le vase 花瓶 / la vase 泥巴

❷ 單複數

①單數・複數的概念

　　將同種類的事物看作是一集合體，以此為前提來表達「一個」，這就是「單數」的概念，表達「兩個以上」的就是「複數」的概念。在文法上表達這些概念的，就是單數形・複數形的分法。

　　就可數名詞來說，單複數的分法是明確的，就算是不可數名詞 ☞ p.24，但只要透過複數形或單數形的不定冠詞（**un**、**une**）等，就能了解此時到底是單數還是複數。以下就來看一些與單複數相關的例子吧。

(i) 只適用於複數形的名詞

　名詞中也有只能用於複數形的單字，我們可從以下列舉的單字來推斷，帶有「做某事的流程或方法（儀式）、事物的種類」等意涵的單字，通常是複數形。

[不用於單數形]

> alentours 附近 / archives 古老書簡 / arrhes 訂金 / condoléances 弔喪 /
> décombres （倒塌的建築物的）瓦礫 / échecs 西洋棋 / environs 附近/
> félicitations 賀詞 / fiançailles 婚約（婚禮）/ frais 費用 / gens 人們 /
> honoraires 謝禮 / mathématiques 數學 / mœurs 風俗、風紀 /
> obsèques 葬禮 / pourparlers 交涉 / préparatifs 準備措施 /
> proches 近親 / ravages 災禍 / représailles 報復 / vivres 糧食

[若改成單數形會有別的意思或用法]

> courses 購物 / épinards 菠菜 / légumes 蔬菜類 / nouilles 麵類 /
> pâtes 義大利麵 / toilettes 廁所 / vacances 假期 / vêtements 衣服

[成對使用的工具。單數形會有別的意思或用法]

> ciseaux 剪刀 / lunettes 眼鏡 / tenailles 鉗子

[用在特定的表達中]

> les beaux-arts 美術 / dommages et intérêts 損害賠償 /
> droits d'auteur 著作權，版稅 / les jeux Olympiques 奧林匹克

(ii) 用來強調的複數形

　平常一般是使用於單數形的名詞，有時候會搭配帶有「大」「廣泛」「多」意思的詞而形成複數形，但僅只限於特定的名詞。

> flotter dans les airs 飄浮在空中
> les eaux de la mer （d'un fleuve）大海（大河）的水
> eaux usées industrielles 工業廢水
> prendre les eaux 進行溫泉療法（海水療法）
> neiges éternelles 萬年積雪
> sables mouvants 流沙

中高級！ **特殊且難理解的複數形**

　　一般使用單數的 le ciel（天空），在文學表達上有複數形 les cieux（天國、天上）的用法。但用在一般場合的話，其複數形則是用 ciels。

　　另外，陽性名詞 orgue（風琴）的複數形是 orgues，若單純是用來表示數台風琴，其性別依然是陽性名詞，如果是用作強調表達一台「大風琴」的話就會當作陰性名詞。

(iii) 有複數意義的單數形

[總稱]

　　用總稱的方式來提到「狗」或「椅子」等生物或物質時，有時候會使用單數形。☞ p.50 **1**

Le chien est un animal fidèle. 　狗是忠誠的動物。

（不是針對特定某一隻狗，而是針對狗這類動物來說明。）

[個別]

　　「眼睛」「耳朵」等是倆倆成對的身體部位，有時候會用單數形來表達其總體性質（總稱）。雖然也會在文學作品中看到，但其實是在日常生活中常用的慣用語。

> à l'œil nu 用肉眼 / voir (regarder) d'un œil+形容詞 用…眼神在看 /
> ne pas fermer l'œil 徹夜未眠 / jeter un coup d'œil 瞥一眼 /
> avoir l'oreille fine 聽覺敏銳 / dresser l'oreille 仔細傾聽 /
> n'avoir rien à se mettre sous la dent 沒有任何吃的（dent 牙齒）

②複數形的變法

(i) 原則

　　在單數形的語尾加上 **s**

> chien ➡ chiens 狗　　résultat ➡ résultats 結果　　rue ➡ rues 道路

(ii) 例外

　　例外的情況雖然有好幾個，但是幾乎所有複數形的語尾都是 **s**、**x** 或 **z**。

[單數形的語尾是 s、x 或 z 的詞]

複數形不會加任何東西，和單數形是一樣的。

> fils ➡ fils 兒子　cours ➡ cours 授課　prix ➡ prix 價格
> nez ➡ nez 鼻子

[單數形的語尾是 -au、-eau 或 -eu 的詞]

複數形是在**語尾**加上 x。

> tuyau ➡ tuyaux 管子
> gâteau ➡ gâteaux 蛋糕
>
> château ➡ châteaux 城堡
> cheveu ➡ cheveux 毛髮

▶但也有些單字是會像 pneu → pneus（鑽石）、bleu → bleus（瘀血）一樣加 s 的。

[單數形的語尾是 -ou 的詞]

· 下列七個單字會在**語尾**加 x。

> bijou ➡ bijoux 裝飾品
> chou ➡ choux 高麗菜
> hibou ➡ hiboux 貓頭鷹
> pou ➡ poux 蝨子
>
> caillou ➡ cailloux 碎石
> genou ➡ genoux 膝蓋
> joujou ➡ joujoux （幼兒語）玩具

· 其它單字是會依照原則在**語尾**加 s。

> clou ➡ clous 釘子　écrou ➡ écrous 螺帽
> toutou ➡ toutous （幼兒語）小狗狗　trou ➡ trous 洞

[單數形的語尾是 -al 的詞]

複數形是將**語尾**換成 -aux。

> canal ➡ canaux 運河
> journal ➡ journaux 新聞
>
> cheval ➡ chevaux 馬
> tribunal ➡ tribunaux 法庭

▶但是也有像 bal → bals（舞會）、récital → récitals（獨奏會）、festival → festivals（嘉年華會）一樣在語尾加 s 變成複數形的單字。

[單數形的語尾是 -ail 的詞]

・下列七個單字會將**語尾**換成 **aux**。

> travail ➡ travaux 工作　　vitrail ➡ vitraux 彩色玻璃
> corail ➡ coraux 珊瑚　　émail ➡ émaux 琺瑯　　bail ➡ baux 出租契約
> soupirail ➡ soupiraux 地下室的窗戶、氣窗
> vantail ➡ vantaux （開門的）門板

・其它單字原則上是在**語尾**加上 **s**。

> ail ➡ ails 大蒜　　rail ➡ rails 軌道　　détail ➡ détails 細節

[特殊的三個單字]

> œil ➡ yeux 眼睛　　ciel ➡ cieux 天（強調用的複數形）
> aïeul ➡ aïeux 祖先

[合成字]

> **mon**sieur ➡ **mes**sieurs　　**ma**dame ➡ **mes**dames
> **ma**demoiselle ➡ **mes**demoiselles

[發音方法特殊的這三個單字]

> œuf [œf] ➡ œufs [ø] 蛋
> bœuf [bœf] ➡ bœufs [bø] 公牛
> os [ɔs] ➡ os [o] 骨頭

(iii) 複合字的複數形

　　複合字的組合方式有好幾種情況，但可成為複數形的只有名詞成分和形容詞成分的複合字而已。

[名詞＋形容詞的組合 → 兩者都得是複數形]

> un coffre-fort ➡ des coffres-forts　　金庫
> un blanc-bec ➡ des blancs-becs　　小屁孩

> 筆記 nouveau-nés（新生兒們）的 nouveau 不是複數形，因為 nouveau 被視作為副詞。

【名詞＋名詞的組合】

．兩者是對等的關係，都是同等重要的元素 → 兩者都得是複數形

> un canapé-lit ➡ des canapés-lits 沙發床
> un chou-fleur ➡ des choux-fleurs 花椰菜

．前面的名詞是複合字的核心，後面的名詞是修飾要素 → 只有前面的名詞是複數形

> un pause-café ➡ des pauses-café　喝咖啡的休息時間
> un timbre-poste ➡ des timbres-poste　郵票
> une pomme de terre ➡ des pommes de terre　馬鈴薯
> un arc-en-ciel ➡ des arcs-en-ciel　彩虹

【動詞＋名詞的組合 → 只有名詞是複數形】

為了要考量到名詞部分的屬性或意義，有時會出現就算整個複合字是單數意義（如 **un sèche-cheveux**），但名詞成分卻是複數形的情況，或者整個複合字是複數意義，但名詞成分卻是單數形的情況。

> un tire-bouchon ➡ des tire-bouchons （葡萄酒等的）開瓶器
> un sèche-cheveux ➡ des sèche-cheveux
> 吹風機（這裡的 cheveux 本來就是複數形了）
> un porte-monnaie ➡ des porte-monnaie
> 零錢包（monnaie 是不可數名詞）

【動詞＋動詞、動詞＋副詞之類的組合 → 形態維持原樣】

> un laisser-passer ➡ des laisser-passer 通行許可證
> un va-et-vient ➡ des va-et-vient 往返
> un passe-partout ➡ des passe-partout 萬能鑰匙

（3）關於專有名詞

1 原則

專有名詞的開頭要用大寫，一般不會附加限定詞使用。

François a rencontré **Marie** à **Paris.**
法蘭索在巴黎遇見了瑪莉。

2
名詞詞組＆名詞

❷ 國家、山脈等等

地名除了城市名和一部分的島嶼國家之外，一律都會附加定冠詞。

[附加定冠詞的詞]

> 國家：la France 法國 / le Japon 日本 / les États – Unis 美國等

> **筆記** 沒有冠詞的國家：Taïwan 台灣 / Israël 以色列 / Cuba 古巴 / Madagascar 馬達加斯加等

> 洲：l'Afrique 非洲 / l'Asie 亞洲 / l'Europe 歐洲等
> 地區：la Bretagne 布列塔尼 / la Provence 普羅旺斯 / le Kanto 關東地區等

> 山或山脈：le mont Blanc 白朗峰 / les Alpes 阿爾卑斯山脈 / le Jura 侏羅山 等
> 河川：la Seine 塞納河 / la Loire 羅亞爾河 / le Rhin 萊茵河等
> 海洋：l'océan Atlantique 大西洋 / la mer Méditerranée 地中海等

> **筆記** le mont Blanc、l'océan Atlantique、la mer Méditerranée 是和普通名詞組合的複合字。

[不附加冠詞的詞]

> 城市：Paris 巴黎 / Rome 羅馬 / Versailles 凡爾賽等

> **筆記** 城市名不附加冠詞，所以其陰陽性不明顯。語尾是 e 的詞雖然很多是陰性名詞，但還是有當陽性名詞的。

❸ 國民、民族等

雖然國民、民族名詞的開頭要用大寫，但其實並不是專有名詞，而是普通名詞，而且也是可數名詞。

J'ai connu une Française en Inde.
我在印度認識一位法國女生。

Les Français aiment le fromage. 法國人喜歡乳酪。

4 家族等

在人名前加上定冠詞複數可表達家族、王朝。除了王朝、名門望族之外，其他的語尾一律不加 s。

On a invité les Martin. 我們邀請了馬爾坦一家人

Les Thibault 『蒂伯一家』（羅傑·馬丁·杜·加爾的小說）

Les Bourbons 波旁王朝

5 專有名詞的普通名詞化

有時候會在專有名詞前加上限定詞，當作普通名詞使用，以特定指出某個人、某事物，或是強調某個特定時代的事物、某個人的作品。

Un (certain) Leclair est venu te voir.
一位名叫路克雷爾的男子曾過來看你。

Il n'y a **pas de Martin** dans cet immeuble.
這幢公寓裡沒有叫馬爾坦的住戶。

le Paris des années 50
1950 年代的巴黎

Olivier a encore acheté **une Toyota**. (une voiture Toyota)
奧利薇又買了豐田的車子。

J'ai écouté **du Bach** tout l'après-midi.
我整個下午都在聽巴哈

J'ai acheté **deux Simenon**(s).
我買了兩本西默農的書。

筆記 有時候專有名詞不會加 s。

第**3**章　限定詞

所謂的限定詞就是指冠詞或者類似的詞（如所有格形容詞）。在句子出現普通名詞時，限定詞是必需的要素。

普通名詞基本上會搭配冠詞之類的限定詞來形成一個名詞詞組，在句子中擔任主詞或受詞發揮作用。換句話說，在法語裡，普通名詞若要在句子中發揮作用，**限定詞是必需要素**。

> Sylvie a acheté **une voiture**.　西爾維買了一部車。
> 　　　　　　　　　名詞詞組
> （×Sylvie a acheté voiture.是不正確的）
>
> **Mon** travail n'avance pas.　我的工作沒有進展。
> 　名詞詞組
> （×Travail n'avance pas.是不正確的）

限定詞除了不定冠詞、部分冠詞、定冠詞三種冠詞之外，還有所有格形容詞、指示形容詞、數量表達。

1. 不定冠詞 & 部分冠詞

不定冠詞是搭配可數名詞來表達「某事物之中的某一個／某幾個…」，部分冠詞則是搭配不可數名詞來表達「某個量」。

（1）形態

[不定冠詞]

	單數	複數
陽性	un	des
陰性	une	des

[部分冠詞]

陽性	du(de l')
陰性	de la(de l')

* 單數的陽性名詞會搭配陽性單數形的冠詞，單數的陰性名詞會搭配陰性單數形的，複數名詞的陽性、陰性則都是搭配複數形的。
　例：**un homme**、**du café**、**des voitures** 等。

* 部分冠詞當遇到後面的名詞是以母音或以啞音 **h** 開頭的情況下，會產生音節省略變成 **de l'**。
例：**de l'argent**、**de l'eau** 等等。

（2）用法

不定冠詞和部分冠詞的功能是一樣的，兩者都是表示**從整體中取出一部分**的意思。例如 **un chien**（某一隻狗→一隻）、**du café**（一點咖啡→某個量），兩者都是在「狗的集合體」、「咖啡的集合體」的概念之下，從中取出一個個體或一部分的涵義。

從集合體這個概念中要取出一個數量時，像是 **chien** 這種可以計算出一隻、兩隻的情況，也就是**可數名詞**，就用**不定冠詞**；而像 **café** 這種無法計算的連續體，也就是**不可數名詞**，就要用**部分冠詞**。

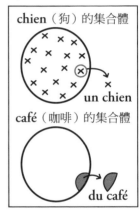

chien（狗）的集合體

un chien

café（咖啡）的集合體

du café

在 **un chien**、**du café** 的表達中，從概念中被取出來的某一隻狗或某些咖啡，和其他的狗、其他的咖啡並沒有什麼差別，所以在這種用不定冠詞或部分冠詞的表達中，只會被視為「符合狗這個概念」「符合咖啡這個概念」。

筆記 若情況是，某事物是可數名詞，但想從中取出兩者以上的話，就用不定冠詞複數形的 des。

來看一下幾個搭配不定冠詞、部分冠詞的名詞詞組，在句子中的使用方式吧。

❶ 為了搞清楚某人、某物之所屬類別（作為 **être** 等的表語）

Tu connais Poussin?
— Oui, c'est **un peintre** du XVIIe siècle.
你知道普桑是誰嗎？—知道。是 17 世紀的一位畫家。

Berk ! Qu'est- ce que c'est que ça ? — Ben, c'est **du café**.
呸！這是什麼？—這是咖啡啊。

❷ 為了說明參與某件事情的某人、某物

Benoît a acheté **une voiture**.　布諾瓦買了一部車。

Tu n'as pas oublié d'acheter **du vin** ?
你沒忘記要買葡萄酒吧？

Hier, je suis allée au cinema avec **des amis**.
昨天我和朋友去看了電影。

Elle voudrait épouser **un Français.**
她想和法國人結婚。

如上所述，不定冠詞‧部分冠詞是用來說明某人事物的類別，而不是用來特別指稱特定的人事物。像是中文會說的「你也知道的那隻小白狗」一樣，對已經知道、有明顯區別性的人事物，會搭配定冠詞、指示形容詞或所有格形容詞。相對於這點，在談話中或文章中，第一次出現或還沒被弄清楚的人事物，會用不定冠詞‧部分冠詞。

❸ 總稱

〈不定冠詞單數＋可數名詞〉的形式，有時是用來表示某人事物的集合體。

Un chien, ça aboie.　狗就是會亂吠。

Un chasseur sachant chasser doit savoir chasser sans son chien.　（繞口令）
懂打獵的獵人，就算沒有獵犬也知道怎麼打獵。

> **筆記** 總稱的表達很少會用〈不定冠詞複數＋可數名詞〉或〈部分冠詞＋不可數名詞〉。

（3）其它重點

❶ 不定冠詞複數的 de（d'）

當不定冠詞複數要附加在〈形容詞＋名詞〉的話，其形態會變成 **de**，若後面接的單字是母音或啞音 **h** 開頭的話，會變 **d'**。

Elle a **de beaux yeux.**　她有雙美麗的眼睛。

Je peux voir **d'autres pulls**?　我可看其它毛衣嗎？

▶但這個規則有時還是會有例外的。

Ils aimaient regarder **des jolies filles.**
他們喜歡注視漂亮的女孩們。

另外，當〈形容詞＋名詞〉是慣用語的話就要用 **des**。

manger **des petits pois**　吃豌豆

Ils veulent envoyer **des jeunes gens** à l'armée.
他們想讓年輕人加入軍隊。

❷ 不定冠詞複數・部分冠詞的省略

當不定冠詞複數和部分冠詞要直接接在介系詞 **de** 的後面時，不定冠詞複數和部分冠詞會被省略。

Notre société a besoin de voitures non-polluantes.
我們的公司需要不會造成污染的汽車。
（✕ de des voitures... 是不正確的）

Le jardin est entouré d'arbres.　庭院被樹包圍著。
（✕ de des arbres 是不正確的）

J'ai envie d'eau.　我想要水。
（✕ J'ai envie de de l'eau. 是不正確的）

❸ 否定的冠詞 **de**（**d'**）

否定句中的直接受詞不會使用〈不定冠詞＋名詞〉或〈部分冠詞＋名詞〉，而是使用（否定的冠詞 **de**＋名詞）。

Je n'ai pas **de voiture**.　我沒有車。
（比較：J'ai une voiture. 我有車。）

Il n'y a plus **de vin**.　沒有葡萄酒了。
（比較：Il y a encore du vin.　還有葡萄酒。）

Jean ne mange jamais **de poisson**.　尚從不吃魚。
（比較：Jean mange du poisson.　尚吃魚。）

pas de voiture、**pas de vin**、**pas de poisson** 都加上了 **pas de**，是用來表示 **voiture**、**vin**、**poisson** 完全不存在。相對的，在（比較：）內例句中的不定冠詞或部分冠詞，是指從 **voiture**、**vin**、**poisson** 的總體概念中不特定地取出某一個或一部分來說明。

筆記 要注意〈否定的冠詞 de＋名詞〉只會出現在用於直接受詞的情況下。

J'ai **une voiture**. / Je n'ai pas **de voiture**.
我有車。/ 我沒有車。

C'est **une voiture**. / Ce n'est pas **une voiture**.

這是汽車。/ 這不是汽車。（×Ce n'est pas de voiture.是不正確的）

但是在俗語裡有 **Ce n'est pas de chance.** （運氣不好）的表達方式。

> **筆記** 直接受詞是〈定冠詞 / 指示形容詞 / 所有格形容詞＋名詞〉的話，是專指「特定的人事物」，所以就算是否定句，也不會用到 de，而是直接維持原樣使用。

J'ai acheté **cette voiture**. / Je n'ai pas acheté **cette voiture**.

我買了這台車。/ 我沒有買這台車。

> **筆記** 在「不是 A 而是 B」這樣對比的表達中，有時候會出現〈不定冠詞 / 部分冠詞＋名詞〉的形式。

Je n'ai pas mangé **du poisson**, mais du poulet.

我沒有吃魚，是吃雞肉。

另外，有時候會用在強調的「連一個…都不是／都沒有」表達，會出現不定冠詞單數。

Je n'ai pas **un sou**.　我連一毛錢都沒有。

但在這個情況下，一般是會像 **pas un seul...** 一樣，在後面加上 seul（只有…）來作強調。

Jacques n'a pas **un seul livre**.　賈克連一本書都沒有。

中高級！ 關於不定冠詞・部分冠詞的補充

（1）以部分冠詞為基準的 des

　　當 **des** 附加在僅適用於複數形且有集合意義的名詞（如 **épinard** 菠菜、**lentilles** 扁豆、**pâtes** 義大利麵）時，這時的 **des** 不同於 **un(e)** 或數詞的概念，而是部分冠詞的概念。

On a mangé **des pâtes** à midi.　我們中午吃了義大利麵。

（2）表達「部分」的 de

　　不定冠詞複數和部分冠詞，原本就是「表達部分的 **de**」和定冠詞結合起來的，所以表達部分的 **de** 現在也會使用。

Vous avez **de** ses nouvelles?　您有他的消息嗎？

Le mariag a perdu **de** son importance.　婚姻失去了它的重要性。

（3）不可數名詞和不定冠詞單數

　　不可數名詞就算原本應該是要搭配部分冠詞的，但一般來說只要該名詞有附加修飾要素，就會改用不定冠詞單數。

Il a une volonté de fer.　　他擁有鋼鐵般的意志。

（比較：Il a de la volonté. 他有意志。）

Il fait un vent glacial.　　冷到要凍結的風。

（比較：Il fait du vent. 有風。）

2. 定 冠 詞

　　定冠詞是像「那個⋯、這個⋯、這些⋯」用來特別指稱說話者及聽者都知道的對象。另外，在表示整個類別時，也會使用定冠詞。

（1）形態

	單數	複數
陽性	le (l')	les
陰性	la (l')	

* 單數的陽性名詞會附加 **le**、單數的陰性名詞會附加 **la**、複數名詞的陽性和陰性名詞會附加 **les**。

　例：le chien、 les chiens。

* 單數的情況，當接在後面的是以母音或以啞音開頭 **h** 開頭的名詞（或形容詞）的話，定冠詞（不論是陽性形、陰性形）都會發生音節省略現象，變成 **l'**。

　例：l'arbre、 l'heure、l'autre côté。

* 陽性單數形 **le** 或複數形 **les** 當後面要接介系詞 **à** 或介系詞 **de** 的話，會產生兩者結合的變化形式，有人稱之為「冠詞的縮寫」。

à+le → au　　　　　　　à+les → aux

de+le → du　　　　　　　de+les → des

　例：Nicole habite **au** Japon.　尼可住在日本。（←à+le Japon）

　　　La capitale **des** États-Unis, c'est Washington.

　　　美國的首都是華盛頓。（←de+les États-Unis）

（2）用法

在使用定冠詞的時候，我們可以從定冠詞推測，不只是說話者，連聽者也知道定冠詞所指稱的對象是誰。

Je suis allé voir le directeur. 我去見了經理。

可以推測的出，**le directeur** 所指稱的可能是「我們這個部門的經理」、「（若話題是關於人事部）人事部那邊的經理」等各種情況，但是無論是哪種情況，當用到了 **le directeur**，表示聽者可以明確知道到底是指「哪一位經理」，因為在話題之前已經有了關於「這一位經理」的前提。要是沒有這個前提，反而會被聽者反問 **Quel directeur?**「你是說哪一位經理？」。

言下之意，要弄清楚〈定冠詞＋名詞（＋修飾語）〉所指的是什麼、是誰，唯一要符合的條件就是，所指涉的目標對象就只能有一個，而沒有其它對象。

> **筆記** 定冠詞複數的情況也跟上面提到的一樣，唯一要符合的條件就是，所指涉的目標對象就只能是那些所提到的，除此之外沒有其它對象。

「所指涉的目標對象就只能是那一個或那些」的意思就是，該目標對象已事先被設定在某範圍內，是已經被特別指定的，和其它的人事物是有區別的。有下列兩種狀況。

①即使所設定的範圍內有各式各樣的類別，但在該類別之下只有唯一一個目標對象的情況（例：在語言學校某班級的這個範圍中，在眾多外國留學生的這個類別之中，只有一位台灣人，這位「台灣人」成為了唯一）

②因為有其獨特性，而和同類別之下的其他事物有所區分的狀況（例：相對於眼前一排的汽車，「我買的車」成為了唯一）

我們分成①和②來看一下具體的例子吧。

①設定範圍內唯一的類別

[世界上唯一的概念]

Le soleil se lève à l'est. 太陽從東邊升起。
（太陽、東邊都是世上唯一的事物）

J'ai vu une émission très intéressante à la télé(vision).
我在電視上看到非常有趣的節目。（電視播送是唯一的概念）

[被限定在組織、構造等的範圍之中]

Le gouvernement a pris plusieurs mesures.

政府採取了幾個措施。

（就法國這個框架來看，這個「政府」指的就是法國政府）

Le directeur commercial est en déplacement.

行銷長正出差中。

（若公司的行銷長只有一位的話，指的就是那位行銷長）

Il a acheté une moto la semaine dernière et il a déjà cassé **le guidon**.

他上週買了機車，就弄壞了把手。

（指的是話題中男子的機車把手。用到定冠詞的情況是認為，聽者一定知道機車那整支把手只有一個的這個知識）

[在實際現場對話時]

Tu peux me passer **l'eau**, s'il te plaît?　你可以拿那個水給我嗎？

（現場的餐桌上有水瓶，指的就是那瓶水）

Ferme **la porte**!　關門啦！

（這邊提到的門，是依聽者（你）行經路線之下所設定的範圍內的唯一一扇門，也就是聽者（你）剛剛通過的那扇門，所以說話者才會要求關門。此時房間裡可能只有一扇門或多扇門，但就算房間內有其它門，也會被排除在設定範圍外。）

[在談話中慢慢建構起來的框架]

Il était une fois un petit garçon et une petite fille. **Le garçon** s'appelait Polo et…

很久以前有一位小男孩和小女孩，那位男孩名叫保蘿，然後…

② 在設定範圍內，因為和同類別之下的其他事物不同，而被區別成唯一

(i) 所提到的目標對象，會因為修飾語而顯示出它和同類別的其它事物有所區別。看幾個例子吧。

La mère de Céline travaille dans une pharmacie.

席琳的母親在藥局工作。

（符合 mère「母親」概念的眾多對象之中，因為有「席琳的」這個修飾語，而和其它母親產生區別。）

Je vais te montrer **le sac que j'ai acheté à Paris.**
我要讓你看我在巴黎買的包包。

J'ai eu **l'occasion de lui parler.**　我取得了和他講話的機會。

> le droit de　作為…的權利 / la chance de …的運氣 /
> l'habitude de …的習慣等
>
> （因為有 de… 作為補充說明的功能，而和同類別的其它目標有所區別）

C'est dans cette région qu'on trouve **les plus beaux châteaux de France.**
就是在這個地區我們可看到法國最美的幾座城堡。
（用最高級修飾，可用來表示和其它城堡的區別性。另外，上面這個例子有明確表示出所設定的範圍是「法國」）

C'est **la première fois** que je viens ici.
這是我第一次來這裡。
（搭配序數詞使用的名詞，一般來說會加上定冠詞。例如 le deuxième enfant（第二個孩子）、le dernier métro（最後一班地鐵））

筆記 搭配 premier（最初的）或 dernier（最後的）的名詞，從語意上可判斷是表示唯一，所以一般會附加 le、la，但是有些情況下會搭配不定冠詞單數，此時意思會變成「首先的一個」「最後的一個」。

Cet accord est **un premier** pas vers la paix.
這個協定是邁向和平的第一步。

Je te donne **une dernière** chance.　我再給你最後一次機會喔。

(ii) 沒有搭配修飾語、補充要素之單獨一名詞詞組的情況
　　名詞沒有加修飾語、補充要素的情況下，意思會是「現在話題中提到的那個」「說話者們都知道的那個」的含意。但無論是何者，聽者都能夠明確指出「那個」所指的到底是哪個人事物。

Tu as acheté **le sac?**　那個包包（對話中提到的那個包包）你買了嗎？

Ça ne vous fatigue pas? － Oh, j'ai **l'habitude.**
您不累嗎？－（這種事）我已經習慣了。
（j'ai l'habitude 是常用的表現，表示「有此習慣」，原句型是 l'habitude de＋動詞，但因為談話的過程中，說話者和聽者都能了解是什麼樣的習慣，因而省略了 de＋動詞）

（3）其它重點

1 總稱（p.48 ①的特殊案例）

定冠詞也有表達總稱的用法。可數名詞的情況是用單數和複數，不可數名詞的情況則是用單數。

[可數名詞]

Le chien a un odorat très développé.
狗的嗅覺非常發達。

Les Français boivent moins de vin qu'autrefois.
法國人沒有以前那麼常喝葡萄酒了。

Léa aime **les chats**.　蕾亞喜歡貓。
（蕾亞是愛貓人士，他並不是喜歡特定某種貓或某一隻貓，而是所有貓都愛。）

[不可數名詞]

Le vin rouge contient beaucoup de polyphénols.
紅葡萄酒含有很多多酚。

Jean ne pense qu'à **l'argent**.　尚只會想到錢。

定冠詞的總稱用法，是先前①所學的特殊案例。這個用法可理解成，使用定冠詞之後會讓所指稱的目標具有獨特性，當此目標和同類別的其它項目放在一起時，這個目標整體來說就變成獨一無二了。舉例來說，「在哺乳動物的這個類別之中，雖然有各式各樣的動物，但說話者只提到狗，所以狗這個項目整體來說是獨一無二的」，或者是「在各種哺乳動物的概念中，狗這個概念是獨一無二的」。

2 定冠詞＋星期

星期前加上定冠詞單數是「每星期…都」這個總稱的意義。

Les enfants s'ennuient **le dimanche**.
孩子們每逢星期天都感覺無聊。

> 筆記 le lundi、le mardi… 等也可特定表示某個星期一、星期二。此時意思就是「當下話題中某一週的星期一、星期二…」。另外，和日期組合的時候也要像 le samedi 7 septembre「9 月 7 號星期六」一樣加上定冠詞單數。

3
限定詞

❸ 被社會或文化所建構出的類別框架中的特殊選項（p.48 ①的特殊案例）

對話中或文章中一般認為會用到不定冠詞或部分冠詞的名詞詞組，有時候反而會出現用定冠詞的情況。

Tu devrais prendre l'avion pour gagner du temps.
要節省時間的話，你最好搭飛機。
（比較：Tu devrais prendre un médicament si tu ne te sens pas bien. 覺得不舒服的話，你最好還是吃點藥。）

通常「搭乘飛機、搭飛機」會使用定冠詞說 **prendre l'avion**。這個 **l'avion** 所指的並不是「在跑道上的特定某架飛機」或「六點起飛的特定班機」，而是指大眾運輸工具中的其中一種方式。我們可以把它想成是，**l'avion** 是在「巴士、電車、飛機」這一個類別（大眾運輸）的其中一個選項，但在這個類別中，每個選項都是獨一無二的，所以會用到定冠詞。

以下來看幾個被社會或文化所建構出來的類別框架，且在這些類別中是獨一無二（因而使用定冠詞）的例子。

[大眾運輸工具]

Je prends l'avion au moins une fois par mois.
我至少一個月會搭一次飛機。

> *prendre* le bus 巴士 / le car 長程巴士 / le train 火車 / le métro 地鐵 / le tram(way) 路面電車 / le bateau 船等
> （但是 prendre un taxi（搭計程車）是用不定冠詞）

[商店]

On n'a plus de pain. Il faut que j'aille à la boulangerie (chez le boulanger).
我們已經沒有麵包了。必須要去麵包店。

> *aller* à la boucherie（chez le boucher）肉店 / à la charcuterie （chez le charcutier）熟食店 / à la pharmacie 藥局 等

[公共設施・活動]

On va au restaurant ce soir? 今晚去餐廳嗎？（在外面吃）

> *aller* au cinéma 電影院 / au théâtre 劇院 / au concert 音樂會 / au musée 美術館 / au café 咖啡館 / à l'hôpital 醫院 / à l'église 教會 / à la messe 彌撒 等

> **筆記** 教會或各式各樣的店，之所以用定冠詞，我們可以想成是因為是在特定地區範圍內的唯一一家。

> **筆記** 名詞加上形容詞之後會變成比較具象化、較實際的事物，所以使用不定冠詞。

Je préfère prendre un gros avion.
我比較喜歡搭大的飛機。

On est allés dans un restaurant chinois.
我們去了一間中式餐廳。

在大眾運輸工具或商店等的表達中會用到定冠詞，雖然可用「在該類別框架中的特殊選項」來解釋，但是難以理解的情況也是很多。為什麼只有在那樣的類別框架之下才會用定冠詞，這點目前沒有明確的解釋，只能當做慣用語來記。

舉例來說，名詞作為 **faire** 的受詞時，如家務事（打掃、洗衣、做菜）要使用定冠詞，這是因為「打掃、洗衣、做菜」等是在家務事這個類別框架中的一個選項。

Je fais **la cuisine** presque tous les jours.　我幾乎每天煮飯。

> *faire* les courses 購物 / le ménage 家事 / la lessive 洗衣 / la vaisselle 洗碗 等

不過相對的，當運動、樂器、學科目是作為 **faire** 的受詞時要用部分冠詞。

Mon fils fait **du judo**.　我的兒子在學柔道。

Je faisais **du violon** quand j'étais étudiant.
我在學生時代拉過小提琴。

Tu as fait **de la philo** au lycée?　你在高中時學過哲學嗎？

❹ 身體的部位（**p.48** ①的特殊案例）

人的身體是由很多器官、部位組合而成的，但是在身體的這個範圍內，各個部位都是獨一無二的（即使某些部位、器官是複數時），

且能和其它部位、器官作區別。因此要對自己或他人的身體部位做某動作，或說明某部位有什麼樣的感覺時，一般來說要用定冠詞。

☞ p.57 4

J'ai mal à la tête (au ventre, à la gorge, aux dents).
我的頭（肚子、喉嚨、牙齒）好痛。

Va te laver les mains! 去洗手。

5 早上・中午・晚上（p.48 ①的特殊案例）

一天是由早上、中午、晚上這三個部分所組成的，但因為是以一天當作範圍，在一天的那個範圍當中，早上、中午、晚上分別都是獨一無二的，所以要用定冠詞。

Ce jour-là, Sophie est rentrée très tard le soir.
那一天晚上，蘇菲很晚才回來。

Ma mère se lève tôt le matin. 我媽媽早上起得很早。

6 度量衡等的單位（p.48 ①的特殊案例）

度量衡（如每公斤多少錢）或時間的情況，也要用定冠詞。

Ces cerises coûtent huit euros le kilo.
這個櫻桃每公斤賣 8 歐元。

> le litre 每公升 / le mètre 每公尺 / la pièce 每個

Ils sont payés six euros cinquante de l'heure.
他們獲得時薪 6 歐元 50 分。
（相較於只用 l'heure，de l'heure 會更常用，另外也有 par heure 的用法）

La vitesse est limitée à 90 kilomètres à l'heure.
速度設限在每小時 90 公里。
（也可用 par heure。另外 kilomètre(s)-heure 也很常用）

中高級！ **名詞的總稱和冠詞**

就可數名詞的情況下，當名詞是用於總稱時，會使用定冠詞單數、定冠詞複數、不定冠詞單數這三種情況，但是它們各自都有微妙的差異。

[定冠詞單數]

定冠詞單數比較抽象，主要用於描述事物的本質、概念或總體類別（而非獨立的個體）。

Le chat est un animal territorial.　貓是會鞏固地盤的動物。

Le piano modern est né au XIXe siècle.

現代的鋼琴是在 19 世紀誕生的。

[定冠詞複數]

定冠詞複數是最普遍的用法。因為複數的表達容易讓人聯想是每個獨立個體加總起來的樣子，也是較具體的表現方式，另外，只符合一部分性質的事物，也可拿來當作是該事物全體的類別（可視為總稱的概念）（例如把「波爾多地區的紅酒」視為一個類別，凡是該地區的所有紅酒都視為該類別之下）。而且拿來當作全體的類別時，若類別之下的所有事物可用複數的概念來理解或指稱時（如波爾多地區一瓶瓶的紅酒），該類別也可變成複數。

Les Taïwanais mangent avec des baguettes.　台灣人用筷子吃飯。

Les Américains ont bombardé l'Irak.　美國對伊拉克進行空中轟炸。

Les vins de Bordeaux sont très appréciés au Japon.

波爾多葡萄酒在日本非常受歡迎。

[不定冠詞單數]

不定冠詞單數用法，可想成是從某個類別中取出任一個獨立個體，也就會帶有「凡屬於該類別的個體，自然都具該類別的特徵，也就能代表該類別」這樣意思，也就能視為總稱。那種情況下，常會用 ça 或 ce 在後面來代稱該總稱。

Qu'est-ce que tu veux? **Un bébé,** ça pleure.

你到底想怎麼樣呢？小嬰兒就是會哭。

3. 所有格形容詞

所有格形容詞是表達「我的…」「你的…」「他的…」意思的限定詞。**je**、**tu**、**il** 是拿來當作主詞使用的人稱代名詞，而所有格形容詞可說是人稱代名詞的所有格形態。和冠詞一樣，所有格形容詞可和後面的名詞當作一整個名詞詞組來使用。

（1）形態

形態會因為所有者（或擁有者）是單數（如「我的…」）還是複數（如「我們的…」）而有不同的變化形態。

[所有者是單數]

	陽性單數	陰性單數	複數
第一人稱 我的	mon	ma (mon)	mes
第二人稱 你的	ton	ta (ton)	tes
第三人稱 他（她）的 那個	son	sa (son)	ses

[所有者是複數]

	單數	複數
第一人稱 我們的	notre	nos
第二人稱 您的、你們的	votre	vos
第三人稱 他（她）們的 那些的	leur	leurs

* 當所有者是單數的情況，若後面是接單數的陽性名詞，所有格形容詞要用陽性單數形，若是接單數的陰性名詞，所有格形容詞就要用陰性單數形。若是接陽性、陰性的複數名詞，則都要用複數形。

  例：**mon père、ma mère、mes parents** 等。

* 所有者是單數，但後面的名詞（所有者所擁有的人事物）是陰性的情況，只要該名詞（或修飾此名詞的形容詞）是以母音或啞音 **h** 開頭的話，所有格形容詞就和陽性單數形的是用一樣的形態。

  例：**mon amie、ton école、son ancienne voiture** 等。

* 所有者是複數的情況，若後面是接單數名詞，所有格形容詞用單數形，若接複數名詞，則用複數形，且都不會因為陽性名詞、陰

性名詞而有所不同。

例：**votre père**、**votre mère**；**vos amis**、**vos amies** 等。

（2）用法

❶ 所有者是第三人稱的情況

　　所有者在意義上的性別到底是陽性還是陰性，都不會影響到所有格形容詞該用陽性或陰性的形態。舉例來說，**son importance** 到底是「他的重要性」還是「她的重要性」，都要從上下文中來判斷。如果所有者是單數的話，要表示「他／她的⋯」時，所有格形容詞形態該用 **son**、**sa** 或 **ses** 的哪一個，形態變化會受到後面所接名詞（所擁有的人事物）的陰陽性·單複數的影響，所有者是複數的話，該用 **leur** 還是 **leurs**，都只會受到後續名詞的單複數影響。

J'ai téléphoné à Marie. **Son fils** est malade.
我打了電話給瑪莉，她兒子生病了。

J'ai téléphoné à Marie. **Sa fille** est malade.
我打了電話給瑪莉，她女兒生病了。

　　陽性名詞單數的 **fils**（兒子）要加陽性形 **son**，陰性名詞單數的 **fille**（女兒）要加 **sa**。另外，瑪莉（所有者）雖然是女生，是陰性名詞，但不影響到所有格形容詞的形態。

❷ 所有格形容詞的含意

　　所有格形容詞和定冠詞的用法②的情況一樣，是要跟**同類別的其它個體作個區別**，有特別指明的用意。因此當用到所有格形容詞時，就表示要和同類別的其它的個體作個區別，而有其具差異性的特徵。例如，相對於眼前的一堆汽車，用「我的車」可表示出這台車是獨一無二的。也就是說，所有格形容詞單數是以「屬於所有者的那個⋯」的這個特定範圍作為前提，所有格形容詞複數則是以「屬於所有者的那些⋯」的這些特定範圍作為前提。

Hervé a vendu **sa voiture**.　愛爾維賣了他的車。
（當眼前是一堆汽車時，我們可以從「他的車」來限定到底是哪台車。）

Anne a emmené **ses filles** au zoo.
安帶了她的女兒們去動物園。

筆記 舉例來說，被問到「你星期天做了什麼事？」，回答「我和朋友去了凡爾賽」的話，一般來說會使用不定冠詞的 avec des amis（和某幾個朋友一起），也就是 Je suis allé(e) à Versailles avec des amis.。但如果換成是加了所有格形容詞的 avec mes amis 的話，就會是帶有「已限定特定範圍」、「前面已有相關的話題作為前提，提到了這些朋友」以及「你和問話者都很清楚你們談的話題內容、和你的『那些朋友』一起做了什麼」這樣的語感。因此，在沒有這樣的前提之下，用 avec mes amis 是不適當的。

另外，如果是 Je suis allé(e) à Versailles avec un ami.（和朋友去凡爾賽）的話，意思很單純就只是「和某一位『男性』朋友一起出去」。不過，要是沒有這樣已有相關話題作為前提的情況（不用 avec des amis）下，直接用 mon ami 的話，就會變成說話者獨一無二的友人，一般來說會讓人認為是「我的男友（=mon petit ami）」。

▶ 強調所有物之中的其中某一個

一般而言，要從同類別的所有項目（如我的所有朋友）中取出「某一個」時，例如「我所有朋友之中的某一位」，要用不定冠詞。

un ami à moi 我的某一位朋友（口語說法）

un de mes amis 我的某一位友人

un roman de Modiano 莫迪亞諾的某一本小說

un de ses romans 他的小說之中的某一本

❸ 所有者是「事物」的話

所有者不一定都是人，當所有者是「事物」的情況時也是用所有格形容詞。

Cette région est connue pour **sa richesse** en charbon.
這個地方因為有豐富的煤礦而聞名。

Ils connaissent bien les forêts et **leur importance**.
他們很懂森林及其重要性。

筆記 上面的例句是所有格關係出現在單一一個句子的情況。若所有格關係要用在兩個句子之中後面那個子句的話，就要用代名詞 en 和定冠詞的組合，不過還是可以用所有格形容詞。

Lise adorait Venise; elle **en** connaissait toutes **les** petites ruelles. 莉茲很喜歡威尼斯。那邊的每條小巷她都知道。

Venise est magnifique et j'**en** admire **les** canaux.
威尼斯令人驚嘆。我特別喜歡當地的運河。（用... j'admire ses canaux.也行）

4 所有格形容詞＋身體部位

　身體部位一般使用定冠詞，以強調各部位在身體的這個範圍內，每個都是獨一無二的。但是如果要特別限定某某人的某部位的話，就要用所有格形容詞來指出其所有格關係。

Montre-moi **tes mains.**　讓我看你的雙手。

Elle a gardé **ses yeux d'enfant.**
她保有那雙兒童般無邪的眼神。

5 所有格形容詞的特殊意義

　有時候會用於「某某人特有的⋯」「某某人平常習慣的⋯」「某某人說過的⋯」這樣的含意。

André boit toujours **son café** sans sucre.
安德烈總是喝他那不加糖的咖啡。

C'est ça, **ton hôtel de luxe?**
是這間嗎，你說的豪華飯店？

4. 指示形容詞

　指示形容詞是表達「（眼前）這個、那個⋯」意思的限定詞。

（1）形態

	單數	複數
陽性	ce (cet)	ces
陰性	cette	ces

* 單數的陽性名詞要加 ce，單數的陰性名詞要加 cette，複數名詞不論陽性、陰性都要加 ces。
  例：ce chien、cette voiture、ces chiens、ces voitures 等。
* 就算是單數的陽性名詞，但只要該名詞（或放在前面修飾的形容詞）是以母音或啞音 h 開頭的話，就用 cet。
  例：cet arbre、cet homme、cet énorme chat 等。

（2）用法

❶ 與法文指示形容詞對應的中文意思

法文的指示形容詞相當於中文的「這個、那個」。

Formidable! Il coupe très bien, ce couteau.
太棒了！這把刀真好切。

On m'a déjà raconté cette histoire. 這個故事有人跟我講過。

❷ 用來明確指出某目標對象

在有說話者和聽者都存在的場所中，指示形容詞可用來明確指出某人事物，並能和同類別的其它人事物作區別。以下有兩種情況。

①直接用手指或動作來明確指出目標

（拿在手上） **Je te donne ce livre.** 我給你這本書。

（手指著天上的星星） **Comment s'appelle cette étoile?**
那顆星叫什麼？

②在談話的過程中再次提及特定人事物或內容

Un homme est entré dans la salle. J'avais vu cet homme à l'aéroport. 一男子進到了房間。我之前在機場遇過那名男子。

Comment tu as eu cette idée? 你怎麼會有這個想法？

❸ -ci、-là

在搭配指示形容詞的名詞後面再加上 -ci（近）或者 -là（遠），就能表示「所提及的特定人事物」跟說話者之間的距離，以及在時間遠近上的對比（不過在日常生活中，用在時間上時，只是明確指出某個時間或時段而已）。☞ ❹ 但是 -là 有時無關遠近，只是用於強調指示形容詞。

Il est complètement dérangé, ce type-là.
那個男的完全瘋了。

❹ 早上・中午・晚上以及週・月・年等

指示形容詞和表示「早上、中午、晚上、週、月、年」等時間的名詞一起使用時，所指的是帶有「這一…」「今…」意思的時間概念，或是離「現在此刻」最接近的時段。☞ 附錄 p.468

> cette semaine 本週　ce mois-ci 本月（需要-ci）
> cette année 今年　ce siècle 本世紀
> ce matin 今天早上　cet après-midi 今天下午
> ce soir 今天傍晚、晚上（cette nuit 會依說話者說話的時間點，而有「今天凌晨」或「今天半夜」的意思）
> en ce moment 現在此刻

筆記 ce jour 會用在 jusqu'à ce jour（直到今天為止）的表達中。

▶在上面的表達中若加上 -**là** 的話，就會失去和「現在此刻」的關係（不是「今天」的意思），而會和「其他的時間點」產生關系（會是「那天」的意思）。

> ce jour-là 那一天　cette année-là 那一年　ce matin-là 那天早上
> à ce moment-là 那個時候

▶也有像下列一樣加上 -**ci**（近）或者 -**là**（遠）的表達。

> ces jours-ci 最近這幾天　　　　　ces temps-ci 最近
> à cette époque-là 那個時候　　　en ce temps-là 當時

5 用複數形

指示形容詞的複數形，也有明確指出特定對象的用法，但並不是一個一個指出（這個、這個、那個…）的用法，而是「這一類的…」這樣的語感。

（看著一大群狗）

Moi, je n'aime pas **ces** gros chiens.　我不喜歡像那樣的大狗。

（看著被鳥屎弄髒的陽台）

Ah, **ces** pigeons! Il faut qu'ils salissent tout!

啊，這些鴿子。什麼都會給它們弄髒。（帶有「與鴿子相同性質的這類生物只會讓人帶來麻煩」的語感）

5. 數量表達

舉例來說，從「狗這類生物」這個集合體或是「咖啡這類物質」這個集合體中要取出一個數量，用數量詞會比用不定冠詞或部分冠詞更能表達出實際的數量。

　　數量表達是數量詞和名詞（＋修飾要素）結合形成的名詞詞組。我們可用數量詞，如用 trois chiens（三隻狗）這樣清楚地表達出其實際的數量，也能用像是 quelques chiens（幾隻狗）、**un peu de café**（一點點咖啡）這樣用比較含糊的表現方式來表達。

（1）數量詞（基數詞）

❶ 數量詞的位置

　　大部分的數量詞會直接加在名詞的前面，且名詞務必是可數名詞。

Ils ont deux enfants.　他們有兩個孩子。

Il y a cinq cent mille habitants dans cette ville.
這個城鎮有五十萬名居民。

> 筆記 以上的數量詞也可被稱為「數量形容詞」。

　　但是 **million**（一百萬）、**milliard**（十億）、**billion**（一兆）本身是名詞，所以要透過介系詞 de 附加在後面來接名詞。

Le prix de cette villa s'élève à deux millions d'euros.
這個別墅的價格高達兩百萬歐元。

　　million 等的後面若還有其他數詞（如 cent），則名詞前面不需要 **de**。

trois millions cinq cent mille habitants
三百五十萬名居民。

❷ 和其它限定詞的組合

　　數量詞可以和「定冠詞、所有格形容詞或指示形容詞」組合，不過在這樣的組合之下，所指的對象就得是聽者也能弄清楚的對象。

Les trois petits cochons se cachèrent dans la maison de brique.　那三隻小豬藏在磚造的房子。

Nous cherchons une bonne crèche pour nos deux enfants.
為了我家的兩個孩子，我們正在找好的托兒所。

❸ 特定的數量詞

特定的數量詞可表達並不是很準確的數量，帶有「好幾個的」「少數的」或是「多數的」等意思。

C'est **cent** fois mieux.　那樣子要好很多。（←字面意義：百倍）

Il n'y a pas **trente-six** solutions.
只有一兩個解決策略而以。（←字面意義：三十六個）

Je voudrais dire encore **deux** mots sur ces virus.
關於這些病毒，我想再多說明幾句。（←字面意義：兩句）

（2）其它的數量表達

❶ 多與少

peu de 幾乎沒有的 / un peu de 少量的 /
beaucoup de 多的 / plein de 滿滿的 / pas mal de 不少的，大量的
/ énormément de 非常非常多的 / bien de（+有定冠詞的名詞）很多的

Il reste encore **beaucoup de** places.　還有很多座位。

▶雖然這些數量表達可和可數名詞、不可數名詞結合，但是只有 **un peu de** 不可用在可數名詞。

J'ai un peu d'argent.　我有一點錢。

當要用在可數名詞時，不用×**un peu de livres français**，而是用 **quelques livres français**（幾本法文書）。

> 筆記 只有 peu de 能和定冠詞、所有格形容詞、指示形容詞一起使用。

le peu de temps que j'ai passé chez toi
我住在你家的這一小段時間

▶也有幾乎脫離名詞本身的意思，而變成可表示數量的慣用語。

un tas de / des tas de 大量的
une foule de / des foules de 大量的
une poignée de 一小搓的
（tas 堆積；foule 群；poignée 放在手心的量）

Alain s'intéresse à **des tas de** choses.
艾倫對很多事情都有興趣。

2 與目的有關

> assez de 足夠的 / trop de 過多的
>
> （兩者都和 pour（為了…）有關）

Je n'ai pas **assez d'**argent **pour** acheter ce sac.
我沒有足夠的錢買這個包包。

3 分量的比較程度 ☞ p.395

> plus de 更多的 / moins de 更少的 / autant de 一樣多的 /
> le plus de 最多的 / le moins de 最少的 / tellement de 那麼多的 /
> tant de 那麼多的

Les Taïwanais ne mangent plus **autant de** riz qu'autrefois.
台灣人吃的米飯沒有以前多。

4 表示「幾個」

> quelques 幾個 / plusieurs 好幾個 / certain(e)s 某個特定的幾個

Jacques possède **plusierus** appartements à Paris.
賈克在巴黎有好幾棟公寓。

▶在這些表現中只有 quelques 能和定冠詞、所有格形容詞、指示形容詞一起使用。

Ces quelques précautions simples vous suffiront.
這幾個單純的注意事項就夠了。

5 表示「多數、少數」

[de 後面的名詞會加上定冠詞]

> la plupart de 大多數的　　la majorité de 大部分的

La plupart des gens dorment plus de cinq heures par
nuit.　大多數的人每晚都睡五小時以上。

[de 後面直接接名詞，不加上冠詞]

> une minorité de （全體之中）少數的
> une majorité de （全體之中）多數的

Seule **une minorité de** villes disposent d'un budget suffisant.　只有少數的城鎮有足夠的預算。

> 筆記 有時候也會用像是 une petite minorité de（極少數的）、une grande majorité de（大多數的）這樣的方式來強調。另外，有時候也會用像是 une minorité des pêcheurs（少數的漁夫；所有漁夫之中少數的漁夫）這樣，後面出現定冠詞＋介系詞及複數名詞。

❻ 表示「部分 partie」

[de 後面的名詞會加上定冠詞]

> une partie de 一部分的 / la plus grande partie de 大部分的

On a dû évacuer **une partie des habitants.**
當時應該要撤離一部分的居民。

> 筆記 有時候也會像 une petite partie de （極少部分的）、une grande partie de（大部分的）這樣在 partie 前面加形容詞來表達多寡。

❼ 「數」用 nombre、「量」用 quantité

> un certain nombre de 特定幾個 / un petit nombre de 少數的 /
> un grand nombre de 多數的 / (bon) nombre de 多數的 /
> le plus grand nombre de 大多數的 /
> (une) quantité de, des quantités de 大量的

用以上的慣用語時，可數名詞直接加在後面。

Un certain nombre de facteurs interviennent dans ce processus.
這個程序關係到幾個要素。

Le nouveau système scolaire soulèvera **quantité de** problèmes.
這次的學校制度會引起很多問題。

筆記 還有像 une petite quantité de（少量的）、une certaine quantité de（特定量的）、une grande quantité（大量的）這樣的數量表達，基本上會直接接在名詞之前，特別是不可數名詞。

une petite quantité de crème　少量的奶油

❽ 概數

une dizaine de 十幾個 / une centaine de 一百多個 /
un millier de 一千多個

Elle a **une centaine de** dictionnaires.
她有一百多本字典。

筆記 其它還有 huitaine（約八個）、douzaine（約十二個 → 也可表示一打）、quinzaine（約十五個）、vingtaine（約二十個）、trentaine（約三十個）、quarantaine（約四十個）、cinquantaine（約五十個）、soixantaine（約六十個）的數量用法。

▶用複數形的話就會變成數量更多、更不確定、帶有「幾…個」「數…個」的表達。

Des dizaines de 幾十個 / des centaines de 幾百個 /
des milliers de 幾千個

La grippe cause **des centaines de** morts chaque année.
每年因為流感造成了幾百人死亡。

❾ 比例的表達

la moitié de …的一半 / le tiers de …的三分之一 /
dix pourcent de …的百分之十

La moitié des étudiants n'ont pas passé l'examen.
有半數的學生沒有去考試。

筆記 後面的名詞一般來說會加定冠詞，沒有冠詞的情況就會變別的意思。請比較下列兩個例句。

20 pourcent des filles ont obtenu la mention《très bien》.
這些女生中 20% 的女生獲得「優」的評價。

L'école compte environ 500 élèves, dont 55 **pourcent de filles**.
這間學校約有 500 名學生，其中有 55% 是女生。

⑩ 表示全體&否定一切

當要表示「全體」「所有」時，定冠詞、所有格形容詞、指示形容詞、不定冠詞單數前面都要加 **tout**（陰陽性・單複數會變化）。

[單數：該事物全體]

L'incendie a détruit **tout un quartier.**

那場火災將這一區全都燒毀了。

Il a plu **toute la matinée.**　雨下一整個上午。

[複數：那些，全部，所有]

Guy a vendu **toutes ses partitions.**

吉依把他所有的樂譜都賣掉了。

Claire fait du yoga **tous les jours.**　克萊爾每天都在練瑜珈。

▶表達「全體」時，若換用「每一個」「無論哪個」的方式的話，可用下列的片語來表達。

chaque 每一的 / n'importe quel(le) 無論哪個

Il faut tenir compte de la personnalité de **chaque** enfant.

應該將每一個孩子的個性納入考量。

N'importe quel sac fera l'affaire.

無論什麼樣的包包都可以（適合）。

筆記 tout(e)（所有）用在像下面的例句時，「homme 人」已被看作是一個整體的概念，因此 tout(e)也帶有「每一個」的意思。

Tout homme est mortel.　人都會死亡。

▶要否定一切事物的話，要用下列的表達。

aucun(e) 沒有一個，沒有任何，任何一個都沒有

aucun 要和否定的 **ne** 一起使用，且一般會放在可數名詞之前，不過有時候會放在表達性質等的不可數名詞之前。

Aucune voiture n'est disponible.　沒有一台車是可供使用的。

Ce qu'il dit n'a **aucune originalité.**

他說的話完全沒有獨創性。

筆記 也有另一種用法是 nul(le)（什麼都沒有）。

3
限定詞

⑪ 類別

différent(e)s 不同的 / divers(es)各式各樣的 / toute(s) sorte(s) de 所有種類的 / une espèce de 一種 / une sorte de 一種 / un(e) certain(e) 某個

Il a traité **différents** aspects du problème dans sa conférence.
在他的演說上，他提及了該問題的各面相。

Marie portait **une espèce de** kimono.
瑪莉穿著一種和服款式的服裝。

Elle n'est pas belle, mais a **un certain** charme.
她不是美女，但有某一種魅力。

▶**différent(e)s** 和 **divers(es)**可以和定冠詞、所有格形容詞、指示形容詞一起使用。

Il est urgent d'apporter une aide financière à **ces diverses** organisations.
現在急需提供財政援助給這各式組織單位。

中高級！ **不定形容詞**

在前面的「其它的數量表達」中，有一部分可用作不定形容詞。以下列舉前面沒有提到的不定形容詞。（以下只有第一次出現的才有提供中文意思）

quelque（某種的）、quelques、certain(e)/certain(e)s、plusieurs、pas un(e)（一個…也沒有）、tout(e)、chaque、aucun(e)、nul(le)、n'importe quel(le)、tel(le)（這樣的，這種程度的）、quelconque（無論哪個，任何一個）、différent(e)s、divers(es)、maint(e)s（很多的）、même(s)（同樣）、autre(s)（別的）等等。

在以上各類不定形容詞中，也有不能單純只接名詞就構成名詞詞組的，還是得在不定形容詞前面加上限定詞才行。如 **même(s)**、**autre(s)**等等。

C'est la **même** chose.　那是一樣的事。
Les deux **autres** hôtels sont complets.　其他兩間旅館客滿了。

---

6. 以 限 定 詞 為 基 準 的 表 達 語 式

（1）〈數量詞＋特定的名詞＋de〉

將〈數量詞＋特定的名詞＋de〉的形式當作用限定詞附加在名詞前面，可以表達分量。〈特定的名詞〉有像下列的詞。

❶ 度量衡的單位

kilo 公斤 / litre 公升 / mètre 公尺 / kilomètre 公里 /
mètre carré 平方公尺 等

Un kilo de tomates, s'il vous plaît.　請給我一公斤的番茄。

❷ 時間的單位

seconde 秒 / minute 分 / heure 小時 / jour 天 / semaine 週 /
mois 月 等等

Ils ont droit à **trente jours de** congés payés.
他們有三十天帶薪休假的權利。

❸ 分類名詞

是說明事物單位與分量會用到的表達。單位名詞前面的數量詞不只是 **un(e)**，還可有 **deux**、**trois**...等等。）

une feuille de papier　一張紙
un verre d'eau（de vin 等）　一杯水（葡萄酒）
une tasse de thé（de café 等）　一杯紅茶（咖啡）
un bol de riz（de chocolat 等）　一碗飯（可可）
une bouteille de vin（de coca 等）　一瓶波爾多葡萄酒（可樂）
un paquet de cigarettes（de lessive, sel 等）　一盒香菸（洗衣粉、鹽）
un sac de blé（bonbons 等）　一袋的小麥（糖果）
une cuillerée d'huile（de vinaigre 等）　一湯匙的油（醋）
une gousse d'ail（de vanille 等）　一片大蒜（香草）等等

3
限定詞

（2）具形容詞功能

和一般形容詞一樣可以拿來作修飾詞，但某些會像限定詞一樣放在一般形容詞之前作使用。

❶ 疑問・感嘆形容詞 quel ☞ p.322③、p.337 **❶**

Vous habitez à **quel** étage? 您住在幾樓？

Quel beau temps! 多麼棒的天氣啊！

❷ 形容詞 nombreux（[數量]很多）

當複數名詞前面有形容詞，且又要加不定冠詞時，會用不定冠詞複數的 de，放在前面變成「**de nombreux**＋陽性名詞」、「**nombreuses**＋陰性名詞」的形式，以組成名詞詞組，意思是「很多的…」。

De nombreuses études montrent que le tabac est nocif pour la santé.
很多研究顯示吸菸有害健康。

7. 不用限定詞的名詞

名詞要放進句子中形成名詞詞組，一般來說要加限定詞，但根據上下文或狀況，有時也會有不用限定詞的例子，這時這些名詞也可以稱作無冠詞的名詞。

（1）表語（或補語）

表示職業、工作崗位、國籍的表語，不會加上限定詞。

Isabelle est **journaliste**. 伊莎貝爾是新聞工作者。

Xavier a été élu **conseiller municipal**.
澤維爾被選為市議員。

> 筆記 但這只是單純提及職業種類的情況，若要加上修飾要素，就要用到限定詞。

Isabelle est **une très bonne journaliste**.
伊莎貝爾是很棒的新聞工作者。

Il est devenu **notre médecin.** 他成了我們的醫生。

Je suis **un médecin!**
我身為一名醫生。（帶有「我真的是位醫生」的意思）

（2）同位語結構

被放在專有名詞後面的同位語，即用來補充說明專有名詞意義的名詞詞組，經常不會加上限定詞。

Madame de Maintenon, (la) **dernière maîtresse de Louis XIV**, naquit en 1635.
路易 14 世最後的情婦曼特濃夫人，是在 1635 年出生的。

（3）介系詞詞組

介系詞後面的名詞經常不會加限定詞。

un professeur **de français** 法語教師

不過此情況大部分都是沒有加修飾詞（如形容詞）的名詞。一般來說，沒有加限定詞的名詞，所指稱的目標對象，是缺乏具體意義的，比較不具象化的，而只是呈現一個概念而已。〈介系詞+名詞〉的這個介系詞詞組形式，主要是修飾前面的名詞來發揮形容詞的作用（介系詞很多是 à 或 de），或是發揮和動詞或句子相關的副詞作用（介系詞很多是 avec、par）。

① à

[修飾前面的名詞]

用〈à+名詞〉來修飾前面的名詞時，通常是表達用途、手段，以及外觀的特徵，來對前面的名詞來進行分類，此用法讓法文造出很多慣用語。

une tasse à café 咖啡杯 / un étui à violon 小提琴盒 /
un rouge à lèvres 口紅 / une corbeille à papier 紙簍 /
un sac à main 手提包 / un sac à dos 背包 / un moulin à vent 風車 /
une voiture à essence 汽油車 / un monsieur à lunettes 戴眼鏡的男人/
un piano à queue 平台鋼琴 / un pull à manches longues 長袖毛衣

3
限定詞

[有動作意義的慣用語]

　修飾動詞的話是表達手段、樣態。

> à pied 走路 / à cheval 騎馬 / à genoux 跪著

② de

[修飾前面的名詞]

　〈de+名詞〉修飾前面的名詞時，很多是表示素材、領域、類別等等，藉此來對前面的名詞進行分類。

> une médaille d'or 金牌 / un blouson de cuir 皮夾克 /
> un(e) camarade de lycée 高中（時代）的同學們 /
> un chien de garde 看門狗 / une voix de femme 女生的聲音 /
> une odeur de rose 玫瑰的香味 / un jour de pluie 下雨天 /
> l'esprit d'équipe 團隊精神 / un moyen de transport 交通方式 /
> les frais de chauffage 暖氣費 / un mariage d'amour 因愛而其結連理 /
> un film d'action 動作片 / un homme de talent 有才能的男人 /
> le titre de champion 冠軍頭銜 / la notion de phrase 句子的概念

[修飾前面的動詞]

　修飾動詞的話，通常是表達原因。

> trembler de froid (de peur) 因為寒冷（恐懼）而顫抖 /
> mourir de faim 死於飢餓 / sauter de joie 高興地跳起來

　▶名詞接在介系詞 de 之後的話，不用加不定冠詞複數（des、de）和部分冠詞（du、de la、de l'）。其結果就是會在 de 後面出現沒有加任何限定詞的名詞。☞ p.45 ❷

　entouré **de soldats** 被士兵們包圍
　（比較：entouré d'une troupe de cavalerie 被一批騎兵隊包圍）

　couvert **de neige** 被雪覆蓋
　（比較：couvert d'une neige épaisse 被很厚的雪覆蓋）

③ en

　大部分接在介系詞 en 後面的名詞，都不會再加限定詞，主要用來表達交通方式、語言、季節、服裝、場所、國名（陰性名詞或是以母音開頭的陽性名詞的國名）、領域、素材、狀態等等。

en voiture 開車 / en français 用法語 / en été 在夏天 /
en pyjama 穿著睡衣 / en France 在法國 /
en ville 在城市 / en règle 符合規定 /
en vigueur 有時效的 / en vente 有在賣的 /
en contact avec 和…有接觸 / une montre en or 金色的手錶 /
un film en couleur 彩色電影 /
un(e) étudiant(e) en psychologie 心理系的學生 /
entrer en gare （列車）到站 / mettre en prison 入獄 /
être en vacances 渡假中

④ avec（伴隨著…）

在介系詞後面接上抽象意義的名詞，可用來修飾某動作或狀態，括弧裡的是能對應到該表達的副詞。

avec attention 小心謹慎地（＝attentivement）
avec courage 勇敢地（＝courageusement）
avec dégoût 抱有厭惡感（沒有對應的副詞）
avec joie 感到喜悅、高興（＝joyeusement）
avec lenteur 慢慢地（＝lentement）
avec patience 有耐性地（＝patiemment）
avec prudence 慎重地（＝prudemment）
avec soin 細心地（＝soigneusement）
avec talent 有天賦地（＝talentueusement）

⑤ sans（沒有…）

介系詞 sans 有時候也會接沒有限定詞的名詞，主要表示全盤否定。

sans argent 身無分文 / sans sucre 不放糖 /
sans espoir 沒有希望 / sans limites 沒有極限的/
sans accent 沒有重音 / sans gêne 為所欲為的，毫不顧慮的

⑥ par（經由…，由於…，每一…）

介系詞 par 後面接抽象意義的名詞時可表示動作的原因或動機，另外也可表示頻率及手段。

3 限定詞

[原因・動機]

> par amour pour 出於對…的愛情 / par calcul 打算 /
> par chance 幸運地 / par curiosité 因為好奇 / par erreur 錯誤地 /
> par hasard 偶然地 / par jalousie 因為忌妒心 /
> par méchanceté 壞心地 / par peur 因為害怕 /
> par plaisanterie 開玩笑地 / par politesse 禮貌地

[頻率]

> une fois par jour 每天一次 / 100 euros par personne 每人 100 歐元

[手段]

> par avion 用空運寄送（郵件等）/ être tué par balle 被子彈打死

⑦ hors de （在…外面）

> hors de danger 脫離危險 / hors de prix 價格極高的 /
> hors de question 門都沒有 /
> hors (de) service （機械等）無法使用的

⑧ pour （作為…）

常出現的是〈avoir pour... de+動詞不定式〉的形式，pour 的後面會接不加限定詞的名詞。

> avoir **pour but** de+不定詞 （組織、規定等）以…為目的
> avoir **pour principe** de+不定詞 以…作為原則
> avoir **pour rôle** de+不定詞 以…為職責

Ce cours a **pour but** d'approfondir les connaissances grammaticales des étudiants.

這堂課的目的是為了加深學生的文法知識。

⑨ comme （作為…）

當連接詞 comme 是「作為…」的意思時，後面會接沒有限定詞的名詞。

Elle travaille ici **comme serveuse.**

她在這裡工作擔任服務生。

Qu'est-ce que vous prenez **comme dessert**?
請問您甜點要點什麼？

> 筆記 就算是〈介系詞+沒有限定詞的名詞〉是基本的形式，但在名詞前加上修飾要素後，原本的概念就會變得具象化，也因此會出現不定冠詞。

avec patience 有耐心
➡ avec **une** patience infinie 有著無限的耐心

par hasard 偶然地
➡ par **un** hasard de l'histoire 從歷史上的偶然

s'exprimer en français 用法語表達
➡ s'exprimer **dans un** français impeccable
　　用完美的法語表達自己的想法
（在這個例子中不只是用了不定冠詞，連介系詞也從比較抽象用法的 en 變成具象化的 dans）

3
限定詞

（4）星期

　沒有限定詞的星期，專指依說話者說話的時間點來看最近的那個星期、那一天，指的可能是未來或者是過去。

Murielle vient me voir **lundi.**
繆利兒會在下星期一來見我。

J'étais très fatiguée **vendredi.**　我星期五時非常累。

（5）慣用語的表達

　〈動詞+沒有限定詞的名詞〉形式的慣用語表達有很多。來看看幾個例子吧。

---

avoir faim 肚子餓 / avoir honte 羞愧 / avoir mal 痛 /
avoir peur 害怕 / avoir raison 對的 / avoir sommeil 想睡 /
donner envie de 引發做…的動力 / faire attention 注意 /
faire connaissance avec 認識 / faire peur à 讓人害怕 /
faire pitié 使人悲傷 / faire plaisir à 讓（人）開心 /
mettre fin à 讓（事）終結 / perdre connaissance 失去意識 /
porter atteinte à 侵害，損害 / prendre contact avec 取得接觸 /
rendre service à 派上用場 / rendre visite à 拜訪

筆記 以上這些表達有時為了要強調，可以在名詞前加上修飾要素，此時大多數會用到不定冠詞單數。

avoir **une** faim de loup　肚子很餓（餓得像隻狼）

avoir **un** mal terrible　非常痛

avoir **une** peur bleue　非常害怕（藍色害怕）

donner **une** folle envie　讓人超級想做⋯

faire **un** immense plaisir　打從心底高興

porter **une** grave atteinte　嚴重損害

prendre **un** premier contact　取得第一次的接觸

rendre **une** visite de courtoisie　進行帶有敬意的拜訪

不過也有不用不定冠詞單數的情況。

faire grand plaisir　讓（人）非常高興

rendre grand service　派上很大的用場

▶**il y a** 和 **c'est** 也接沒有限定詞的名詞，以慣用語的方式來表達。

Il y a cours demain.　明天有課。

Il y a grève demain.　明天有罷工。

Il y a fête au village.　村子有祭典。

Il y a marché dimanche.　星期天會有市集。

Il y a erreur sur la personne.　弄錯人了。

Il y a erreur sur le produit.　弄錯商品了。

Il y a eu confusion à cet égard.　關於這點有誤會。

Il y avait foule au poste de contrôle.　當時檢查站有許多人。

Il y a intérêt à limiter le nombre d'étudiants.

限制學生人數是有好處的。

Il n'y a pas moyen de faire autrement.　沒有其它辦法。

C'est dommage.　很遺憾。

C'est chose faite.　那已經實現了。

C'était peine perdue.　那是白費力氣。

▶也有慣用語是重複同一個沒有限定詞的名詞，中間加上特定的介系詞。

> jour après jour　日復一日
> occuper pays après pays　各國一個個占領
> de jour en jour　逐日地
> de ville en ville　從一個城鎮到另一個城鎮
> maison par maison　挨家挨戶
> examiner tous les documents page par page
> 所有檔案逐頁地查閱。
> coup sur coup　一個接一個
> faire bêtise sur bêtise　一錯再錯

（6）公告或標語

公告、標語、看板上的文字盡量以簡潔為主，所以會省略限定詞（冠詞）。

> entrée 入口 / sortie de secours 緊急出口 / attention école 注意這裡有學校 / chien méchant 注意有惡犬 / sens unique 單向通行 / stationnement interdit 禁止停車 / propriété privée 私有地 / défense d'afficher 禁止張貼 / chambre à louer 房間出租

（7）標題、目錄等

書本或畫作的標題、目錄文字等，有時限定詞（冠詞）會被省略。

> *Discours de la méthode* 『方法論』（笛卡兒）
> *Introduction à la sociolinguistique* 『社會語言學入門』
> *Impression, soleil levant* 『印象、日出』（莫內的畫）
> *Cancer du sein : révélations sur une crise sanitaire*（L'Obs）
> 乳癌：顯示公眾衛生的危機性實態的新事實（雜誌的目錄）

（8）諺語

諺語或格言有時候會因為古語法的餘韻，而使用不加限定詞的名詞詞組。

Noblesse oblige.　貴族義務
（身分地位較高的人應該要做出符合地位的行為舉止，背負相對應的義務。）

À **bon vin** point d'enseigne.
好喝的酒不需要看板（好東西不用宣傳也會獲得評價）。

Si **jeunesse** savait, si **vieillesse** pouvait.
要是年輕人有經驗的話，要是老人有力氣的話（各自有所欠缺，人生不如意十之八九）。

（9）列舉

　列舉對稱、一連串的事物時，有時為了讓語句單純、流暢，而省略掉限定詞（冠詞）。不過，也是有可能加上冠詞的。

Le contact physique entre **parents et enfants** est important.
親子之間的肢體接觸很重要。

On enseigne ici cinq langues: **anglais, allemand, italien, espagnol et russe**.
這裡教授五種語言。英語、德語、義大利語、西班牙語和俄語。

（10）住址

　道路或廣場等的名字，有時候會在沒有介系詞、沒有限定詞的情況下，被放進句子裡。

Monsieur Thibault habite **place d'Italie**.
奇波先生住在義大利廣場　（＝sur la place d'Italie）

J'habite **rue des Écoles**.
我住在學院路。　（＝dans la rue des Écoles）

J'habite **30 rue des Écoles**.
我住在學院路 30 號　（＝au 30 de la rue des Écoles）

Un grand bal est organisé **place de la Bastille** par la mairie de Paris.
在巴士底廣場有巴黎市主辦的大型舞會。

第 **4** 章　　# 代名詞

代表性的代名詞有 je、moi（我）il、lui（他、那個）的人稱
代名詞以及 ce、ça（那個）的指示代名詞。在句子中發揮主
詞或直接受詞的作用。

代名詞在文法上是名詞詞組的一種，單靠代名詞就能發揮和句子
中一般名詞詞組一樣的功能，發揮主詞、直接受詞的作用。另外，
和介系詞組合，還可以造出介系詞詞組。

> **筆記** 但是指示代名詞 celui 有特定的形式。另外，所有格代名詞是像 le mien
> 這樣，在 mien 等所有格代名詞前加定冠詞的形式，來發揮名詞詞組的功能。另
> 外，也有像間接受詞人稱代名詞（me、lui 等）或 en、y 這類本身就相當於介系
> 詞詞組的用法。

下列是代名詞的種類。

人稱代名詞	**je, moi, il, lui** 等 [以及接近人稱代名詞的 **le**（中性代名詞）、**en**、**y**]
指示代名詞	**ce, ça, celui** 等
所有格代名詞	**le mien** 等
不定代名詞	**rien, quelqu'un** 等
疑問代名詞	☞ p.322③ ▶ ,p.326①
關係代名詞	☞ p.429

1. 人稱代名詞

語言在實際生活中被使用時（說話行為），存在著「說話者」和
「聽者」的關係。說話行為中參與說話的人「說話者」和「聽者」（以
及在兩者裡面的人們）就是第一人稱、第二人稱的人稱代名詞。另
一方面，第三人稱的人稱代名詞是針對沒有參與說話行為、僅作為
話題中談到的人或事物。

（1）人稱代名詞的形態

人稱代名詞會因為在句子中發揮的文法作用（主詞、直接受詞等）
而產生像下表的形態變化。

			非重讀形			強調形
			主詞	受詞（補語）		
				直接受詞（補語）	間接受詞（補語）	
單數	第一人稱		je	me		moi
	第二人稱		tu	te		toi
	第三人稱	陽性	il	le	lui	lui
		陰性	elle	la		elle
複數	第一人稱		nous	nous		nous
	第二人稱		vous	vous		vous
	第三人稱	陽性	ils	les	leur	eux
		陰性	elles			elles

* je、me、te、le、la 在以母音或以啞音 h 開頭的單字前會發生母音省略，變成 j'、m'、t'、l'、l'。

例：j'ai, il m'a dit, je l'ai vu(e)

* me、te 在肯定命令句中會變成 moi、toi。☞ p.85

▶間接受詞

間接受詞人稱代名詞會拿來代替〈介系詞 à+（人）〉，且一般來說不會用來代替 à 以外的介系詞。☞ p.92 (7)

Je téléphone à Sophie. ➡ **Je lui téléphone.**
我打電話給蘇菲。 我打電話給她。

但是根據動詞，有分使用間接受詞人稱代名詞（如 me、lui 等）的和使用〈à +強調形〉（如 à moi、à lui 等）的這兩種類型。
☞ p.166

Je te téléphone.
我打電話給你。（×Je téléphone à toi.）

Je pense à toi.
我在想你的事情。（×Je te pense.）

▶非重讀形

主詞、直接受詞、間接受詞的人稱代名詞，都是要跟動詞一起使

用的。根據句子的種類，會被直接放在動詞的前面或後面，有些在發音上會直接跟動詞連音或產生母音省略現象而合成一個音。這種和動詞有緊密關係、並產生動詞變化的這個形式，稱作**非重讀形**。

　　相對的，**強調形**大部分會出現在離動詞較遠的位置，而且也可以單獨使用。 ☞ p.86

　　筆記 用法語表達時，在最後的一個音節都會有強調的重音（也就是說，會被清楚地發音）。經常單獨使用或放在句尾使用的強調形，尤其又有強調的重音，所以也被稱作強調形。

（2）人稱代名詞的基本意思

　　以下是人稱代名詞的基本意思。

[第一人稱單數]　je、me、moi
● 相當於「我」，指的是「說話者」。
● 此人稱代名詞本身在形態上沒有性別的區別。

[第二人稱單數]　tu、te、toi
● 相當於「你」，指的是「聽者」。
● 家人、朋友等關係親近的人，或者對象是小孩。（如果關係上有些距離，用第二人稱複數的 vous）
● 此人稱代名詞本身在形態上沒有性別的區別。

[第一人稱複數]　nous
● 相當於「我們」，指的是包含了「說話者」的所有人（複數）。
● nous 可用於包含「聽者」或不包含「聽者」的情況。

[第二人稱複數]　vous
● 相當於「你們、各位」，是包含「聽者」的所有人（複數）。

Les enfants, **vous** allez **vous coucher** maintenant.
（對方為複數）孩子們，你們差不多該去睡覺了。

・相當於「您」，主要是對「聽者」保持關係上的一點距離。

Vous êtes seule?　（對方是一個人）請問您是一個人嗎？

　　筆記 想要對對方親切、想保持更親近一點的關係，而想使用第二人稱單數（你）來互稱時，法文用動詞 tutoyer。相反地，若想保持一點距離，而用第二人稱複數來互稱時，會用動詞 vouvoyer 來表達。

4
代名詞

81

[第三人稱]　單數：「陽」：il、le、lui、lui / 「陰」：elle、la、
　　　　　　　　　　lui、elle
　　　　　　複數：「陽」：ils、les、leur、eux / 「陰」：elles、
　　　　　　　　　　les、leur、elles

- 可用來代替上下文中在前面已出現過的（或後面出現的）名詞詞組。

- 相當於「他（們）、她（們）」、「那（些）」等。不只適用於「人」，也能用於「事物」。

- 有陽性形和陰性形。用於「事物」的話，會依該名詞詞組在文法上的陰陽性來做變化，若有陰性陽性同時存在的話，會統一用陽性複數形。

Isabelle est là? — Non, elle n'est pas là.
伊莎貝兒在嗎？－她不在。（elle = Isabelle）

Elles sont magnifiques, ces photos. Tu les as prises où?
這些照片拍得真好，你是在哪拍的呢？（Elles, les = ces photos）

- 但是間接受詞（如 lui、leur）只能用在「人」。

Je lui ai prêté de l'argent.　我借了錢給他（她）。

- 有時候，說話者會在指著眼前的那個「人」的同時，口中提到「這個人、那個人」，這時會使用第三人稱。

Lui, je l'ai vu quelque part.　那個人，我好像在哪裡看過。

（3）句子中人稱代名詞的位置「非重讀形」

以下先來確認非重讀形人稱代名詞，會出現在句子中的哪個位置。

❶ 主詞人稱代名詞的情況

和一般的名詞詞組一樣，人稱代名詞也是放在動詞的前面。

Je viens demain.　我明天會來。

但是在特定的情況下，例如用在疑問句中，主詞人稱代名詞也會放在動詞的後面。☞ 倒裝 p.383

Où êtes-vous?　您在哪裡？

▶一般來說，可以放在主詞和動詞之間的，有否定詞的 **ne**、直接受詞、間接受詞的人稱代名詞（兩者統一稱作受詞補語人稱代名詞）、代名詞 **le**（中性）、**en**、**y**。

Vous **ne** venez pas demain? （否定詞）
您明天不會來嗎？

Elle **m'**a donné un cadeau. （間接受詞人稱代名詞）
她送了禮物給我。

J'**en** parlerai à mes parents. （代名詞 en）
我將會跟我父母講那件事。

> **筆記** 副詞一般來說不放在主詞和動詞之間。 ☞ 副詞的章節 p.279

Elle regarde **toujours** la télé. 她總是在看電視。
（╳Elle toujours regarde...是不正確的）

❷ 受詞補語人稱代名詞的情況

受詞補語人稱代名詞不管是直接受詞還是間接受詞，一定會放在動詞的前面（若動詞是複合形的話，如複合過去時，就是放在助動詞的前面），固定和動詞一起出現。

Tes parents, tu **les** vois parfois? （直接受詞）
你有時候會去看你的父母親嗎？

Tes parents, tu **leur** téléphones parfois? （間接受詞）
你有時候會打電話給你的父母親嗎？

Tu **l'**as lu, ce livre? （複合過去時）
這本書你看過了嗎？

否定詞 **ne** 也不能放入受詞補語人稱代名詞和動詞之間。

Tu **ne** lui as pas téléphoné? 你沒有打電話給他／她嗎？

> **筆記** 可以放到受詞補語人稱代名詞和動詞之間的，只有代名詞 en、y 而已。

Anne nous **en** a parlé. 安跟我們說了那件事。

▶**動詞是不定式的情況**

當動詞是不定式的情況時，要當此動詞的受詞的話，直接受詞、間接受詞人稱代名詞也都是放在此動詞前面。

C'est facile de **lui** faire peur. （間接受詞）
要讓他（她）害怕很簡單。

4
代名詞

Merci de **m'**avoir appelé.　（直接受詞）
謝謝打了電話給我。

當不定式是接在助動詞或其它動詞之後時也是，若受詞補語人稱代名詞是不定式的受詞時，也是要直接放在前面。

Tu peux **m'**aider?
你能幫我嗎？（m'是 me 的縮寫，是 aider 的直接受詞）

Vous allez **lui** dire la vérité?　（lui 是 dire 的間接受詞）
您打算告訴他（她）真相嗎？

Je suis allé **la** voir samedi.　（la 是 voir 的直接受詞）
我禮拜六去看她。

但和使役動詞、放任動詞、感官動詞一起用時，規則稍微有些不同。　☞ 使役動詞 p.361、放任動詞 p.366、感官動詞 p.370

▶**過去分詞和直接受詞人稱代名詞的一致性**

當動詞是複合過去時的話，過去分詞會和直接受詞人稱代名詞的陰陽性‧單複數保持一致。

Regarde ces photos. — Tu **les** as prises comment?
看這些照片。─這些你是怎麼拍的？

Le prof **nous** a aidés.
（此句中的 nous 可能是只有男生，或是男女都有）
老師幫了我們。

▶**語順的例外：肯定命令句**

在肯定命令句裡，受詞補語人稱代名詞會放在動詞的後面，並用連字號（-）（即 **trait d'union**）接在一起。

Laisse-**la** tranquille.　（直接受詞）
讓她一個人靜一靜。

Dis-**lui** bonjour de ma part.　（間接受詞）
代我跟他（她）問聲好。

人稱代名詞是 **me**、**te** 的話會變成強調形的 **moi**、**toi**，放在動詞的後面主要是因為需要強調形。

Laisse-**moi** tranquille.　讓我一個人靜一靜。

Dépêche-**toi**!　快一點！（此為代名動詞 se dépêcher 的命令式）

❸ 當直接、間接受詞兩者都是人稱代名詞時的語順

直接受詞、間接受詞兩者都是用人稱代名詞的情況下，會變成下列的語順，且只會有 **A** 或 **B** 的可能性。

A	第一、第二人稱<u>間</u>接受詞 me　nous te　vous	———	第三人稱直接受詞 le　la　les

B	第三人稱直接受詞 le　la　les	———	第三人稱<u>間</u>接受詞 lui　leur

[A 的例子]　Claude **me les** montré(e)s.
克羅德給我看了那些。

Je **vous** la donne.　我要給您那個。

[B 的例子]　Je vais **les lui** montrer.　我要給他（她）看那些。

Tu **la leur** donnes?　你要給他們（她們）那些嗎？
（＊單純粗體字的是直接受詞，粗體字又有底線的則是間接受詞。）

筆記 A、B 以外的組合，也就是當直接受詞是第一、第二人稱的情況，就要像下列一樣，將間接受詞變成〈à+強調形〉。

Tu **me** présentes **à lui**?　你要把我介紹給他嗎？

Je **me** confie **à vous**.　（me 是反身代名詞 ☞ p.91 和直接受詞）
我相信您（你們）。

▶語順的例外：肯定命令句

肯定命令句的情況，會像下表一樣都變成〈直接受詞－間接受詞〉的語順。但不能用在直接受詞是第一、第二人稱的組合。

第三人稱直接受詞		第一、第二、第三人稱<u>間</u>接受詞	
le　la　les	———	moi toi lui	nous vous leur

[肯定命令句的例子]　Donne-**le**-**moi**.　給我那個。
Montrez-**les**-**leur**.
把那些給他們（她們）看。

4
代名詞

筆記 在口語裡很常出現雖然是肯定命令句但用 A 的語順，就像下面這個句子。

Donne-**moi-le.**　　那個給我。

筆記 肯定命令句的情況，當直接受詞是第一、第二人稱受詞代名詞的話，會將間接受詞變成〈à+強調形〉，就像下列的句子。

Présente-**moi à lui.**　　把我介紹給他。

Confie-**toi à moi.**　　相信我。

（4）強調形的用法

強調形會出現在當人稱代名詞在句中發揮像下列一樣的作用時。

❶ 單獨使用或用來強調時

[單獨使用]

針對對象（主詞、直接受詞）的疑問，要回答時會以簡答的方式，而不以完整句子的形式來表達。

Qui veut du cognac? — Moi.
有人想要干邑白蘭地嗎？－我。

[用來強調]

拿到句首或句尾來強調主詞、直接受詞。 **脫離句法 p.380** （以下例句中，中文翻譯後面有說明強調的對象為何，請見後面括號內的說明）

Nous, on vient ici tous les ans.
我們每年都會來這裡。（強調主詞）

Elle, c'est ma petite amie.　　她是我的女朋友。（強調主詞）

Tu le connais, lui?　　你認識那個人嗎？（強調直接受詞）

筆記 「Moi, je...」或是「Toi, tu...」等的形式很常被使用，前面用強調形來強調，後面則用主詞的代名詞來引導整個句子。用在書面語的時候，會像下列的例子一樣，只出現第三人稱的強調形，並省略主詞人稱代名詞的形式。在這個情況下不會有連誦、連音。

Lui(,) n'a peur de rien.　　他呀，什麼都不怕。

Elle, avait sans doute tout compris.　　她呀，應該已經知道一切了。

▶ 和 aussi、non plus 等一起時

副詞的 **aussi**（也是）、**non plus**（也不是…）、**même**（甚至連）、**en particulier**（特別的）、**seulement**（只有），或者是否定

詞 **pas** 等，經常跟強調形搭配使用。（這些詞不會跟非重讀人稱代名詞搭配使用。）

[單獨使用]

J'ai faim. — **Moi aussi. / Pas moi.**
我肚子餓了。－我也是。/ 我不餓。

[用強調形]　（＊以下例句中，中文翻譯後面有說明強調的對象為何，請見後面括號內的說明）

Toi en particulier, tu devrais la comprendre.
特別是你一定要去了解她一下。（強調主詞）

Même eux (,ils) ne pourront pas éclaircir cette énigme.
就連他們都沒辦法解開這個謎題。（強調主詞）

Lui non plus, je ne l'aime pas.
我也不喜歡他。（強調直接受詞）

▶和 et 等連接詞一起使用

強調形很常和對等連接詞 **et**（和；然後；那麼）一起使用，也很常和對等連接詞 **ou**（或）、**ni**（也不是）等連用。（這些詞不會跟非重讀人稱代名詞搭配使用。）

[單獨使用]

Comment vas-tu ? — Très bien. **Et toi?**
你好嗎？－非常好。你呢？

Qui va conduire? — **Toi ou Claire.**
誰來開車？－你或克雷爾。

[用強調形]

Sarah et moi, nous allons nous marier.
莎拉和我，我們要結婚了。

Ni vous ni votre frère, vous ne pouvez pas vous occuper de votre mère?
您和您哥（弟）都沒辦法照顧您母親嗎？

Benoît voudrait nous inviter, **toi et moi.**
布諾瓦想要邀請我們，你跟我。

筆記 用於書面語時，雖然能和對等連接詞 et 連用，但 et 前後任何一方或兩方只要是第三人稱代詞的話，一般不會用非重讀形代名詞。

Sa femme et lui sont partis en vancances.

他太太和他已經出發去渡假了。

（Sa femme et lui, ils sont...是口語的講法）

在書面語裡，接在強調形人稱代名詞之後，來引導句子的非重讀形代名詞中，非重讀形代名詞的 nous、vous 經常會被省略。

Mes cousins et moi (,nous) allions souvent jouer dans cette grotte.

我和我的表兄弟們以前常去那個洞穴裡玩耍。

另外，用於 ni... ni...的情況時，引導句子的非重讀形代名詞也有省略的跡象。

Ni Léa ni son mari (,ils) ne voulaient se séparer.

蕾亞和她老公雙方都沒想過要分開。

▶和關係子句一起使用

強調形也可和關係子句連用。（關係子句不會接在非重讀形的人稱代名詞之後。）

Toi, qui connaît bien Taïwan, tu pourrais nous conseiller des endroits à visiter?

你是很懂台灣的專家，可以推薦我們去觀光的景點嗎？

❷ 和介系詞一起使用

在介系詞後面放人稱代名詞的話，就要用強調形。用〈介系詞+人稱代名詞的強調形〉構成介系詞組，來當作句子中的間接受詞或狀況補語。

Je compte **sur toi**.

我要拜託你了。（間接受詞）

Je serai **chez moi** de midi à deux heures.

我從中午到兩點都會在家。（表示地點的補語）

Il ne pourrait pas vivre **sans elle**.

他少了她活不下去。（表示條件的狀況補語）

Nous sommes très fiers **de vous**.

我們非常以各位為榮。（形容詞的補語）

❸ 和 c'est、il y a、être 等一起使用

接在繫詞（特別是 **être**）之後並用人稱代名詞當補語時，此人稱代名詞要用強調形。強調句法的 **c'est** 的後面，或者是 **il y a**（有⋯）的後面，也都是放強調形。

Monsieur Durand? — c'est **lui**.
杜蘭先生是？－是他。

Tout le monde a échoué. — Mais non, il y a encore **moi**.
大家都輸了。－才不是呢，還有我在。

Si j'étais **toi**, j'attendrais jusqu'à lundi.
如果我是你的話，我就會等到禮拜一。

❹ 和比較級的 que、表示「只有」的 ne...que 一起使用

在比較級中引導比較對象的 **que** 的後面，或者是 **ne...que**（只有）的後面要放人稱代名詞的話，就要用強調形。

Mon fils est plus grand que **moi**. 我兒子比我還要高。

René n'attendait que **toi**. Tu devrais le comprendre.
雷內在等的就只有你。你應該懂的。

> 筆記 和 ❶ 不同，❷ ❸ ❹ 的強調形人稱代名詞，會被放進主要句子的本體。舉例來說，在上面 ❹ 的句子中，強調形 toi 就直接當作直接受詞被放進句子之中。

（5）主詞代名詞 on

on 是只能當作主詞來使用的代名詞，語源上和 **homme**（人類）幾乎一樣，基本上是表達非特定的人，但是在日常會話中經常代替第一人稱複數的 **nous**。

❶ 表達非特定的人

[人們]

Comment **on** dit « c'est bien » en anglais?
« c'est bien »的英文要怎麼說呢？

On sait depuis longtemps que la licorne n'existe pas.
從很久以前，人們就深知獨角獸不存在了。

On fume de moins en moins en France.
在法國大家愈來愈不吸菸了。

4
代名詞

在上面的三個例子中，**on** 是相當於「一般人」「世人」「大家」的含意。

▶**on** 也用在說明「一般來說⋯」「一般來說不應該⋯」以及一般的常識。

On dit merci. （在小孩子面前教他說）我們要說「謝謝」。

[某個人]

Tiens, **on** sonne. 喔，門鈴響了。（有人按鈴）

Madame Morin, **on** vous demande au téléphone.
莫蘭夫人有您的電話。（有人打電話找您）

On m'a dit qu'il fallait attendre. 聽說要等。（有人跟我說要等）

從這些例子中若不確定主詞是誰，或者不需要特別說明主詞是誰的話，會使用非特定的主詞 **on**。

2 用來代替主詞 nous（我們）

On commence? 我們要開始了嗎？

Qu'est ce qu'**on** fait demain? **On** joue au tennis?
我們明天要做什麼？我們要打網球嗎？

▶可用在強調形之後，作為引導句子的主詞。

Henri et moi, on va en Grèce cet été.
翁理和我，我們今年夏天要去希臘。

▶因為 **on** 本身就有「我們」的意思，所以與之搭配的形容詞或過去分詞也要變為複數形，若主詞都是女性的話，形容詞或過去分詞也都要變成陰性形。

Les garçons sont partis très tôt. Mais nous, **on** est part**ies** à dix heures.
男生們很早就出發了，但我們是十點就出發了。

3 on：其它場合
on 以「非特定的人」和「我們」的意思來使用的機率非常高，但是也會拿來代替其它人稱。

[相當於 je]

Monsieur, s'il vous plaît! — Oui, oui, **on** arrive.
（對服務生）先生，不好意思！－是，我馬上過去。

[相當於 tu]

Alors, **on** fait la moue? （對小孩子等）怎麼了嗎，你生氣了嗎？

[第三人稱]

On ne travaille jamais, et on veut avoir une bonne note!
（依上下文很明顯在指特定的人）完全不念書的，卻想要有好成績（真服了你）。

> **筆記** 在書面語中 on 會加上定冠詞變成 l'on 的形式，以避免接在母音之後會產生發音上語意不清的狀況，尤其在 et、ou、où、si 等的後面比較常出現。

…et l'on a observé une baisse sensible du pouvoir d'achat.
…然後可以看到購買力明顯下降。

（6）反身代名詞

　　和主詞是同樣的人事物，可以當作直接受詞或間接受詞使用，這樣的受詞人稱代名詞就是反身代名詞。☞ p.180 反身代名詞第一、第二人稱的規則和第三人稱的規則稍微不同。

1 第一、第二人稱

　　一般的受詞補語人稱代名詞（**me**、**te...**）和強調形（**moi**、**toi...**）可以直接保持原形態當反身代名詞使用。

Je me suis regardé dans la glace. 我照了鏡子。

Je pense à **moi**(-même). 我在思考我自己的事情。

2 第三人稱

　　第三人稱的反身代名詞一律是 **se**，無關主詞的陰陽性・單複數，且可成為直接受詞、間接受詞的反身代名詞，

Il s'est regardé dans la glace. 他攬鏡自照。

Anne et Marie ne **se** parlent plus. 安和瑪莉彼此不再說話了。

▶強調形代名詞的情況

關於第三人稱強調形代名詞，會分成以下兩種狀況。

[使用普通的強調形]

當說話者要說明主詞對主詞本身所做的某事，就用普通的強調形（lui、elle...）。

Ils ne pensent qu'à **eux**(-mêmes).
他們只想自己的事。

Un mot « autologique » est un mot qui s'applique à lui(-même).
「自體」一詞適用於這個詞本身。

（為了強調 eux 或 lui 所指的不是指稱其他人，而是主詞本身的情況下，這時會加上 -même(s)）

[使用反身代名詞 soi 的情況]

soi 是 **se** 的強調形，是在主詞帶有總稱意義時使用，如 **qui**（…的人）、**personne**（沒有人是…）、**chacun**（每個人）、**tout le monde**（大家）、非特定的 **on**（人們）等。

Qui n'est pas bon pour soi ne l'est pour personne.
（諺語）對自己不好的人對誰都不會好的。

On ne dort jamais mieux que chez soi.
我沒睡過比自己家還要好睡的地方。

（7）間接受詞人稱代名詞：其它的用法

間接受詞人稱代名詞，雖然是用來代替動詞後面接的「à+人」的代名詞 p.80，但是也有稍微不同的用法。

❶ 形容詞的補語

當「介系詞 **à** 或 **pour**+人事物」在句中是作為形容詞的補語時，間接受詞人稱代名詞可用來代替此介系詞詞組。

Jean lui est resté fidèle jusqu'à la fin.
尚一直到最後都對他（她）忠實。（fidèle à ... 對…忠誠的）

Il m'est impossible de vous répondre maintenant.
現在無法馬上回答您。
（此為文雅的講法，在日常話中不用 m' 而是用 pour moi）

❷ 和表示身體部位的詞一起使用

和表示身體部位的詞一起使用，以表示對某人的身體部位所做的某動作。

Je lui ai serré la main. 　我跟他（她）握了手。

Cécile m'a tiré les cheveux. 　賽西爾拉了我的頭髮。

Je me suis cogné la tête. 　我撞到了頭。（代名動詞）

> **筆記** 上面第一和第二個例句用一般的名詞詞組表示身體部位，且不是用〈à+人〉提到對方做了什麼，而是用間接受詞人稱代名詞。以下是用所屬關係的 de 來提到對某人的身體部位做某動作。

serrer la main **d'**un supporter 　和支持者（球迷）握手

tirer les cheveux **de** Lucie 　拉露西的頭髮

❸ 表示受益者、被害者

對於和動詞（動作本身）沒有太直接的關聯，但卻會從此動作中獲得利益或受到傷害的對象，我們也可以用間接受詞人稱代名詞來表示。這是比較口語的用法，若對象是受益者的話，也可以換用〈**pour**+人〉表示。

Tu me coupes encore un petit morceau?
（肉、蛋糕等）你可以再切一塊小的給我嗎？（=pour moi）

Chante-nous une chanson japonaise!
唱一首日本歌給我們聽。（=pour nous）

On lui a mangé son gâteau.
他（她）的蛋糕被別人吃掉了。

❹ 引起注意或強烈關心

當說話的內容主要是要「聽者」來注意一下自己這邊，或是表示「說話者」的強烈關心的話，也會用間接受詞人稱代名詞，這是很口語的講法。

Regarde-moi ça!
（看到非常驚人、厲害的東西時）來看看這個。

Je te lui ai passé un de ces savons!
我幫你狠狠地教訓他了。

> **筆記** 有時候會出現像是 te lui（上面第二個例句）或 te me le 這樣不規則的組合，已超出一般使用受詞人稱代名詞的範圍。

5 相當於 chez...

間接受詞人稱代名詞有時會相當於〈chez+人〉。

Je lui trouve bien des qualités. （=chez lui、chez elle）
我覺得他／她有很多的優點。

（8）人稱代名詞：其它重點

1 ils 的特殊用法

在日常會話中，第三人稱複數的 ils（les、leur、eux）很常用於政府・政府機關・企業・組織等包含「有關當局」的含意。這個情況下，根據上下文，**ils** 不見得能明確地代替前面特定哪個名詞組，但根據話題所圍繞的重點，還是可以判斷出是哪個有關當局。

Ils nous piquent encore notre argent.
（針對國家）他們還是會從我們身上把錢給搶走。

Ils ne veulent pas m'inscrire sur la liste des chômeurs.
（針對政府機關）他們不想讓我登記失業人士名單。

2 非人稱的 il

第三人稱單數的 il 會被當作非人稱句法的主詞來使用。

☞ 非人稱句法 p.342

Il faut être patient. 必須要有耐心才行。

另外，還有當作插入句來使用的 **il est vrai**（的確、說實話）或表示禮貌的 **s'il vous plaît**（麻煩您，拜託您）等的慣用語。

3 謙虛的 nous

在論文等裡會用 **nous** 來代替 je，讓主詞顯得不是很明確、直接，以表示謙虛。

Nous avons essayé, dans cet article, de montrer que (...)
我們在這個論文裡試著証明（...）。

4 慣用語中的 le、la

在慣用語之中，有時候會在動詞前面加上意思不是很明確的 **le** 或 **la**，並不是用來代替上下文中提到的某個名詞詞組，而只是因是慣用語。

l'emporter sur　戰勝⋯　　　l'échapper belle　驚險地逃脫

Je vous **le** donne en mille / en cent.

讓你們猜，肯定猜不到。（直譯：一百／一千個之中只會中一個）。

Ça **la** fout mal.　會給人不好的印象。（口語表達）

2. 代名詞 le（中性）、en、y

　　中性代名詞 **le**（把那件事）可用來代替不定式或句子，代替前面提到所發生的事或狀態，就文法上來說是作為直接受詞使用。但因為不像人稱代名詞的 **le**、**la** 一樣是用來代替陽性、陰性的名詞詞組，所以被稱作「中性代名詞」。

　　代名詞 **en**、**y**（關於那件事）也有同樣的「中性」作用。相對於 **le** 是直接受詞，**en** 是用來代替包含「介系詞 **de**+名詞」的表達，而 **y** 是用來代替包含「介系詞 **à**+名詞」的間接受詞。

　　因 **en**、**y** 也可以代替名詞詞組，所以適用範圍不僅限於「中性」。

　　le、**en**、**y** 還有其它的用法。以下先來確認 **le**、**en**、**y** 在句子中的位置。

* **le**、**en**、**y** 都是非重讀形的代名詞，都可直接放在動詞的前面。但是在肯定命令句中會直接放在動詞的後面，並用連字號（-）連接（例：**Vas-y.** 去吧；做吧）。

* 中性代名詞 **le**，跟直接受詞人稱代名詞 **le** 放的位置一樣。

☞ p.85

* 將 **en** 和 **y** 跟受詞補語人稱代名詞一起使用時，要放在受詞補語人稱代名詞的後面。

受詞補語人稱代名詞	──	en y	──	動詞

例：Je **t'en** parle.　我要告訴你那件事。

　　Elle **m'y** a conduit.　她把我帶到那裡去了。

* 用於肯定命令句的話，放於動詞後面，且也是相同的語順。

　　Donnez-**m'en**.　請給我那個。

（1）中性代名詞 le

有當作直接受詞的情況，也有主詞補語的情況，兩種情況都是直接放在動詞的前面。

❶ 當作直接受詞

有「把那件事給」的意思，用來代替前面提到的句子（發生的事或狀態），經常是如 **dire**（說）、**il faut**（一定要做）等的直接受詞。

Marie part quand en France? — Elle ne te l'a pas dit?
瑪莉什麼時候出發去法國的？－她沒有告訴你嗎？
（l'= le =「瑪莉什麼時候出發去法國」這件事）

Le premier ministre va démissionner.
— Tu l'as appris comment ?　（l'= le =「首相請辭」這件事）
首相要請辭了。－你怎麼知道這件事的？

Je t'accompagnerai, s'il le faut.　（le =「我跟你一起去」這件事）
我跟你一起去吧，如果需要的話。

> **筆記** 在日常會話裡，有時候不用 le 而是用 ça。ça 放在動詞的後面，也就是說放在一般名詞作為直接受詞時的位置。

On ne peut pas fumer ici. Tu ne savais pas ça?
在這裡不可以抽菸。你之前不知道嗎？

▶le 的省略

在很多表達中，需不需要再加上 **le**（用來代替前面提到的某內容），有時是很隨意的，尤其是跟特定某些動詞配合時，在日常會話中一般都會省略到這個 **le**。有時，使用 **le** 反而是比較生硬的講法，或者是為了要特別強調前面提到的那件事時，才會用到 **le**。

Marie va en France. — c'est vrai? Je ne savais pas.
瑪莉要去法國。－真的嗎？我不知道。

Fabrice est encore à l'hôpital ? — Oui, je crois.
法布利思還在醫院嗎？－嗯，我想是的。

[可以省略 le 的動詞]

savoir 知道 / croire 覺得 / penser 思考 / oublier 忘記 /
imaginer 想像 / supposer 推測 / espérer 希望 /
promettre 約定 / accepter 承諾 / refuser 拒絕 /
pouvoir 能夠 / devoir 應該 / il faut 必須等等

筆記 上面舉的動詞之中，croire、penser 只有在「非常深信、認定那件事」那樣有著強烈意念時，才會出現 le，而 pouvoir、devoir 也是一樣有此用法，且不會用 ça 來代替 le。

Vous pensez qu'il est sincère? — Oui, je **le** pense vraiment.
您認為他是發自內心的嗎？
－是的，我真的相信是這樣。

Est-ce qu'il doit leur pardonner? — Oui, il **le** doit.
他一定得原諒他們（她們）嗎？－沒錯，他得原諒。

對於其它的動詞，一般來說，有「省略」「使用 le」或「使用 ça」三種可能。
但是 il faut 沒有「ça 的使用」，但當 ça 是在指事物的時候就可以使用。

筆記 也有些動詞不能省略 le 或 ça。
例：annoncer 通知 / apprendre 知道 / conseiller 推薦 / demander 委託、詢問 / dire 說 / interdire 禁止 / prévoir 預定、預測 等

▶不能使用 le 的動詞
有一部分的動詞不能使用中性代名詞 le，有的動詞是將 ça 當作直接受詞來使用，有的動詞則是省略直接受詞。

[使用 ça 的動詞]

aimer 喜歡 / adorer 很喜歡 / détester 討厭 / préférer 比較喜歡

像上面一樣表達「喜好」的動詞，一般會使用 ça 來代替不定式或子句。

Tu es maintenant habitué à parler en public?
— Ah non, toujours pas. Je déteste **ça**.
你現在習慣面對群眾說話了嗎？
－不，還是一樣不行。我討厭那樣。

[le 和 ça 都不用的動詞]

commencer 開始 / finir 結束 / arrêter 停止 / continuer 繼續 / essayer 嘗試

用到像是前面這些動詞時，並不會使用 le 和 ça 來代替前面提到的內容，且會省略掉直接受詞。

Tu fais toujours de l'exercice le matin ? — Non, j'**ai arrêté**.
你總是在早上做運動嗎？－沒有，我中斷了。

4
代名詞

筆記 不過就「喜好」的動詞或是「開始、結束等」的動詞來說，只要受詞是某個特定的人或事物的話，還是會出現 le。但是這裡所出現的 le 是人稱代名詞 le（陽性單數）。

Je l'aime beaucoup, ce livre.　這本書我很喜歡。

Tu as fini ton article? — Oui, je l'ai (j'ai)fini.

你論文完成了嗎？－嗯，我完成了。

▶ **le faire**（做那個）

主要是為了避免重複使用同一個動詞，而用 **le faire** 來代替前面用過的動詞（＋受詞）。這是中性代名詞 **le** ＋動詞 **faire**（做）的組合。

Je peux ranger tes livres, si tu veux.
— Merci, mais je vais **le faire** moi-même.

你需要的話，我可以幫你整理你的書。－謝謝，但是我要自己來。

❷ 當作主詞的表語

中性代名詞 **le** 也可以當作主詞的補語，來代替可表示性質或職業的形容詞組、名詞詞組。此時，無關主詞的陰陽性、單複數，一律都用 **le**。是非常文雅的說法。

Vous vous comportez comme un pacifiste maintenant.
— Moi, je l'ai toujours été!

您現在的行為舉止彷彿是個和平主義者。－我從以前就是（和平主義者）了！

Si mon hypothèse est inappropriée, la vôtre ne **le** semble pas moins.

假如我的假設不妥當，您的看起來也差不多同樣（不妥當）。

筆記 會有這類用法的動詞，僅限於下列這幾個。
être 是… / devenir 變成… / rester 維持… / paraître 看起來像… / sembler 看起來像…

筆記 如果是一般的口語會話，重複前面提到的形容詞組、名詞詞組，而不用 le 還是很常見的。

Tu es content? — Oui, je suis très content.

你滿意嗎？－嗯，我非常滿意。

（2）代名詞 **en**

代名詞 **en** 有兩種不同的用法。

　　一個是用來代替「**介系詞 de＋名詞**」（原本在句中是動詞、形容詞、名詞的補語）的代名詞。（代替「介系詞 **de**＋名詞」的代名詞）

　　另外，一個是用來表達「某個數量的（某人事物）」，主要是用來代替上下文提到帶有某數量的名詞，可當作動詞的直接受詞來使用（**數量的代名詞**）。不論是哪種情況，都是直接放在動詞的前面。

❶ 代替「介系詞 de＋名詞」的代名詞：en

①表示「從某場所出發」

　　代替介系詞 **de**＋名詞，**en** 有「從（某場所）出發」的意思。

J'étais au commissariat et j'en reviens seulement.
我剛在警察局，剛從那邊回來。
（en = du commissariat　從警察局）

Alain a fouillé sa poche et il en a sorti un mouchoir.
艾倫翻他的口袋，並拿出一條手帕。
（en = de sa poche 從他的口袋）

▶說明原因、來源

　　也可用來說明原因、來源、根據，有「從（那件事）」「因（那件事）」的意思。

Elle était si inquiète qu'elle n'en dormait plus.

(Grevisse et Goosse)

她擔心到睡不著覺。

[其它的固定片語]

> il en résulte que …　從那件事導致…的結果
> on peut en conclure que ...　可以從那裡導出…的結論

②當作動詞的間接受詞

　　在動詞是要透過介系詞 **de** 來跟受詞連接的情況下（此時的受詞是間接受詞），**en** 可代替「介系詞 **de** ＋受詞（名詞詞組）」。

代名詞化

間接受詞

On parlera **de ce problème** demain.　　On en parlera demain.
明天將談到那個問題。　　　　　　　　　　明天將談到那個。

4
代名詞

就上面的例子，**parler de**（談到關於…）是句子的動詞。在左邊的句子，原本是間接受詞的 **ce problème**（那個問題），改成右邊的句子之後，連同介系詞 **de** 都一起換成了 **en**。

en 除了能代替像是 **ce problème** 表示「事物」的名詞詞組之外，也能用來代替上下文提到的某件事情、某狀態，可以是一整個謂語或一整個句子的內容。

Je peux ranger ces ciseaux? — Non, j'en ai encore besoin.
這把剪刀我可以收起來嗎？－不行，因為我還要用。
（avoir besoin de 需要…）

Il faudra avertir Isabelle et Jacques.
— Oui. Je m'en occuperai.
必須要告訴伊莎貝兒和賈克才行。－好。這件事我來負責。
（s'occuper de 負責…）

On pourrait demander à Marie de nous aider. Qu'est-ce que tu en penses?
應該能拜託瑪莉來幫忙我們。－你覺得呢？（penser de… 認為…）

> **筆記** 對象是「人」的話，一般是用人稱代名詞的強調形（如用 de lui、 d'elle 等），但是在口語的對話中有時會用 en。
> Pierre, je me méfie **de lui**. / Pierre, je m'en méfie.
> 我對皮耶爾有戒心。

▶**en 的省略**

有些句子的表達也有省略 **en** 的情況，尤其在口語的對話中搭配特定的幾個動詞時很常被省略。

On va à la piscine ? — Non, je n'(en) ai pas envie.
要去游泳池嗎？－不了，我不想去。

Tu te souviens du jour où on s'est rencontrés?
— Oui, je me (m'en) souviens bien.
你還記得我們相遇的日子嗎？－嗯，我記的很清楚。

[可以省略 en 的動詞]

> avoir envie de 想要… / se souvenir de 想起來… /
> se rendre compte de 發覺到… / s'abstenir de 克制、避免… /
> prévenir (qqn) de … 事先通知…　等等

▶關於「de + 介系詞」的替換

接在動詞後面的「de + 不定詞」這樣的受詞有兩種，一種是直接受詞（接在及物動詞後面），另一種是接在〈動詞＋介系詞 de〉後面的間接受詞。當要將這些受詞替換成代名詞的時候，直接受詞用中性代名詞 le、間接受詞用 en。

Il refuse de répondre. → Il le refuse. （直接受詞）
他拒絕回答。　　　　　　　　他拒絕那件事。

Il a besoin de se reposer. → Il en a besoin. （間接受詞）
他需要休息。　　　　　　　　他需要那個。

筆記 當動詞後面的受詞是名詞詞組時，就能馬上判斷該受詞是直接受詞，或者是由 de 引導的間接受詞。請比較下列兩個例句。

refuser un cadeau　拒絕禮物（直接受詞）

avoir besoin d'une voiture
需要一台車（接在〈動詞＋介系詞 de〉後的間接受詞）

▶不能和 ne ... que 一起使用

代名詞的 en 不能和 ne ... que（只）一起使用，而是需要用像是 de ça 這樣有介系詞 de 的用法。請比較下列兩個例句。

Ils en parlent.　他們聊到那件事。

Ils ne parlent que de ça.　他們只聊到那件事。

③ 當作形容詞的補語

有一部分的形容詞，也可以像動詞一樣，將後面由介系詞 de 所連接的補語省略，改用代名詞 en。舉例來說，像是 être fier de（以…為榮）這類表達感受的形容詞，後面接事物或事件的話，就能用 en 代名詞化。

Je suis fier de ce résultat. → J'en suis fier.
我對這個結果感到驕傲。　　　　我對那個感到驕傲。

上面的例子用 en 來取代〈de +名詞詞組（如 ce résultat）〉，以下也來看用 en 來代替整個句子的情況。

Léa est amoureuse de Marc. J'en suis sûre.
蕾亞喜歡馬克。這件事我很肯定。

Luce est jolie et elle **en** est consciente.

(Grevisse et Goosse)

露西很漂亮，而她自己有察覺到這件事。

▶en 的省略

成為形容詞的補語的 en 在日常會話中很常被省略。

Renée a eu son bac. Ses parents (en) sont très **contents**.

荷內取得了高中生畢業會考文憑，她父母為此感到非常高興。

> 筆記 對象是「人」的話，一般是用人稱代名詞的強調形（即 de lui、d'elle 等），
> 但是在口語對話中，有時候也會用 en。
> Luc, sa mère est fière **de lui**. / Luc, sa mère **en** est fière.
> 路克的母親以他為榮。

④當作名詞的表語

　　en 可以用來取代表示有所有關係（所有物 de 所有者）的〈**de +
名詞詞組**〉。舉例來說可以取代 le décor de cet opéra（這個歌劇
的舞台背景）的 **de cet opéra**。

(i) 在句子中，所有物作為主詞時

　　這個情況下只能以〈主詞（名詞）＋**être** ＋表語（形容詞）〉為
前提，言下之意也就是說，主詞（在下面的例句是 **le décor** 舞台背
景）後面的動詞幾乎都是用 **être**。

Tout le monde a apprécié cet opéra, pourtant **le décor en**
était assez sobre.

大家都喜歡那齣歌劇，但它的舞台背景非常地簡樸。

(ii) 在句子中，所有物作為直接受詞時

Cet opéra a été fort bien accueilli. Le roi **en** a surtout
apprécié **le décor**.

那齣歌劇非常受到好評。國王特別中意它的舞台背景。

(iii) 在句子中，所有物作為表語時

Votre vie, j'**en** suis **le maître**. (Lenorman)

我就是您人生的主人。

筆記 (i) (ii) (iii)以上三種情況，都可以用所有格形容詞來代替代名詞 en 的使用。

… **son** décor était assez sobre.　它的舞台背景非常的簡樸。

Le roi a surtout apprécié **son** décor.　國王非常中意它的舞台背景。

… je suis **son** maître.　我就是它的主人。

不過，在 (i)（ii）的例子中只用 le décor 也是有可能的。

… le décor était assez sobre.

Le roi a surtout apprécié le décor.

筆記 所有物在 (ii) 是直接受詞，在 (iii) 是表語，這些情況都是能用 en 來代替〈de ＋所有物（名詞詞組）〉的條件。因此當所有物被介系詞引導的情況下，就不能使用 en。

Je me souviens **du** titre de ce film. ➡（× Je m'en souviens du titre. 是不正確的，但是可以用 C'est le film dont je m'en souviens du titre.）我還記得這部電影的片名。

Je suis **au** courant **de** ce problème. ➡（× J'en suis au courant. 是不正確的，但可以直接用 je suis au courant）我知道這個問題。

以上例句都不能將原句中的 de ce film、de ce problème 換成 en。

▶補語是〈de ＋不定詞〉

接在慣用動詞片語後面的補語是〈**de** ＋不定詞〉的話，也可以用 en 來代替。

Sarah n'a rien vu parce qu'elle n'**en** a pas eu le temps.

莎拉什麼都沒看到，因為還來不及去看。

（avoir le temps de　有時間做…）

Paul a très bien réparé la chaudière. Il **en** a l'habitude.

保羅已順利地修好鍋爐了。他已經習慣做這件事。

（avoir l'habitude de　習慣做…）

J'adore travailler dans cette boîte.

— Tu n'**en** as pas l'air, ma chère.

我很喜歡在這間公司工作。－親愛的，你看起來不像是這樣。

（avoir l'air de　看起來像…的樣子）

筆記 有時在日常會話中很常會省略掉 en。

Je n'ai pas le temps.　我沒有那個時間。

其它例子：avoir l'habitude 習慣 / avoir le droit 有那個權利 / avoir l'expérience 有那個經驗

❷ 數量的代名詞 en

數量的代名詞 en 的功能，是將上下文中提到的某概念（人物名詞或事物名詞）加以具象化（例：葡萄酒），以數量計算的方式提出來。大致上就是「某個量的（某人、物）」的意思，且「人」和「事物」都適用。

> **筆記** 以數量計算的方式將人事物提出來，這和不定冠詞複數（des）或部分冠詞（du 等）的情況是完全一樣的。差別就在於，en 的情況是能夠對應到上下文中提到的該人事物，而「des ...、du ... 等的情況」則不一定會對應到所提到過的某人事物，就算是第一次提到該人事物也可以用到 en。

數量的代名詞 en 要當作直接受詞來使用，不過也有當作（主詞的）補語的情況，兩種情況都是直接放在動詞的前面。另外，就算動詞是複合形，過去分詞的陰陽性・單複數也不會變化。

①當作直接受詞

當作直接受詞時，無論是用在肯定句還是否定句都可以。

Tu as de l'argent? — Oui, j'**en** ai.　（=j'ai de l'argent）
你有錢嗎？－嗯，我有。

Il reste encore des œufs?
— Non, il n'y **en** a plus.　（=il n'y a plus d'œufs）
還有蛋嗎？－不，已經沒有了。

Alain adore le vin.　Il **en** boit tous les jours.
（= il boit du vin ...）
艾倫很喜歡葡萄酒。他每天都在喝。

▶和數量詞一起使用

在動詞的前面加上 en，在動詞的後面加上數量詞，可以說明上下文提到的某人事物的數量。

Elles sont jolies, ces roses. J'**en** prends **dix**.
這些玫瑰真漂亮。我要買十朵。

Tu n'as pas oublié les pommes?
— J'**en** ai acheté **un kilo**.　（= j'ai acheté un kilo de pommes）
你沒有忘記帶蘋果吧？－我買了一公斤。

Tu n'as pas de cravates?
— Si, mais je n'**en** ai qu'**une**.　（= je n'ai qu'une cravate）
你沒有領帶嗎？－有，但我只有一條。

在「限定詞」的章節裡，數量表達很多都可以和 en 一起使用。像是 combien de ...（多少的…）、beaucoup de ...（很多的…）、autant de ...（同樣多的…）、une dizaine de ...（大約 10 個的…）等包含 de 的限定詞，會拿掉 de 並搭配 en 來使用。

Vous voulez **combien de** tomates?　請問您要多少番茄呢？
➡ Vous **en** voulez **combien?**　請問那個您要多少呢？

J'ai acheté **un kilo de** pommes.　我買了一公斤的蘋果。
➡ J'**en** ai acheté **un kilo.**　我買了一公斤的那個。

▶和關係子句一起使用

也可以跟關係子句一起使用，en 放在動詞前面，關係子句放在動詞後面。

Fais attention à ces œufs.　Il y **en** a **qui sont pourris.**
（=Il y a des œufs qui sont pourris.）
要注意這些蛋，其中有幾顆臭掉了。

若有數量表達的情況，則會加在動詞後面。

Fais attention à ces œufs.　Il y **en** a **beaucoup qui sont pourris.**　（= Il y a beaucoup d'œufs qui sont pourris.）
要注意這些蛋，其中有很多顆臭掉了。

筆記 有時搭配關係子句使用的 en 可用來表示「人們」，但此時的 en 不是用來代替上下文出現的人物名詞。

Il y **en** a qui ont du culot.　就是有人臉皮厚。

▶和形容詞組一起使用

形容詞會依據 en 所代替的內容性質來改變陰陽性‧單複數，且和關係子句一樣是放在動詞的後面，但是會固定以〈de +形容詞詞組〉的形式來呈現。

但是在日常會話中不常用 de，若是可數名詞，則常用不定冠詞複數的 des，若是不可數名詞的話，則是常用部分冠詞的 du。

C'est leur seul enfant, je suppose.　Je n'**en** ai jamais vu **d'autres.**
我想這是他們唯一的孩子。我不曾看過他們的其它孩子。

4
代名詞

105

Il est bon, le caviar.

— J'**en** ai mangé **du meilleur** (de meilleur).

這魚子醬很好吃。一我吃過更好吃的。

Vous n'**en** auriez pas **des moins chères** (de moins chères)? (Le Goffic)

您沒有更便宜的嗎？（en 此時代代替陰性名詞，像是 voiture）

> 筆記 數量詞跟 en 一起使用時，也可以同時加上形容詞或加上〈de +形容詞〉的情況。舉例來說，以陰性名詞的 araignée（蜘蛛）為例可以有下列的講法。
>
> Il y **en** a sans doute **plusieurs grosses**. （Lagae）
> 可能有幾隻大的。
>
> Il y **en** a sans doute **plusieurs de cachées**. （Lagae）
> 可能有幾隻是躲起來的。

就一般形容詞來說，相較於直接在後面加上形容詞，如上面第二個例句這樣以〈de +形容詞（過去分詞形態）〉的形式反而比較常見。

▶重複名詞詞組

句子前面先用代名詞 **en**，接著在動詞後面再加上名詞詞組（直接受詞），在感嘆句中尤其常用到。

Il **en** a de l'argent, celui-là! 他很有錢，那個男的！

En voilà **des manières**! （慣用語）好過分的態度！

②當作表語

數量的代名詞 **en** 可以作為主詞的表語來使用，此外也經常和 c'est 一起使用，以說明上下文中提到的某事物的類別。

C'est vraiment un ordinateur?

— Oui, c'**en** est **un**. (c'est un ordinateur)

這真的是電腦嗎？一沒錯。

（3）代名詞 y

y 是可代替「介系詞 **à**+名詞詞組」的代名詞，當作動詞、形容詞的補語。基本上可以說是包含了 **à** 的代名詞，但是視情況，介系詞也有可以是 **sur** 或 **dans** 的時候。在句子裡會直接放在動詞的前面。

1 表達場所的補語

y 代替上下文中提到的某個可表示「場所，地點」的名詞詞組。
經常和動詞 **aller**（去）一起使用。

j'aime Paris. J'**y** vais tous les ans. （y= à Paris）
我喜歡巴黎。我每年都去。

Vous êtes prêts? Alors, on **y** va !
（用 y 含糊地表達「要去的目的地」）
你們準備好了嗎？那麼，走吧！

Et ma photo sur ton bureau?
— Elle **y** est toujours. Pourquoi? （y = sur mon bureau）
我在你桌上的照片呢？－它一直在那裡，怎麼了嗎？

Charles vit en Chine. Il **y** travaille depuis dix ans.
（y = en Chine）
查理在中國生活。他從十年前就在那工作了。

2 當作動詞的間接受詞

某些動詞固定跟介系詞 **à** 搭配使用，受詞放在 **à** 之後，形成〈動
詞＋**à**＋名詞詞組〉，此時可以用 **y** 來代替介系詞組（**à**+名詞詞
組）。

在上面的例子 **penser à**（想…的事情）是主要動詞，而原本是間
接受詞的 **mon avenir**（我的將來）連同介系詞 **à**（**à mon avenir**
為一介系詞組）被替換成 **y**。

y 除了用來代替像是 **à mon avenir** 這樣表示事物的名詞詞組之
外，也可以用來代替上下文中提到的某行為（謂語）或某件事（整
個句子）。

Tu ne jettes pas cette vieille poupée?
— Pas question. J'**y** tiens beaucoup.
你不把那個舊的洋娃娃丟了嗎？－不要。我很珍惜。

（tenir à 對…留戀、珍惜）

4
代
名
詞

Il voudrait redresser l'économie avec son plan, mais il n'**y** parviendra pas.

他好像要靠自己的計畫來重整經濟，但他應該辦不到。

（parvenir à　達到…）

筆記 對象是「人」的情況，一般是用人稱代名詞來代替，而不會用 y 來代替。（關於被 à 引導的間接受詞 ☞ p.166 ）

Je pense à Pierre. ➡ Je pense **à lui**. ／ × J'y pense.

我想到皮耶爾。 我想到他。

▶**y 的省略**

有些動詞在使用時也能夠省略 y，在口語的對話中很常見。

Tu as réussi à dissuader ton fils?

— Non, il est têtu. Je (J'y) **renonce**.

你成功說服你兒子放棄了嗎？－沒有，他很頑固。我放棄了。

[可以省略 y 的動詞]

> renoncer à 對…死心 / réussir à 成功做… / réfléchir à 仔細思考… /
> se décider à 下決心做… 等。

相反地也有不能省略 y 的動詞。

J'ai vraiment vu un fantôme ! — J'y crois, j'y crois.

我真的看見幽靈了。－我相信，我相信。

[不能省略 y 的動詞]

> appartenir à 屬於… / participer à 參加… / consentir à 同意… /
> croire à 相信（說話的內容） / parvenir à 達到… / s'opposer à 反對… 等

另外，把〈à +不定式〉當作受詞的動詞，也有不能用 y 的。

Vous n'allez pas en Grèce?

— Ce n'est pas donné. On **hésite** un peu.

你們不去希臘嗎？－不便宜。我們有點猶豫。

[不能用 y 的動詞]

> consister à （那個內容）在於… / hésiter à 猶豫做… /
> s'obstiner à 堅持做… / tarder à 耽擱…等

筆記 像下列動詞雖然也是用〈à + 不定式〉當作受詞，但不用代名詞 y 來代替。主要是因為這些動詞是及物動詞，後面接直接受詞，〈à + 不定式〉在這裡是直接受詞。

例：apprendre 學會 / chercher 想（辦法） / commencer　開始 / continuer 持續 等

▶不能和 ne ... que 一起使用

代名詞的 y 不能和 ne ... que 一起使用，而是需要用到像 à ça 一樣將介系詞 à 放在 ça 前面。請比較下列兩個例句。

Ils y pensent.　他們在想那件事情。

Ils **ne** pensent **qu'**à ça.　他們只想到那件事。

❸ 當作形容詞的補語

形容詞的補語〈à +名詞詞組／不定式〉也可以替換成代名詞 y。

Je suis attentif **à leur santé**.　➡　J'y suis attentif.
我在關注他們的健康。　　　　　　　我在關注那個。

[其它形容詞的例子]

apte à 有能力做… / conforme à 遵守… / enclin à 有…傾向的 / hostile à 對…有敵意的 / prêt à 作好心理準備做… / réduit à 減少到… / sensible à 對…敏感的

4
代
名
詞

3. 指示代名詞

　　指示代名詞在意義上是那些有「這個」「那個」含意的代名詞，有能單獨使用的 ce、ça、ceci、cela，以及需要和別的要素組合才能使用的 celui。celui 會根據陰陽性・單複數產生形態的變化。

（1）ce

指示代名詞 ce 有下列四個用法。

1)當作主詞和動詞 **être** 一起使用（**c'est** ...等）
2)變成關係代名詞的先行詞，在後面引導關係子句（**ce qui** ...、**ce que** ...、**ce dont** ... 等）
3)構成間接疑問句中疑問詞的部分（**ce qui** ...、**ce que** ...）

4) 用在感嘆句（ce que ...!）

能單獨發揮名詞詞組作用的只有 **1)** 的案例。

> **筆記** 雖然 ce 單獨當作名詞詞組的情況只有在當作主詞時，但是在少數的慣用語表達中，也有一些是非主詞的情況。ce faisant（持續做那個）[直接受詞]、sur ce（因此、在那之後）[介系詞組]等。

❶ 動詞 être 的主詞 ☞ p.388 [3]

　　ce 是只能當作主詞來使用的代名詞，能結合的動詞也只有 être 而已。若要用在直接受詞或介系詞組等主詞以外的位置，或是動詞是 être 以外的動詞的話就要用 ça。☞ p.114 [2]

① ce 表達的事物

　　ce 可表示某種狀態，或是代替上下文中提到的某某事物、某某內容。大致上相當於「那個、這個、那件事」。

C'est bon! 　（吃東西或喝東西時）很美味。

Tu as gagné le match? C'est merveilleux.
你贏了比賽？那真是太棒了。

> **筆記** être 的動詞變化若是以母音當開頭時，ce 會發生母音省略變成 c'（例：c'est）。也有代名詞 en 接在 ce 之後的情況，那種情況一樣會變成 c'（例：c'en est）。若後面是 a（avoir 的動詞變化）的話，要加上軟音符變成 ç'（例：ç'a été）。

　　也有一些情況是不代稱特定的「事物」或「內容」，而是表示狀況本身。

C'est l'heure. On commence. 　時間到了。開始。

Youpi! c'est les vacances !　哇，放假了！

② être 的時態

　　ce 可以和動詞 être 的任何時態連用，特別是現在時的 c'est...（否定形為 ce n'est pas）是很常用的形態，在法語表達之中是使用頻率最高的形態。

Qu'est-ce que c'est?　[直陳式現在時] 那個（這個）是什麼？

C'était bien, Florence?　[直陳式未完成過去時] 佛羅倫斯好玩嗎？

▶現在時或未完成過去時以外的時態

　　若是現在時、未完成過去時以外的時態，用 ce 是稍微講究、書

面的用法，在日常對話中較常用 ça。

Ce sera vite fait. / Ça sera vite fait.
[簡單未來時] 馬上就結束了。

Ç'aurait été pire. / Ça aurait été pire. [條件式過去時]
事情有可能會更糟。

▶和 **pouvoir**、**devoir** 連用

　　助動詞 **pouvoir**（能，會）、**devoir**（應該）和 **être** 連用時，ce 也能當作主詞來使用。只是說，用 ce 是稍微講究、書面的用法，在日常對話中較常用 ça。

Ce doit être très difficile. / Ça doit être très difficile.
肯定很難。

　　筆記 表達「近未來時」意義的半助動詞 aller，主詞要用 ça。
　　Ça va être toi ou moi.　　應該會是你或是我。

③ **c'est** 和 **il est**

　　第一、第二人稱以外的對象，我們會用「那個／他／她…」，不過視狀況，法文有時會以用到指示代名詞 ce 的「c'est...」的情況來表達，有時會以用到人稱代名詞 elle、ils、elles 的「il est...、elle est...」的情況來表達。使用的原則大致上如下。

(i)「c'est +名詞詞組」/「il est +形容詞詞組」

　　針對「人事物」來說明其**類別**時、要將此人、事物做分類時，要用「c'est + 名詞詞組」。 ☞ p.389 **2**

J'adore Bach. C'est un génie.　　我很喜歡巴哈。他是天才。

Qui est-ce ? — C'est le maire de Strasbourg.
那是誰？－史特拉斯堡的市長。

　　而「**il est** +形容詞詞組」是用在某個特定的「人・事物」，並描述其**性質或特徵**時。對象是「人」的話，也可用在描述此人的職業、身分時。

Il est très bon, ce vin. C'est du bourgogne?
這葡萄酒真好喝。是來自勃根地的嗎？

C'est ma fille. Elle est encore étudiante.
這是我女兒。她還是學生。
（此時，職業名不會加上不定冠詞，而是以形容的方式來表達。）

4 代名詞

111

(ii)「c'est＋形容詞詞組」/「il est＋形容詞詞組」

這裡的 il/elle... 和 (ⅰ) 所看到的一樣，是代稱特定的「人·事物」，但相對的「c'est＋形容詞組」則有兩種情況。一個是用來代稱有集合名詞、總稱功能的名詞詞組，來描述屬於某類別、概念之下的所有人事物。

Un renard, c'est difficile à apprivoiser.

狐狸這種動物，要馴服牠是很難的。

「比較：Mon renard, il est docile. 我的那隻狐狸很聽話。」

另一個則是專指特定的「事物」，這和「c'est＋名詞詞組」不同，不適用於「人」。

C'était bien, le film? (Il était bien, le film?) 好看嗎，這部電影？

在上面的例子中不管是使用 ce 還是 il，意思幾乎都一樣。相較於 il 是特別專指 le film，ce 則較為含糊，若後面接形容詞（如例句中的 bien）時反而強調個人情緒的表達。

> **筆記** 在上面的例子雖然「c'est＋形容詞」和「il est＋形容詞」意思相近，但是 ce 和 il、elle、ils、elles 兩者所表達的意義稍有不同，所以要根據上下文、根據使用到哪一個代名詞，而變成完全不同的意思。
>
> La lune au-dessus de la cathédrale, c'est magnifique.
>
> （ce = 大教堂和月亮兩者所構成的景象）大教堂上方的月亮，這（景象）真是美。
>
> La lune au-dessus de la cathédrale, elle est magnifique.
>
> （elle = la lune 月亮）大教堂上方的那月亮真是美。
>
> 相對於人稱代名詞「il、elle...」是專指特定的「人·事物」，指示代名詞 ce 依狀況可表示指稱對象較不明確的「那事物」「那狀況」「那狀態」「發生的那件事」。

❷ 關係代名詞的先行詞

ce 可作為關係代名詞的先行詞，因為是沒有特別明確專指某對象的先行詞，所以「ce＋關係子句」有「是…的東西、事情」的意思。

☞ p.438 ❶

可以和 ce 一起使用的關係代名詞有 qui（主詞）、que（直接受詞）、dont（含介系詞 de 的介系詞組）、quoi（和其它介系詞一起）。

Ce qui n'est pas clair n'est pas français. (Rivarol)

不明確的語言絕對不是法語。 （里瓦羅爾）

Ce que j'admire chez lui, c'est sa persévérance.

我佩服他的地方，在於他的不屈不撓。

Ce résultat ne correspond pas exactement à **ce à quoi on s'attendait**.　這個結果和我們預期的並非完全一致。

▶**ce que~和形容詞的用法**

在此用法中，有時會在動詞的後面放〈 de ＋形容詞詞組〉來修飾先行詞 ce。

ce qu'elle a fait **de bien**　她做過的好事

ce qu'il y a **d'intéressant**　有意思的事

▶**可放句末作為插入子句的 ce qui~、ce que~等**

ce qui~、ce que~等可以像插入語一樣放在句末或句中，用逗號(virgule)作區隔，來對整個句子本身作補充說明的功能。是稍微複雜的用法。

Elle n'a pas voulu me donner son numéro de téléphone, **ce qui** m'a vexé énormément.　（＝ça m'a vexé...）
她不想給我她的電話號碼，這真的是最讓我懊惱。

3 用於間接問句

ce qui 和 ce que 也可以當作引導間接問句的疑問詞。兩者的意思可對應到直接疑問句的 **Qu'est-ce qui**（什麼～）、**Qu'est-ce que**（把什麼）。 ☞ p.424 ②

Chantal m'a demandé **ce qui** n'allait pas.
香塔兒問我到底什麼事不順心。

Tu sais **ce que** c'est?　你知道這是什麼嗎？

4 用於感嘆句

也可以用 **ce que** 的形式來造出感嘆句。是較口語的用法。
☞ p.338 **2**

Ce qu'elle chante bien!　她怎麼唱得這麼好啊！

（2）ça

指示代名詞 **ça** 主要是用在手指著眼前的某個東西、同時開口說著「這個、那個」時，可以單獨使用，也可用在句子中。此外，**ça**

也可當作名詞詞組來使用，在句子中能發揮主詞、直接受詞的作用，或是和介系詞結合構成介系詞組。大部分是用來代稱先前提到的某個東西。

不管是以上哪種用法的 ça，在日常對話中都很常使用。

❶ 手指著某物、說著「這個、那個」

主要用在說話的現場，手指著眼前的某個東西、同時開口說著「這個、那個」。

Tu veux quel gâteau? — Ça.
你想要哪一個蛋糕？－這個。

Ça, c'est mon parapluie. 那個，是我的傘。

也可以放在句子中使用。

Je prends ça. （選購某物）我要這個。

Il n'y a que ça? 只有這個嗎？

Regarde bien. Il faut faire comme ça.
仔細看著。一定要像這樣做。

❷ 代稱先前提到的某個東西

主要是以較含糊的方式來代稱上下文中提到的某件事或說話內容，相當於中文「那件事」「那樣」的意思。在語法上有人將此用法稱為「anaphorique」。

專指「事物」的話，我們可以在上面 ❶ 中了解到 ça 本身有很明確「這個、那個」的意思，所以不見得需要有上下文，聽者也能知道說話者指的是眼前的「這個、那個」。不過若要代稱被放在句尾以強調形（名詞脫離到句尾：脫離句法）☞ p.380 來呈現的名詞時，反而要用人稱代名詞 il、elle、le 等來代稱會比用 ça 來得正常。

就意思上來說，和指示代名詞 ce 幾乎一樣，但就文法上來說，ce 不能用的地方全都要改用 ça。

ce	ça
* 只當作主詞使用	* 可當作主詞、直接受詞，或用在介系詞組中或單獨使用
* 動詞只有 être	* 動詞部分沒有限制
* 常用在 c'est、c'était	* 不能和 est、était 一起使用

筆記 動詞是 être 的話，ça 不能和 est（直陳式現在時）、était（直陳式未完成過去時）一起使用（×ça est 是不正確的），但其它所有時態都是可行的，一般

來說用到 ça 是比 ce 更加口語的用法。但如果有否定 ne 或代名詞，就算動詞是 est 或 était，只要將否定的 ne 或代名詞放在此動詞和 ça 的之間就可以使用。

Ça n'est pas normal.　　那不正常。（=ce）

Ça m'est égal.　　對我來說都行。（不可用 ce）

①當作句子主要的要素

當作句子的主詞、直接受詞時。

[主詞]

Je ne peux pas venir demain. — Oh, **ça** tombe mal.（事情）

我明天不能來。—喔，那樣很不妙。

Tu viens avec nous? — **Ça** dépend où.（事情）

你要和我們一起來嗎？—要看去哪裡。

Ça t'a plu, le film?（事物）

你喜歡嗎，那部電影？（關於 ce、ça 和人稱代名詞 il 的差異 ☞ p.111③）

[直接受詞]

Tu vas au Japon? — Qui t'a dit **ça**?（說話的內容）

你要去日本？—誰跟你說（那件事）的？

[介系詞組]

Marie a trouvé du travail. C'est **pour ça** qu'elle est retournée en France.（事情）

瑪莉找到工作了。因此她回法國了。

Gilles m'a beaucoup aidée. **Sans ça**, j'aurais abandonné cette recherche.（事情）

吉兒幫了我很多。要是沒有她的幫忙，我早就放棄這個研究了。

▶和有總稱意義的名詞連用

可用來代稱有總稱意義的名詞或不定詞等，作為句子的主詞或直接受詞。

Un chien, **ça** aboie.　　狗這種動物就是會叫。

Moi, la musique classique, **ça** m'endort.

我啊，聽到古典音樂就會想睡。

Le calva, j'adore **ça**.　　我很喜歡卡爾瓦多斯這種酒。

Tu n'aimes pas danser? — Non, je déteste **ça**.

你不喜歡跳舞嗎？—不喜歡，我討厭做這種事。

4
代名詞

筆記 在上面的例子中不會用到人稱代名詞。×Un chien, il aboie. ×Le calva, je l'adore. 是不正確的。

▶ **專指狀況本身**

不只是能代稱上下文中被提到的某件事，也可代稱當下的狀態本身。

Ça va? 你好嗎？/（狀態）一切順利嗎？

Ça sent bon ici. 這裡聞起來很香。

Ça va barder. （氣氛不對勁）這下子會有麻煩了。

② **不做句子的主要要素，而以強調形呈現**

前面 **1** 有提過 **ça** 可用在手指著某物、說著「這個、那個」的用法，並單獨使用，而不做句子中的主要要素；其實這種強調形形態的 **ça** 也可以接上下文中先前提到的事物。

Je t'ai préparé une tisane. – C'est gentil, ça.
我幫你準備了花草茶。－（這樣做）太好心了。

Nous réclamons plus de transparence, et ça, ça ne les arrange pas.
我們要求更透明的內部資訊，但是對他們來說不太方便。

3 **和疑問詞 où、quand、qui 一起使用**

加在 **où**（在哪裡）、**quand**（什麼時候）、**qui**（誰）的後面，帶有「那到底是…」的微妙語感。

J'ai vu un accident de voiture.-Où ça?
我看到車禍。－那是在哪看到的？

（3）ceci、cela

指示代名詞 ceci 和 cela 有手指著某物、說著「這個、那個」的用法，以及用來代稱上下文中提到的某件事或說話內容這兩種用法。

1 **手指著某物、說著「這個、那個」**

和 ça 相比，這類用手指著某物、說著「這個、那個」的用法，ceci、cela 在日常對話中倒是很少使用。☞ p.114 **1**

若眼前有兩件事物要做比較，ceci 是指離說話者近的（這個）、cela 是指離說話者遠的（那個）。

Mangez **ceci** plutôt que **cela**.

（舊式講法）各位來吃這邊這個，不要吃那邊那個。

《**Ceci** n'est pas une pipe.》 (Magritte)

「這不是菸斗」（馬格利特的名畫，此句是寫在畫中煙斗下方的句子。）

> **筆記** 在不用 ceci 和 cela 來做對比的情況下，一般主要會使用 cela，在日常對話中反而是更常用 ça（而不用 cela）。ça 的書面語是 cela。

❷ 代稱先前提到的某個東西

在上下文中指的是說話的內容。ceci 和 cela 用在做比較時，ceci 是表達「以下的」，cela 是表達「以上的」的意思。兩者是書面語。

Ces observations ont montré **ceci**: les abeilles utlisent un moyen de communication très élaboré.

這些觀察顯示了以下這點：蜜蜂使用著一種非常進化的溝通手段。

Le patronat a exprimé son mécontentement. **Cela** n'a pas empêché le ministre de présenter le projet de loi.

資方表達了不滿。這並沒有阻礙部長提出這項法案。

4
代
名
詞

（4）**celui** 等的用法

指示代名詞 **celui** 可用來代稱上下文中所提到的名詞詞組，以避免提到的名詞再次重複，不過它所代稱的僅是該名詞的概念而以，所指的其實是與之相關的另一件事物，而非特指前面提到過的某事物。例如前面若提到 **mon pull**（我的毛衣），**celui** 僅代稱名詞概念的部分，即 **pull**（毛衣），而非 **mon pull**「我的那件（毛衣）」。關於它的用法，以下介紹兩個特徵。

* 有陰陽性・單複數的形態變化
* 加上修飾語或關係子句來限定，例如「我昨天看到的那件（毛衣）」。

celui 所代稱的是名詞的概念，所以本身也會隨該名詞的陰陽性來改變形態。另外，因為所指的其實是與前面提到過的名詞相關的另一件事物，所以也會隨該事物的數量（單數・複數）來改變形態。

	單數	複數
陽性	celui	ceux
陰性	celle	celles

加上修飾語或關係子句來限定的方式主要有三種。

❶ 加上 -ci、-là

會以 **celui-ci**、**celui-là** 等等的形式呈現。用在說話者手一邊指著眼前某事物（如某件毛衣）、一邊說著「這個」「那個」的情況，或是用來代稱先前提到的某個東西。

> 筆記 celui-ci、celui-là 等也被稱做「複合形」，而相對的，後面的 **❷**、**❸** 的 celui 則被稱做「簡單形」。

①手指著某物、説著「這個、那個」

用在「事物」上，不適用於「人」。雖然依所指事物的遠近，離說話者較近的事物會用 celui-ci（這個），較遠的事物會用 celui-là（那個）來使用，但在日常對話中，有時無關遠近一律都用 celui-là。

Ce pull ne me rajeunit pas. — Alors, essayez celui-ci.
這件毛衣無法讓我變年輕。－那麼要不要試試看這邊這件呢？

Tu me passes la casserole? — Laquelle? Celle-là?
你可以把那個鍋子拿給我嗎？－哪一個？那個？

②代稱先前提到的某個東西

對像是「人・事物」。

(i) 用 -là、-ci 來表示「前者」「後者」

用來代稱先前提到的兩個人事物，並做前後的對比。celui-ci、celle-ci 等可表示「後者」、celui-là、celle-là 等可表示「前者」。此為書面語。

Nicole et Jules entrent en scène. Celle-là est habillée en noir tandis que celui-ci porte encore sa livrée verte.
尼可和朱勒出場了。「前者」（指尼可）身穿黑色的衣服，但「後者」（指朱兒）還是穿著平常的綠色家僕制服。

> 筆記 以「現在」此時間軸的角度來看，後面才出來的事物（即後者）因為離我們的現在比較近，所以會用 celui-ci（語意上帶有「這」），而先出來的事物「即前

者」因離我們的現在較遠了，所以會用 celui-là（語意上帶有「那」）。

(ii) 只用 -ci 或只用 -là 其中一者的情況

只用 **-ci** 或只用 **-là** 其中一者來代稱某名詞的情況。特別是 **-ci** 是可代稱先前提到的某名詞，有「那個人、那個」的意思。雖然和人稱代名詞 **il**、**elle**、**le**、**la** 等的用法一樣，但這用法是比較複雜的書寫用語。

Nicole fait asseoir Jules sur une chaise. **Celui-ci** tremble encore de peur.
尼可讓朱勒坐在椅子上。他還在因為恐懼而顫抖。

③特殊的口語用法

(i)代稱「人」的 celui-là、celle-là

獨自放在句末，用來代稱前面提到的人物名詞，帶有「他」「她」「那個人」等藐視、驚嘆等的語意。

Il ne fait jamais rien, **celui-là** !
他從不做事的，那個男的！

(ii) 代稱「那件事」的 celle-là

在此，**celle-là** 是 **cette histoire(-là)** 的縮寫，專指被敘述的小故事或發生的事。會使用像下列的句子。

Elle est bonne, **celle-là**!　真棒，那個故事。

❷ 用〈de＋名詞詞組〉來限定 celui、celle 等

主要用來表示所有者的某某「人事物」，用來代稱前面已提過的名詞，以避免同一個名詞重複。可用於「事物」也適用於「人」。

C'est votre numéro de téléphone?
— Non, **celui de mes parents**.
這是您的電話號碼嗎？－不，是我父母的。

Sa gloire n'est pas comparable à **celle de César.**
他的榮耀不能跟凱薩的相提並論。

▶用〈de＋副詞（時間‧空間）〉來限定 celui、celle 等

也可在 **de** 的後面放表達時間‧空間的副詞，來限定 **celui**、**celle** 等。

4
代名詞

L'appartement que vous venez de visiter est bien plus cher que **celui d'hier.**

您剛參觀的那間公寓比昨天看的還要貴很多。

On va dans ce café? — Je péfère **celui d'en face.**

我們去這間咖啡店嗎？－我比較喜歡對面那間。

[其它副詞]

> 時間：avant 之前 / après 之後 / aujourd'hui 今天 / demain 明天 / alors 當時
>
> 空間：à côté 在旁邊 / devant 在前面 / derrière 在後面 / ici 在這裡 / là-bas 在那邊 / dessus 在上面 / dessous 在下面

❸ 用關係子句限定

在 celui、celle 等的後面還可加上關係子句，來限定其屬性或特徵。可以用於「事物」也適用於「人」。

Ce vase ressemble à **ceux que les chercheurs français ont découverts près de Tunis.**

這個花瓶跟法國研究員在突尼斯附近所發現的很相似。

Tu vois la fille là, **celle qui danse avec Robert?** C'est la nièce du patron.

你有看到那個女孩嗎，和羅貝爾跳舞的那位？她是老闆的姪女。

▶ qui est 的省略

跟 celui、celle 等連用時，有時候會省略掉關係子句中〈qui est+過去分詞〉、〈qui a été+過去分詞〉的 qui est、qui a été 等等。

[和過去分詞一起使用]

ce vase et **ceux découverts par les chercheurs français**

這個花瓶和被法國研究員們發掘到的那些（花瓶）

ces immigrés et **ceux arrivés après la guerre**

這些移民以及戰後來的那些（移民）

筆記 有些會用現在分詞來代替關係子句。

ces femmes et celles **travaillant** à temps partiel

這些女性和在做兼職的那些（女性）

[和介系詞組一起使用]

　　有時候會在 **celui** 的後面放介系詞組。（關於介系詞 **de** ☞ p.119 **2**）。不過這是有點口語的用法。

Ils proposent aux enfants des programmes très variés, mais ceux pour les adultes sont assez limités.

他們為小孩提供了各式各樣的節目，但給大人的就很有限。

▶**代稱「人」的時候**

　　不是用來代稱前面某個名詞，單純只是一個被關係子句修飾的受詞，帶有「…的人」的意思。

Celui qui s'aime trop ne peut être aimé de personne.

愛自己太深的人不會被愛。

Le tyran exécutait systématiquement ceux qui s'opposaient à lui.

那位暴君逐步地處決了和自己對立的人。

▶**表示某類別之中的特定某幾個、某一部分**

　　會以〈**ceux**、**celles de**＋名詞詞組〉搭配關係子句的形式來表示，帶有「那些…之中的那幾個…」的意思。

Ceux des spécialistes qui exprimaient leur inquiétude ont tous été arrêtés.

專家之中，那些表現出擔憂的（專家）都被逮捕了。

4. 所有格代名詞

　　所有格代名詞也可用來代稱上下文中所提到的名詞詞組（例：**cette voiture** 這輛車），以避免提到的名詞再次重複，不過它所代稱的僅是該名詞的概念而以（即 **voiture** 車），並以「我的（車）」帶有所有格意義的方式表達。

　　所有者（第一、第二、第三人稱）會隨代稱之名詞的陰陽性‧單複數改變形態，如下列表格所示。

4
代名詞

所有者 ＼ 對象		單數		複數	
		陽性	陰性	陽性	陰性
單數	第一人稱	le mien	la mienne	les miens	les miennes
單數	第二人稱	le tien	la tienne	les tiens	les tiennes
單數	第三人稱	le sien	la sienne	les siens	les siennes
複數	第一人稱	le, la, les nôtre(s)			
複數	第二人稱	le, la, les vôtre(s)			
複數	第三人稱	le, la, les leur(s)			

筆記 所有格代名詞是**定冠詞**和**所有格形容詞的強調形**（mien 等）組合而成的。「所有格形容詞的強調形」有時也會以非上表的形式來使用，只不過會是比較複雜的用法。
例：un mien ami（我的一位朋友）[一般是 un de mes amis，口語說法則是 un ami à moi]，faire sien/mien/tien（當成他／我／你自己的東西）等

所有格代名詞可用來代稱名詞詞組，在句子中擔任主詞、直接受詞、介系詞組、補語等的功能。

Mes copains sont partis et **les tiens** sont restés. (Coluche)
我的朋友都離開了，而你的（朋友）都留下來了。（＝tes copains）

Ce n'est pas ma clé, c'est **la vôtre**.
這不是我的鑰匙。是您的。（＝votre clé）

▶用來代指複數的「家人、家族、親屬、同伴」

Il est **des nôtres**, il a bu son verre comme les autres!
（des nôtres 是 de + les nôtres 的縮寫）
他是我們的同伴。他跟大家一樣乾杯了。

Il vient de perdre un **des siens**.
他的親屬最近遇到了不幸。（失去了一位親屬）

5. 不定代名詞

　　不定代名詞這樣的代名詞有各式各樣的類型，所以從整體來看沒有統一性。以下我們將從功能、用法來看，以及從意思這兩大面向來看，每個面向還可分成以下幾組。

> **筆記** 以下各個單字詳細的意思與用法請參照辭典。

（1）依功能、用法來分類

❶ 本身有其意思、可單獨使用、不代指任何名詞的代名詞

quelqu'un 誰，某人 / quelque chose 什麼，某樣東西 /
d'aucuns（較複雜的用法）一部分的人 / tout 一切 /
tout le monde 大家 / autre chose 別的事物，其它東西 /
autrui（較複雜的用法）其他人 / tel(le)（較複雜的用法）某某人

和否定詞 ne 連用：personne 沒有人 / rien 什麼都（…沒有）/
nul(le) 沒有人
和 ne ... pas 之類的否定詞連用：grand chose （不是）什麼大不了的事

Il y a **quelqu'un** qui vous a téléphoné tout à l'heure.
剛才有人打電話給您。

Tout se passe bien.　一切都進行的很順利。

Tu n'as pas **autre chose** à faire?　你沒有其它要做的事情嗎？

❷ 代稱先前提到的某人事物

　　可依上下文來代稱先前提到的某人事物，或可加上〈de＋名詞詞組〉接在後面做補充。

quelques-un(e)s 幾個人，幾件東西 / plusieurs 好幾個人、好幾件東西 /
plus d'un(e) 兩者以上（人、東西） / le(s) même(s) 同樣的人（們），同
樣的東西 / un(e) autre 另一個人、東西 / d'autres 其他的人們、東西 /
l'autre 另一方、東西 / les autres 其它人們、東西 /

和其他單字連用：l'un(e)...l'autre / les un(e)s ... les autres 一方面…，
另一方面…

和否定詞 ne 連用：aucun(e) 任何人都沒，任何事物都沒 / pas un(e) 一個
人也沒有，一個也沒有

On a retrouvé **plusieurs** des tableaux volés.
已找到遭竊的幾幅畫作。

Nous avons embauché une vingtaine de jeunes en septembre. **Quelques-uns** sont déjà partis.
我們在九月時雇用了大約二十位年輕人。幾個已經離開了。

Ils ont entassé les sacs de sable **les uns sur les autres**.
他們將那些沙袋一個個堆積起來。

筆記 數量詞（deux、trois...）或 beaucoup、peu 就像不定代詞的
plusieurs 或 quelques-un(e)s 一樣，也能當作代名詞使用。
On a retrouvé **deux** de ces tableaux volés.
已找到遭竊的那幾幅畫作中的兩幅。

Beaucoup (d'entre eux) sont déjà partis.
（在他們之中有）很多已經離開了。

❸ 兩種用法都有的代名詞
　以下三個本身都是有其各自的意思，可單獨使用，但也可用來代
稱先前提到的某人事物。若單獨使用的話，所表示的意思是「人」。

certain(e)s（單獨使用）某些人	（用來代稱）某些人，某些東西
tous, toutes （單獨使用）所有人	（用來代稱）所有人，所有東西
chacun(e) （單獨使用）每個人	（用來代稱）每個人，每樣東西

Certains disent qu'on peut baisser les impôts.
也有人說稅金是可以調降的。

Chacun de vos conseils m'est précieux.
你們每個人的建議對我來說都很可貴。

（2）依意思方面來分類

不定代名詞從意思方面來看的話會有以下分類。

❶ 表達數量的代名詞

下列的代名詞，可用來表示代稱事物的數量。

[數量為零]

> **和否定詞 ne 呼應**：personne 沒有人 / rien 什麼都沒 / nul(le) 沒有人 / aucun(e) 任何人都沒，任何東西都沒 / pas un(e) 一個人也沒有，一個也沒有
>
> **和 ne ... pas 一起**：grand chose （不是）什麼大不了的事

[某個不明確的數量]

> certain(e)s 某些人，某些東西 / quelques-un(e)s 幾個人、幾個東西 / plusieurs 幾個人、幾個東西 / plus d'un(e) 兩者以上（人、東西）/ d'aucuns 一部分的人們

[表示一切]

> tout 一切 / touts, toutes 所有人，所有東西 / tout le monde 大家 / chacun(e) 每個人，每個東西

❷ 表達同一個或別的人事物的代名詞

> le(s) même(s) 同樣的人（們），同樣的東西 / un(e) autre 另一個人、東西 / d'autres 別的人們、東西 / l'autre 另一方、另一個東西 / les autres 其它人、東西 / autre chose 另一件事、東西 / autrui 其它人

❸ 其它

> quelqu'un 誰、某人 / quelque chose 某個東西 / tel(le) 某某人
>
> **與其他單字連用**：l'un(e)...l'autre / les un(e)s...les autres 一方面…，另一方面…

▶形容詞組的修飾

要修飾 quelqu'un、quelque chose 以及 rien 等否定的代名詞 ☞ p.309 的話，可以用 de 來連接形容詞。形容詞要用陽性單數形，但是 pas un(e)、aucun(e) 等的形容詞得依照所代稱的名詞產生陰陽性的一致。

C'est quelqu'un **de vraiment bien**.
這真的是個好人。

Il y a quelque chose **d'intéressant** dans le journal?
— Non, il n'y a rien **de spécial**.
報紙上有什麼有趣的事嗎？－沒有什麼特別的。

第5章

形容詞詞組＆形容詞

形容詞和名詞是有很強烈的關聯性的，主要是表達名詞的性質和種類。雖然在句中會有**單獨一個單字**的形容詞，或是**加上修飾詞或補充要素**的形容詞這些形式，但是這些都稱作形容詞詞組。

　　雖然形容詞有分**品質形容詞**和**限定形容詞**，但在這個章節，我們要先了解的是品質形容詞。品質形容詞指的是表達人或事物的**性質**的普通形容詞。

　　關於限定形容詞 ☞ **p.55～70**（包含所有格形容詞、指示形容詞、數量形容詞、不定形容詞、疑問形容詞、感嘆形容詞、關係形容詞 ☞ **p.441**），在這個章節將不會談論到。

> **筆記** 限定形容詞就像冠詞一樣，有下列明顯的特徵。
> ①可以加在名詞前面形成名詞詞組。
> ②不會當作補語（除了少部分特殊的詞）
> ③會針對特定對象限定其範圍，但不是表達人或事物的性質。

1. 形容詞詞組的作用

　　形容詞詞組是構成句子的其中一個單位。在句中會出現的，有單獨一個單字的形容詞（**difficile** 難的、**beau** 美麗的），也有加上其他修飾詞或補充要素的形容詞（**très difficile** 非常難、**content de ce résultat** 對這個結果感到滿意）。

　　形容詞詞組的在句子中的作用有以下(1)~(4)種情況。除了(4)的副詞性用法以外，其它情況的形容詞，其陰陽性・單複數都要跟所修飾的名詞保持一致性。 ☞ **p.141**

（1）作為修飾名詞的作用（在形成名詞詞組上並非必要的元素）

　　形容詞詞組是用來修飾前面或後面連接的名詞，這種情形的形容詞詞組又稱為修飾語。使用修飾語的情況下，形容詞詞組的位置通常是放在名詞之後，但也有很多情況是會放在前面的。

Il m'a posé une question **très difficile**.

他問了我一個非常難的問題。

5
形容詞詞組＆形容詞

J'ai vu un **très grand** chien.　我看到了一隻非常大的狗。

　　在〈名詞＋形容詞詞組〉或是〈形容詞詞組＋名詞〉的前面再加上限定詞會變成名詞詞組（即上面例句中的 **une question très difficile** 和 **un très grand chien**），這個名詞詞組在句子中會當作主詞或受詞來使用。

　　但在這裡的形容詞詞組僅僅是在修飾名詞而已，在文法上不是形成名詞詞組的必要元素。舉例來說，上面例句中就算是拿掉 **très difficile** 或 **très grand**，句子本身還是成立。

Il m'a posé une question.　他問了我一個問題。

J'ai vu un chien.　我看到了一隻狗。

> **筆記** 以下代名詞後面不會直接接形容詞詞組，而是會用〈de＋形容詞詞組〉的形式（主要是用陽性單數形。但 pas un(e) 會隨名詞的陰陽性維持一致）。
> 不定代名詞：quelqu'un 某人 / pas un(e) 一個都沒有等等　☞ p.125 ▶, p.310
> 數量的代名詞：en （某某數量）的那個　☞ p.106 筆記
> 指示代名詞：ceci 這個 / cela 那個 / ce que …的東西　☞ p.113 ▶ ce que~和形容詞
> 疑問代名詞：qui 誰 / que、quoi 什麼 / qu'est-ce que（做／是）什麼
> Qui **d'autre** pourrait le faire?　還有其他人能做這個嗎？
> Quoi **de neuf**?　有什麼新鮮的事嗎？
> Qu'est-ce que tu fais **de beau**?　你最近在做什麼？
> （que、qu'est-ce que、ce que 的情況，〈de＋形容詞詞組〉會放到句末）

（2）表語（或補語）（在形成動詞詞組上是必要元素）

　　形容詞詞組會和 **être** 這類動詞（繫詞）結合，來表達主詞的性質。這種情況的形容詞詞組被稱作表語或補語。　☞ p.154

Mon père est **très grand**.　我父親非常高大。

La négociation devient **de plus en plus difficile**.
談判變得越來越困難。

　　在上面的例句，雖然形容詞詞組是主詞的表語，但是在別的句子結構中也有可能會變成直接受詞的補語，就像下面兩個例句一樣。
☞ p.176 **4**

Je trouve cette femme **vraiment belle**.
我覺得這位女士真的很美。

Les Français considèrent cette manière comme **très impolie.**

法國人會認為這樣的舉止非常失禮。

不管是主詞的表語還是直接受詞的補語，這時的形容詞詞組都是必要的，都是為了形成動詞詞組 ☞ p.150 的必要元素。

◆補語是非必要元素的情況

也有一些句法結構是，形容詞詞組（在作為補語時）不是句子的必要元素的情況。

Ma grand-mère habite **toute seule** dans une grande maison.

我祖母獨自住在一間大房子裡。

Venez **nombreux.** （集會等等）請踴躍參加。

Claire est partie **joyeuse.** 克萊兒很高興地出去了。

Mes parents se sont mariés **très jeunes.**

我的父母很年輕時就結婚了。

Nous ne sommes pas tous nés **riches.**

我們不是每個人生來都在富裕的環境。

Il a perdu ses parents **très jeune.**

他在很年輕的時候失去了父母。

在上面的例句中，粗體字的形容詞詞組是用來說明主詞進行該動作的形態，是該動作的補語，且陰陽性‧單複數也要和主詞一致。雖然以上這些補語功能的形容詞詞組在文法上並不是句子成立的必要元素，但是在意思上倒是發揮了很重要的作用。另外，以下是作為直接受詞的補語的情況。

L'essentiel, c'est de retrouver l'enfant **sain et sauf.**

重要的是，那個孩子平安無事地被找回來。

Paul boit toujours son café **tiède.**

保羅總是喝溫熱的咖啡。

Nous avons connu votre mère **toute petite.**

在令堂還很小的時候我們就認識她了。

（3）同位語結構

形容詞詞組可以放在句首主詞前面的位置或是句末的位置，並用逗號 virgule（,）隔開，或是插入主詞與動詞之間，前後也是用逗號（,）隔開，來修飾主詞進行某動作時的狀態，這個用法稱作同位語結構。根據同位語部分與主句的關係，以及整句的句意，同位語的部分有時可用來表示原因，帶有「因為…」的語感。此外，同位語結構不常使用在口說中。

Complètement épuisée, Léa s'est couchée tout de suite.
因為完全累壞了，蕾亞馬上就去睡覺了。

Marie tremblait dans son lit, **muette de frayeur.**
瑪莉在床上發抖，因恐懼而不發一語。

Jacques, **immobile près de la porte**, la regardait d'un air accablé.
賈克在門旁邊靜止不動，當時一副壓力很大的樣子看著她。

筆記 主詞是人稱代名詞的情況，不能像上面的例句一樣將形容詞詞組直接放在主詞的後方。

中高級！ 其它同位語結構的用法

有時候同位語結構的形容詞詞組會讓句子帶有對立或條件的語感。

La princesse, **très belle et très intelligente**, n'était cependant pas aimée de son entourage.
即使公主非常漂亮又非常聰明，卻不被周圍的人愛戴。

Moins riche, le marquis n'aurait pas eu cette idée extravagante.
就因沒那麼有錢，侯爵才會有這個怪誕的想法。

另外，主詞以外的名詞詞組也會有同位結構的情況。

Ils trouvèrent Nadine dans la grange, **muette de frayeur**.
他們在小倉庫裡發現了因恐懼而不發一語的納迪努。

（4）如副詞般的用法

有時候形容詞（詞組）會直接放在動詞的後方，發揮像副詞一般修飾動詞的作用。但此時沒有形態的變化，一律使用陽性單數形。

Ne parle pas si fort! 不要那麼大聲地講話。

Sylvie travaille **dur** pour avoir le bac.
希爾薇用功讀書，為了順利取得高中會考文憑。

Il suffit d'écrire **plus petit** pour que le livre soit moins gros.
為了讓書本不要那麼厚，只要把字寫得更小就行了。

形容詞如副詞般的這個用法會造成句子中就算動詞是及物動詞，卻沒有受詞的情況。另外，〈動詞＋形容詞〉的組合用法在慣用語中很常見，而且受到廣告文宣之類的影響下，常有新的〈動詞＋形容詞〉的組合被造出來。除了上面的例句中出現的組合之外，還有以下的組合。

[慣用語] s'arrêter net 突然停止 / boire sec （喝酒）直接喝 / chanter faux (juste) 唱歌走音（唱歌音很準）/ couper court 直接打斷 / coûter cher 價錢開得高 / marcher droit 直走 / parler bas (haut) 小聲（大聲地）地講話 / raisonner juste 合理地推論 / sentir bon (mauvais) 聞起來很香（糟）/ sonner creux （聲音）聽起來空洞；（話）聽起來沒內容 / ne pas tourner rond 進行地不順利 / voir trouble (clair) 眼睛看得模糊不清（很清楚）

[廣告性] acheter français 買法國貨 / s'habiller jeune 穿著很年輕 / laver blanc （洗衣精）洗起來純白 / rouler japonais 開日本車 / voter utile （避免浪費投票）有效地投票

2. 形容詞詞組的構造

形容詞詞組主要是以形容詞作為最基本的必要元素，並根據情況為該形容詞加上有修飾或補充功能、帶有程度性質的副詞，或者是加上介系詞詞組。

形容詞詞組＝（帶有程度性質的副詞等＋）**形容詞**（＋介系詞詞組等）

（）內的通常是非必要的元素，但是也有像 **apte à**（有能力做…的）、**enclin à**（有…傾向的）、**exempt de**（被免除…的）這樣後面是有介系詞的情況。

（1）帶有程度性質的副詞可用來修飾形容詞

可用來修飾形容詞的，主要是那些帶有程度性質的副詞。

☞ p.279 **1**

Je suis un **peu** (**assez**、**très**) fatigué.　我有點（很、非常）累。

Ce livre est **trop** difficile pour moi.　這本書對我來說太難了。

例句中的粗體字是很常見的修飾語，不過修飾形容詞的（帶有程度性質的副詞），還有像下列的詞。

> 稍弱的程度：peu 幾乎沒有… / à peine 勉強… / légèrement 稍微… / pas tellement 沒那麼…
>
> 適中的程度：plutôt 相當… / moyennement 一般…
>
> 較強的程度：bien 非常… / fort 很… / tout 完全地… / si 非常、那麼地… / vraiment 真的… / complètement 完全地… / entièrement 全面地… / extrêment 極度地… / totalement 完全地… / absolument 徹底地… / tout à fait 真的是… / excessivement 過度地… / particulièrement 特別地…
>
> 表示比較：moins 更少 / aussi 和…一樣 / plus 更多　☞ 比較級 p.392

▶ **不能被帶有程度性質之副詞修飾的形容詞**

有些形容詞是不能被帶有程度性質的副詞來修飾的，舉例來說，就像下列的形容詞。

[關連形容詞]　☞ p.136 **2**

> présidentiel 總統的 / bancaire 銀行的 / géologique 地質學的

[和程度強弱無關的形容詞]

> carré 四方形的 / circulaire 圓形的 / enceinte 懷孕的 / indispensable 不可或缺的

[表示序列的形容詞]

> premier 最初的 / dernier 最後的 / cadet 年紀小的 / aîné 年紀大的 / principal 主要的 / mineur 不甚重要的

[語意上含有程度強弱概念的形容詞]

absolu 絕對的 / énorme 巨大的 / essentiel 極為重要的 /
excellent 極好的 / excessif 過度的 / immense 廣大的 /
magnifique 極好的，出色的 / minuscule 非常小的 / parfait 完美的

中高級！ **形容詞修飾的各種表達**

super-、hyper-、ultra-、extra-、archi-等，是語意上帶有強烈程度的前綴詞。

supersympa （俗）感覺超好的 / hypersensible 過敏的 /
ultramoderne 超現代式的 / extra-fin 超薄的 /
archifaux 大錯特錯的

程度副詞以外的副詞有時候也會修飾形容詞。

une solution **étonnamment** simple　極為簡單的解決方法
un taux d'inflation **continûment** élevé　連續居高不下的通貨膨脹率
un homme **toujours** gai　總是開朗的男人
une école **provisoirement** fermée　暫時關閉的學校
un système **résolument** moderne　徹底現代化系統
une influence **nécessairement** limitée　必然有限的影響力
une définition **délibérément** large　刻意擴大解釋的定義

有時候會因為介系詞詞組而讓程度被表達得更詳細

bête **à pleurer** [事情]真是荒唐、[人]真是愚蠢的　　　　　（pleurer 哭）
jolie（belle）**à croquer** [女性]非常可愛（美麗）　　（croquer 速寫成畫）
rapide **comme l'éclair**　非常快（像閃電一樣）
fort **comme un Turc**　非常強（像土耳其人一樣）

5
形容詞
形容詞詞組
&

（2）後面有介系詞詞組來補充說明形容詞的意思

在形容詞後面加上介系詞詞組來做意思上的補充。很常看到的形容詞是說明性質或感受意義的形容詞。

content de ce résultat　很滿意這個結果

使用的介系詞雖然會根據形容詞或其意思來決定，但 **à** 和 **de** 佔

大多數。介系詞是 **à** 或是 **de** 的情況，其後面不只是接名詞詞組，用來接不定詞的形容詞也有很多。

[介系詞 à]

▶à 的後面接名詞詞組的形容詞

Leur proposition est **semblable à** la nôtre.
他們的提案跟我們的很像。

Ce procédé n'est pas **conforme à** la Constitution.
這種措施不符合憲法。

commun à 跟…共通的 / contraire à 跟…相反的 / fidèle à 對…忠實的 /
hostile à 對…有敵意的 / relatif à 跟…有關的 / supérieur à 超越…

▶可以接不定詞的形容詞
相對於上面的例句，下列列舉的形容詞不只是名詞詞組也能夠接不定詞。

Ils sont **prêts à** obéir à n'importe quel ordre.
他們已有心理準備要服從任何命令。

apte à 有…能力的 / attentif à 注意到… / propre à 適合…

[介系詞 de]

▶de 的後面放名詞詞組的形容詞

Marie est follement **amoureuse de** Gilles.
瑪莉深深地愛著吉勒。

Leur proposition est **différente de** la nôtre.
他們的提議有別於我們的（提議）。

satisfait de 對…感到滿足 / couvert de 被…覆蓋 /
âgé de 10 ans 年約 10 歲的 / large d'épaules 兩肩很寬 /
rouge de colère 氣得臉色通紅

▶可以接不定詞的形容詞

Je suis parfaitement **conscient d'**avoir commis une grosse erreur.

我十分清楚自己犯了天大的錯誤。

content de 對…感到滿意 / digne de 值得… / fier de 對…感到驕傲 / honteux de 對…感到羞恥 / sûr de 堅信…

筆記 就介系詞後面是不定詞的情況來說，形容詞前面所修飾的名詞，可看作不定詞在意義上的主詞。

un homme digne d'être aimé　　值得被愛的男人

（être aimé 意義上的主詞是 homme）

Mon grand-père était très heureux de me voir.

祖父非常高興見到我。（me voir 意思上的主詞是 mon grand-père）

▶可以用補充子句的形容詞

可以在介系詞 **de** 後面放不定詞的形容詞之中，也有的是能夠用補充子句來代替介系詞來補充。上面舉例的形容詞 **conscient**、**content**、**digne**、**fier**、**honteux**、**sûr** 都屬於這種。

Sophie est très **contente que** sa fille puisse s'inscrire en médecine.

蘇菲因為女兒可以讀醫學系而感到非常高興。

[其它介系詞]

gentil（méchant、aimable）**avec**　對…親切（壞心眼、態度好）

fâché **avec**　和…感情破裂

fâché（furieux）**contre**　對…生氣（震怒）

bon（mauvais、fort）**en**　[領域] 做…做得好（辦不到、很強）

riche（pauvre）**en**　[內含物] 含有豐富的…（缺乏）

connu（célèbre）**pour**　因為…而有名（par 也行）

poli（cruel、généreux）**envers**　對…有禮貌（殘酷、寬大的）

（也可用 avec）

◆**difficile à comprendre** 類型

以補充要素把介系詞詞組（**à**＋不定詞）附加在形容詞時，對其不定詞來說，和形容詞建立關係的名詞或名詞詞組有時是意思方面的直接受詞。

5

形 形
容 容
詞 詞
　 詞
　 組
　 &

135

une théorie **difficile à comprendre**

難以理解的理論（théorie 是 comprendre 在意思方面的直接受詞）

Le spectacle était vraiment **triste à voir.**

那樣的景象真的看著都會覺得難過。

（le spectacle 是 voir 在意思方面的直接受詞）

其它還有像下列一樣類型的形容詞。加上不定詞舉例。

---

facile à faire 做…很簡單 / agréable à regarder 看起來賞心悅目 /
désagréable à entendre 聽著就不愉快 / utile à dire 說了有益 /
bon à jeter 丟了正好 / impossible à retenir 很難記起來

---

3. 形容詞的位置

　　形容詞當作修飾語使用的情況，大多數形容詞的基本位置是在名詞的後面，但是要注意以下的重點。

・常用的形容詞，通常是放在名詞的前面。

・雖然大部分形容詞的基本位置是在名詞後面，但這些形容詞中的某幾個特例，可能會因為要表達出些微差異但不同的意思，使得原本是放在名詞後面，也能放在名詞前面，但放在名詞前與名詞後的兩個意思是不同的。

　　形容詞的位置到底是放在名詞前面或後面，大致上可整理出以下推論。

・放在名詞後面的情況：依**客觀的性質與標準**來為名詞做分類。

・放在名詞前面的情況：為名詞加上**主觀的印象**。

（1）放在名詞後面的形容詞

　　像下列的形容詞會放在名詞後面。

❶ 表達顏色、形狀、物理特徵的形容詞

une voiture **rouge** 紅色的車　　un menton **carré** 方的下巴

une pièce **claire** 明亮的房間　　un goût **amer** 苦味

un endroit **sec** 乾燥的場所

❷ 關連形容詞

　　關連形容詞所指的，是從國家、地區、制度、機關、宗教、學問、產業、身體組織這一類名詞所衍生出的形容詞。關連形容詞的

功能，主要是將被修飾的名詞和特定名詞所表達的性質（如國家、
地區、制度等）產生關連性，來限定該名詞是屬於哪一領域。另
外，帶有以上意思與特性由名詞轉化而來的這些形容詞，不能用有
程度的副詞來修飾，不能用於比較級、最高級，而且也不能當成補
語來使用。

　　un code **postal** 郵遞區號　　les élections **présidentielles** 總統大選
　　le gouvernement **français** 法國政府
　　une réforme **scolaire** 學校改革
　　un compte **bancaire** 銀行戶頭　　un parc **national** 國家公園
　　une substance **chimique** 化學物質　　une crise **cardiaque** 心臟病發

❸ 由過去分詞而來的形容詞、由現在分詞而來的形容詞

　　un homme **déçu** 失望的男人　　une actrice **connue** 有名的女演員
　　un travail **fatigant** 累人的工作

> **筆記** 但是像 un sacré farceur（一位愛戲弄別人該死的人）、sa prétendue
> maladie（他／她宣稱罹患的疾病）這類由過去分詞衍生而來、放在名詞前面的
> 形容詞並不多。另外，也有由現在分詞衍生而來、放在名詞前面、如 une
> émouvante cérémonie （一場感動的典禮）這類用法的形容詞。

❹ 被介系詞詞組補充、修飾、被較長的副詞修飾的形容詞

　　un plan d'évacuation **conforme aux normes de sécurité**
　　符合安全基準的疏散計畫
　　un cou **extrêmement long** 非常長的脖子
　　un système **vraiment remarquable** 真的很厲害的系統

（2）放在名詞前面的形容詞

　　下列的形容詞會放在名詞的前面。

❶ 序數詞

　　la **deuxième** porte 第二道門　　le **sixième** sens 第六感
　　le **premier** amour 初戀

> **筆記** 序數詞雖然一般是放在名詞的前面，但搭配 tome（卷）、chapitre（章
> 節）、acte（幕）、scène（場次）等時，序數詞會放在後面。
> 例：acte premier 第一幕

❷ 在日常中常被使用的單音節或雙音節的形容詞

　　un **grand** bâtiment 大的建築物　　une **mauvaise** habitude 壞習慣
　　un **jeune** médecin 年輕醫師　　un **beau** château 美麗的城堡

ma **nouvelle** voiture 我的新車

> grand / petit 大的／小的　　bon / mauvais 好的／壞的
> jeune / vieux 年輕的／老的　beau / laid（放在名詞後面）美麗的／醜的
> long / court（放在名詞後面）長的／短的
> gros 胖的 / nouveau 新的 / vrai 真的 / joli 漂亮的
> vaste 廣大的 / haut 高的

▶這些形容詞在下列場合也會放在名詞的後面。
・常放在名詞後面的兩個形容詞並排，以 **et** 做連接的情況
　un roman **long et ennuyeux**　又長又無聊的小說
・被字母較長的副詞（不是 **très**、**trop**、**assez**、**si**、**tout** 之類的副詞）修飾的情況
　une voiture **incroyablement petite**　一台小到難以置信的汽車
・被介系詞詞組修飾的情況
　une jeune fille **jolie à croquer**　非常可愛的女孩
　un élève **bon en maths**　擅長數學的學生

（3）因為前後位置而意思不同的形容詞

根據形容詞位置，有時候會因為放在名詞的前面還是後面而有完全不同的意思的情況。看以下幾個例句。

名詞的前面	名詞的後面
un **ancien** élève 畢業生（之前的學生）	une famille **ancienne** 舊家（古老的家系）
la **dernière** semaine 最後一週	la semaine **dernière** 上週
une **pauvre** femme 可憐的女人	une femme **pauvre** 貧窮的女人
le **même** auteur 同一個作者	l'auteur **même** 那位作者本人
un **seul** homme 唯一一個男人	un homme **seul** 孤單的男子、單身漢
une **simple** question 只不過是個（小）問題而已	une question **simple** 簡單的問題

中高級！ **在名詞的前後、意思會不同的形容詞**

　　對於那些放在名詞前面的形容詞，有時也會受到所修飾的名詞的種類而改變其意思。舉例來說，形容詞 **grand** 一般是「大的」的意思，作為修飾語使用時會放在名詞的前面（例：**un grand bâtiment** 大的建築物），但在修飾具有職業意義的名詞時，會有「偉大的」的意思。

> un **grand** acteur (écrivain、 savant、 homme)
> 偉大的演員（偉大的作家、偉大的學者、偉人）

　　這時只要將 grand 放在名詞的後面就會變成「身高很高」的意思。
　　類似的例子還有 **gros**（大的；大規模的）。這也是一般放在名詞的前面的形容詞（例：**un gros bébé**　大的嬰兒），但是有下列的例外。

> un **gros** industriel（經營大企業）企業家
> un **gros** mangeur　　大胃王

　　這時也是只要將 **gros** 放在名詞的後面就會變成「胖的」的意思。
　　另外，如果形容詞 **curieux** 是「奇妙的」的意思的話，雖然可以放在名詞的前面或後面，但是另一個意思「（人的）強烈的好奇心」是固定放在後面的。

> une histoire **curieuse**、une **curieuse** histoire
> 奇妙的事（發生的事）
> une **curieuse** femme　　奇妙的女人 ／
> une femme **curieuse**　　好奇心強烈的女人

（4）可以放在名詞前面也可以放在後面的形容詞

　　除了以上提到的形容詞之外，有些形容詞是放在名詞的前面或後面皆可，但基本上位置都是放在名詞後面。雖然不論是放在前面或後面，意思上不會有很大的差別，但大原則是，放在名詞前面時會特別強調出說話者主觀的語氣或感受。

名詞的後面	名詞的前面	翻譯
une journée **agréable**	une **agréable** journée	心情愉快的一天
une petite ville **charmante**	une **charmante** petite ville	很棒的小鎮
un souvenir **merveilleux**	un **merveilleux** souvenir	美妙的回憶
une guérison **rapide**	une **rapide** guérison	迅速的治療

un succès **remarquable**	un **remarquable** succès	卓越的成就
une amélioration **sensible**	une **sensible** amélioration	顯著的改善

4. 只當修飾語使用的形容詞

有的形容詞只能當作直接附加在名詞前做修飾的修飾語。

❶ 關連形容詞　☞ p.136 **2**

un compte bancaire　銀行帳戶

（×像 Ce compte est bancaire. 中形容詞當作補語的用法是不正確的）

une réforme scolaire　學校改革

（×像 Cette réforme est scolaire. 中形容詞當作補語的用法是不正確的）

> **筆記** 但是在有前後對比意義的句子中（～不是～，而是～），或形容詞被當作品質形容詞的話，形容詞有時在句中會變成補語功能。

Ce parc n'est pas **national**, mais **départemental**.

這座公園不是國立而是省立的。

On me reproche d'être trop **scolaire** en cours.

我被說授課太過死板。

❷ 序數詞

la deuxième rue　第二條路

（×像 Cette rue est deuxième. 中形容詞當作補語的用法是不正確的）

❸ 因位置不同、意思也不同的形容詞放在名詞前面的情況

有的形容詞放在名詞前面的情況跟放在後面的意思會不同。

☞ p.138

一般來說，這些形容詞如果是放在名詞後面的話，此時這個意思的形容詞也是可以作為補語功能。但是形容詞的意思如果是放在名詞前面的意思時，這個意思的形容詞就不能當作補語來使用。

名詞的後面　**une question simple**　一個簡單的問題
　　　　　　Cette question est **simple**.　這個問題很簡單。

名詞的前面　**une simple question.**　僅是個單純的問題
　　　　　　（×Cette question est simple. 中的 simple 不是「單純的」的意思）

中高級！ **只能當作補語使用的形容詞**

雖然只能當作補語使用的形容詞的例子很少，但 **bon** 是在（(計算) 符合）和（(票等) 有效）的意思時，就是屬於這例子。

Le compte est **bon.**　符合計算。

（×un bon compte　這意思不能這樣用）

Ce billet n'est plus **bon.**　這張票已經過期了。

（×un bon billet　這意思不能這樣用）

5. 形 容 詞 的 形 態 變 化

（1）原則

形容詞一般會根據所搭配的名詞的陰陽性‧單複數來做形態的變化（除了當副詞使用的情況 ☞ p.130）。例如，當作修飾語修飾複數形陰性名詞的話就會變陰性和複數形。基本上變化方式和名詞的情況一樣，變陰性就在陽性字尾加 **e**，變複數形就在單數形字尾加 **s**。

	單數	複數
男性	petit	petits
女性	petite	petites

補語的例子　Leurs maisons sont très **petites.**　他們的家非常小

修飾語的例子　Ils péfèrent les **petites** voitures.

他們比較喜歡小的車。

筆記 複數形的 s 除了要聯誦（例：de belles îles 美麗的島嶼）之外，一般是不會影響到整體的發音，但變成陰性時加上 e 之後，有時和陽性會有發音上些微不同的差異。

(1)以下陽性的①字尾的發音是開音節（以母音作結），且後面也沒有子音字母，②字尾的子音本身要發音，就算變成陰性，發音也不會改變。

①的例子：joli - jolie　漂亮的　　　connu - connue　有名的

②的例子：dur - dure　緊的　　　original - originale　獨創的

　　　　　supérieur - supérieure　上方的，更優秀的

（2）陽性字尾是不發音的子音字母時，變陰性時加 e 就能讓該子音變成可發音。

petit - petite　小的（在陰性詞最後的 [t] 音會發音）

français - française　法國的（在陰性詞最後的 [z] 的音會發音）

5
形容詞
形容詞詞組 &

（2）形態變化的例外

　　形容詞的形態變化的原則就像上面看到的這樣單純，但是也有些是需要微調整或變成例外的形態。大致就是下列的詞。

❶ 陰陽性（變成陰性時的例外情況）

①陽性是以 e 做結尾的話維持不變

　　維持原樣變成陰性，不會再多加一個 e。

> **-e ➡ -e**　facile - facile　簡單的　　difficile - difficile　困難的
>　　　　　　　bête - bête　愚蠢的

> ■筆記■ 要特別注意由動詞的過去分詞衍生而來、且陽性字尾是有閉口音符é 的形容詞，變陰性時要加 e。

fatigué - fatiguée　累了的　　fermé - fermée　關著的

②重複陽性字尾的子音後再加 e

[字尾是鼻母音的形容詞]

> **-on ➡ -onne**　bon - bonne 好的　mignon - mignonne　可愛的
>　　　　　　　　（但是 nippon - nippone（或 nipponne））（（藐
>　　　　　　　　視）日本的）
>　　　　　　　　lapon - lapone（或 laponne）（薩米的）
> **-ien ➡ -ienne**　ancien - ancienne 以前的　italien - italienne 義
>　　　　　　　　大利的
> **-éen ➡ -éenne**　européen - européenne 歐洲的
>　　　　　　　　coréen - coréenne 韓國的

▶ 但是 -in　-ain　-ein　-un　-an 會按照原則只加上 e。

> voisin - voisine 旁邊的　certain - certaine 準確的
> brun - brune 褐色的　　persan - persane 波斯的
> plein - pleine 滿滿的

▶ -in 和 -an 的例外

> bénin - bénigne （受傷、疾病等）輕度的　malin - maligne 精明的
> paysan - paysanne 農民的　rouan - rouanne 沙色的

[以 -l 做結的形容詞]

-el ➡ -elle   habituel - habituelle 平常的   officiel - officielle 官方的
-eil ➡ -eille   pareil - pareille 一樣的
-ul ➡ -ulle   nul - nulle   無價值的
-il ➡ -ille   gentil [ʒɑ̃ti] - gentille [ʒɑ̃tij]   親切的

▶但是 -al、-ol 會依照原則只加上 e。

banal - banale 平凡的   espagnol - espagnole 西班牙的

[以-s 當結尾的形容詞]

-s ➡ -sse   bas - basse 低的   épais - épaisse 厚的
            gras - grasse 肥的   gros - grosse 胖的
            las - lasse 筋疲力竭的

▶但是大多數都是依照原則變成 -se。

gris - grise 灰色的   japonais - japonaise 日本的
mauvais - mauaise 不好的

▶-s 的例外

frais - fraîche 新鮮的   tiers - tierce 第三個

[以 -et 當結尾的形容詞]

-et ➡ -ette   muet - muette 無言的   net - nette 鮮明的

▶但是也有少數的形容詞變化是 -et → -ète。☞ p.144 ③

complet-complète 完全的   concret-concrète 具體的
discret - discrète 低調的   inquiet - inquiète 擔心的

[以 -ot 當結尾的形容詞]

-ot ➡ -otte   sot - sotte 愚蠢的
            vieillot - vieillotte 過時的 等少數的單字

5
形容詞
形容詞詞組
&

▶其它的 -ot 會依照原則變成 -ote。

> idiot - idiote 愚蠢的　dévot - dévote 虔誠的

③在陽性字尾加上 e，但前一個母音 e 會變成 è 的詞

-er ➡ -ère	cher - chère 價錢很高的　fier - fière 自豪的
	léger - légère 輕的　premier - première 最初的
-et ➡ -ète	complet - complète 完全的
	inquiet - inquiète 擔心的

④在陽性字尾加上 e，但前面的子音字母會做變化的詞

-eux ➡ -euse	dangereux - dangereuse 危險的
	heureux - heureuse 幸福
-f ➡ -ve	neuf - neuve 新品的　positif - positive 積極的
	（但是 bref - brève（簡潔的）前面的母音 e 會變成 è。）

▶結尾變化很大的詞，其它還有像下列的形容詞。

> jaloux - jalouse 忌妒的　faux - fausse 仿冒的
> doux - douce 平穩的　roux - rousse 紅髮的

⑤陽性的結尾是 c 的形容詞
　有兩種類型。

-c ➡ -que	public - publique 公共的　turc - turque 土耳其的
	franc - franque 法蘭克人的
	（但是 grec - grecque（希臘的）是特殊變化 -c➡ cque。）
-c ➡ -che	blanc - blanche 白的　franc - franche 坦率的
	（但是 sec - sèche（乾的）的變化中，子音前面的母音 e
	會變成 è。）

⑥陽性的結尾是 -eur 的形容詞

-eur ➡ -euse	travailleur - travailleuse 勤勞的
	trompeur - trompeuse 欺騙人的

▶但像下列的形容詞會依原則直接在陽性字尾加上 **e** 變成陰性。

extérieur(e) 外面的　intérieur(e) 裡面的
meilleur(e) 更好的　supérieur(e) 高級的　inférieur(e) 下級的

⑦陽性的結尾是 **-teur** 的詞

-teur ➡ -trice　émetteur - émettrice 廣播的
protecteur - protectrice 保護的

⑧其它

-g ➡ -gue　　long - longue 長的
-gu ➡ -güe　　（將分音符加在 u 上的 **-güe** 也正確）
　　　　　　　aigu - aigüe 尖銳的　ambigu - ambigüe 模糊的

⑨陽性有第二種變化的形容詞

　法文的「美的」、「新的」、「年老的、古老的」、「抓狂的」、「軟的」等意思的形容詞，在開頭是母音或啞音 **h** 的單數陽性名詞前面，會使用到第二種變化。這些形容詞的陰性是以這種陽性第二種變化為基礎所變化的。

陽性	陽性第二形	陰性
beau	bel	belle
nouveau	nouvel	nouvelle
vieux	vieil	vieille
fou	fol	folle
mou	mol	molle

分別使用陽性、陽性第二變化的例句。

[陽性：一般的單數陽性名詞的前面]
　un **beau** château 美麗的城堡　un **vieux** Hollandais 年老的荷蘭人

[陽性第二變化：用在以母音、啞音的 h 開頭的單數陽性名詞的前面]
　un **bel** arbre 美麗的樹　un **vieil** ami 老朋友

[陰性：用在單數陰性名詞的前面]
　une **belle** vue 美麗的風景　une **vieille** chanson 老歌

5
形容詞
形容詞詞組 &

145

> **筆記** 在複數陽性名詞的前面不會使用第二變化。

de **beaux** arbres　美麗的樹（✕ de bels arbres 是不正確的）

> **筆記** 雖然 jumeau（雙胞胎的）沒有陽性第二變化，但也一樣會變陰性。

des frères jumeaux　雙胞胎兄弟　des sœurs **jumelles**　雙胞胎姊妹

❷ 單複數（做複數形時的例外）

　　形容詞的複數形有例外規則時，只會跟陽性有關。所有陰性複數都依照原則在陰性單數變成 s。（例：**spéciale** ➡ **spéciales**　特別的）。

①單數形是以 s 或是 x 做結的形容詞
複數形就維持不變，不會再加 s。

-s ➡ -s	bas - bas 低的　français - français 法國的
-x ➡ -x	doux - doux 穩定的　heureux - heureux 幸福的

②單數形的字尾是 -eau 的形容詞
變複數形時要加上 x。

-eau ➡ -eaux　beau - beaux 美麗的　nouveau - nouveaux 新的
jumeau - jumeaux 雙胞胎的

③單數形的字尾是 -al 的形容詞
大多數形容詞的複數形字尾會變成 -aux。

-al ➡ -aux　général - généraux 一般的
national - nationaux 國家的
social - sociaux 社會的　spécial - spéciaux 特別的

▶例外
也有字尾是 **al** 但複數形變化規則是加上 s 的形容詞。

banal(s) 平凡的　fatal(s) 致命的　final(s) 最後的
glacial(s) 快凍結的　naval(s) 海軍的

❸ 沒有形態變化的形容詞

　　有一部分的形容詞不會改變形態，此時這些形容詞和相關名詞的陰陽性 單複數也不需要一致。

[副詞由來]

bien 好的 / pas mal 不錯的 / debout 站著的 / loin 遠的 / près 近的

Elle est **bien**, cette montre.　真好看，這隻手錶。

[外來語]

chic 時髦的 / cool（口語）酷的 / kaki 卡其色的 /
snob 勢利的 / standard 標準的

> 筆記 但口語用在複數形時會加上 s。

J'ai rencontré des tas de gens très **cool**(s).　我遇到了好多很酷的人。

[由名詞而來]

marron 茶色的 / émeraude 翡翠綠的 /
bidon（口語）荒唐的 / tendance 流行的 /
bon marché 價格便宜的 / pure laine 純毛的

Je cherche une voiture d'occasion **bon marché**.
我在找便宜的二手車。

Les expériences qu'elle a faites sont complètement **bidon**.
她做的實驗實在是荒唐至極。

（3）和名詞的陰陽性‧單複數一致的重點

1 一個形容詞搭配兩個以上的名詞的情況

①名詞的陰陽性一致的情況

　　名詞是「陽性＋陽性」的話形容詞當然是陽性複數，「陰性＋陰性」的話就變成陰性複數。

修飾語　les livres et les films **destinés** aux enfants
　　　　為兒童設計的書及電影
　　　　une table et une chaise **bancales**　搖搖晃晃的桌子和椅子

補語　　Marie et Léa sont très **gentilles** avec moi.
　　　　瑪莉和蕾亞對我很好。

②前後兩個名詞的陰陽性不同的情況
　形容詞要用陽性複數。

修飾語　les garçons et les filles **musulmans**　伊斯蘭教的少男少女
　　　　une cravate et un mouchir **blancs**　白色領帶和手帕

> **筆記** 此時，只要形容詞的陽性和陰性兩者的發音（例：noir - noire　黑色的）
> 是相同的話，形容詞前面的兩名詞的排列順序基本上是沒差的；但形容詞陽性、
> 陰性兩者發音不同的情況（例：blanc - blanche 白色的），兩名詞的排列順序最
> 好是「陰性＋陽性」。但有些情況陰性名詞和陽性形容詞會排在一起（舉例來說
> un mouchoir et une **cravate** *blancs*，變成「陽性＋陰性＋形容詞」）的原因，
> 是為了發音。不過，其實也是有順序固定是用「陽性＋陰性」的組合。

補語　Ni le roi ni la reine n'étaient **présents** à la cérémonie.
　　　國王和王妃都沒出席典禮。

❷ 兩個以上的形容詞修飾一個複數名詞的情況
　即使在形式上看起來是兩個以上的形容詞被當作修飾語去修飾一
個複數名詞，但實際上並不是兩個形容詞同時去修飾同一群對象，
而是要表達個別的對象。

**Les gouvernements français et allemand se sont mis
d'accord sur la réforme fiscale.**
法德兩政府對於稅制改革一致表示同意。
（＝le gouvernement français et le gouvernement allemand）

❸ 顏色的形容詞
　顏色的形容詞之中以下的詞沒有陰陽性・單複數的形態變化。

①**本來是名詞但用作形容詞的情況**
[經常使用的]

> marron　栗色的　/　orange　橘色的

Jean porte toujours des chaussures marron.
尚總是穿著栗色的鞋子。

[其它]

> émeraude　翡翠綠的　/　ocre　土黃色的　/
> turquoise　土耳其石（青綠）色的　/　olive　橄欖綠的

[couleur de … 色的]

couleur de cerise 櫻桃色的 / couleur d'encre 墨色的

Elle portait des gants **couleur de cerise.**
她戴著櫻桃色的手套。

> **筆記** 以下四個是完全形容詞化且有形態變化的形容詞（詞尾是 e 且陰陽同形者，加上 s 變複數形）。rose 粉紅色的 / mauve 淡紫色的 / écarlate 深紅色的 / pourpre 紫紅色的

②兩單字組合而成的顏色形容詞

用兩形容詞或「形容詞＋名詞」組合而成的顏色形容詞，是沒有形態變化的。

rouge vif 鮮紅色的 / jaune pâle 淡黃色的 /
châtain clair 亮棕色的 / bleu ciel 天空藍的

Choisissez plus souvent des légumes **vert foncé** et orange. 深綠色或橘色蔬菜要更常挑一些。

> **筆記** 這些由兩單字組合而成的顏色名詞（le rouge vif 鮮紅色）被拿來當作形容詞使用的情形，就跟①一樣，本來是名詞，但被用作形容詞。或者，我們也可以想成是介系詞 de 的省略（即un liquide (d'un) bleu clair 淺藍色的液體），此時的顏色表達很明顯是名詞。

❹ 合成形容詞

也就是由兩個形容詞合成一個詞來修飾名詞。此時，該名詞同時具有此兩形容詞的性質，而且這兩個形容詞都會根據該名詞做形態的變化。

des cerises aigres-douces 酸甜的櫻桃（← aigre-doux）
des femmes sourdes-muettes 聾啞的女性們（← sourd-muet）
des femmes ivres mortes 喝到爛醉的女性們（← ivre mort）

相對於這些，也有形容詞是被當成副詞去修飾後面的形容詞，此時只有後面的形容詞要進行形態的變化。

des jeunes filles court-vêtues （← court-vêtu）
穿著短裙的年輕女孩們
des personnes haut placées 地位崇高的人們（← haut placé）
des fenêtres grand(es) ouvertes 開很大的窗戶
（← grand ouvert：變化成 grandes ouvertes 也是可以的）

第6章 動詞詞組 & 動詞

動詞詞組是相當於「主詞－謂語」中的謂語，動詞就是它的核心，以單一一個單字或與其它要素結合的方式，來說明主詞的行為、狀態、作用。

1. 動詞詞組

動詞詞組和主詞（名詞詞組）可結合成「句子」，相當於句子中「主詞－謂語」關係中的謂語。

> | Le bébé | dort |. 寶寶在睡覺。
> | 名詞詞組 | 動詞詞組 |
>
> | Mon mari | a ouvert la porte avec un fil de fer |.
> | 名詞詞組 | 動詞詞組 |
> 我丈夫用鐵絲把門打開。

就像在上面的例句所看到的，動詞詞組可以只靠單一一個動詞（**dort**）成立，或是以動詞（**a ouvert**）搭配名詞詞組（**la porte**）或介系詞詞組（**avec un fil de fer**）等更複雜的組合來成立。

和動詞結合來補充動詞的意思，並成為動詞詞組中的其中一個要素者，被稱為「動詞的補語」。動詞的補語可分成在意思方面、文法方面讓句子成立的必要補語，以及單純是補充性質、非必要的補語。

舉例來說，第二個例句的 **la porte**（門），在這個句子中是為了讓此句子成立不可或缺的要素，但是 **avec un fil de fer**（用鐵絲）則不是必要的要素。

> **筆記** 只靠×Mon mari a ouvert. 這個句子是不成立的。ouvrir（打開）這個詞用在句子中時，為了要讓句子成立，除了要有「打開的人」之外，還要有「被打開的東西」，在法語的句子中若少了這兩者，在文法上就不算是正確的句子（除了祈使句、被動態之外）。因此在動詞後面加上「被打開的東西」la porte，變成 Mon mari a ouvert la porte. 的話，就能變成正確的法語句子。也就是說，la porte 是必要的要素（受詞）。

什麼樣的要素是必要的，都要由動詞（動詞的各個用法）來決定。以法語的動詞為主軸，依組成要素與語順所整理出來的句子組成模式，就是所謂的「基本句型」☞ p.154 。在本章的第三節將詳細描述動詞和必須要素的關係。☞ p154～179

筆記 「動詞的補語」一般有受詞補語（即直接受詞補語和間接受詞補語，以下簡稱直接受詞和間接受詞）、狀況補語、動作主補語三種。

受詞補語是承接動詞（動作）的對象，狀況補語是補充說明動作的時間、場所、理由等的各種狀況。另外，動作主補語是在被動態的句子裡表達動作的主人。

J'ai envoyé un mail à Agnès ce matin.

我今天早上給阿尼耶斯發了封電子郵件。

在這個句子中，un mail 是直接受詞、(à) Agnès 是間接受詞、ce matin 是時間狀況補語。本書會以此補語是否為必要的要素，以及是不是直接受詞（直接跟動詞連接）或是間接受詞（要透過介系詞來跟動詞連接）來做分類的基準。

2. 動詞

動詞雖然是用來表達動作、狀態、作用，但根據使用的狀況會有形態的變化（一般稱為動詞變化），其變化的方式與規則和其它詞類是不同的且複雜的，變化形式與機能如下。

（1）動詞的變化和機能

❶ 依人稱做變化

根據主詞（名詞詞組或代名詞）的人稱以及單複數來進行形態的變化，是形成句子不可或缺的動詞詞組的要素。（＊以下例句中有底線的是動詞詞組。）

Vous **prendrez la deuxième rue à droite**.

（簡單未來時的第 2 人稱複數）

您在第二條路右轉。

依人稱來變化的動詞變化規則，主要是按照**語式**和**時態**此兩系統來整理的。 ☞ 動詞的語式和時態的章節 p.193

筆記 在法語學習領域中，一般說的「變化」指的是上面提到的 ❶。舉例來說，像「être 在虛擬式現在時的變化」。相對於非依人稱來變化的（即接下來要介紹的 ❷、❸、❹），這些變化模式幾乎都是固定的，但 ❶ 的變化量是非常多的，是法語學習中的一大課題。

❷ 不定詞

動詞的原形，就相當於名詞詞組的作用，可拿來當主詞、受詞、補語（接在 être 等動詞之後），或是接在介系詞之後形成介系詞詞組。 ☞ p.254 （＊以下例句中有底線的，是動詞與受詞所組成的詞組。）

6
動詞詞組＆動詞

Ma fille n'aime pas **travailler**.　我的女兒不喜歡工作。

Elle est partie sans <u>me **dire** au revoir.</u>　她沒跟我說再見就走了。

不定詞可以想成是動詞在產生形態變化之前的形態，也就是動詞原形。換言之，可用來代表動詞最原始的形態，常見於字典的詞條中或是動詞變化表的標題中。

❸ 分詞（現在分詞、過去分詞）

發揮**和形容詞相同**的作用。☞ p.262

現在分詞　une villa **donnant** <u>sur la mer</u>　面向海的別墅

過去分詞　un plan **revu** <u>par des experts indépendants</u>
　　　　　由各個獨立專家檢視的案子

> **筆記** 分詞除了發揮像形容詞的作用外，過去分詞還可接在依人稱變化的動詞之後、不定詞之後、用在複合形或被動態中，而現在分詞還可以用作副動詞。

❹ 副動詞

發揮**和副詞同等**的作用。☞ p.276

Sabine travaille **en écoutant** <u>de la musique</u>.
莎賓一邊聽音樂一邊工作。

就以上的例句來說，副動詞會和後面接的受詞（無論是必要的或是非必要的）結合成一詞組（如上有底線的部分）。

▶簡單形和複合形

在上面的 **❶** 依人稱做變化的形態，**❷** 不定詞、以及 **❸** 的現在分詞，有分成以單一一個動詞形式做變化的情況（簡單形）以及以「助動詞＋過去分詞」的組合形式的情況（複合形）。

[簡單形]

Lucien **vient**.　路西安要來。

Il faut lui **téléphoner**.　一定要打電話給他（她）

les personnes **travaillant** à l'étranger　在國外工作的那些人

[複合形]

Lucien **est venu**.　路西安來了。

Merci de m'**avoir téléphoné**.　謝謝打電話給我。

les personnes **ayant travaillé** plus de dix ans
已經工作超過十年的那些人

筆記 複合形一般是表達「事情已經完成」的概念，但像是複合過去時，還可單純表達「發生過某事」「做過某事」的意思。☞ p.199 (2)

（2）動詞變化的類型

動詞變化的類型會依據不定詞的形態來分成下列三種。

❶ 第 1 類動詞（-er 形）

據說不定詞字尾是 -er 結尾的動詞，在法語動詞中幾乎占了 90%，基本上也都是同樣的變化模式。引自外來語所造的新詞，也幾乎都是用這個形態去造字的。

> 例：aimer 愛 / arriver 抵達 / chanter 唱歌 / entrer 進入 / habiter 居住 / oublier 忘記 / parler 說話 / rester 停留 / téléphoner 打電話 / travailler 念書、工作　等等

-er 形的動詞中有部分在做動詞變化時，其拼法或發音看起來會稍微有點不規則，所以需要用變化表來確認，請見以下 -er 形動詞。

> 例：commencer 開始 / manger 吃 / payer 支付 / acheter 買 / appeler 呼叫 / envoyer 送　等等

雖然 envoyer（寄送）和 renvoyer（寄回，解雇）在做變化時，在拼法上只是看起來有一點點的不規則而已，但在簡單未來時和條件式現在時的變化中則是不規則變化。另外，aller（去）則是完全不規則的變化，所以算是第 3 類動詞。

❷ 第 2 類動詞（-ir 形）

第 2 類動詞的不定詞字尾幾乎都是以 -ir 作結的動詞，大約有 300 個。都是用同樣的變化模式。

> 例：finir 完成 / choisir 選擇 / réfléchir 謹慎思考 / rougir 變紅 / grossir 變胖　等等

❸ 第 3 類動詞

此類型單純只是集合了除了第一類和第二類之外的各式各樣的變

6
動詞詞組&動詞

153

化而已。若要把有些微差異的變化全都算進去的話，就有 60 種以上的變化形態。主要是動詞原形字尾以 -er (aller)、-ir、-oir 或 -re 其中一個作結者。

其中像是 être（是…）、avoir（有）、aller（去）、venir（來）等等這些常用的動詞也包含在內。以下所舉出來的動詞，其變化規則雖然是用自己獨特的變化方式，跟第 1 類、第 2 類稍微不同，但字尾的規律其實跟第 2 類接近。

> 例：partir 出發 / mourir 死去 / ouvrir 打開 / pouvoir 能夠 /
> savoir 知道（某資訊）/ voir 看到 / dire 說 / écrire 寫 / lire 讀 /
> attendre 等 / connaître 知道、認識（人、事物）/ faire 做、製作/
> boire 喝 / croire 相信　等等

＊關於各時態變化的特徵，請見本書關於各時態的介紹。

☞ 動詞的語式和時態的章節 p.193

3. 動詞以及與動詞搭配的要素

動詞詞組是由動詞以及與之搭配的要素所組成的。為了要造出符合意思及文法的正確法語句子，會從與動詞搭配的最基本的必要元素（即**必需補語**）來將動詞進行分類，簡言之，也就是依動詞的功能及相關的必要元素來分類出基本法語句型。

為了清楚看懂本章節中所提到的法語基本句型（句子構成的要素），以下也會用例句做輔助。用〈 〉框起來的部分是動詞詞組。

（1）être
①主詞＋〈être＋補語（＝表語）〉 ☞ p.156

Robert est grand.　羅貝爾身高很高。

②主詞＋〈être＋表示地點的場所補語等〉 ☞ p.157

Mes parents sont à Paris.　我的父母在巴黎。

（2）不及物動詞
主詞＋〈動詞〉 ☞ p.157

Sophie travaille.　蘇菲在工作。

（3）表達移動、居住的動詞
主詞＋〈動詞＋表示地點的場所補語〉 ☞ p.157

Je vais au Canada.　我要去加拿大。

（4）及物動詞

1 一個必需補語
①主詞＋〈動詞＋直接受詞補語〉 ☞ p.160

Marie a lu beaucoup de livres.　瑪莉讀了很多書。

Ce sac coûte 500 euros.　這個包包要 500 歐元。

②主詞＋〈動詞＋間接受詞補語〉 ☞ p.165

Ariane ressemble à sa mère.　亞莉安很像她母親。

2 兩個必需補語
①主詞＋〈動詞＋直接受詞補語＋間接受詞補語〉 ☞ p.170

J'ai prêté mille euros à Camille.　我借給卡蜜兒 1000 歐元。

②主詞＋〈動詞＋間接受詞補語＋間接受詞補語〉 ☞ p.174

Tu as parlé de ce problème à tes parents?
你有跟你父母講這問題嗎？

③主詞＋〈動詞＋直接受詞補語＋直接受詞補語〉 ☞ p.175

Nathalie a payé ce sac 520 euros.
娜塔莉付了 520 歐元買這個包包。

3 三個必需補語 ☞ p.175

4 其它
主詞＋〈動詞＋直接受詞補語＋補語（＝表語）〉 ☞ p.176

Je trouve son idée intéressante.
我覺得他（她）的想法很有趣。

（1）être

être（是…）有下列兩種句型。 ☞ 下頁的①②

①主詞＋〈être＋補語〉

être 會和**主詞**及**形容詞詞組**（或是介系詞詞組）或者**名詞詞組**作結合，來作為說明主詞是什麼性質、是什麼樣事物的功能。這種情況下的 être 叫做繫詞（繫詞也稱作繫動詞）。另外，和 être 結合的形容詞詞組（或介系詞詞組）或名詞詞組因為主要是要表達屬性，所以以上三種詞組也稱作補語。

> **筆記** 雖然廣義而言，être 等繫詞後面接續的補語，也可以說是必需補語，但是在「être＋形容詞」「être＋名詞」這類謂語中的形容詞補語、名詞補語，和「一般動詞＋名詞（直接受詞補語）」此類謂語中的必需補語（如直接受詞補語）是不同的，所以「必需補語」這個名稱主要是適用於和及物動詞有關時。

及物動詞可說是謂語的核心，相對於必需補語是說明接受某動作的對象（或動作參與者），être 只是連接主詞和補語的角色，而補語則是謂語的核心。

(i) 補語是形容詞詞組時

描述或評價主詞的性質或特徵。

Robert **est** très grand.　羅貝爾身高非常高。

C'**est** formidable!　太棒了！

La princesse **était** d'une grande beauté.　公主非常美。

(ii) 補語是名詞詞組時

主要用來描述主詞是屬於哪一個種類的事物，或者是確認主詞是什麼生物。

Je suis un chat.　『我是貓』

Paris **est** la capitale de la France.　巴黎是法國的首都。

C'**est** un cadeau pour toi.　這是給你的禮物。

▶說明主詞（人）的職業、國籍、地位、宗教等情況時，不會在職業等的這些名詞（補語）前加上冠詞。

Vous **êtes étudiant**?　您是學生嗎？

Mon père **était instituteur**.　我父親是小學老師。

Son mari **est français** (**Français**).　她的丈夫是法國人。
（因為不加冠詞，所以可以看做是形容詞性的概念，比起用名詞字首大寫的 Français（法國人），一般會寫成如形容詞的 français）

筆記 不過，當職業或國籍名詞有加上修飾語，或是用到強調的句型時，還是會用到不定冠詞。

Fabrice est un avocat très habile. 　法布力斯是位精明的律師。

Je ne suis qu'**un médecin**. 　我只是一位醫生。

◆其它的繫詞

繫詞除了 être 之外，還有 **devenir**（變成…）、**rester**（維持…）、**paraître**（看起來像…）、**sembler**（看起來像…），此外還有動詞片語 **avoir l'air (de)**（看起來…的樣子）等。

Céline **deviendra** médecin. 　席琳未來會成為醫生。

Luc **reste** jeune malgré son âge.
路克還是保持得很年輕，即使已經是他那個年紀了。

Mon mari **semblait** très fatigué. 　我丈夫看起來非常累。

筆記 paraître 和 sembler 一般會把形容詞詞組拿來當作補語，在非人稱句型中也經常被使用，詳細用法請自行參閱字典確認。

②主詞＋〈être＋場所補語〉

用來說明主詞的所在地或狀態。

Mes parents **sont** à Paris depuis deux jours.
我的父母已經來巴黎兩天了。

Le malade **est** dans un état critique. 　病人的情況很嚴重。

Tu **es** avec qui? 　你和誰在一起？

（2）不及物動詞

不會接續直接受詞，而僅和主詞（名詞詞組）結合並形成句子的動詞者，稱作不及物動詞。

主詞＋〈動詞〉

Tu **pleures**? 　你在哭嗎？

Sophie **travaille**. 　蘇菲在工作。

筆記 也可以後面沒有直接受詞，但後面還是可以出現一些補充要素 ☞ 狀況補語 p.14① 或修飾動詞的副詞。

Tu pleures **tout le temps**. 　你經常哭。

Sophie travaille **seule dans sa chambre**.
蘇菲在她自己的房間裡獨自工作。

6
動詞詞組
&
動詞

▶請見以下各式各樣的不及物動詞。

[人基本的動作]

> bâiller 打呵欠 / dîner 吃晚餐 / dormir 睡覺 / jouer 玩 / pleurer 哭 /
> rire 笑 / tousser 咳嗽 / travailler 念書，工作 / trembler 顫抖

[移動中的狀態]

> courir 跑步 / marcher 走路 / nager 游泳 / voler 飛行

[事物的狀態]

> briller 閃爍 / brûler 燃燒 / éclater 破裂 / fondre 溶化

[存在；狀態的轉變]

> naître 誕生 / mourir 死亡 / apparaître 出現 / disparaître 消失 /
> manquer 缺乏 / commencer 開始 / finir 結束 / changer 改變 /
> doubler 變雙倍 / grandir 變大 / rougir 變紅

[移動]

> arriver 抵達 / descendre 下來 / entrer 進去 / monter 上升 /
> partir 出發 / rentrer 回（家）/ revenir 返回 / sortir 出去 /
> tomber 落下，倒塌 / venir 來

> 筆記 移動意義的動詞大部分不需要直接受詞，但後面還是可以接續地點的表達，
> 即起點（從…）及抵達點（到…）。 ☞ 下面提到的要點(3)

On est arrivés **à Nice** à minuit.　我們半夜抵達尼斯。

（3）表達移動、居住的動詞

這些動詞後面所接續的必需補語是要透過介系詞來接續的，和**間
接及物動詞** ☞ p165② 一樣，但這些補語就會是住址、要前往的目
的地、要離開的起點。

主詞＋〈動詞＋場所補語〉

Je vais **au Japon** cet été.　我今年夏天要去日本。

Claire habite **à Paris**. 克萊兒住在巴黎

Tu viens **d'où**? 你從哪裡來？

> **筆記** 雖然也有人將以上這些動詞當做不及物動詞，將場所補語當做狀況補語，但（1）有些動詞如 aller、habiter 等，基本上是不能省略場所補語的（× Je vais. /○ J'y vais. 或 × J'habite. /○ J'y habite）、（2）就算是 arriver、partir 等雖然能夠單獨使用，但其實是省略了說話者與聽者都知道的場所補語。（3）此時的狀況補語是目的地、起點等場所的表達，且很難被看作是跟動作本身有很直接的關係或看作是動作的接收者（間接受詞補語），所以還是會跟不及物動詞（如 danser）或間接及物動詞（如 parler à）做個區分。

> **筆記** 加上狀況補語或副詞之後，就能省略場所補語。
> 例： aller vite 快去 / aller avec vous 和您一起去 / habiter seul 一個人住 / habiter avec ses parents 和父母一起住

▶除了「起點」意義的介系詞（一般是 **de**）之外，接續受詞補語的介系詞經常根據情況做各式各樣的變化，所以依後面接續的受詞補語的不同，介系詞也要有所不同，依語意、依該受詞補語的屬性做適當的搭配。

Claire habite **à** Paris (**en** Allemagne, **chez** sa tante, **derrière** l'église).
克萊兒住在巴黎（在德國、在她嬸嬸的家、在教堂的後面）。

▶此類型的動詞

[移動意義的動詞]

aller 去 / arriver 抵達 / descendre 下去，下來 / entrer 進入 / monter 上去，上升 / partir 出發 / passer 經過，移動 / retourner 回去（到原本的地點）/ revenir de 從…回來 / sortir de 從…出去 / venir de 來自…

> **筆記** arriver、descendre、monter、partir、venir、revenir 等動詞可以和目的地或起點的表達連用。
> Nadine est partie **en vacances**. 娜汀度假去了。
> On est partis **de l'hôtel** à quatre heures et demie.
> 我們四點半離開了飯店。

[居住意義的動詞]

habiter 居住 / rester 留下來 / séjourner 停留 / loger 住宿

筆記 有時候也會以這樣的形式出現：移動或居住意義的動詞直接接續場所補語，中間沒有介系詞，也沒有冠詞。這些場所補語經常是地址或是車站、港口、地鐵幾號線（可視為目的地、起點）等。

J'habite **10 place d'Italie**.　我住在義大利廣場 10 號。

Le train partira **voie 12**.　列車將從 12 號線發車。

（4）及物動詞

為了組成句子，除了主詞（名詞詞組）之外，也需要受詞補語的動詞，稱作及物動詞。及物動詞會根據所接續的必需補語的數量，以及此必需補語到底是直接受詞補語（直接接續動詞的受詞補語）還是間接受詞補語（要透過介系詞接續動詞的受詞補語），而被分成幾個種類。

筆記 及物動詞（verbe transitif）這個文法用詞所指的原本是「動作會影響到對方」（例如：casser 破壞），以及承接某動作的對象（受詞）這兩個概念。

❶ 必需補語只有一個時

①主詞＋〈動詞＋直接受詞補語〉

可分成〈直接受詞補語＝視為受詞〉的情況和〈直接受詞補語＝不視作受詞〉的情況。

(i) 直接受詞補語＝視為受詞的情況

就一般〈動詞＋直接受詞補語〉的情況，大多數的直接受詞補語主要是表達「接受某動作的對象」，所以簡稱稱作**直接受詞**（**直接接受**某動作的**詞**），而之所以法文會用到**補語**（**complément**），是因為受詞此時要補足動詞所不足的部分，也就是動詞缺少了一個受詞，句子會不完整，所以是完成句子必需的要素。另外，接續直接受詞的動詞，也可被稱作直接及物動詞。如果主詞是執行某動作的參與者（人、事物）的話，直接受詞就是與該動作相關的另一個參與者（人、事物），只不過它是接受動作的對象。

Les journaux ont critiqué le plan du gouvernement .
直接受詞
報紙批評了政府的計畫案。

Marie a lu beaucoup de livres sur la France .
直接受詞
瑪莉讀了很多跟法國有關的書。

▶直接受詞也會以〈人稱代名詞或代名詞 **en**（＋數量詞）〉的形式出現。

Les journaux l'ont critiqué. 報紙批評了那件事。

Marie **en** a lu beaucoup. 瑪莉讀了很多（那種書）。

筆記 雖然動詞後面直接接續的名詞詞組一般來說是直接受詞，但有時還是會出現狀況補語。

Il sort **la clé** pour ouvrir la porte. 他拿出鑰匙為了開門。
（這裡的 sortir 是及物動詞。la clé（鑰匙）是直接受詞）

Il sort **la nuit** pour boire un verre. 他在夜間外出，為了要去喝一杯。
（這裡的 sortir 是不及物動詞，而 la nuit（半夜）是狀況補語）

名詞詞組是直接受詞的話，也可以替換成人稱代名詞。

Il **la** sort pour ouvrir la porte. 他拿出那個為了開門。

另外，若是狀況補語的話，在句子中的位置會比較自由，沒那麼制式，可以放在句子開頭。

La nuit, il sort pour boire un verre. 夜間時，他外出去喝一杯。

▶關於被動態
很多情況，此句型可以換成被動態。在變換的時候，原本的直接受詞會變成被動態中的主詞。 ☞ 被動態 p.351

Le plan du gouvernement **a été critiqué** (par les journaux).
政府的計畫案被（報紙給）批評了。

但是也有一些動詞是無法變成被動態的直接及物動詞，像是 **avoir**（有）、**comporter**（包含）等。

▶雖然基本上扮演直接受詞角色的是名詞詞組（也包含代名詞），但根據句子所要表達的意思，動詞後面有時候會接不定詞、補充子句 ☞ p.418 等，也同樣可發揮名詞詞組的作用。

Chantal aime **écrire des poèmes**. （不定詞）
香塔爾喜歡寫詩。

Tu sais **que Nicole est retournée en France?** （補充子句）
你知道尼可回法國了嗎？

6 動詞詞組&動詞

▶各種直接及物動詞的例子

及物動詞和直接受詞之間在意思上的關係，廣義來說就是「動作及動作接收者」，但若要按意思來細分此兩者的關係的話，會有以下各式各樣的情況。

[給已存在的對方帶來變化]

blesser 傷害 / casser 破壞 / ouvrir 打開 / peindre 塗油漆 / tuer 殺

[將原本不存在的對方給製造出來]

construire 建設 / écrire 寫 / préparer 準備 / fabriquer 製作

[對人的心理產生影響]

attrister 使（人）悲傷 / énerver 使（人）惱火 / étonner 嚇（人）/ gêner 使（人）困擾

上面的動詞，雖然是主詞對直接受詞（對方）直接產生影響的詞，但有很多情況是像下列動詞一樣，兩者之間是沒有互相影響的關係。

aimer 喜歡 / attendre 等待 / chercher 尋找 / comprendre 理解 / concerner 跟…有關 / connaître 知道 / lire 閱讀 / quitter 離開…/ remercier 對…道謝 / saluer 對…打招呼 / savoir 知道 / traverser 穿過 / trouver 找到 / voir 看

◆及物動詞的絕對用法

雖然及物動詞基本上是要伴隨著**必需補語**的，但實際上很常是在沒有受詞補語的情況下出現在句子中的，這個情況稱作**絕對用法**。即以下兩種情況。

[從上下文、當下情況即可判斷受詞補語時]

Regarde! 你看！

Je ne **sais** pas. 我不知道（我不懂）。

Vous voulez **essayer?** 您要試看看嗎？

Voulez-vous **répéter** encore une fois, s'il vous plaît?
請問您可以再重複一次嗎？

有時，受詞補語是社會上、文化上普遍被理解的事物。

Jean-Claude **boit** trop.　尚・克勞德喝太多（酒）了。

Vous **avez** déjà **mangé?**　您已經吃過了嗎？

[動作本身才是重點，受詞補語是什麼不重要]

Ma fille sait déjà **lire** et **écrire.**　我女兒已經會讀書寫字了。

Après le repas, nous **avons chanté** autour du feu.
用完餐後，我們圍著營火唱歌。

大多數的直接及物動詞只要滿足以上其中一個條件的話，就能省略必需補語（直接受詞）。不過也有像下列這樣不能省略必需補語的動詞。

apercevoir 看到 / avoir 有 / contenir 包含 / découvrir 發現 /
détester 討厭 / remplir 滿足 / rencontrer 遇見 / résoudre 解決　等

> **筆記** 間接及物動詞 ☞ p.165② 雖然一般來說也不能省略掉必需補語，但還是有像下列這些也經常省略必需補語的動詞。
> 例：mentir 說謊 / réfléchir 仔細思考 / renoncer 放棄 / répondre 回答 /
> résister 忍耐 / téléphoner 打電話 等

(ii) 直接受詞補語＝不視為受詞的情況

在及物動詞之中，某些動詞並不會把直接受詞補語視作動作的接收者（即受詞），換句話說也就是，有時不把直接受詞補語視作動作的參與者（同主詞一樣，與動作是有相互作用的）。

[表達價錢、尺寸、重量的情況]

coûter（值…價錢）、valoir（有…的價值）、mesurer（測量是…（尺寸））、peser（重量是…）等動詞，其直接受詞補語會是價錢、尺寸、重量的數值。

Ce sac coûte **500 euros**.　這個包包值 500 歐元

Jean-Louis mesure **1 m 90**.　尚・路易身高有 1.90 公尺。

Le bébé pèse **4 kilos**.　這個寶寶體重是 4 公斤。

Notre piscine fait **12 m de long sur 4 m de large**.
我們的游泳池長 12 公尺、寬 4 公尺。

6 動詞詞組＆動詞

> **筆記** 以上這些動詞之中，coûter、valoir、peser 還會用副詞來代替表示數值的受詞補語。

Cette voiture coûte **très cher** (**une fortune**).
這輛車非常貴（這輛車價值連城）。

Ce véhicule pèse **trop lourd**. Il ne pourra pas traverser le pont.
這輛車太重了。它沒辦法過橋。

[雖然是直接受詞補語，但被看作是 être 的補語的用法]

直接及物動詞 constituer（構成）、former（使成形，形成）、représenter（代表著）更常被看作像是 être（是…）的用法。這時的直接受詞補語，與其看作是受詞，其實更像是 être 的補語用法。也就是說，在這邊〈動詞＋直接受詞補語〉和〈être＋補語〉有著同樣的意思。

Mes parents forment **un couple idéal**.
我的父母是理想的一對。

Cette diversité culturelle représente **un énorme avantage**.
這樣的文化多樣性代表極大的優點。

[味道的表達]

使用動詞 sentir（有…的味道）的時候，直接受詞會是表達特定味道的名詞，且不被視為該動作的參與者（或該動作的接收者）。

Ça sent **le moisi** ici.　這裡有霉味。

Françoise sentait **une odeur de rose**.
法蘭絲瓦茲身上聞起來有玫瑰的味道。

> **筆記** bon、mauvais 很常代替用來表達特定味道的直接受詞補語。

Ça sent **mauvais** ici.　這裡聞起來很臭。

Cette fleur sent **très bon**.　這朵花聞起來非常香。

▶關於被動態

在一個句子中，就算動詞後面是有直接受詞補語的情況，但如果是像前面 p.163（ii）中，直接受詞補語是不被視為受詞（動作的接收者）時，就不能轉變成被動態。☞ 被動態 p.351

筆記 在前面(ii)中提到的動詞（動詞不把直接受詞補語視為受詞）中，有些動詞是和(i)的用法一樣，是把直接受詞補語視為受詞的，此時用到這些動詞的句子就可以轉變成被動態。mesurer（測量是…尺寸）、peser（重量是…）、constituer（構成）、former（形成）、représenter（代表著）、sentir（聞味道）等就屬於這類動詞。

Le temps de réaction **a été mesuré** en centième de seconde.
反應時間以百分之一秒為單位（被）測量。

Une équipe spéciale **a été formée** sur ordre du ministre.
專門小組已依部長的指令（被）組成了。

L'odeur de l'incendie **a été sentie** jusqu'au cœur de Paris.
火災的臭氣到巴黎的市中心都聞的到。

②主詞＋〈動詞＋間接受詞補語〉

透過介系詞來接續動詞的必需補語，同樣地也是「動作的接收者」「動作的參與者」，所以也被看作是受詞，但因為是透過介系詞來跟動詞接續的，所以被稱作**間接受詞補語**。另外，此句型中的動詞被稱作**間接及物動詞**。

Ariane ressemble beaucoup à sa mère .
　　　　　　　　　　　　　　間接受詞
亞利安娜非常像她媽媽。

Nous avons discuté de ce point .
　　　　　　　　　　　　間接受詞
我們已經討論過那個點了。

Ne tirez pas sur le pianiste .
　　　　　　　　　間接受詞
不要攻擊那位鋼琴家。
（引申意：不要譴責好人／沒有責任的人）

▶間接受詞補語有時候會以人稱代名詞（間接受詞、強調形）或代名詞 y、en 的形式出現。

Ariane **lui** ressemble beaucoup.
亞利安娜很像他（她）。

Nous **en** avons discuté.　我們已經討論過（那個）了。

Ne tirez pas sur **lui**.　不要攻擊他。（[口語] Ne lui tirez pas dessus.）

中高級！ 間接受詞補語的代名詞化（介系詞是 à 的情況）

將「介系詞 à ＋間接受詞」代名詞化的情況，根據動詞可分成幾個類型，主要是根據間接受詞是「人」或是「事物」。

[間接受詞是「人」的情況]

只會有下列①或②的其中一種可能。

①「à＋間接受詞」➡ 間接受詞人稱代名詞（lui、leur）

②「à＋間接受詞」➡「à＋強調形人稱代名詞」或「à elle、à eux 等等」

[間接受詞是「事物」的情況]

「à＋間接受詞」➡ y

（1）以「人：間接受詞人稱代名詞」和「事物：y」作為受詞的動詞

Elle a échappé de justesse **à l'agresseur**.

她在危急時刻從歹徒手中逃走。

➡ Elle **lui** a échappé de justesse.

J'ai échappé **à l'attentat** par miracle.　　我奇蹟似地逃過了攻擊。

➡ J'**y** ai échappé par miracle.

> 同類型的動詞：appartenir à 屬於… / convenir à 對…方便，適合… / échapper à 逃離… / nuire à 對…有害 / obéir à 服從… / répondre à 回答… / résister à 抵抗… / ressembler à 像…

> **筆記** ressembler 所接的間接受詞，如果是「特定的人」的話，要轉變成代名詞時會變成 lui、 leur，但如果沒有特定指哪一位人物，而只是「某某類型的人」時就用 y。

Paul ressemble **à son père**.　　保羅看起來像他父親。

➡ Paul **lui** ressemble.

Paul ressemble **à un garçon de dix ans**.

保羅看起來像個十歲的男孩。

➡ Paul **y** ressemble.

（2）以「人：強調形人稱代名詞」和「事物：y」作為受詞的動詞

Je pense toujours **à ma femme**.　　我一直想著我妻子。

➡ Je pense toujours **à elle**.

Je n'ai pas pensé **aux frais**! 　我沒有想到費用的事！

➡ Je n'**y** ai pas pensé!

> 同類型的動詞：penser à 想到…的事 / renoncer à 放棄… / songer à 想起…
> / tenir à 執著…

（3）僅以「事物：y」作為受詞（不以「人」作為受詞）的動詞

Le maire a consenti **à l'interruption des travaux**.
市長同意停止施工。

➡ Le maire **y** a consenti.

> 同類型的動詞：correspondre à 和…一致 / participer à 參加…/ réfléchir
> à 仔細考慮… / remédier à 彌補…

（4）僅以「人：間接受詞人稱代名詞」作為受詞（不以「事物」作為受詞）的動詞

Ce jouet a beaucoup **plu à ma fille**.
那個玩具非常討我女兒喜愛。

➡ Ce jouet **lui** a beaucoup plu.

> 同類型的動詞：pardonner à 原諒… / plaire à 讓…喜歡、中意 / mentir à
> 對…說謊 / écrire à 寫信給… / téléphoner à 打電話給…

> 筆記 mentir、écrire、téléphoner 的受詞除了是人之外，也可能是「組織」「單位」，此時的受詞並不會被代名詞化，而是會直接將受詞省略掉，但根據上下文，有時還是會使用第三人稱複數的代名詞 leur ☞ p.94❶ 。

Tu as téléphoné **à l'hôpital**? ➡ Tu (**leur**) as téléphoné?
你打電話給醫院了嗎？

▶ 關於被動態

　「主詞＋動詞＋間接受詞補語」的句型不能變換成被動態，但若動詞用 **obéir à**（服從…）、**pardonner à**（原諒…）的話則是例外，可用間接受詞當主詞造出被動態的句子。在古法語中，這兩動詞原本是以直接受詞作受詞的動詞。

Tu es pardonné. 　你被原諒了（＝原諒你）。

▶基本上，扮演間接受詞角色的雖然是名詞詞組（也包含代名

詞），但根據動詞的意思，不定詞、名詞子句也能發揮像是名詞詞組的作用。

Tu as pensé à acheter de l'eau? 你有想到要買水吧？

Ma fille rêve de partir en France.
我女兒夢想著要去法國。

Ma mère tient absolument à ce que je fasse mes études aux États-Unis.
我媽堅持要我去美國念書。

▶各種間接及物動詞的例子

接續間接受詞的介系詞，會因為動詞（以及意思）的不同而不同。以下連同搭配的介系詞整理出較具代表性的動詞。

[介系詞 à]

appartenir à 屬於… / consentir à 同意… / convenir à 對…方便，適合… / correspondre à 和⋯一致 / échapper à 逃離… / écrire à 寫信給… / mentir à 對…說謊 / nuire à 對…有害 / obéir à 服從… / pardonner à 原諒… / participer à 參加… / penser à 想到…的事 / plaire à 讓…喜歡、中意/ réfléchir à 仔細思考… / remédier à 彌補… / renoncer à 放棄… / répondre à 回答… / résister à 抵抗… / ressembler à 像… / songer à 想起… / téléphoner à 打電話給…/ tenir à 執著於…

[介系詞 de]

abuser de 濫用… / bénéficier de 蒙受…的恩惠 / changer de 換… / dépendre de 依…而定 / discuter de 討論… / disposer de 利用… / douter de 懷疑… / manquer de 欠缺… / profiter de 利用… / rêver de 夢想… / souffrir de 因…而受苦

筆記 用 changer 和 manquer 的話，de 的後面接無冠詞的名詞。

On peut y aller sans changer de train.
不用換車就能去那裡。

Cette fille manque de patience. 這女孩缺乏耐心。

筆記 若要把〈介系詞＋受詞〉變成代名詞，且受詞是「事物」時，「de＋受詞」這整個片語可改成 en 放在動詞的前面。 ☞ p.99②

les personnes qui bénéficient **du nouveau régime**
受惠於新制度的那些人

→ les personnes qui **en** bénéficient
受詞是「人」的話，基本上會使用強調形人稱代名詞，用 de lui、d'elle 等等。

Ça dépend **de ma femme.** → Ça dépend **d'elle.**
這要看我太太的意思。

[介系詞 sur]

agir sur 對…有作用 / compter sur 指望… / donner sur 面對… /
insister sur 強調… / reposer sur 以…為基準 / sauter sur 向…撲過去 /
tirer sur 射擊… / tomber sur 遭遇到…

筆記 介系詞 sur 後面接續的受詞是「事物」時，雖然不能改成代名詞，但可以將整個「sur＋受詞」替換成 dessus 或者 là-dessus。dessus 雖然能用在「具體的事物」「抽象的事物」兩種情況，但這是較口語的用法。là-dessus 則僅用在「抽象的事物」上。

Notre chambre donne **sur le port.** 我們的房間面向港口。
→ Notre chambre donne **dessus.**

Le conférencier a insisté **sur ces faits.** 演講者強調了這些事實。
→ Le conférencier a insisté **là-dessus.**

受詞是「人」的話，會使用強調形人稱代名詞，如 **sur lui**、**sur elle** 等等。另外，在口語的用法中，可用間接受詞人稱代名詞搭配 **dessus** 的形式來表達，如下面第二組例句（但 **compter sur** 不適用）。

Je compte **sur mes enfants.** 我指望著我的孩子們。
→ Je compte **sur eux.**

Les policiers ont sauté **sur le malfaiteur.**
那些警察撲向犯人。
→ Les policiers ont sauté **sur lui.**
　　　　　　　lui ont sauté **dessus.**

[介系詞 avec]

alterner avec 和…輪換 / rompre avec 斷絕和…的關係 / sympathiser avec 和…相處融洽、打成一片

[介系詞 par]

> commencer par 從…開始 / finir par 在…結束 / passer par 經過…

[介系詞 pour]

> opter pour 選擇…

[介系詞 après]

> courir après 追求…

> **筆記** 有些動詞會根據意思、用法的不同，而和不同的介系詞結合。另外，也有些動詞是同時需要兩個受詞的情況。

correspondre à	和…一致	correspondre avec	和…通信
répondre à	回答…	répondre de	保證…
compter sur	指望…	compter	計算…
donner sur	面對…	donner~ à...	將~給…

❷ 必需補語有兩個的情況

動詞要在句子中發揮作用、表達出句子的主要意思，除了動詞本身、動作執行者（主詞）之外，有些動詞還會需要用到兩個必需補語的情況。

①主詞＋〈動詞＋直接受詞補語＋間接受詞補語〉

必需補語有兩個的情況，一般來說是，直接受詞補語直接跟動詞接續，間接受詞補語是透過介系詞跟動詞接續（其他的句型結構 ☞ p.174②③）。

另外，就此句型中的直接受詞補語、間接受詞補語，大部分都是可視為受詞（接受行為的對象）（其他的句型結構 ☞ p.174▶）。此句型也有人稱為雙受詞句型。

> J'ai prêté **mille euros** à Camille.
> 　　　　　直接受詞　　　　間接受詞
> 我借 1000 歐元給卡蜜兒。
>
> On n'a pas informé **le roi** de cet échec.
> 　　　　　　　　　　直接受詞　　　間接受詞
> 人們未將失敗的事情傳達給國王知道。

使用介系詞 à 來接續間接受詞的動詞有很多（如就像上面第一個例句），另外也有不少動詞會使用介系詞 de，至於使用其它介系詞的動詞則是少數。搭配這兩介系詞來使用的動詞詞組，很多都是帶有「在兩事物之間的移動、傳遞」的意涵（不論是具體或抽象的表達）。

▶此類型的動詞例子

為方便理解，以下將依照接續間接受詞的介系詞來分類。

[介系詞 à]

間接受詞一般來說是「人」，若是第三人稱的話，且要換成代名詞時，會用間接受詞人稱代名詞 lui / leur。大致上可依動詞意義分成兩類，第一類為「給予」意義的動詞，「人」是此類動詞的間接受詞，「事物」為直接受詞，而動詞有讓「事物」朝「人」這個目標移動的意義；第二類為「拿取」意義的動詞，而「事物」則原本就在「人」這邊，但動詞有讓「事物」遠離「人」的意義。

· [「給予」意義的動詞] 直接受詞的移動方向為：主詞→間接受詞

> 「事物、想法」等的移動或傳遞：donner 給 / offrir 贈送 / prêter 借出 / envoyer 寄送 / vendre 賣 / apporter 拿（走）/ remettre 交付 / rendre 歸還 / distribuer 分配 / laisser 留下 / proposer 提議 / promettre 承諾 / confier 託付 / louer 租借 / enseigner 教

（＊以下粗體字是直接受詞，有底線是間接受詞。）

Alain a vendu **sa voiture** à un ami.
亞倫把他的車賣給朋友了。

Je lui ai proposé **un nouveau plan**.
我向他（她）提出新的計畫。

> 資訊等的傳達：annoncer 宣布 / dire 說 / indiquer 指出 / apprendre 教

J'ai dit à ma mère **que je ferais attention**.
我跟我媽說我會注意的。

> 其它：permettre 許可 / montrer 給…看 / demander 請求 / commander 訂購 / substituer 替換

6
動詞詞組＆動詞

Tu as montré **ces photos** <u>à tes parents</u>?
你把這些照片給你父母親看了嗎？

Partout, on substitue **l'efficacité** <u>au bien-être</u>.
不管在哪裡，人們都用效率來取代舒適度。

· [「拿取」意義的動詞] **直接受詞的移動方向為：主詞←間接受詞**

> 「事物、想法」等的移動或傳遞：arracher 奪取 / voler 偷竊 / emprunter
> 借用 / enlever 拿起 / prendre 取得 / retirer 收回（給予的東西）/
> acheter 買

On <u>lui</u> a volé **son passeport**.　有人偷了他（她）的護照。

[介系詞 de]

　有幾個表示「資訊傳達」的動詞。此時，資訊內容會被當作間接
受詞接在 **de** 之後，而資訊傳達的目標（人）則是直接受詞。

> 資訊的傳達：avertir 通知 / aviser 通知 / informer 通知 / prévenir 事
> 先告知、警告

Il faudra **les** prévenir <u>de la date de la prochaine séance</u>.
必須要事先通知他們下次開會的日期。

> 其它：accuser （因…）指責 / approcher 靠近… / faire 讓…，使… /
> priver （從…）剝奪 / recevoir （從…）收到 / remplir （用…）填滿

On accuse **cet écrivain** <u>de plagiat</u>.
這個作家因為剽竊而遭到譴責。

Ils veulent faire <u>de leur fille</u> **une chanteuse d'opéra**.
他們想要讓自己的女兒去當歌劇歌手。

[介系詞 en]

　用〈**en**＋間接受詞〉此句型可用來表達「改變的結果」（即 **A** 變
成 **B** 的「成為 **B**」）的意義。

> changer 改（成…）/ transformer 改造（成…）/ traduire 翻譯（成…）
> / diviser 分割（成…）

La fée transforma **la citrouille** en un magnifique carrosse.
妖精將南瓜變成漂亮的馬車。

[其它的介系詞]

> confondre avec 和⋯搞混 / échanger contre 和⋯交換 / remplacer par 用⋯替換 / renseigner sur 給予關於⋯的資訊

▶在雙受詞句型中，根據動詞的意思，直接受詞補語的位置還可放不定詞或名詞子句，如資訊傳達等意義的動詞。

Papa m'a promis **de m'emmener au zoo**. （直接受詞）
爸爸答應了要帶我去動物園。

Jean accuse mon fils d'avoir rayé sa voiture. （間接受詞）
尚指控我的兒子刮傷了他的車。

Pascal a dit à sa femme **qu'il voulait changer de travail.**
帕斯卡爾對他的妻子說他想要換工作。　　　　　　　　　　（直接受詞）

Montre-moi **comment il faut faire**. （直接受詞）
示範給我看到底該怎麼做。

> 筆記 informer 或 prévenir 等動詞，若直接受詞是名詞詞組（某個要傳達的資訊）的話，會用到介系詞 de 引導，但如果是名詞子句的話，一般不會用到介系詞 de（不用 de ce que...，而是用 que ...）。但如果名詞子句要變成代名詞的話，不會用 le 而是要用 en。☞ p.419 ❷

Hervé nous a prévenus **de la date de son arrivée**.
愛爾維已通知我們他到達的日期。

Hervé nous a prévenus **qu'il arriverait le 16 août**.
愛爾維已通知我們他會在八月十六號到。

▶〈動詞＋直接受詞＋場所補語〉
　根據動詞的意思，原本間接受詞補語的位置，有時候會變成場所的表達。舉例來說就像下列的動詞。

> mettre 放 / déposer 存放 / laisser 留下 / placer 配置 / poser 放置，安裝 / retirer 提取 / sortir 取出 / conduire 帶領 / emmener 帶去

（＊例句的粗體字是場所補語。）

On pourra déposer les bagages **à la réception**.

行李寄放在服務台就可以了。

Mon oncle a sorti **de sa poche** une longue guirlande de drapeaux.

我叔叔從口袋拿出一條很長的萬國旗。

Tu emmènes les enfants **à la foire**?

你可以帶孩子們去市集嗎？

▶直接受詞和間接受詞的順序

雖然語順基本上是「直接受詞－間接受詞（或者表達場所補語）」，但還是會根據詞組的長度或是想要強調的重點，而變成「間接受詞－直接受詞」的順序。（關於代名詞的情況 ☞ p.83-86 p.95 ）

J'ai donné **ma vieille voiture à mon neveu**.

我把我的舊車給我外甥了。　　　　　　　　　（直接受詞－間接受詞）

Nous avons offert **à Marie un beau foulard de soie**.

我們送瑪莉漂亮的絲巾當作禮物。　　　　　　（間接受詞－直接受詞）

②主詞＋〈動詞＋間接受詞補語＋間接受詞補語〉

有時也會有兩個介系詞引導兩個必需補語的情況，而這些必需補語也都被看作是受詞。**parler de... à ~**（跟～談到…的事）就是此句型的例子之一。

> Tu as parlé **de ce problème à tes parents**?
> 　　　　　　間接受詞　　　　　　間接受詞
> 你有跟你父母談這個問題嗎？

Je discute souvent **avec mon mari de l'avenir de notre fils**.

我常和我丈夫討論我們兒子的未來。

用此句型的動詞大部分是帶有「針對…（某議題）跟～（人）說」的意思。

筆記 但同樣的句型，也有動詞是有「從 A 移動到 B」的含意。在前面 (3)中所學到的移動動詞 ☞ p.158 ，其中有一個例子就是用到「起點」和「目的地」這兩個場所補語。

La nationale 13 va de Paris à Cherbourg.

國道 13 號線會從巴黎通到瑟堡。

③主詞＋〈動詞＋直接受詞補語＋直接受詞補語〉

有時也會出現句子中有兩個必需補語，且都不用介系詞引導的情況，即句子中出現的兩個受詞都是直接受詞的情況。常用在當其中一個受詞是被買或被賣的事物，而另一個受詞則是表示金額的補語。

Tu as acheté **combien ta voiture** et l'as revendue **combien?**

你花了多少錢買車，多少錢把它轉賣掉的？

Nathalie a payé **ce sac 520 euros**.

娜塔莉付了 520 歐元買這個包包。

Alain a loué **une voiture 10 000 dollars la semaine** à Miami.

亞蘭在邁阿密以每週一萬美元的價格租了一台車。

筆記 有時候 acheter（買）和 louer（租）會在金額的前面放介系詞 pour。

J'ai loué une voiture **pour** 10 euros.　我用 10 歐元租了車。

另外，表示「估計」的動詞 estimer 或 évaluer，「估計的數值」（間接受詞補語）要用介系詞 à 引導。

On estime ce tableau **à** un million d'euros.　這幅畫估計要一百萬歐元。

❸ 必需補語有三個的情況

句子中需要有三個必需補語的情況雖然很少，但還是有像下列的動詞是需要搭配三個必需補語的。

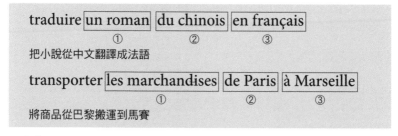

traduire un roman du chinois en français
① ② ③
把小說從中文翻譯成法語

transporter les marchandises de Paris à Marseille
① ② ③
將商品從巴黎搬運到馬賽

筆記 在上面③主詞＋〈動詞＋直接受詞補語＋直接受詞補語〉所看到的買賣的表達，若再加上進行交易的買家或賣家，就會變成需要三個補語的句型。

L'État **lui** a acheté ces îlots trois millions d'euros.

政府從他（她）手上用三百萬歐元買下這些小島。

6
動詞詞組 & 動詞

❹ 其它

主詞＋〈動詞＋直接受詞補語＋補語〉

　　這是直接受詞補語（A）及形容詞詞組（B）兩者都是必要元素的句型，通常是表達「主詞覺得 A 是 B」「主詞把 A 當成 B」的意思。

> Je trouve **son idée** 　très intéressante 　.
> 　　　　　　　　直接受詞　　　　　　補語
> 我覺得他（她）的想法非常有趣。
>
> Nous l'avons élue 　déléguée de classe 　.
> 　　　　　直接受詞　　　　　　　補語
> 我們選了她當班級代表。

　　此句型主要是針對直接受詞（人或事物）來界定其性質或作用。表達性質、作用的形容詞詞組（例：**très intéressant(e)** 非常有趣）或名詞詞組（例：**déléguée de classe** 班級幹部）是作為直接受詞的補語。

▶此類型的動詞

　　以下依補語是形容詞詞組還是名詞詞組來將動詞分成兩類。

[補語是形容詞詞組]

> croire 相信…（是…）/ déclarer 宣佈…（是…）/ estimer 判斷…（是…）/ garder （將…）保持在… / juger 判斷…（是…）/ rendre（把…）變成… / vouloir 想要…（成為…）

Le stress me **rend** irritable.　　　　　（＊有底線的部分是補語。）
壓力讓我易怒。

Tu veux comment ton steak, saignant, bien cuit?
你的牛排要幾分熟呢？帶血的？全熟？

[補語是名詞詞組]

> appeler 稱…（為…）/ élire 選…（為…）/ faire 將…（當成…）/ nommer 任命…（為…）、取名…（為…）

Le garçon était si petit qu'on **l'appelait** le Petit Poucet.
那男孩如此矮小，以至於被人叫做拇指小弟。

▶〈介系詞＋補語〉
根據動詞的種類，有時候補語會透過介系詞被引導。

> choisir (comme、pour) 選…（為…）/ considérer 將…（視為…）/
> designer (comme) 指名…（為…）/ prendre (pour) 將…誤認成… /
> tenir (pour) 將…（看作…）/ traiter（de）稱呼…（為…）/ voir
> (comme) 將…（看作…）

On la **considère comme** <u>la meilleure spécialiste des mangas taïwanais</u>.
她被看作是台灣最強的漫畫家。

On me **prend** souvent **pour** <u>mon frère</u>.
我常被誤認成我哥（我弟）。

▶動詞 avoir 和身體部位
這是說明身體特徵時會用到的句型，即〈主詞＋avoir＋直接受詞（身體部位）＋形容詞〉，形容詞為補語位置，直接受詞是表達身體部位的名詞，前面會加上定冠詞。就意思方面來看的話，會有以下兩種情況。

（1）說明外觀上的特徵

Sophie a **les cheveux <u>châtains</u>**. 蘇菲有棕色的頭髮。

François a **les yeux <u>bleus</u>**. 法蘭索有藍色的眼睛。

（2）說明當下看起來的情況
並不是在說明某部位固有的特徵，而只是在說明當下所觀察到、所看起來的情況。

Qu'est-ce que tu as? Tu as **les yeux <u>rouges</u>**.
你怎麼了？你眼睛很紅。

Tu as **les mains <u>sales</u>**! Va te les laver!
你手很髒。快去洗手。

6
動詞詞組&動詞

在 Sophie a les cheveux châtains.「蘇菲有棕色的頭髮」這個句子中，les cheveux（頭髮）是直接受詞、châtains（棕色的）是補語（若要改成代名詞，在彼此都知道談論的主題是頭髮時，可以將「頭髮」代名詞化，變成 je les ai châtains）。雖然也可用不定冠詞代替定冠詞，變成 Sophie a des cheveux châtains.，但這時句子就沒有補語了，des cheveux châtains 整個要視為一個直接受詞。不過如果是要強調對方外觀上的特徵，如針對頭髮的顏色、眼睛的顏色或其他所觀察到的特定的特徵去做描述時，一般是用定冠詞 le, la, les（即用到補語的句型）。

相對的，若要說明或形容頭髮、眼睛等的其他性質時，會使用不定冠詞，變成「有～這樣的頭髮、眼睛」的說法。

Sophie a des cheveux très fins.　蘇菲有非常細的頭髮。

François a des yeux vitreux.　法蘭索有雙混濁的眼睛。

另外，就頭髮的情況來說，若要特指某一部分的特徵時，而非全部時（例如：有一些白髮），也用不定冠詞。

Mon père commence à avoir des cheveux blancs.
我爸開始出現白髮了。

補語有作為主詞的補語以及作為直接受詞的補語。雖然主詞的補語一定要透過 être 來和主詞作結合，但直接受詞的補語有時候會和直接受詞接續在一起。尤其當補語是形容詞詞組的話，我們有時會無法馬上判斷出此形容詞詞組到底是補語，還是修飾名詞的形容詞詞組（當修飾語用）。

請看下列的句子。這個句子有（ⅰ）（ⅱ）兩種解釋。

J'ai trouvé cette idée géniale.

(i)「我找到了這個非常棒的點子」（**trouver** 找到）

cette idée géniale （這個非常棒的點子）是一個整體的名詞詞組，是動詞 **trouver** 的直接受詞，形容詞 **géniale**（非常棒）是修飾名詞 **idée**（點子）的修飾語。

(ii)（我覺得這個點子非常棒）（**trouver** 覺得…（是…））

cette idée （這個點子）是直接受詞，**géniale** 是補語。

　　一般我們會依上下文或當下的情況，來判斷到底是哪一個。從文法上來看，以 (ii) 的補語句型為例，尤其是當直接受詞的單字組成很長時，還可以像下列的句子一樣，變換直接受詞和補語的順序。

J'ai trouvé ┃géniale┃ ┃cette idée qui résoudrait presque tous les
　　　　　　　補語　　　　　　　直接受詞

problèmes┃ .

幾乎可以解決所有問題的這個點子，我覺得非常棒。

　　另外，若要將直接受詞變成代名詞的話，以 (ii) 來說，補語會放在最後面。

(i) Je l'ai trouvée.　我想到了那個。（l'=cette idée géniale）

(ii) Je l'ai trouvée géniale.　我覺得那個非常棒。
　　　　　　　　　　　　　　　　　　　　　　　（l'= cette idée）

　　進一步來說，像是 trouver 或 juger（判斷）這樣的動詞，依所要表達的意思，有時也可將〈直接受詞＋補語〉換成一個由 que 引導的名詞子句（cette idée est géniale 那個點子非常棒），當作動詞的直接受詞。

J'ai trouvé ┃que cette idée était géniale┃ .

　　　名詞子句（在這個句子中是 trouver 的直接受詞）
　　我覺得，那個點子非常棒。

反身動詞＆反身動詞的句子構造

伴隨著反身代名詞（帶有「把自己、給自己」意思）的動詞就叫做反身動詞。使用反身動詞的句子按照意思，可分成以下幾個類型。

　　伴隨反身代名詞一起使用的動詞叫作反身動詞，且動詞本身幾乎都是及物動詞。所謂的反身代名詞是專指主詞本身（所表示的人事物）、但以受詞形式呈現的代名詞，帶有「（把）自己、（給）自己」的意思。

　　比較看看下列兩個例句。

Marie regarde la télévision.　瑪莉在看電視。

Marie se regarde dans la glace.　瑪莉看著鏡子中的自己。

　　第一句中，動詞 regarder 的直接受詞是 la télévision，為動作的接受者「電視」。至於第二句，直接受詞是反身代名詞 se，表示瑪莉正在注視的對象（受詞）是「自己本身」。

　　像這樣的案例中，反身動詞組中的反身代名詞所表示的，是接收及物動詞此動作的對象（受詞），且這個對象不是別人，而是「自己」。

　　不過，反身動詞組的用法其實很複雜，包含上面所看到的「反身用法」大致上可分成五種。

1. 反身動詞的動詞變化

　　反身動詞變化的變化規則可分成 (1)動詞隨主詞人稱做變化，前面再加上「隨主詞人稱來做變化」的反身代名詞，和(2)使用 être 當複合形（如複合過去時）的助動詞。來看 se reposer （休息）的直陳式現在時和複合過去時的例子。

se reposer 直陳式現在時	
je me repose	nous nous reposons
tu te reposes	vous vous reposez
il se repose	ils se reposent
elle se repose	elles se reposent

* 反身代名詞會直接放在動詞的前面（但肯定命令形是例外：
Reposez-vous.「去休息」）。
* 第一人稱、第二人稱的反身代名詞，和一般的受詞人稱代名詞第
一人稱、第二人稱是一樣的形態。
* 第三人稱的反身代名詞無陰陽性、單複數之分，固定用 **se**。

> 筆記 要注意的一點是，當反身動詞以不定式 ☞ p.254 或動狀詞 ☞ p.276 等形
> 態出現時，反身代名詞的形式也要對應到該動作意義上的主詞。

Le médecin m'a dit de m'allonger sur le lit.
醫生跟我說我要躺在床上。

En vous couchant plus tôt, vous vous sentirez mieux le matin.
早一點睡的話，您早上才會有精神。

se reposer 直陳式複合過去時	
je me suis reposé(e)	nous nous sommes reposé(e)s
tu t'es reposé(e)	vous vous êtes reposé(e)(s)
il s'est reposé	ils se sont reposés
elle s'est reposée	elles se sont reposées

* 複合形要用 être 當助動詞，反身代名詞放在該助動詞前面。
* 若反身代名詞是直接受詞的話，過去分詞會隨主詞保持陰陽性、
單複數的一致性。

> 筆記 正確來說，過去分詞是隨直接受詞保持陰陽性、單複數的一致性，但是第三人
> 稱的反身代名詞 se 因為無法分辨陰陽性、單複數的特徵，所以要靠主詞來判斷。

2. 以句法來分類

　　分成 ❶ 僅需要反身動詞本身即可，後面不加其他要素，無論在
文法上、意思上句子都成立的情況（原本的及物動詞僅需要一個受
詞的情況），以及 ❷ 需要其它要素，句子才能成立的情況。

❶ 僅需要反身動詞本身即可，後面不加其他要素的情況

[反身代名詞是直接受詞]

　　Tu t'es bien reposé? 你有好好休息嗎？

Nathalie a avancé un peu et puis **s'est retournée**.
娜塔莉稍微往前進，接著轉身回頭。

▶這個類型的反身動詞例子

s'arrêter 停止 / s'asseoir 坐 / se baigner 洗澡 / se coucher 躺下 / se dépêcher 趕快 / s'ennuyer 無聊 / se lever 起來 / se promener 散步 等

[反身代名詞是間接受詞]

Éric et moi, on ne **se parle** plus.　艾利克和我彼此已不再說話了。

Ses parents **se ressemblent** tellement qu'on les croirait frère et sœur.
他（她）的雙親非常相像，簡直像兄妹一樣。

2 無法僅靠反身動詞做結，後面需加其他要素的情況

①動詞後面接另一個受詞

[反身代名詞是直接受詞，另一個受詞是間接受詞]

Moi, je fais la cuisine. Toi, tu t'occupes **du vin**.
我來煮飯，你負責葡萄酒。

Claire s'est disputée **avec sa mère**.　克萊兒和她母親吵架了。

▶這個類型的反身動詞例子

介系詞 **de**：s'apercevoir de 察覺到… / se méfier de 提防… / se servir de 使用… / se souvenir de 想起…

介系詞 **à**：s'abonner à 預約…（定期的事物）/ s'attendre à 預期… / s'intéresser à 對…有興趣

其它的介系詞：se marier avec 和…結婚 / se prendre pour 深信自己是… / se renseigner sur 針對…詢問

[反身代名詞是間接受詞，另一個受詞是直接受詞]

Je ne me rappelle pas **son nom**.　我想不起來他（她）的名字。

Elle s'est offert **un bon repas** pour fêter seule son anniversaire.

她吃了頓大餐來獨自慶祝自己的生日。

▶ 這個類型的反身動詞的例子

s'acheter （為了自己花大錢）買… / se donner la mort 了結自己生命 / s'imposer 要求自己做… / se payer 讓自己得到… 等

② 需要場所補語的反身動詞

L'histoire se passe **dans le Paris du XVI siècle**.

故事發生在十六世紀的巴黎。

Mets-toi **plus près de la statue**. Voilà. Ça sera une belle photo.

再靠近雕像一點。就是這樣。這會是很漂亮的照片。

▶ 這個類型的反身動詞的例子

se cacher＋場所　藏在…
s'installer＋場所　定居在…
se rendre＋場所　前往…　等

③ 需要反身代名詞作為直接受詞補語的反身動詞

J'étais très malade hier, mais je me sens **beaucoup mieux** aujourd'hui.

我昨天不舒服，但是今天覺得好很多了。

Les expériences se sont révélées **décevantes**.

實驗的結果令人失望。

▶ 這個類型的反身動詞的例子

s'appeler＋名字　名字是…
se croire＋形容詞組　以為自己是…
se prendre pour＋名詞詞組　深信自己是…　等

④ 伴隨代名詞 **en**、**y** 的反身動詞

La situation était délicate, mais Nicole **s'en est** bien **sortie**.

雖然狀況微妙，但是尼可順利撐過去了。

183

Cécile **s'en est** violemment **prise** à moi.
賽西爾很激烈地責備我。

▶這個類型的反身動詞的例子

> s'en aller 離開 / s'en retouner 回去（原本的地方）/ s'en tenir à 堅持、
> 遵循… / s'y prendre+作法 用特定方法做某事 / s'y connaître en 對…非
> 常了解

> **筆記** s'en aller、s'en retouner、s'en sortir 是少數從不接受詞的動詞中所造
> 出的反身動詞（在古法語則比較自由且多數）。另外，這些反身動詞中的 en 是帶
> 有「從那裡」的意思。將 en 併入拼字組合裡的動詞有 s'endormir（入睡）、
> s'enfuir（逃離）、s'envoler（起飛）（請各別比較 dormir（睡覺）、fuir（逃走）、
> voler（飛行））。

⑤跟身體部位有關的反身動詞

　　像「洗手」「切到手指」等跟自己身體有關的動作，經常會使用
到反身動詞。而反身代名詞主要是用來表達動作跟主詞自身相關、
是影響到自身的，直接受詞的位置則放身體的部位。一般來說，身
體的部位會加上定冠詞，且身體的部位是直接受詞，反身代名詞會
變成間接受詞。

Sarah **s'est brûlé la main** en faisant la cuisine.
莎拉在做菜時手燒傷了。

Ne **vous frottez** pas **les yeux** même si vous avez des
démangeaisons.
就算會癢，您也不能揉眼睛。

Je **me brosse les dents** après chaque repas.
我每次飯後都會刷牙。

Chloé **s'est blessée au genou gauche** pendant
l'entraînement.
克羅埃在訓練期間傷到了左膝。
（s' 是直接受詞，au genou gauche 是表達「（傷）到左膝」的間接受詞）

▶這個類型的反身動詞的例子

> se casser le bras 手臂骨折 / se couper le doigt 切到手指 / se fouler
> la cheville 扭傷腳踝 / se gratter la tête 抓頭 / se laver les mains 洗手
> / se sécher les cheveux 弄乾頭髮 / se serrer la main 握手　　等

3. 以用法來分類

　　根據**主詞及反身代名詞在意思**上的功能，反身動詞可分成五種用法。另外，反身動詞也會有複數的用法。

❶ 反身的用法

　　有「對自己做…」的意思，此時動作的接受者（受詞）是用反身代名詞 se 來表示，強調該行為不是對別人而是對自己本身做的，且大部分的主詞是「人」。

〈反身代名詞＝直接受詞〉的情況

Narcisse **se regarde** dans la fontaine.
納西思注視著噴水池中的自己。

Narcisse **s'aime** trop pour répondre à l'amour de la nymphe Écho.
納西思過於自戀，以至於無法回應仙女 Écho 的愛。

> 同類型的動詞：se couvrir 覆蓋自己的身體 / s'habiller 穿衣服 / se munir de 攜帶…前往 / se présenter 自我介紹 / se raser 刮鬍子/ se sacrifier 犧牲自己

〈反身代名詞＝間接受詞〉的情況

Céline **s'est offert** un nouveau vélo.
席琳花大錢買了新的腳踏車。

Tu **t'es lavé** les mains?　你洗手了嗎？

> 同類型的動詞：s'acheter 為了自己而買 / se mordre 咬自己的… / se procurer 得到

❷ 表示互相的用法

　　表達「互相做…」的意思。在這裡，反身代名詞 se 和主詞指的是同一組人事物，同時也是動作接受者，也可以說是一種反身的用法。但是在表示互相的用法中，主詞是複數，帶有主詞雙方對彼此做出某行為的意思。且主詞很多是「人」，但根據動詞有時也會是「事物」。

〈反身代名詞＝直接受詞〉的情況

Ma femme et moi, on **s'est connus** au lycée.
妻子和我是在高中認識的。

Les deux hommes **se détestent** l'un l'autre.
這兩個男生彼此討厭對方。

同類型的動詞：s'aimer 相愛 / se battre 互相毆打 / s'embrasser 親吻 /
se regarder dans les yeux 相互凝視，對看 / se rencontrer 相遇 /
se toucher 相互碰觸 / se voir 遇見

〈反身代名詞＝間接受詞〉的情況

Vous **vous ressemblez** beaucoup, toi et ton frère.
你和你哥（弟），你們長得非常像。

Les deux gouvernements **se sont échangé** des
informations.
這兩個政府互相交換了情報。

同類型的動詞：s'écrire 互相寫信給對方 / s'envoyer des mails 互相寄電子
郵件給對方 / s'offrir des cadeaux 互相送禮物給對方 / se serrer la
main 互相握手 / se téléphoner 彼此講電話

▶表示互相的用法，有時還能表達同樣事物一直持續出現的這種
比較特殊的例子。

Les mariages **se sont succédé** dans notre village.
在我們的村子裡，婚禮接二連三地舉行。
（se 在這邊作為間接受詞的功能 ← 原本的動詞是 succéder à）

[其它的例子：se 是直接受詞]

se suivre 連接，一個接一個 / se superposer 相互重疊

❸ 不及物動詞的用法

　　此時的反身動詞（例：s'ennuyer 感到無聊）所表達的是，雖然
是以及物動詞（例：ennuyer 使…無聊）的用法作為基礎，但語意
上感覺起來像是一般的不及物動詞。雖然看起來有反身代名詞 se 放
在受詞的位置，但從整個意思上來看，這裡的反身代名詞 se 很難

聯想成是動作的接受者（受詞），換言之，翻譯起來會感覺不需要有受詞。整個反身動詞其實只是單純表達主詞的感覺、動作或狀態，且主詞有時不是「人」而是「事物」。

Les enfants s'ennuient le dimanche.
孩子們禮拜天時都覺得無聊。

Ne vous inquiétez pas.
您不用擔心。（比較：及物動詞 inquiéter 讓…擔心）

Murielle s'est réveillée au milieu de la nuit.
妙利愛兒在半夜醒來。（比較：及物動詞 réveiller 讓…醒來）

La porte s'est refermée avec fracas.
門轟隆一聲地又關了起來。
（比較：及物動詞 refermer 重新關閉）

[其它的例子 se 都是直接受詞]

[人是主詞]

s'allonger 躺下 / s'amuser 享受/ s'asseoir 坐下 / se cacher 躲藏 / se coucher 睡覺 / se dépêcher 趕快 / se disperser （人群等）分散 / s'essouffler 喘不過氣 / s'endormir 熟睡 / s'énerver 感到惱火 / se lever 起來 / se perdre 迷路 / se promener 散步 / se reposer 休息 / se soigner 照顧好身體

[事物是主詞]

s'allumer （燈）亮 / s'améliorer 改善 / se casser 壞掉 / se couvrir （天空）烏雲密佈 / se déchirer 撕破、扯破 / se dégrader 惡化 / se détériorer 惡化 / s'élargir （範圍）變寬、擴大 / s'éteindre （火，亮光，燈）消失、熄滅 / se fermer 關閉 / se gâter 傷害、變不好 / s'ouvrir 打開 / se présenter （機會等）產生 / se produire （事態等）發生 / se rétrécir （範圍）變窄 / se rompre 中斷、折斷 / se terminer 結束

> 筆記 從句法的觀點來看，就這些不及物動詞用法的反身動詞之中，也是有後面要接間接受詞等必需補語的情況，所以不完全算是不及物動詞用法。（完完全全是不及物動詞用法的反身動詞 [根據前面提到之以句法來分類] 僅需要反身動詞本身即可，後面不加其他要素的情況）。
> 例：s'intéresser à 對…有興趣 / se marier avec 和…結婚 / s'occuper de 負責… / s'appeler 名字是… / s'installer （在某個場所）安定下來、坐下
> 就以上這些不及物動詞用法的反身動詞，在文法上有時不用「不及物動詞用法」

來稱呼，有時還會被稱作「中立性用法（neutre）」。之所以用「中立性用法（neutre）」這個名稱來稱呼，主要是以「反身代名詞 se 既不屬於主動態句子『主詞對自己做某事』意思中的受詞自己（反身用法），也不屬於被動態句子中的 se（被動態用法）」為根據的。

❹ 被動態用法

與原本的動詞（例：vendre 賣）做對比，反身動詞（例：se vendre 被賣）用在被動的表達中。雖然可把反身代名詞 se 理解為原本及物動詞的動作接受者，但這個用法的特殊之處在於，主詞其實要理解為接受動作的一方，而非執行動作的一方。

Ce produit **se vend** uniquement par correspondance.
這個產品僅透過郵購方式販售。
（主詞 ce produit （這個產品）是被賣掉的一方）

Mon nom **s'écrit** avec un «s» à la fin.
我的名字拼法要在最後加上一個 s 。（主詞 mon nom （我的名字）是被書寫的一方）

◆被動態用法的重點

被動態用法有幾個特徵上的重點。
①一般只用於第三人稱。
②主詞很多時候是「事物」。

> **筆記** 雖然「人」也適用，但要搭配 ça，若不用 ça 來代替主詞的話，很難理解成是被動態用法。

Les personnes âgées, **ça** se respecte.
老年人應該要被尊敬。

③經常被用來描述「事物」的一般特徵或性質，而非特定個體在特定時間點發生某事的表達。因此時態很常用到現在時或未完成過去時，複合過去時等則不太適合。

> **筆記** 但是關於時態並非絕對，也還是有用複合過去時的情況。

Le livre **s'est vendu** à un million d'exemplaires.
那本書賣出了一百萬本。

④很常用在「可以做…」「應該做…」這樣的語意上。

Ça **se mange?**　這能吃嗎？

Ce roman **se lit** très facilement.　這本小說很容易閱讀。

Ça ne **se fait** pas.　不可以做那種事。

⑤反身動詞的被動態表達中，動作的執行者其實並沒有特別提到（沒提到是誰販賣產品），因為動作執行者在話題中不是那麼重要，或者是說話者、聽者彼此都知道的非特定人事物。由於動作執行者是非特定、沒交代的人事物，所以同樣語意的句子也可改用 **on** 當主詞來表達，這時就只會使用原本的及物動詞，而不會用到反身代名詞 **se**。

On vend ce produit uniquement par correspondance.
這個產品僅透過郵購販售。

On peut manger ça?　這個能吃嗎？
但是不能像被動態的句子一樣用 par X 來表達動作執行者。

×Ça se fait par les Français. 是不正確的。
（比較：Ça se fait en France. 這在法國舉辦。）

⑥就一般特徵或性質的描述表達來說，其應用範圍非常廣，只要動詞本身是直接及物動詞的話，大致上就能改成用反身動詞造出這個用法。

Un pantalon, ça **s'essaye**.　褲子就是要拿來試穿的。

La musique, ça **se commence** jeune.
音樂就是要從年輕的時候開始（比較好）。

Un hôtel, ça **se quitte** à midi au plus tard.
住飯店，最晚應該要在中午時辦理退房。

5 固定以反身動詞為形態的用法

在現在的法語中，有些動詞的表達是固定只能以反身動詞（**se**＋動詞）的形態來做使用，而不能將〈**se**〉和〈動詞〉分開，單獨僅用動詞部分。此外，在文法上，這些反身動詞中的反身代名詞 **se** 也不被看作是動詞本身的受詞。以下分兩組情形。

①固定以反身動詞形態存在（反身代名詞與動詞本身不能分開）的情形

在現在的法文中，動詞本身已經沒有辦法單獨使用，只能以反身動詞的形式（即 se＋動詞）來表達。

Il faut **se méfier** de cet homme.
一定要小心那個男的。

Je ne **me souviens** pas de son nom.
我想不起來他（她）的名字。

[其它的例子]

s'absenter 不在場 / s'abstenir de 克制做… / s'accouder 用胳膊撐著 / s'accroupir 蹲坐 / se désister 退選 / s'écrier 喊叫 / s'efforcer de 努力去做… / s'emparer de 奪取… / s'enfuir 逃離 / s'évader 逃脫 / se fier à 信任… / se moquer de 嘲弄… / se raviser 改變想法 / se réfugier 躲避 / se repentir de 後悔…

②偏離動詞本身意義的情形

就算動詞本身現在也可單獨使用，但是拿來當作反身動詞使用時，意思有時會跟原動詞不一樣。

Taisez-vous! 請你們住口。（taire　不說出）

Elle **s'est aperçue** qu'elle avait commis une grosse erreur.
她察覺到自己犯了天大的錯誤。（apercevoir　瞥見）

[其它的例子]

s'approprier　占為己有（approprier　使…適應）
s'attendre à　預期…（attendre　等待）
se douter de　察覺到…（douter de　抱持懷疑）
s'imaginer　深信（imaginer　想像）
se mettre à　開始…（mettre　放置）
se passer　（在某個場所）發生（passer　靠近、通過、生活）
se passer de　用不著，不需要
se plaindre　訴說不滿，抱怨（plaindre　覺得遺憾）
se rendre　前往，投降（rendre　歸還）
se servir de　使用（servir　服務）
se tromper　弄錯（tromper　騙人）

中高級！ 每個反身動詞用法上的差異

（1）反身用法和不及物動詞用法

反身用法和不及物動詞用法（中立性用法）之間的區分並不是很明確。典型的反身用法（s'aimer, se regarder 等）是強調「主詞將自己本身當作受詞，並對自己施加某動作行為」的含意。這樣的含意可以說是，在反身用法的句子中，主詞所表示的對象可分成「施加動作行為的自己」和「接受該動作行為的自己」。

另一方面，典型的不及物動詞用法（s'ennuyer、se réveiller 等）則沒有像反身用法那樣有「施加動作行為的自己」和「接受該動作行為的自己」的分類（s'ennuyer 並不是自己讓自己覺得無聊）。但如果是一些像是 s'habiller、se raser、se coucher、se lever、se promener... 等這類行為的動詞時（主詞是人），會變得更難判斷到底是哪種用法。

（2）不及物動詞用法和固定用反身動詞的用法②

不及物動詞的用法（中立性用法）和固定用反身動詞的用法②之間的區別也是有點模糊。

反身動詞和動詞本身在意思上是有些許差異的情況。舉例來說，se dépêcher 或 se soigner 嚴格說起來，還是有些偏離各自動詞本身的意義（dépêcher 差遣，soigner 治療）。

同樣地，se dire「（腦袋裡想某事）覺得，想」或 se demander「好奇、懷疑…」，也和原本動詞本身的 dire（說）、demander（詢問）之間有所差異。

另外，se reposer 或 s'essouffler 在意思上雖然與原動詞本身幾乎一樣，但主詞要用「人」，但是就動詞本身（reposer 使…休息、essouffler 使…氣喘吁吁），其主詞一般是「事物」。但以上這些也還是可全部看作是固定用反身動詞的用法②。

（3）用「事物」當作主詞的不及物動詞用法，以及被動態用法

不及物動詞用法以「事物」當作是主詞的情況，和被動態用法之間的差別，主要有以下三點。

（i）相對於被動態用法是用一個非特定、不明確、通用的動作執行者，不及物動詞用法則是以「主詞自主、自動做～」的語意來表示動作自主執行。若句子所表達的感覺是，事件是經由動作執行者（在未交代的情況下）所執行，而非事件自主執行的話，這時有一種方式是用 on 當主詞的方式，另一種是使用被動態。請比較下列的句子。

La porte s'est refermée. 　門又關起來了。（不及物動詞用法）

On a refermé la porte. / La porte a été refermée. （被動態）
門又被（人）關上了。

(ii) 相對於 se 被動態用法主要是表達事件一般的特徵或性質，而非某個期間內發生的個別性事件，不及物動詞用法則是這兩種意義都能表達。

× Le dernier exemplaire s'est vendu à midi.
不能用此句法文表達「最後一本在正午賣掉了」。

○ La porte s'est refermée une minute après. （不及物動詞用法）
當時，門在一分鐘之後又了關起來。

(iii)被動態是以大部分的直接及物動詞為基礎所構成的，而不及物動詞用法則僅限於特定的動詞，不能隨意拿任何動詞來構成。舉例來說，有一部分的動詞不會變成反身動詞，且原本就能當作及物動詞及不及物動詞來使用。

例：**augmenter**　使增加／增加　　**diminuer**　使減少／減少
　　brûler　使燃燒／燃燒　　**changer**　使改變／改變
　　commencer　使開始／開始　　**finir**　使結束／結束
　　cuire　（人讓東西）煮／（東西在）煮

中高級！ **反身代名詞的省略**

在使役動詞句法中接在 **faire** （使…）後面的反身動詞中的反身代名詞，有時候會被省略。

La police **a fait disperser** les manifestants.
警察驅散了示威群眾。（←se disperser　變分散）

就算是 **laisser**（讓…維持…狀態）、**envoyer**（派…去做…）等的也是一樣。

Il **a laissé éteindre** sa pipe.　他讓菸斗保持熄滅狀態。

這個省略的用法雖然是看個人習慣、可任意省略或不省略，但也有 **faire taire**「讓…閉嘴」、**laisser échapper**「讓（人）逃脫、（把話）不小心說出口」、**envoyer promener**「趕走（人）」等慣用語的表達。

另外，在 **laisser**、**envoyer** 等的句法裡，雖然能將反身動詞（即例句中的 s'éteindre）之意義上的主詞（即例句中的 **sa pipe**）直接放在反身動詞前面，而不放在反身動詞的後面，但是那樣的情況下，反身動詞中的反身代名詞就會被留下來，而不被省略。

Il a laissé sa pipe **s'éteindre**.

第 8 章

動詞的語式和時態

語式與時態是使用動詞必備的文法重點。語式「即敘述的方式」是指說話者是以什麼樣的方式來表達一句話；時態則是為那句話標上時間概念「過去、現在、未來」。

語 式

　語式同時也是為動詞的形態變化做分類時會用到的概念，也就是**直陳式、條件式、虛擬式、命令式這 4** 種，主要的功能是反映說話者想要以何種方式、狀態表現出一句話。請見以下說明：

直陳式　以事實的狀態來表達一句話

條件式　以假設性的方式來表達一句話

虛擬式　將腦中所想的內容視為要求或願望表達出來

命令式　以要求、命令對方的方式表達一句話

　不過，以上的名詞解釋只是簡短的說明而以，各個語式的實際用法其實很複雜，因此先把這 4 種語式想成是動詞變化的種類名稱就好了。

> **筆記** 以上這 4 種語式也會隨著人稱‧單複數進行動詞形態的變化，所以這些語式也帶有人稱意義。但廣義來說，除了這 4 種語式之外，也有一些不含說話者說話方式、內心狀態的非人稱法語式：不定詞和分詞。　☞ 不定式 p.254 分詞 p.262

時 態

　時態也是為動詞變化做分類時會用到的概念，主要有現在時和過去時，只是說，依語式的不同，時態又會被分類地更細。

　就像現在時是「現在」、過去時是「過去」一樣，時態的名稱常和其表達的「時間概念」一致，但時態的實際用法其實也很複雜，有各式各樣的規則。

　因此和語式的情況一樣，將時態也先暫時想成是動詞變化的種類名稱就好了。

> **筆記** 「時態」主要是用來代稱現在時、過去時這類的概念。一開始接觸法語時，在還沒有語式概念時，我們也常直接用「時態」來代稱法語固有的「語式＋時態」概念，像是用「現在式」來代稱「直陳式現在時」（也就是語式中的直陳式之現在時的時態）這一整個語式時態概念，直到後面學到不同的語式與更多的時態，就會更明白時態與語式的差別。

法語時態的數量為：直陳式會搭配 8 種時態、條件式搭配 2 種、虛擬式 4 種、命令式 2 種。全部整理完再做分類。簡單來說，時態的形態主要可分成「簡單形（temps simple）」和「複合形（temps composé）」的變化，若把「簡單形」和「複合形」視為兩兩一組，那麼直陳式有 4 組、條件式 2 組、虛擬式 2 組、命令式 1 組」。

以下以動詞 faire 為例來了解語式與時態的變化。

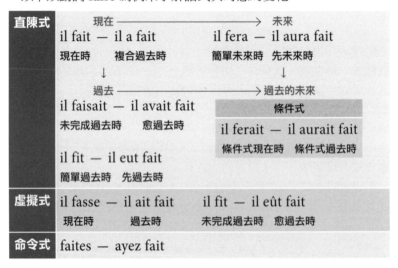

筆記 「條件式現在時」就形態方面來講，可以說是「直陳式簡單未來時」和「未完成過去時」的組合。也就是說，其語幹和簡單未來時一樣，語尾則是簡單未來時字尾的 -r- 和未完成過去時字尾 -ait 的組合。另外，就意思上來說，也帶有「從過去看到的未來」的用法，與其組合方式有些許相關性。

此外，法語在表達**過去的未來**的時候，其動詞變化的方式就如同條件式中的**條件式現在時**和**條件式過去時**一樣，屬同一種動詞變化。

1. 直陳式

直陳式是最基本的語式，主要是將一句話視為事實、現實的方式表達出來。但其實直陳式能表現出來的不僅如此，透過不同的用法也能表達出假設性的內容、期望與要求的內容、命令性的內容等等。

整體來說，直陳式的時態總計有 8 種。現在時有 1 種、過去時有 5 種（複合過去時、未完成過去時、愈過去時、簡單過去時、先過去時）、未來時有 2 種（簡單未來時、先未來時）。

（1）現在時

　　雖然「現在時」主要用來表達「現在」所發生的事件，但並非單純只包含我們所認知的「現在」，在各種的使用狀況之下，還帶有廣泛的意思存在。

❶ 變化

　　雖然動詞的變化需要查動詞變化表來確認，但在這裡會先舉出幾個規則。

①單數人稱的字尾

　　幾乎所有的動詞中，依主詞 **je**、**tu**、**il** 變化的動詞語幹是一樣的，只有字尾會像下列一樣變化。

[-er 等動詞、ouvrir 等動詞]

・ -e　-es　-e

je chante	tu chantes	il chante
j'ouvre	tu ouvres	il ouvre

　　字尾變化一樣的動詞：chanter, ouvrir, offrir, cueillir, souffrir 等等

[其它的動詞]

・ -s　-s　-t

je finis	tu finis	il finit
je pars	tu pars	il part

　　字尾變化一樣的動詞：finir, partir, faire, venir, voir, lire, écrire, savoir, croire, éteindre, connaître, boire, mourir, recevoir, vivre, résoudre 等等

・ -x　-x　-t（-s -s -t 的變種）

je peux	tu peux	il peut

　　字尾變化一樣的動詞：pouvoir, vouloir, valoir

・ -ds　-ds　-d

je prends	tu prends	il prend

　　字尾變化一樣的動詞：prendre, attendre, coudre

・-ts -ts -t

je mets	tu mets	il met

字尾變化一樣的動詞：mettre, battre 等等

・-cs -cs -c

je vaincs	tu vaincs	il vainc

字尾變化一樣的動詞：vaincre, convaincre
例外：être, avoir, aller

②複數人稱的語尾

幾乎所有動詞的語尾都是 ➡ **-ons -ez -ent**

nous chantons	vous chantez	ils chantent
nous prenons	vous prenez	ils prennent

例外：être, avoir, aller, faire, dire

③**nous 和 vous 的變化**

用在此兩人稱的所有動詞，其語幹幾乎都是一樣的，差別只是 **-ons** 和 **-ez** 而已。

nous avons	vous avez	nous venons	vous venez

例外：être, faire, dire

❷ 基本的用法

①**正在進行的事件**

現在時最基本的用法是在說話的當下，（談論的）某件事或某狀態早已存在了（大致上相當於中文的「是…」「在…」），或者是說明某件事正在進行中（相當於中文「正在做…」）。

Je **suis** très fatigué.　我非常累。

Tu n'**as** pas faim ?　你肚子不餓嗎？

Qu'est-ce que vous **faites** là ?　你們在那邊做什麼？

Où **est** Marie ? - Elle **travaille** dans sa chambre.
瑪莉在哪裡？ －她在房間唸書。

②表示未來

另外也能用於說明在未來確定會發生的事（將做…）。

Je **pars** la semaine prochaine. 我下禮拜出發。

Vous **travaillez** demain? 您明天要工作嗎？

只要用第二人稱的肯定句的話，句子就會變成帶有命令、指示的意思。

Toi, tu **attends** ici. 你在這裡等著。

③表示習慣或是一般的真理

現在時可用於表達習慣性行為，以及說明人事物等的性質與一般的真理（「都會做…」）（「一般是…」）。

Aude **va** à l'hôpital une fois par mois.
歐德每個月都會去一次醫院。

Mon mari **fume** beaucoup.
我丈夫菸抽得很多。（≠現在正在吸菸）

Ce produit **vient** de France.
這個產品是從法國來的。（=法國產的）

L'eau **bout** à cent degrés. 水到 100 度會沸騰。

第③點所要表示的，並不是指在說話的同時某件事正在進行中，因為此用法主要在表示習慣或一般性的真理，所以已超越時態的意義。

> **中高級！** 從過去到現在一直持續的時間概念以及現在時
>
> 就算是用帶有「從過去時間點一直持續到現在」此時態意義的 **depuis...**（從…）, **ça fait... que**（過了…）來表示某情況，動詞時態也是要用現在時。這點和使用現在完成式的英文不同。
>
> Ma fille **est** malade depuis deux jours. 我女兒從兩天前開始生病。
> Ça fait trente ans que je **travaille** dans cette usine.
> 我在這間工廠工作 30 年。

中高級！ **現在時：其它的用法**

現在時只是單純描述某個客觀的「狀態或事情」而已，不完全是用來強調其時態一定是「現在正在說話」的這個時間點。和「過去時」會特別強調其時態是在「過去」或是「未來時」會特別強調其時態是在「未來」不同，「現在時」之所以和「現在」有關（如前面的 ❷ 的①），主要是句子內容的情境、上下文、詞彙的意思等和「說話的時間點」有所關聯的結果。由於現在時這樣比較彈性、廣義的功能，也因此出現了 ❷ 的基本用法或是下列的各種用法，雖然意義上看似已發生，但仍用現在時。

[較近的過去]

少數具移動意義的動詞（如 **arriver** 抵達, **rentrer**, 回來, **sortir** 外出等）搭配 à l'instant（剛才）、seulement（僅僅…只有）等的副詞時，其意義會變成帶有「才剛做…一下而已」的意思。

> Claude n'est pas là? - Il **sort** à l'instant.
> 克羅德不在嗎？－剛剛出去一下。

> On a passé la nuit dans une boîte, et voilà, je **rentre** seulement.
> 我們一整個晚上都在夜店，你看，我現在才剛回到家。

[用來描述正在進行中的事件]

主要出現在如運動賽事的實況轉播或是示範做菜步驟的情況等這類「描述正在進行中的事件」時，這時描述與事件同時進行。

> …Rabiot **envoie** un centre parfait, le ballon **arrive** sur Perrin qui **décoche** un tir, mais le ballon **passe** au-dessus de la barre…
> 拉比歐傳出完美的中球，傳給了佩蘭，佩蘭他射門了，但球卻越過了橫木…

[用來描述歷史事件或故事的現在時]

歷史性的記敘文或歷史性的故事常用現在時來敘述歷史事件，有時是整篇內容完全用現在時來做敘述，或者是僅僅某個片段和過去時交替使用的狀況，一般來說，用現在時能讓記敘的內容如臨歷史現場一般增加其臨場感。

> L'année **commence** mal pour Molière: sa femme **meurt** en février et en mars Lully **obtient** du roi le privilège exclusif de l'Opéra.
> 對莫里哀來說，那一年的開始非常痛苦：二月妻子過世，而在三月盧利獲得了來自國王所賦予的歌劇獨家演出權。

Camille **lance** tout de suite, très fort: «Quelqu'un?»

Il **attend** une seconde puis **se met** à courir. La première salle **est** très grande… (Lemaitre)

卡蜜兒立刻大聲喊叫：「有人在嗎？」

等了一下，他開始跑了起來。第一間房間非常大間。

用來描述歷史故事的現在時，也常用在日常的對話中。

Je me suis couché à minuit comme d'habitude. Quelques minutes après, j'**entends** un bruit bizarre, je **me lève**, je **m'approche** de la fenêtre, je **regarde** dehors, c'était un rat énorme qui grignotait le pneu de ma voiture.

我跟平常一樣午夜 12 點上床就寢。就在幾分鐘之後，我聽見奇怪的聲音，我起身走到窗戶旁邊往外看。是一隻大老鼠在咬我車子的輪胎。

8 動詞的語式和時態

（2）複合過去時

複合過去時的用法主要有兩個，可表達「過去已發生」和表達「現在已完成」。兩個在中文都是相當於「做了…」，所以使用上非常簡單，幾乎不需要去死背這兩種用法。（但是否定形有要注意的點。☞ p.201 (i)）

筆記 複合過去時原本的意思是「現在完成」，以表示動作已完成。

但還是需要注意到，複合過去時和未完成過去時（相當於「當時在做…、當時做了…」）的用法是不同的。☞ p.202 (ii)

❶ 動詞變化

複合過去時的形式是「**助動詞的現在時＋過去分詞**」。大多數的動詞是用 **avoir** 當助動詞，一部分表示移動的動詞則是用 **être**。

☞ 助動詞 p.247、過去分詞 p.265 助動詞是 **être** 的情況下，過去分詞的陰陽性・單複數會和主詞的保持一致。

chanter 唱歌（助動詞 avoir）		venir 來（助動詞 être）	
j'ai chanté	nous avons chanté	je suis venu(e)	nous sommes venu(e)s
tu as chanté	vous avez chanté	tu es venu(e)	vous êtes venu(e)(s)
il a chanté	ils ont chanté	il est venu	ils sont venus
		elle est venue	elles sont venues

另外，所有的反身動詞都是用 **être** 當助動詞。在反身代名詞是直

接受詞的情況下，過去分詞的陰陽性・單複數會和直接受詞的保持
一致。 ☞ 反身動詞 p.180

❷ 基本的用法

①過去

主要表達發生在過去的事件，就像「在過去某個時間點，發生某
件事」這樣將事件設定在過去。從說話者身邊周遭的日常瑣事到歷
史上的事件，都可以使用。

Dimanche, on **est allés** au musée Picasso. C'était
magnifique.
禮拜天我們去了畢卡索美術館。真的很棒。

（雖然 **on** 是第三人稱單數，但如果是以「我們」的意思來使用
時，**être** 的過去分詞會變成複數形）

C'est la première fois que j'**ai mangé** du caviar.
這是我第一次吃魚子醬。

Louis XIV **a donné** beaucoup de fêtes à Versailles.
路易十四在凡爾賽舉辦很多歡宴。

▶複合過去時的句子中除了可加上持續性的時間或事件結束的時
間點等之外，也可以加上反覆進行某件事的期間表達或次數表達。
不管是哪種情況，以上整體來說都是「事件已經結束」的這個不變
的概念。

J'ai dormi **sept heures** cette nuit.　我昨天晚上睡了七小時。

On a attendu Sophie **jusqu'à cinq heures**, mais elle n'est
pas venue.
我們等蘇菲等到五點，但她還是沒來。

Nadine a travaillé **plusieurs fois** dans ce café.
娜汀在這家咖啡店工作過好幾次。

筆記 句子加上了持續性的時間、某個時間點、期間之後，雖然時態是用複合過去
時，但翻譯成中文時，有些是翻譯成「曾經做…」才適合的情況。
J'ai habité deux ans en Australie.
我曾在澳洲住了兩年。

Nous avons bavardé tout l'après-midi.
我們整個下午都在聊天。

Pendant quarante ans, Marcel est venu travailler dans cette usine.
四十年來，馬賽爾都在這間工廠工作。

②現在完成

主要是將過去發生的事件和說話當下的時間點兩者做結合，來表達該事件影響到現在。也可以說是，因為過去事件的影響所及，讓現在的特徵更加明顯。在肯定形中用 **déjà**（已經）、否定形中則是伴隨 **(pas) encore**（還沒有…）等副詞來構成典型的現在完成功能。

Tu as faim? - Non, j'ai déjà **mangé**.
你肚子餓了嗎？－不，我已經吃過了（所以現在肚子不餓）。

J'ai très faim. Je n'**ai** pas encore **mangé**.
我肚子好餓。我還沒吃飯。

表達**經驗**的用法，也是複合過去時現在完成功能的一個例子。

Vous **avez lu** ce livre?　您讀過這本書了嗎？

▶sortir（出去）、**partir**（出發）、**arriver**（到達）等用 **être** 當助動詞的動詞，相較於複合過去時的現在完成功能，有些還能更清楚地表達出「現在的狀態」。

Sarah n'est pas là? - Elle **est sortie** en ce moment.
莎拉不在嗎？－她現在外出了。

Olivier **est parti** depuis mercredi.
奧莉薇從禮拜三就出發了。

Le train **est** déjà **arrivé**.
列車已經抵達了。

▶關於複合過去時的注意重點

(i) 複合過去時的否定形

複合過去的否定形用中文的概念來想，相當於「沒有做…」（過去意義）和「還沒做…」（現在完成意義）。但「還沒做…」就中文的概念來說不像是過去時的用法，所以要注意。

過去　Hier, je ne suis pas allé au travail.　我昨天沒有去工作。

完成　Je n'ai pas encore lu ce livre.　我還沒讀過這本書。

(ii) 複合過去時和未完成過去時

　　相對於複合過去時的概念是將事件視為已經完成、結束（大致上相當於「做了⋯」），未完成過去時的概念是，以過去的時間點為基準，某件事還在進行、還沒結束或完成（大致上相當於「當時在做⋯」）。

複合過去　**Après le repas, j'ai dormi une demi-heure.**
　　　　　飯後，我睡了三十分鐘。

未完成過去　**Je dormais quand Luc est rentré.**
　　　　　　路克回來的時候，我當時在睡覺。

(iii) 複合過去時和簡單過去時

　　兩者大致上都相當於「做了⋯」，但相對於簡單過去時是在歷史記述文或故事中常會使用到的典型文體，複合過去時則是在日常對話中經常使用的。

❸ 複合過去時：其它的用法

[和 toujours 等一起使用]

　　複合過去時和 **toujours**（總是）一起使用的話，會變成「到目前為止一直在做⋯」這種持續性的表達。

J'ai toujours acheté une petite voiture. C'est plus pratique.
我總是買小型車。這樣比較方便。

[很近的未來的完成意義]

　　用在很近的未來表示「會做⋯」。相對於先未來時的用法（針對未來事件的預測），此用法在判斷未來事件的發生上，其確定性會比較高。

Un peu de patience. J'ai fini dans dix minutes.
稍微忍耐一下。我十分鐘後就結束了。（再過十分鐘後就結束）

[在條件子句中]

　　主要用在假設未來事件的條件子句〈**si ...** 如果⋯）中，以表示未來完成意義。因為 **si** 後面不能用未來時（簡單未來時、先未來時），所以可用來代替未來時來使用。

Si tu as fini avant que je vienne, tu ne m'attendras pas.
在我來之前如果你就已經結束的話，你不用等我沒關係。

[和現在時做對照的完成時功能]

在 p.200～的 **2** 看到的①過去意義、②現在完成意義，都是用在說話時間點當下的用法。但由於複合過去時本來就是有「以現在時為基準」「跟現在時做對照」的完成時意義，所以舉例來說，在表達習慣或一般真理這類使用現在時的句子中，**複合過去時**則會被拿來當作**和現在時做對照的完成時功能**。

Alain baisse toujours les yeux quand il n'a pas **compris**.
當遇到不懂的情況時，亞倫眼睛總是往下看。

Un accident **est** vite **arrivé**.
事故就是會在一瞬間發生。
（用完成時以強調「會發生」）

中高級！ **超複合時態（複合過去時）**

為了要跟某個已發生的事件（複合過去時）做對照，並強調「在事件 A 發生之前，事件 B 早已先發生」中的事件 B 時，會使用**超複合時態**。擺放位置就和**先過去時**（跟簡單過去時做對照）的位置一樣。在南法地區，特別是在口語中時常被用到。時常以 **dès que**（一旦…就）、**quand**（當…的時候）等引導的從屬子句出現，並和以複合過去時的主句做結合使用，以表達在事件 A（主句）發生之前，事件 B（從屬子句）早就已經完成了。

Dès qu'il **a eu fini** le repas, il est parti promener son chien.
他一吃完飯馬上就出去溜狗了。

（3）未完成過去時

未完成過去時是表達「還沒完成的過去」。整個事件或狀態是在過去，但主要是針對**尚未完成、還在進行中**的部分來描述。大致上，描述事件時，中文就相當於「當時正在做…中」，描述狀態時，中文相當於「曾經是…」。另外，未完成過去時會和 si 「如果…的話」一起使用，來表達「與現在（未來）事實相反的假設」。

1 動詞變化

未完成過去時的語尾是 **-ais -ais -ait ／ -ions -iez -aient**。

語幹和直陳式現在時的第一人稱複數 **nous** 的動詞變化（下一頁所列之箭頭左側的動詞變化）是一樣的。不規則的例子是 être，以 **ét-**開頭作為語幹。

faire 做：nous fais**ons** ➡（直陳・未完成過去）je fais**ais** vous fais**iez** 等

venir 來：nous ven**ons** ➡（直陳・未完成過去）je ven**ais** vous ven**iez** 等

boire 喝：nous buv**ons** ➡（直陳・未完成過去）je buv**ais** vous buv**iez** 等

faire 做		être 是…	
je faisais	nous faisions	j'étais	nous étions
tu faisais	vous faisiez	tu étais	vous étiez
il faisait	ils faisaient	il était	ils étaient

❷ 基本的用法

①在過去特定時間點的狀態

用來描述在過去特定的時間點當下，某個正在進行中的持續性狀態。

Lise **dormait** profondément quand le train est arrivé à Nice.
列車抵達尼斯的時候，莉茲已經完全睡著了。

J'ai lu son dernier roman. C'**était** passionnant.
我讀了他（她）的最新小說，真的是非常有趣。

Hier, j'**étais** très malade. Alors, je ne suis pas allé au travail.
昨天我身體非常不舒服，所以我沒有去上班。

Jacques s'est sauvé de la classe pendant que le professeur **écrivait** au tableau.
在老師在黑板上寫字時，賈克溜出教室了。

②在過去一段時間持續性的狀態或習慣

描述在過去某段時間所發生之持續性的狀態、經驗或習慣。根據動詞的意思，內容可表示過去的習慣或過去反覆的行為。大致上會和「以前」或「…的時候」等的時間表達一起使用。

Avant, ma sœur **avait** les cheveux très courts.
我姐過去曾把頭髮剪得很短。

Il n'y a pas longtemps, les Japonais **mangeaient** encore beaucoup de riz.
在過去不久的時間，日本人還會食用很多米飯。

▶即使是用來表示過去某時期做某事的從屬子句，也很常用未完成過去時，也就是「**quand**＋未完成過去」的表達。

Cécile venait souvent me voir **quand** elle **était** petite.
小時候，賽西爾常來找我。

Quand j'**habitais** à Paris, j'allais au cinéma tous les jours.
住在巴黎的時候，我每天都會去看電影。

> **筆記**「quand＋未完成過去時」可作為表示「在過去某段時期」的表達，但很少
> 會拿來當作「當…的時候」等專指特定時間點的表達。從意思上來看，連接詞
> quand 和未完成過去時的組合並不常用來搭配，特別是 quand 出現在開頭時。

- **Quand** je **dormais**, ma fille est partie.
  我在睡覺的時候，我女兒跑出去了。（此用法不太好）
- Je dormais **quand** ma fille **est partie**. / Ma fille est
  partie **pendant que** je **dormais**. 等（比較妥當的用法）

❸ 未完成過去時：其它重要的用法

① 「si＋未完成過去時」和與事實相反的假設

在假設語氣表達（如果…的話）的從屬子句（或條件子句）中，
假設的內容若與現在事實相反的情況下，動詞不會用現在時，而是
用未完成過去時。 ☞ 條件式 p.218

Si j'**étais** toi, j'en parlerais à tes parents.
我要是你的話就會和你父母說那件事。

就算假設的內容是未來的事，只要覺得是不切實際的情況，仍要
用未完成過去時。

Si ça **se répétait,** je vous rembourserais.
如果又再發生的話，我會還退您錢的。

比起與現在事實相反的假設，有時也會有不希望某件事如實發生
的主觀表達（要是發生…就完了）。

Si jamais il **pleuvait**, notre projet tomberait à l'eau.
萬一下雨的話，我們的計畫就會泡湯。

▶單獨使用條件子句〈si ＋未完成過去時〉的話，就會變成表達
勸誘、願望、忠告等的句子。

Si on **allait** au cinéma? 要去看電影嗎？

Si j'**avais** un peu plus de temps… 要是我還有一點時間的話。

Si tu **te couchais** plus tôt! 你要不要早一點睡？

筆記 一般來說，這類型省略主要子句的假設，是帶有「要是…的話如何呢？」「要是…的話，會怎麼樣呢？」的意思。

Et si le loup revenait...　要是狼又回來的話…

▶「comme si ＋未完成過去時」是「簡直就像…一樣」的意思。和一般的「si ＋未完成過去時」一樣，表達和現在的事實相反。

Elle me parle toujours **comme si** j'**étais** son fils.
她對我說話的方式彷彿當我是她兒子一樣。

就算主句是過去時，**comme si** 之後的時態依然維持原樣使用。

Elle me parlait **comme si** j'**étais** son fils.
她曾經用彷彿對兒子一樣的方式對我說話。

②時態的一致－存在於過去的現在
　　在間接引述的句子裡，主句是過去時（如「我說了…」），且間接引述子句的內容和主句的內容都是發生在同一個時間點的話，間接引述子句就用未完成過去時。 ☞ p.456

Marie a dit à son mari qu'elle **voulait** habiter à Paris.
瑪莉跟她丈夫說她想住在巴黎。

◆重點

(i) 未完成過去時和 pendant 「和…之間」等
　　未完成過去時是描述事件還沒有完成，處於還在持續發生的狀態，因此不能和表示某個特定時間範圍的「（**pendant ＋**）時間」或「**toute la journée**」（一整天）等時間副詞、介系詞一起使用。另外也不能和表示到達終點的 **jusqu'à**（直到…）等的表現一起使用。以上的時間副詞、介系詞會跟複合過去時、簡單過去時搭配。因此未完成過去時是「當時在做…」這個意思的例子有很多，要注意。

J'**ai travaillé** à la bibliothèque tout l'après-midi.
我整個下午都在圖書館念書。（×Je travaillais... 是不正確的）

Pendant deux ans, Brice **est venu** me voir une fois par semaine.
兩年間，布列思每週都會來見我一次。（×Brice venait... 是不正確的）

Louis XIV **régna** (pendant) 72 ans.
路易十四統治了整整 72 年。（×Louis XIV régnait...是不正確的）

筆記 和「pendant＋時間」不同,「pendant＋事件」則會和未完成過去時一起使用。

Ils **habitaient** à Nantes pendant la guerre.
在戰爭時期他們住在南特。

但是「**pendant＋tout(e)＋事情**」(在…的期間一直)就不太用未完成過去時。

Marc **a dormi** pendant toute la conférence.
馬克在演講的期間睡著了。(×Marc dormait...是不正確的)

(ii) 動詞和未完成過去時的組合

動詞(或謂語)所表達的事件或狀態,根據動詞的本質,每個動詞都會有各自在事件或狀態發展上不同的時間概念。看幾個例子。

dormir(睡眠):此行為是指從某個時間點開始,並持續一段時間後,在下一個時間點結束

ressembler(相像):沒有開始或結束的時間,單純只是表示某種持續的狀態

éclater(破裂):事件的開始和結束幾乎是同時,是個一瞬間發生的物理性事件

sortir(出去):強調在空間中的移動,即從裡面前往外面瞬間發生的移動狀態

另一方面,未完成過去時所表達的當然是「過去」的事件或狀態,但用上面所提到的事件發展的時間概念來看,此時態所強調的是個處於還沒完成、尚未到終點、還在進行中的那一段未完狀態。由於是強調進行中的狀態,所以需要跟有持續發展意義的動詞搭配,因此和 **dormir** 或 **ressembler** 這類本質是持續狀態的動詞(或謂語)結合是毫無疑問的。

Cécile **dormait** quand je suis rentré.
我回來的時候,賽西爾在睡覺。

Didier **ressemblait** beaucoup à son grand-père quand il était petit.
帝迪艾小時候和爺爺很像。

相對的,對於「一瞬間發生」這種性質的動詞 **éclater** 或 **sortir**,基本上和未完成過去時就不太適合做搭配。但這類動詞若套用未完成過去時的話,是會有特殊意思或用法的。

Les obus **éclataient** autour de nous.

砲彈在我們的周遭持續爆炸。（好幾顆砲彈[複數]在持續爆炸中）

Ils **sortaient** souvent après le dîner.

他們經常在飯後外出。（表示習慣、反覆性行為）

Léon est arrivé juste au moment où on **sortait** du magasin.

正當我們正要走出店家的時候，雷昂來了。
（在「內→外」的這個狀態正要完成之前）

中高級！ 未完成過去時：其它的用法

[讓描述有畫面、有臨場感的未完成過去]

此為書面語常見的手法。在上下文看起來應該要用簡單過去時的情況下，卻刻意用未完成過去時，反而會有讓事件的進展有延續性的感覺，並增加強烈的印象。主要有以下三種情況。(1)(2)已經是固定的用法，但在(3)，能更強烈地反映出作者想以文章體來表現。

（1）開場

一個完整故事的開場，一般會在故事的開端加上能表達出事件瞬間發生的動詞未完成過去時，同時也會加上表示事件發生的時間點。

L'année suivante, Mazarin **succédait** au grand cardinal (=Richelieu).
Le nouveau ministre (=Mazarin) sut aussi gagner la faveur de la reine Anne, si bien d'ailleurs qu'on parla d'un mariage secret entre la régente (=Anne) et le cardinal…

(Grimberg)

隔年，馬薩林成為樞機主教黎胥留的接班人。
新丞相（馬薩林）也贏得了安王妃的寵愛，那份寵愛的程度甚至傳出了攝政者（安）和樞機主教私底下已結婚的傳言。

（2）結尾

在一個完整故事的結尾，也會用能表達出事件瞬間發生的動詞（謂語）未完成過去時。把「在…（年／月／天）之後」的狀況補語擺在句首是很常見的用法。

La nouvelle salle du Palais Royal, (...), fut construite par l'architecte de la Ville Moreau (...). L'inauguration eut lieu le 20 janvier 1770, (...). Mais le mauvais sort veillait : **onze ans plus tard**, le 8 juin 1781, un nouvel incendie la **détruisait**.

(Nébrac)

新的巴黎皇家劇場(⋯)由巴黎市的建築師莫洛所建造(⋯)。落成後的首次公演於 1770 年 1 月 20 號舉行(⋯)。但是霉運沒有放過它。11 年後的 1781 年 6 月 8 號，因為再一次的火災把它焚毀了。

（3）連續用未完成過去時

也有情況是，連續以未完成過去時來描述故事的發展，即使發生的事件都是一瞬間發生的（一般情況是用簡單過去時（或現在時）居多）。

L'instant après, Maigret **frappait** de petits coups à la porte voisine. Il **devait** attendre un certain temps avant d'entendre le grincement d'un sommier, puis de pas sur le plancher. La porte ne **faisait** que s'entrouvrir.
- Qu'est-ce que c'est?
- Police.

下一秒，梅古雷用力地敲打隔壁家的大門。他等了一會，總算聽到床鋪發出碾壓聲，接著走在地板上的腳步聲傳入耳朵了。門稍微打開了。
一幹嘛？
一警察。

[用自由間接引述]

在用過去時（一般是簡單過去時）來敘述一段自由間接引述的故事時，其自由間接引述中的時態會變成以未完成過去時為主。 ☞ p.462

Jacques se dit: après tout, il **était** le seul héritier. Ne **valait**-il pas mieux laisser le temps agir?

賈克心想：不管怎麼說自己都是唯一的繼承人，是不是讓時間來解決會比較好呢？

[與事實相反]

表達和過去事實相反的事情，常用在「差一點就要⋯」的表達。雖然能夠和條件式過去時替換使用，但未完成過去時有著「事件曾朝著真實發生前進」（但幸好沒有實現、發生）的緊張感。表達假設的狀況補語會放在「差一點就要⋯」的表達前面。

Sans ce coup de chance, tout le monde **mourait**!

要是沒有那麼幸運，大家早就死了。

[愛的表達]

對嬰兒或寵物講話時，會有不用第二人稱（**tu**）而是用第三人稱的情況，或是不用現在時而是用未完成過去時的情況。

Alors, on avait faim, mon petit toutou?
嗯，肚子餓了吧，我的小狗狗?（=tu as faim?）

[語氣緩和]

僅限一部分的表達，會用未完成過去時來表示禮貌。

Je **voulais** (Je **venais**) vous demander un petit service.
我想要請您幫一個小小的忙（請對方幫忙）。

（4）愈過去時

　　愈過去時的基本概念，就是**過去完成**的用法，表示「已經做了…」的意思。另外，也用來表示**與過去事實相反**的假設形式，會和 si（如果…的話）一起使用。

❶ 動詞變化

　　愈過去時是〈**助動詞的未完成過去時＋過去分詞**〉。

finir 完成		partir 出發	
j'avais fini	nous avions fini	j'étais parti(e)	nous étions parti(e)s
tu avais fini	vous aviez fini	tu étais parti(e)	vous étiez parti(e)(s)
il avait fini	ils avaient fini	il était parti	ils étaient partis
		elle était partie	elles étaient parties

❷ 基本的用法

①過去完成

　　取過去的某個時間點當作基準點，表達在該時間點時或之前，某事件已經完成。主要是用在以某時間為基準點，描述某個更早發生的狀況時。

Quand Maryse est arrivée à la gare, le train **était** déjà **parti**.
瑪莉茲抵達車站的時候，列車已經離開了。

À 30 ans, Rémy **avait** déjà **divorcé** deux fois.
三十歲的時候，雷米已經離了兩次婚。

Le chien était énorme. Je n'**avais** jamais **vu** un chien pareil.
那隻狗很大隻。在那之前我從沒看過這樣（大）的狗。

▶**Je te l'avais bien dit!** 的用法（失望‧後悔的愈過去時）

發生了與自己的意願相左或意料之外的行為或事情（且發生在過去某時間點），而現在要以該事件的時間點為基準點做評斷時，會用到**愈過去時**。雖然是用在現在，但事件發生的時間點終究還是在過去。

Je te l'avais bien dit！　我不是已經跟你講過了嗎！
（針對已提醒過好幾次，卻依然犯錯的人）

Tu m'avais promis de m'emmener au zoo !
你不是答應過我要帶我去動物園的嗎！（發現對方沒有履行承諾）

Franchement, je n'y avais pas pensé jusqu'à maintenant.
說真的，我到目前為止都不曾想到這個。（不是單純的 je n'y ai pas pensé.「我沒有想到這個」，而是帶有「很早就應該要想到」的意思。）

▶描述過去反覆性的行為或習慣

在描述過去反覆性的行為或習慣的句子中，被 **dès que**（一…就…）或 **quand**（當…的時候）等引導的從屬子句若用愈過去時的話，就能表達出更早發生的事情。

Dès que j'avais fermé les yeux, je m'endormais aussitôt.
我一閉上眼睛，馬上就能睡著。

Quand il avait terminé son repas, papa prenait toujours un peu de digestif.
爸爸在飯後總是習慣喝點餐後酒。

②〈si ＋愈過去時〉和與過去事實相反的假設

表達假設的「如果…的話」的從屬子句（條件子句）中，假設的內容若**與過去事實相反**，動詞要變成愈過去時。☞ p.225 ①

Si tu ne m'avais pas aidé, je ne m'en serais jamais sorti.
要是沒有你幫我的話，我應該不會順利撐過去。

▶單獨使用條件子句〈si ＋愈過去時〉會有讓人去思考、想像的空間，變成有「要是…的話（會怎麼樣呢）」的含意。

Si j'avais su ...
要是早知道的話…（後悔）　／　如果我已經知道的話…（疑問）

▶〈comme si ＋愈過去時〉是「簡直就像…一樣」的意思，和一般的〈si ＋愈過去時〉一樣，是和過去事實相反的表達。

André dépense de l'argent **comme** s'il **avait gagné** à la loterie.

安德雷簡直像中了樂透一樣地花錢。

就算主句是過去時，**comme si** 之後接續的時態還是維持不變。

André a dépensé de l'argent **comme** s'il **avait gagné** à la loterie.

安德雷簡直像中了樂透一樣把錢花掉了。

③時態上的前後呼應－在過去時間點，事件已經完成

在間接引述的句子裡，主句是過去時（如「說過…」）的情況時，從屬子句中提到的事件若在主句的時間點之前就已經發生的話，就用愈過去時。 ☞ p.456

Marie a dit à son mari qu'elle **avait trouvé** un bon appartement.

瑪莉對她丈夫說她找到了一棟好的公寓。

中高級！ 愈過去時：其它的用法

由於**愈過去時**是和**未完成過去時**成對的「完成時」，所以也可看成是跟**未完成過去時**有一樣的用法。請見以下例子。

[自由間接引述]

在用過去時敘述的故事中，**自由間接引述**會用愈過去時來表達**現在完成**的概念。 ☞ p.462

Robinson tendit l'oreille. N'**avait**-il pas **entendu** une voix humaine(...)?

(Tournier)

羅賓森側耳傾聽。他沒有聽到人的聲音嗎？

[語氣緩和]

在特定某些表達中若用愈過去時的話，會是禮貌、語氣緩和的表達。

J'**étais venu** vous demander un petit service.

我來這裡是為了要向您提出一個小小的請求。

（5）簡單未來時

簡單未來時是表達未來發生的事或狀態，大致上是「會做…（吧）」的意思。但因為是敘述較不明確的未來的事，會因上下文、主詞、動詞（謂語）的種類，在語感上會有各式各樣微妙的差異。

❶ 動詞變化

簡單未來時的語尾是 **-rai -ras -ra / -rons -rez -ront**。大部分的動詞變化都是用動詞不定式當語幹，再加上 **avoir** 的直陳式現在時變化當語尾（但 **nous** 會採用 **-ons** 當語尾、**vous** 會採用 **-ez**），來造出簡單未來時。若不定式的字尾是 **-re** 的動詞，要變成簡單未來時的話，會省略掉原本字尾的 e 再加上 **avoir** 的直陳式現在時變化。

finir 完成　➡ je finirai　　　　prendre　拿 ➡ je prendrai
lire　　讀　➡ je lirai 等

parler **説話**		attendre **等**	
je parle**rai**	nous parle**rons**	j'attend**rai**	nous attend**rons**
tu parle**ras**	vous parle**rez**	tu attend**ras**	vous attend**rez**
il parle**ra**	ils parle**ront**	il attend**ra**	ils attend**ront**

> **筆記** 簡單未來時是以「不定詞＋avoir 的直陳式現在時」結合為基礎的，但也是有不同於以上規則，語幹不是用不定式的情況。請見下列此類規則的動詞及動詞變化。

être ➡ je serai	avoir ➡ j'aurai	aller ➡ j'irai
acquérir ➡ j'acquerrai	courir ➡ je courrai	cueillir ➡ je cueillerai
devoir ➡ je devrai	émouvoir ➡	envoyer ➡ j'enverrai
faire ➡ je ferai	j'émouvrai	mourir ➡ je mourrai
pleuvoir ➡ il pleuvra	falloir ➡ il faudra	recevoir ➡ je recevrai
savoir ➡ je saurai	pouvoir ➡ je pourrai	venir ➡ je viendrai
voir ➡ je verrai	valoir ➡ je vaudrai	
	vouloir ➡ je voudrai	

❷ 基本的用法

①預計會發生

表達在未來會實現的事。

Mon fils aura dix ans l'année prochaine.
我兒子明年就要十歲了。

Le mariage **aura lieu** le 7 septembre.　婚禮在九月七號舉行。

②預測

預測在未來，某事件會實現。

Ne t'inquiète pas. Elle **viendra**.　別擔心。她一定會來的。

Il **pleuvra** toute la matinée sur la région parisienne.
（氣象預報）巴黎地區上午預計會降雨。

③命令口吻

第二人稱的主詞若用簡單未來時的話，會有命令、要求或指示的意味。

Tu **feras** attention aux voitures.　你可要注意車子。

Vous **prendrez** ce médicament le matin et le soir.
這個藥請您在早上和晚上服用。

④表達意圖

第一人稱的主詞用簡單未來時的話，可用於表示實現某事（或拒絕某事）的意圖。

Je vous **rappellerai** ce soir.　我今天晚上再打電話給您。

Je ne **répondrai** pas à vos questions.
我不會回應您（們）的。

◆簡單未來時的重點

(i) 假設語氣的簡單未來時

簡單未來時也很常出現在由「如果⋯的話」所引導的條件子句之後。

Si Lucie vient, Julien **sera** content.
如果路西來的話，朱立安會很高興。

Tu ne **pourras** pas dormir si tu bois du café maintenant.
如果你現在喝咖啡的話將會睡不著的。

S'il pleut, on **restera** à la maison.　如果下雨的話就要待在家。

(ii) 簡單未來時／現在時的比較

未來發生的事也能用現在時來表達，但就簡單未來時來說，不論

是用來表達預計會做或預測等用法，其前提都是帶有「不明確的未來」之意味。而就現在時的情況來說，與簡單未來時不同的是，現在時很單純就是「是很確定的事」的語意。

Il **viendra** lundi.　他禮拜一會來。

（應該會來、有說了會來）

Il **vient** lundi.　他禮拜一會來。

(iii) 簡單未來時 / 近未來時的比較

雖然都是表達未來發生的事，但在很多情況，近未來時 ☞ p.250 能用來代替簡單未來時。上面①～④的例句都可以替換成近未來時。

Le mariage **va avoir** lieu le 7 septembre.
結婚典禮會在九月七號舉行。

Vous **allez prendre** ce médicament le matin et le soir.
這個藥請在早上和晚上服用。

兩者幾乎是同樣的意思，比起簡單未來時，近未來時更加適合日常對話，但也有固定只能使用其中一種的狀況。☞ 中高級 p.216

❸ 簡單未來時：其它的用法

[語氣緩和]

簡單未來時有時會發揮語氣緩和的作用，請見以下固定的表達。

Ce **sera** tout pour aujourd'hui.　這就是今天所有的了。

Ça vous **fera** quinze euros.　（在店裡）總共跟您收 15 歐元。

Je **dirai** que c'est un travail très soigné.　（dire 說）
我想說的是，這是個要非常細心的工作。

Je ne vous **cacherai** pas que je suis un peu offusqué.
我不想對您隱瞞（說實話），我的確有點不高興。（cacher 隱藏）

[推測]

在針對目前某個狀況進行推測或解釋時的敘述句中，有時會使用 être 或者 avoir 的簡單未來時。但是在日常對話中不常使用。

J'ai trouvé ce beau livre sur le bureau : ce **sera** le cadeau d'une admiratrice.
我在書桌上看到這本很棒的書：應該是某個粉絲送的禮物。

[故事中的未來]

在用簡單過去時或現在時來敘述的故事中，有時會用簡單未來時描述未來的的事。

Louis XIV monta sur le trône en 1643. Il **règnera** 72 ans.
路易 14 世在 1643 年坐上王位。其治世將會長達 72 年。

中高級！ **分辨簡單未來時和近未來時的使用方式**

就像上面看到的簡單未來時和近未來時，在很多情況是可以互相替換的，但也有只能用其中一種的情況。

簡單未來時基本上就是預測和現在（說話時間點）沒有關係的事，預測「在未來某個時間點這件事應該會發生吧」。相對的，近未來時可以說是，跟現在眼前的未來是有所連結的。當下說話的現在跟眼前要發生的事所產生的連結，是一種當下離眼前要發生的事愈來愈近、一種即將要發生的感覺。

[使用簡單未來時的情況]

(i) 在被 **quand** （當…的時候）引導的從屬子句中，會用簡單未來時。之所以會用簡單未來時，我們可以理解為，因為 **quand** 是作為現在說話的時間點及未來發生事件的分水嶺，所以是以 **quand** 為基準點，**quand** 之後的是未來發生的事件。

Je te prie de me prévenir quand tu **verras** l'eau bouillir.
要是看到熱水滾的話，麻煩你通知我。

(ii) 假設子句所引導的內容如果是在假設未來的情況的話「若這樣的話，那麼到時應該會那樣吧」，其主要子句（結論）很常用簡單未來時。用 **si** （如果…的話）引導的假設，大多的情況是和現在沒有太大關係的假設。

Si Lucie vient, Julien **sera** content.
如果路西來的話，朱利安會高興。

筆記 但是 si... 也有以現在的狀況為基礎的句子，此時反而適合用近未來時。

Si ça continue, je **vais me fâcher.**
要再繼續這樣，我就要生氣了。

[使用近未來時的情況]

從現在說話的當下來看，這個當下離準備要發生的事愈來愈近時，已慢慢朝未來的事件前進中時，就要用近未來時。相當於中文的「（現在）看起來（準備）要…」「再過不久就要…」等。

Il **va pleuvoir**.　（看天空變陰天）看來好像要下雨了。

L'avion **va décoller**.　（因為飛機開始移動）飛機就要起飛了。

Tu n'y arrives pas? Alors, je **vais** t'**aider**.
你做不成嗎？那我來幫你。

Maintenant qu'il a fini ses études, il **va retourner** au Japon.
他現在已結束學業了，他要回日本了。

Tu ne **vas** quand même pas me **laisser tomber** maintenant !
事到如今，你不會就此丟下我吧！

（6）先未來時

先未來時主要是表達「未來完成」的概念，大致上是「會完成…吧」的意思。

❶ 動詞變化

先未來時的動詞變化規則是「助動詞的簡單未來時＋過去分詞」。

finir 完成		partir 出發	
j'aurai fini	nous aurons fini	je serai parti(e)	nous serons parti(e)s
tu auras fini	vous aurez fini	tu seras parti(e)	vous serez parti(e)(s)
il aura fini	ils auront fini	il sera parti	ils seront partis
		elle sera partie	elles seront parties

❷ 基本的用法

先未來時是表達「未來完成」，也就是取未來的某個時間點當基準點，推測在該時間點的時候或之前，某件事情將會完成的概念。

①先未來時的句子是單一一個句子時或是當作主句時。
預計某事在某個基準點時會完成。

À 8 heures, je **serai rentré**.　在八點的時候我應該已到家了。

J'**aurai** tout **terminé** quand vous reviendrez.
在您回來的時候一切都會完成。

②先未來時的句子是從屬子句
以未來某件事完成的時間點為基準點，此基準點之後會有下一件事發生。會和使用簡單未來時的主句一起使用。

Je te préviendrai quand j'**aurai fini**. 　我結束時會通知你的。

Tu fermeras la cage dès que le rat **sera entré** dedans.
一旦老鼠跑進去後，你就要立刻關上籠子。

❸ 先未來時的其它用法

[迅速的完成]

這也是未來完成的一種，會用一些慣用表達來表示動作將迅速完成。

S'il m'embête, **j'aurai vite fait de** le mettre à la porte.
要是他敢來煩我的話，我會馬上把他趕出去。

Vous aurez bientôt fini de vous chamailler?
你們也差不多該停止吵架了吧？

[推測]

對於已發生的某狀況進行推測與解釋。

Camille n'est pas là. Elle **aura** encore **oublié** notre rendez-vous.
卡蜜兒沒有來。她應該又忘了我們約見面這件事。

[強調]

關於過去發生的事，為了要強調事件發生的結果，而使用先未來時。

Tu l'**auras voulu** !
自作自受。（直譯：你自己希望發生的）/ 我已經不管了。

On **aura** tout **vu** ! 　太過分了，簡直無法無天。

On **aura remarqué** que... 　我們察覺到⋯

（7）簡單過去時

簡單過去時是專門用在歷史性記述文或小說的時態，大致上是「做了⋯」的意思。

❶ 動詞變化

簡單過去時從使用範圍來說，首先要先習慣**第三人稱（單數、複數）**的形態，這件事很重要。雖然會依語尾的母音分以下四種類

型，但大部分的情況是，到底是哪種類型的動詞，從語幹就能分辨出來。

(1) a 型		(2) i 型	
parler 説話		partir 出發	
je parlai	nous parlâmes	je partis	nous partîmes
tu parlas	vous parlâtes	tu partis	vous partîtes
il parla	**ils parlèrent**	**il partit**	**ils partirent**
(3) u 型		(4) in 型	
pouvoir 可以		venir 來	
je pus	nous pûmes	je vins	nous vînmes
tu pus	vous pûtes	tu vins	vous vîntes
il put	**ils purent**	**il vint**	ils vinrent

* 語尾是第三人稱的話會變成 **-a** **-it** **-ut** **-int** 、複數的話會變成 **-èrent** **-irent** **-urent** **-inrent** 其中一個。
* **a** 型是語尾有複合母音的動詞形態（如 **parlai**）。**-er** 動詞（包含 **aller**）就是這個類型。
* **i** 型和 **u** 型的第三人稱單數，很多和過去分詞一樣或長得很像。
  il finit（finir、過去分詞 fini）　　il dit（dire、過去分詞 dit）
  il mit（mettre、過去分詞 mis）　il prit（prendre、過去分詞 pris）
  il eut（avoir、過去分詞 eu）　　il dut（devoir、過去分詞 dû）
  il lut（lire、過去分詞 lu）　　　il vécut（vivre、過去分詞 vécu）等
* 就算過去分詞是 **-u** 結尾的，也是有簡單過去時是屬於 **i** 型的動詞。
  il répondit（répondre、過去分詞 répondu）
  il battit（battre、過去分詞 battu）等
* 也是有很難分辨其類型的例子。
  il fut（←être）**il fit**（←faire）**il vit**（←voir）**il vint**（←venir）

2 基本的用法

簡單過去時專門用在**歷史性記述文或小說**等，將事件看作是「做了…」的過去事件來描寫，是典型的書面語，除了提到歷史事件等的情況之外，在日常口語中幾乎不會使用。

　帶有從說話者（筆者）的現實世界中獨立出來，編造出由虛構角色交織而成的另外一個世界的感覺。因此雖然還是有以第一人稱來

寫的小說，但用第三人稱來寫的小說更是壓倒性地多。

> En ce jour de 1688, Racine **reçut** une lettre qui le **jeta** dans une grande agitation. Elle émanait de Madame de Maintenon qui lui écrivait : ... (Nébrac)
>
> 1688 年的那一天，拉辛收到了一封信令他強烈地感到不安。信是曼特濃夫人寄來的，上面寫著這樣的內容。…

簡單過去是「做了…」的意思，表示事情已經完結了。因此就像在上面例子中所看到的簡單過去時，只要動詞一出現之後，就會發生新的事件（**reçut** 收到了、**jeta** 投入了），讓故事進展下去。

另一方面，未完成過去時（以及愈過去時）是描寫在某個時間點的狀況或性質，但沒有讓故事繼續發展的功能（**émanait** 當時來自，**écrivait** 當時寫了）。

▶簡單過去時的基本概念是將動作或行為的起迄視為一整體（從動作的開始到結束）。若動作本身是帶有時間性的意涵，可和持續性的時間等表達搭配使用。

> Juliette l'attendit **jusqu'à l'aube / pendant deux ans.**
>
> 茱麗葉等他等到黎明（兩年來）

（8）先過去時

先過去時是對應到簡單過去時的完成時時態。

❶ 動詞變化

先過去時是〈助動詞的簡單過去時＋過去分詞〉。

finir 完成		partir 出發	
j'eus fini	nous eûmes fini	je fus parti(e)	nous fûmes parti(e)s
tu eus fini	vous eûtes fini	tu fus parti(e)	vous fûtes parti(e)(s)
il eut fini	ils eurent fini	il fut parti	ils furent partis
		elle fut partie	elles furent parties

❷ 基本的用法

很多情況，先過去時會出現在被 **quand**（當…的時候）、**lorsque**（當…的時候）、**après que**（在…之後）、**dès que**（一…就馬上）引導的從屬子句中。此為書面語，一般會和簡單過去時的主句搭配使用。

Dès qu'il eut terminé la pièce, il la **montra** au roi.
他一寫完劇本就馬上拿給國王看。

▶有時會和 **vite**（快地）、**en un instant**（在一瞬間）等的表達一起出現在單一一個句子中，表達動作行為快速完成了。

Le renard eut vite récupéré le morceau de viande.
狐狸快速地回收了肉片。

2. 條件式

條件式以與事實相反的假設為基礎，用像是「若那樣的話應該會…吧」（現在、未來）、「要是當時那樣的話應該會…吧」（過去）的意涵，表達出**與該現實相反的假設**，**並做出結論**。帶有此基本意思的都有語氣緩和等功能。另外，在間接引述中，條件式會維持原樣，以表達在過去的未來（時態的一致）。

條件式的時態只有現在時和過去時兩種。

（1）條件式現在時

❶ 動詞變化

條件式現在時的語尾會變成 **-rais -rais -rait / -rions -riez -raient**。從語幹到 **-r-** 的部分，和直陳式簡單未來時完全一樣。語尾若不看 **-r-** 而只看 **-ais -ais -ait / -ions -iez -aient**，這和直陳式未完成過去時的語尾一樣。

因此，條件式現在時可以說是直陳式的簡單未來時和未完成過去時組合起來的形式。

faire 做	
je ferais	nous ferions
tu ferais	vous feriez
il ferait	ils feraient

❷ 基本的用法

條件式現在時的主要用法有以下三種。

①針對與事實相反之假設（條件子句）所推測、歸納出來的結論（主句）

②表達希望、期望、拜託對方時的緩和語氣
③在間接引述中表達「在過去的未來」

①與事實相反的假設句

假設與現在事實相反的情況時，先從條件句引導出「要是那樣的情況的話…」的假設，接著再推斷、總結出此假設（現在或未來）的結論（主要子句），會使用條件式現在時「…應該會變成…吧」。這種假設句的典型句型就是下列的組合。

> **〈 si ＋未完成過去時, 條件式現在時〉**
> **[與現在事實相反的假設] ➡ [根據此假設所推斷出來的結論]**

〈**si** ＋未完成過去時〉是假設與事實相反的從屬子句（條件子句）。

Si j'avais plus d'argent, j'**achèterais** une moto japonaise.
要更有錢的話，我就會買日本的摩托車。

Si je n'étais pas ta mère, je ne **serais** pas inquiète comme ça.
若我不是你母親的話，我才不會這樣擔心你。

▶上面的例子〈**si** ＋未完成過去時〉是與現在事實相反的假設，但是此用法也會假設未來的事。這種情況嚴格來講，與其說是「與事實相反」，不如說是個不切實際、不去思考其實現的可能性的假設。

Si je devenais roi, tu **serais** princesse.
如果我變成國王的話，你就是女王了。

▶根據上下文，就算主句是使用條件式現在時，也可以和表達與過去事實相反的假設〈**si** ＋愈過去時〉搭配使用。

Si tu ne m'avais pas aidée, je **serais** encore au bureau en train de faire les comptes.
要是當初沒有你幫忙的話，我現在可能還在公司管帳。

▶與事實相反的假設並非總是以〈**si** ＋未完成過去時〉等的形式出現，也可用狀況補語、副詞、主詞等各式各樣的要素表達出來，且這樣的表達也有可能出現在之前的文章脈絡中，而非在同一句中。換句話說，若句子中突然出現條件式的話，卻沒看到〈**si** ＋未完成過去時〉，就變成要從上下文中尋找「與事實相反的假設」相關的表達。

[狀況補語]

À ta place, je ne dirais rien à tes parents.
換作是你的話，我就不會跟父母說什麼。

[副詞]

Normalement, je ne devrais pas être là.
照理說，我不應該在這裡。

[主詞]

Les Français raisonneraient autrement.
（如果是）法國人會用不同的思考方式。

②表示語氣緩和

　　條件式現在時很常用在人與人之間的關係中，以緩和、客氣的語氣，表達自己的希望、期望、拜託或要求等。

[表示希望]

Je **voudrais** me lever tôt demain.　我明天想要早點起來。

J'**aimerais bien** apprendre le français.　我想要學法語。

[表示建議]

Tu **devrais** te reposer.　你還是去休息比較好。

Vous **feriez mieux de** tout avouer maintenant.
您現在最好還是全部坦白吧。

Il vaudrait mieux attendre jusqu'à la semaine prochaine.
最好等到下禮拜。

[拜託對方]

Pourriez-vous m'envoyer un échantillon?
您可以送一個樣品給我嗎？

Ça t'ennuierait d'accompagner Marie à l'école?
送瑪莉去學校會麻煩你嗎？

Vous n'**auriez** pas une cigarette à me donner?
您可以給我一支菸嗎？

[勸誘、邀約]

Ça te dirait de dîner avec moi un de ces jours?
這幾天要不要和我吃晚餐？

[推測]（**pouvoir**「或許」、**devoir**「應該」）

Elle **pourrait** revenir d'un instant à l'autre.
或許她馬上就會回來。

L'avion **devrait** arriver dans une heure.
飛機應該一小時之後會抵達。

▶也有的情況是，不單單是語氣緩和而已，有時也帶有「如果辦得到的話」「如果可以的話」或是「真的是這樣的話」等這樣**不切實際**的強烈語感。

J'aimerais bien marcher sur la Lune.　我好想在月球上漫步。

Tu **devrais** arrêter de fumer.　你應該要戒菸才對。

③表示過去的未來－時態的一致
　　條件式現在時是**簡單未來時**和**未完成過去時**組合起來的形式 🔖 p.222 。以此形式，條件式現在時可用來表達「從過去看到的未來」。
　　這用法一般會出現在間接引述之中。在間接引述的句子裡，若主句是過去時（如「說了…」）的話，那麼引述的子句中所提到的事件，是從主句的時間點來看的未來發生的事件。 🔖 p.456

Thomas promit à sa mère qu'il ne **reverrait** plus Jeanne.
湯瑪已經答應他母親不會再去見珍妮。

Je lui ai dit que je **l'attendrais** à six heures.
我當時跟他（她）說了我六點的時候會等他（她）。

　　筆記 上面例句中所說的六點，是指未來時間點的六點（如明天六點），若這個六點，從現在說話的這個時間點來看也同樣是未來的話，而不是以主句「我當時說了」作為時間點，那麼也可以以「現在、當下說話這個時間點」為基準點，來使用簡單未來時。
Je lui ai dit que je **l'attendrai** à six heures.

◆慣用語表達
　　以下是使用到條件式現在時、生活中常用的慣用語表達。

On dirait un ours！／**On dirait que** c'est un ours！
（看著大隻的狗）簡直像一隻熊。

On dirait qu'il n'y a personne. （推測）看來沒有人在的樣子。

筆記 若是敘述關於過去的狀況時，會使用條件式過去時。

On aurait dit un ours！ 那時看起來簡直像隻熊一樣。

On aurait dit qu'il n'y avait personne. 那時看起來沒有人在。

Tu crois qu'elle va venir? - Ça m'étonnerait.
你覺得她會來嗎？－不可能啦（這會讓我很驚訝）。

Il faut absolument protéger la tête, **ne serait-ce qu'**avec un simple mouchoir.
絕對有必要（用什麼來）保護頭部。就算只是用一條手帕。

（2）條件式過去時

❶ 動詞變化
條件式過去時是〈助動詞的條件式現在時＋過去分詞〉。

faire 做		venir 來	
j'aurais fait	nous aurions fait	je serais venu(e)	nous serions venu(e)s
tu aurais fait	vous auriez fait	tu serais venu(e)	vous seriez venu(e)(s)
il aurait fait	ils auraient fait	il serait venu	ils seraient venus
		elle serait venue	elles seraient venues

❷ 基本的用法
條件式過去時的主要用法有下列三個。
①針對與過去事實相反之假設（條件子句）所推測、歸納出來的結論（主句）
②用單句表達對過去事件的後悔、譴責
③用間接引述表達「在過去的未來完成」

①與事實相反的假設句
假設與過去事實相反的情況時，先從條件句引導出「要是當時那樣情況的話…」的假設，接著再推斷、總結出此假設（過去）的結論（主要子句），會使用條件式過去時「…應該會變成…吧」。這種假設句的典型句型就是下列的組合。

〈 si ＋愈過去時, 條件式過去時 〉
[與過去事實相反的假設] ➡ [根據此假設所推斷出來的結論]

〈si＋愈過去時〉是假設與過去事實相反的從屬子句（條件子句）。

Si elle m'avait parlé de ces problèmes, je l'**aurais aidée**.
如果她當時有跟我說那些問題的話，我就會幫她了。

L'accident ne **se serait** pas **produit** s'ils avaient été plus prudents.
他們當時要是更加謹慎的話，事故就不會發生了。

▶根據上下文，就算主句是使用條件式過去時，也可以和表達與現在事實相反的假設〈 si ＋未完成過去時 〉搭配使用。

Si je n'avais pas confiance en toi, je en t'en **aurais** pas **parlé**.
要是我不信任你的話，我就不會跟你說這件事。

▶與事實相反的假設並非總是以〈 si ＋愈過去時 〉等的形式出現，也可用其他各種要素表達，且這樣的表達也有可能出現在之前的文章脈絡中，而非在同一句中。換句話說，若句子中突然出現條件式的話，卻沒看到〈 si ＋愈過去時 〉，就變成要從上下文中尋找類似「與事實相反的假設」相關的表達。

[狀況補語]

Avec un peu plus d'efforts, tu aurais réussi tous ces examens.
要是再加一點油的話，這些測驗你早就都通過了。

[目的補語]

L'assassin, c'est sûrement quelqu'un qu'elle connaissait. Elle n'aurait jamais ouvert la porte **à un inconnu**.

(Simenon)

殺人犯一定是她認識的人。（如果是）不認識的人，她絕對不會開門。

②表達後悔・譴責等

不搭配條件子句，而是以單句表達，尤其是用 **devoir**（應該要…）、**pouvoir**（能夠…）、**vouloir**（想…）的條件式過去時來表達後悔或譴責。

J'aurais dû travailler plus.　我早該更加用功念書才對。

Vous n'**auriez** pas **dû** lui dire ça.　您不應該跟他說這些的。

Tu **aurais pu** me téléphoner.　你明明是可以打電話給我的。

Ils **auraient pu** m'attendre.　他們明明可以等我的。

J'aurais voulu être pilote.　我其實想過要當飛行員。

③表示過去的未來完成－時態的一致

　　條件式過去時可以說是**先未來時**和**愈過去時**組合而成的形式。以此形式，條件式過去時可用來表達「從過去看到的未來完成」。

　　這用法一般會出現在間接引述之中。在間接引述的句子裡，若主句是過去時（如「說了…」）的話，那麼引述的子句中所提到的事件，在未來時間點（從主句的時間點來看的未來）將會處於已經完成的狀態。　☞ p.456 [3]

Jean a promis qu'il **aurait terminé** l'analyse à mon retour.
尚答應過說在我回來的時候，他會完成分析。

中高級！ **條件式：其它的用法**

[與事實相反的假設表達]

　　一般來說，條件式會出現在與事實相反的假設句（要是當時那樣情況的話…）**之後、針對此假設所推斷、總結出的「結論」的主句中。**但在下列 (i) (ii) 的案例中，在某些特殊句法裡，條件式也會出現在與事實相反之假設的**條件子句**（要是…的話）中。

　　(i) 兩個並排在一起的條件式的子句

　　將兩個條件式的子句並排在一起的話，第一個句子能表達出與事實相反的假設。

J'**aurais** plus d'argent, j'achèterais une moto japonaise.
要是我有更多的錢，我就會買日本製的機車。

Tu **serais venu**, tu te serais bien marré.
要是你有來的話，你就能玩得很開心。

　　(ii) 與 **quand bien même** 等搭配

　　這是由 **quand bien même** 或 **quand (même)**所引導、帶有「即使…仍…」的與事實相反的假設條件句，而且也是有讓步意味的書面語表達。

Quand bien même toutes les bases **seraient** prises, ils continueraient le combat.

即使所有的基地都被奪走，他們仍持續戰鬥。

> 筆記 由 au cas où 引導的表達中也會使用到條件式，表示「萬一…的情況下」的意思，但與事實相反的假設意味沒那麼強烈。

Au cas où tu ne **pourrais** pas venir, envoie-moi un mail.

萬一你不能來的話，寄封電子郵件給我。

[資訊不確定]

　　為了表達某傳聞或某資訊的真實性尚無法被證實，也會使用條件式。在報紙或新聞中很常使用。

D'après certains témoignages, il y **aurait** deux Français parmi les otages.

有人作證說，人質中包含了兩名法國人。

Les deux parties **seraient parvenues** à un accord.

聽說兩陣營達成了共識。

[反問性質的疑問句]

　　對於對方所斷言的某事，我們有時會用「怎麼可能？」「為什麼？」的反問語氣來否定對方，這時法文也會用條件式。

Tu me prêtes 100 euros? – Pourquoi je te **prêterais** de l'argent?

你要借我一百歐元嗎？－為什麼我一定要借你錢。

Je l'**aurais insultée**, moi?　　我辱罵她？你是說我嗎？

[想像的畫面]

　　想像並描述某畫面的時候，也會用條件式。

Sur cette île déserte, je **vivrais** avec mon chien, j'**irais** à la pêche le matin, j'**attraperais** plein de poissons, je **préparerais** un bon repas pour moi et pour mon chien, après je **ferais** la sieste sur la plage...

在那座無人島，我和狗一起生活。早上出門釣魚，捕獲很多魚然後給自己和狗準備好吃的餐點，之後在海邊睡午覺…

Moi, je **serais** le policier, et toi, tu **serais** le voleur.

（在小孩子的遊戲裡）我當警察，你當小偷。

[表達可能性]

　　在關係子句中使用條件式（很多是現在時），可以表達「看起來可能…，或許可以…」的意思。

Ce n'est pas facile de trouver un système qui **résoudrait** tous nos problèmes.

要找到可能可以解決我們所有問題的系統，並不是很容易。

[表達語氣緩和]

使用了條件式過去時的 **j'aurais voulu demander...**，根據上下文，有時不見得會變成過去發生的事件，而是跟 je **voudrais demander...** 意思幾乎相同且非常禮貌的說法（表達「拜託對方…」）。

3. 虛擬式

虛擬式會在固定句法（如表達願望、必要性等句法）的關係子句中使用（即用 **que** 引導的子句）。

Il faut que j'**aille** à la banque.　（aille 是 aller 的虛擬式現在時）
我必須要去銀行。

這個例子中使用的 il **faut que**（…是必要的）的句法，**que** 後面關係子句中的動詞要變成虛擬式，用直陳式的 je **vais**（現在時）或 **j'irai**（簡單未來時）都是不正確的。但相反的，下列的例子則不能使用虛擬式。

Elle sait que ton père est avocat.
她知道你的父親是個律師。

（×ton père soit avocat 是不正確的。soit 是 être 的虛擬式現在時）

就像這樣，虛擬式並不是可隨自己的想法自由表達的（除了一部分的例外），因此到底該不該用虛擬式，有時還是需要查字典確認。

但因為虛擬式的句法從意思上或特徵上可判斷，所以某種程度上仍能以此來類推什麼時候要用虛擬式。　☞ p.231

一般來說，虛擬式所表示的不是現實中實際的事物，而是說話者自己內心所想像、內心所期待的潛在性事物。不過此特徵只能用來說明大部分的例子而已，還是有一些例外的情況。

虛擬式的時態

虛擬式的時態有「現在時 / 過去時」的組合，及「未完成過去時 / 愈過去時」的組合，合計有四種形式。這些形式所表達的時態意義如下列所示。

簡單形（現在時，未完成過去時）：和主句表達的時間點是同時的，或是從主句時間點所看的未來

複合形（過去時，愈過去時）：從主句表達的時間點所看的過去

Je suis vraiment content que tu viennes. （虛擬式現在時）
你要來，我真的很高興。

Je suis vraiment content que tu sois venu. （虛擬式過去時）
你來了，我真的很高興。

在日常生活中會使用到的，幾乎只有現在時和過去時。未完成過去時和愈過去時是非常複雜的講法，一般會用在格調較高的書面中。☞ 中高級 p.240

（1）動詞變化

❶ 虛擬式現在時

(i) 虛擬式現在時的語尾是 **-e -es -e / -ions -iez -ent** 。不規則變化的動詞，只有 **être** 和 **avoir**。

(ii) 語幹和 **ils** 大多數直陳式現在時的動詞變化（下面箭頭左側的動詞變化）的語幹一樣。

finir 完成 ：ils finis**s**ent ➡（虛・現在）je finis**s**e　　vous finis**s**iez 等
partir 出發：ils par**t**ent ➡（虛・現在）je par**t**e　　vous par**t**iez 等
vendre 賣 ：ils vend**ent** ➡（虛・現在）je vend**e**　　vous vend**i**ez 等

partir 出發	
je parte	nous part**ions**
tu partes	vous part**iez**
il parte	ils part**ent**

(iii) **nous**、**vous** 的語幹部分和其它四種（**je, tu, il, ils**）語幹不一樣的動詞。

acheter 買		venir 來	
j'achète	**nous achetions**	je vienne	**nous venions**
tu achètes	**vous achetiez**	tu viennes	**vous veniez**
il achète	ils achètent	il vienne	ils viennent

[nous、vous 的語幹部分，和其它四種不同的動詞]

acheter　appeler　aller　boire　devoir　émouvoir　prendre
recevoir　valoir　venir　vouloir　以及和這些同類型的動詞

(iv) 語幹是不規則變化的動詞有八個。

[語幹變化是特例的動詞]

faire 做	：（ils font）	➡ je fasse	vous fassiez
pouvoir 能夠：	（ils peuvent）	➡ je puisse	vous puissiez
savoir 知道	：（ils savent）	➡ je sache	vous sachiez

[nous、vous 的變化一般和直陳式未完成過去時的一樣，但有四種的
語幹是不規則的]

aller 去	：（ils vont）	➡ j'aille	vous alliez
vouloir 想要：	（ils veulent）	➡ je veuille	vous vouliez
valoir 值得	：（ils valent）	➡ je vaille	vous valiez

[語幹、語尾都是不規則的情況]　**être　avoir**

* **être** 和 **avoir** 的動詞變化，請看下面**虛擬式過去時**的動詞變化中
　助動詞的部分。

❷ 虛擬式過去時

虛擬式過去時是〈助動詞的虛擬式現在時＋過去分詞〉。

acheter 買		venir 來	
j'aie acheté	nous ayons acheté	je sois venu(e)	nous soyons venu(e)s
tu aies acheté	vous ayez acheté	tu sois venu(e)	vous soyez venu(e)(s)
il ait acheté	ils aient acheté	il soit venu	ils soient venus
		elle soit venue	elles soient venues

（2）需要用到虛擬式的句法

接在 **que** 後面的從屬子句，根據句中的作用可分三種。☞ p.418
此三個種類都要用虛擬式的句法。

1) 補充子句（＝發揮如名詞詞組作用的子句）

Tu veux **que je vienne avec toi?**

（vienne 是 venir 的虛擬式現在時）
你要我陪你一起去嗎？

2) 關係子句（＝發揮如形容詞詞組作用的子句）

C'est la meilleure solution **qu'on puisse imaginer**.

這是所能想到最好的解決方法。（puisse 是 pouvoir 的虛擬式現在時）

3) 狀況補語子句（＝發揮如狀況補語作用的子句）

Il vaut mieux rentrer **avant qu'il pleuve**.

在下雨之前，還是回去比較好。（pleuve 是 pleuvoir 的虛擬式現在時）

針對以上三種類型，以下將依意思舉出常用的句法。

❶ 補充子句

因為有些動詞或非人稱句法會需要接虛擬式，所以比起 2) 3)，1) 用虛擬式的機率會非常多。主句的意思類型主要有以下①～⑥。

①願望、要求、命令、必要性等

表達「想要…」「應該要…」等願望或要求等的句子中，在願望或要求的內容部分（從屬子句）會變成虛擬式。

Qu'est-ce que tu **veux** que je **fasse**?
你想要我怎麼樣？

Il vaudrait mieux que vous **attendiez** ici.
你們在這裡稍等一下比較好。

La municipalité **a interdit** qu'on **nourrisse** les pigeons.
市政府已經禁止餵食鴿子。

Les Français **souhaitent** que l'État **intervienne** davantage dans ce domaine.
法國人希望國家多參與這塊領域。

> 筆記 souhaiter que（希望…）後面要接虛擬式，但意思相近的 espérer que（期望…）要用直陳式。
> J'espère que tu **viendras**.　　我期望你會來。

[其它例子]

consentir 同意 / demander 要求 / dire 說像…一樣 /
empêcher 妨礙 / ordonner 命令 / il est indispensable 不可或缺的

②缺乏準確性，或表達可能性

表示無法判斷某件事是否為真或是否可行，而停留在不確定或有可能的程度。

Il n'est pas sûr que cette mesure **suffise**.
不確定這個措施到底夠不夠用。

Il est possible qu'elle **soit** fâchée.
也有可能是她正在生氣。

> **筆記** 相對於需要用到虛擬式的 possible（可能的），il est probable que（很有可能是…）是用直陳式。

Il est probable que l'explosion **est** due à un attentat.
這爆炸很有可能是恐怖攻擊。

其它例子

> il se peut 有可能 / il semble 就像… / il n'est pas certain 不確定

③情感或情緒的表達，以及主觀的評價
　　對於某事表達出「高興、滿足、過分、驚訝、悲傷、遺憾、覺得理所當然、覺得重要」等情感、情緒及主觀評價的句子中，那件事會用到虛擬式來表達。

Ma mère sera **contente** que tu **puisses** venir.
要是你能來的話，我母親會很高興的。

Ça m'a un peu **étonné** que Léa **soit partie** si tôt.
蕾亞這麼早就回去了，真令人驚訝。

C'est dommage qu'il ne **fasse** pas très beau.
天氣不太好，真是可惜。

Il est normal que les avis **soient** partagés.
意見會分歧是理所當然的。

L'essentiel, c'est que tu **sois** là.
重要的是，你在那裡／這裡。

④表示擔心及害怕
　　就像「擔心會不會是這樣而變成…」一樣，對於某件事可能會發生，而用虛擬式來表達擔心的內容。

J'ai bien **peur** que cette guerre ne **finisse** pas.
我很擔心這場戰爭是否不會結束。

[其它例子]

> craindre 害怕

⑤表示疑惑、懷疑

對於某件事是否會發生或是否會成立，而感到疑問、不認同時，會用虛擬式來表達疑問、不認同的內容。

Nous doutons fort que le gouvernement puisse tenir toutes ses promesses.
我們強烈懷疑政府會遵守所有諾言。

[其它例子]

> il est douteux 是可疑的

⑥對於意見或主張等表示否定或有所保留

當 croire（相信、覺得）、penser（思考、覺得）、dire（說）等用來表達意見或主張的動詞，若變成否定形或疑問形的話，關係子句就會變成虛擬式。

Je ne crois pas qu'elle **vienne**.　我不覺得她會來。

Pensez-vous que le gouvernement **soit** responsable de cet accident?
您覺得這起事故政府要負責嗎？

Je ne prétends pas que tout **soit** parfait.
我不認為一切都完美。

> **筆記** nier（否認）或 contester（提出異議，懷疑）等等，原本就含有否定意義的動詞一般也是用虛擬式。

⑦名詞的同位結構

對於下列的名詞，若後面接續與此名詞相對應的同位語的內容，且此內容以補充子句表達的話，也要用虛擬式。

> 願望（souhait, désir）/ 意志，願望（volonté）/ 害怕（peur, crainte）/ 後悔（regret）/ 必要性（nécessité）/ 可能性（possibilité）/ 機率（probabilité）等等

Agnès n'avait qu'un **désir** : **que** sa fille **devienne** célèbre.
阿涅絲的願望只有一個：就是女兒成名。

La **probabilité qu'**il **réussisse** est nulle.
他成功的機率是零。

> **筆記** 除此之外，fait（事實）、idée（想法）等等，也會有同位語的補充子句變成虛擬式的情況。

⑧移到句首

　為了強調，被 que 引導的從屬子句會被移到句子開頭。這種情況，無論主句的動詞意思是什麼，從屬子句都會變成虛擬式。就算從屬子句被拿來當作主詞，而移到句子開頭的情況也是一樣。

Que ce problème **soit** difficile à résoudre, tout le monde l'admet.
要解決這個問題是非常困難的，這一點大家都認同。

Que les gens **puissent** être aussi cruels l'attrista profondément.
人們居然會如此殘酷，這讓他（她）深深地感到悲傷。

2 關係子句

　關係子句有限定性用法和說明性用法。☞ p.436 (3)　在限定性用法中，動詞有時會變成虛擬式。即下列的情況。

①〈先行詞＋關係子句〉所表達的對象是還不確定的情況。

　這種情況下，關係子句所表達的只是某種性質，而虛擬式則是強調具備該性質的對象還不確定是否存在。

Je cherche quelqu'un **qui sache** l'italien et le chinois.
我在找會義大利文和中文的人。

②〈先行詞＋關係子句〉所表達的對象之存在與否是被否定的情況

　主要表示具備此性質的對象並不存在。先行詞經常是 **rien**「什麼都…（沒有）」或 **personne**「任何人都…（沒有）」。

Je ne trouve **pas de** philosophe **qui puisse** répondre à cette question.
我找不到可以回答這個問題的哲學家。

Il n'y a **rien qui soit** inutile dans ce monde.
在這個世界上沒有任何無用的東西。

③〈先行詞＋關係子句〉用來敘述某人事物是在多數中獨一無二的情況

先行詞會被最高級或 **le seul**（唯一的）、**le dernier**（最後的）等表達修飾，來表示它是唯一的，以強調「在多數中是唯一的」的情況。

C'est **le plus beau** château **que** j'**aie** jamais **vu.**
那是我目前為止看過最美的城堡。

C'est **le seul** ministre **qui soit** un peu raisonnable.
這是唯一一位稍微有點理智的部長。

3 狀況補語子句

狀況補語子句也有需要用到虛擬式的例子。以下依狀況補語子句所表達的意思來看一下例子。

①時間上的關係

J'attendrai **jusqu'à ce qu'**il **revienne.**　我將一直等到他回來。

[其它例子]

avant que 在…之前 / en attendant que 直到…

②表示目的

Nous mettons une voiture à votre disposition **afin que** vous **puissiez** vous déplacer à votre guise.
為了讓您能夠隨意行動，我們準備了一台車。

[其它例子]

pour que 為了… / de sorte que 以至於… /
de peur que 以免變成…、害怕變成…

③表示讓步

Bien que l'accident **se soit produit** en plein jour, on ne trouve aucun témoin.
儘管事故發生在大白天，還是完全找不到目擊者。

[其它例子]

> quoique 儘管…但… / malgré que 雖然…但… /
> encore que 雖然…但…

Que ce **soit** toi **ou** moi, il faudra de toute façon lui en parler.

不管是你還是我，都有必要跟他（她）說那件事。

Quelle que soit la solution adoptée, il y aura toujours des mécontents.

不管採取什麼樣的解決方法，總是會有不滿意的意見。

[其它例子]

> aussi … que 不管有多麼地… / quoi que 不管是什麼 /
> qui que 不管是誰 / où que 不管在哪裡

④條件，假設

Je lui rendrai ce livre, **à moins que** tu le **fasses** toi-même.

我來把這書還給他，如果你要自己還的話就另當別論了。

[其它例子]

> à condition que 以…的條件來說的話
> à supposer que（supposons que）假設…的話
> pourvu que 只要是…的話
> pour peu que 只要是…的話

筆記 像 si... et que...（如果是…，且是…的話）這樣出現兩個條件句（用 que 導入第二個條件）的情況，一般來說 que 的後面會變成虛擬式。但是在日常對話中，會更常用直陳式。

Si ça t'intéresse et que tu **es**（虛擬式 tu sois）libre demain, tu pourras venir nous voir.

如果你對這個有興趣而且明天有空的話，就能來找我們。

⑤表示否定

Robert est parti sans que je m'en aperçoive.

羅伯特在我沒注意時離開了。

Les deux pays ont signé la paix, **non qu'**ils **se soient** vraiment **mis** d'accord, mais ils y ont été poussés par les États-Unis.

雖然兩國簽下了和平協議，但雙方並不是真的達成了共識，而是因為被美國促成的。

⑥表示限定

Ils habitent toujours à Lyon, **autant que** je **sache**.

就我所知，他們還是住在里昂。

❹ 在獨立句子中的虛擬式

被 que 引導的虛擬式，也有獨立出現在一個句子中、而沒有主句的時候。這種情況在意思上，因為是表達命令、必要性、願望等，所以可以推測是「❶ 補充子句」句法中的主句被省略，只剩下補充子句被獨立出來的情況。

Qu'il parte immédiatement！ （告訴）他們立刻出發！

（這是有「就這樣傳達下去」「告訴他（們）」含意、透過聽者來對第三人稱所做的命令）

Euh, **que** je ne **dise** pas de bêtise...

嗯，（對自己說）但願我別說錯話…

Mettez-vous face au mur！Et **que** ça **saute**！

（你們）面向牆壁。快點。（Et que ça saute！是慣用語）

▶在慣用語表達中也有不被 que 引導的例子。

Vive la France！**Vive** la République！ 法國萬歲！共和國萬歲！

Advienne que pourra！ 順其自然！（變成怎麼樣都沒關係）

❺ 分開使用直陳式和虛擬式

直陳式和虛擬式根據意思，也會有要分開使用的情況。

[動詞 comprendre （理解）]

若動詞是「知道…」的意思的話是用直陳式，是「理解」的意思的話，子句要用虛擬式。

J'ai compris qu'elle ne m'**aimait** pas． （直陳式）

我已知道她並沒有愛我。

Je comprends qu'il **soit** vexé.　（虛擬式）
我能理解他會感到不快。

[動詞 dire（說）]

是「說…」的意思的話用直陳式，若是命令意義的話後面會用虛擬式。

Il dit qu'il **viendra** tout de suite.　（直陳式）
他說馬上過來。

Dites-lui qu'il **vienne** tout de suite.　（虛擬式）
告訴他馬上過來。

[在關係子句]

子句中的內容如果是現實中的事物的話，會用直陳式，若是停留在不明確、純屬某某性質的情況，會用虛擬式。

Je cherche un livre que j'**ai vu** dans votre catalogue.
（直陳式）
我在找在你們型錄上看到的一本書。

Je cherche un livre qui **puisse** plaire à ma fille.　（虛擬式）
我在找我女兒喜歡的書。

[其它]

在用到 croire, penser 等的否定句或疑問句中，或 bien que 等讓步或表達評價的句子中，會有因為意思上的必要性，而使用直陳式的時候，特別是用在未來時、未完成過去時。

Je ne crois pas qu'il **dira** oui.　我不覺得他會同意。

Bien que je n'**étais** pas accompagné d'une femme, ils ont été très gentils à mon égard.
雖然我沒有女伴，但是他們對我非常親切。

C'est dommage qu'elle n'**était** pas là.
很可惜她沒有在那裡。

筆記 需要用到虛擬式的句法中，可依從屬子句所表達的事件是否為真的情況，而分成兩種。一種是願望、要求、目的等的表達，表示該事件還沒有被證實、停留在不確定的程度。另一種是針對已證實的某論證所做的評價、讓步等表達，來進行評論或否認其有效性。不過就後者的情況（如上面「其它」中的三個例句），若因為從屬子句中的事件是有其真實性的，還是可用直陳式來將事件表達得更加詳細、如實地表達出來。

（3）虛擬式的時態

和主句時態的關係

　　雖然虛擬式有四種時態，但在日常生活中會使用的，幾乎只有現在時和過去時而已。因此不管主句的動詞是現在時、未來時還是過去時，在從屬子句只會用這兩個。

①主句是現在時、未來時

・[從主句的時間點看] 從屬子句是在現在或未來 ➡ 虛擬式現在時

Léa regrette que Jean **parte**.
蕾雅對尚就要離開的事感到遺憾。

・[從主句的時間點看] 從屬子句是在過去 ➡ 虛擬式過去時

Léa regrette que Jean **soit parti**.
蕾亞對尚已離開的事感到遺憾。

②主詞是過去時

・[從主句的時間點看]從屬子句是現在或未來 ➡ 虛擬式現在時

Léa regrettait que Jean **parte**.
蕾亞對尚離開的事曾感到遺憾。

・[從主句的時間點來看]從屬子句是過去 ➡ 虛擬式過去時

Léa regrettait que Jean **soit parti**.
蕾亞對尚恩已離開的事曾感到遺憾。

中高級！ **虛擬式未完成過去時、愈過去時**

　　這兩種時態會出現在非常複雜且格調較高的書面中。

（1）動詞變化

❶ 虛擬式未完成過去時

　　虛擬式未完成過去時根據語尾的形態，會分成四種動詞變化類型。

　　（1）a 型：-asse -asses -ât / -assions -assiez -assent
　　（2）i 型：-isse -isses -ît / -issions -issiez -issent
　　（3）u 型：-usse -usses -ût / -ussions -ussiez -ussent
　　（4）in 型：-insse -insses -înt / -inssions -inssiez -inssent
　　每個動詞會變成哪一個類型，和直陳式簡單過去時的情況完全一樣。語幹也和直陳式簡單過去時的各個類型完全一樣。

（1）a 型：aimer　愛　➡　il aimât　ils aimassent　等等
（2）i 型：dire　說　➡　il dît　ils dissent　等等
（3）u 型：être　是　➡　il fût　ils fussent　等等
（4）in 型：venir　來　➡　il vint　ils vinssent　等等

❷ 虛擬式愈過去時

虛擬式愈過去時是〈助動詞的虛擬式未完成過去時＋過去分詞〉。

faire　做　➡　il eût fait　ils eussent fait　等等

venir　來　➡　il fût venu　ils fussent venus　等等

（2）主要用法

虛擬式未完成過去時、愈過去時的主要用法如下列所示。

①時態的一致

在需要用到虛擬式的句法裡，主句的動詞是過去時的話，從屬子句要用未完成過去時、愈過去時。

主句是過去時（用在格調較高的書面中）

‧[從主句的時間點來看] 從屬子句是在現在、未來 ➡ 虛擬式未完成過去時

Léa regrettait que Jean **partît**.
蕾亞曾對尚就要離開而感到遺憾。

‧[從主句的時間點來看] 從屬子句是在過去 ➡ 虛擬式愈過去式

Léa regrettait que Jean **fût parti**.
蕾亞曾對尚已離開的事而感到遺憾。

▶主句是複合過去時的情況，由於和現在是有所關聯的，所以即使是用在程度較高的書面中，一般還是用虛擬式現在時、過去時。

Léa a regretté que Jean **soit parti**.
蕾亞對尚離開了的事覺得遺憾。

▶在格調較高的書面中，主句如果是條件式，且就算是現在時的話，從屬子句還是要用虛擬式未完成過去時、愈過去時。

Léa regretterait que Jean **fût parti**.
蕾亞看來對尚離開了的事感到遺憾。

②意思是未完成過去和過去完成的情況

用在需要虛擬式句法的從屬子句中，可表達相當於直陳式的未完成過去時和愈過去式（過去完成）的意思。

Il est possible qu'elle **fût** malade alors.　（虛擬式未完成過去時）
當時的她大概是生病了。

（一般的日常表達會是：Elle était peut-être malade à l'époque.）

③與事實相反的假設句

虛擬式愈過去時可以用在與事實相反的假設句，這個用法也被稱作**條件式過去第 2 時**。在日常對話中是條件式過去時的用法。

常用在歸納出結論的主句（或僅以單一句子表達）中。此外，也會出現在從屬子句（條件子句）中，或同時出現在兩子句中的情況。

Qui l'**eût soupçonné** de tant d'ingratitude?(Quinault)
他這麼不知感恩，是否有人懷疑過他？

Ç'**eût été** outrecuidant de solliciter la faveur du roi.
要求國王的青睞，就是證明自己不知分寸。

另外，虛擬式未完成過去時有時會和主詞倒裝，來表達「即使是…」的意思。

Les fautes sont inévitables, **fût-ce** le meilleur des dictionnaires.
錯誤是無可避免的，即使最好的辭典也一樣。

4. 命令式

命令式在第二人稱是帶有「給我…，快做…，請做…」的意思，在第一人稱則是有「我們來做…吧」的勸誘語意。

（1）動詞變化

只有三個人稱有命令式。以動詞 attendre（等待）為例，會變得跟下列一樣。每個都和直陳式現在時完全相同，只是省略掉主詞而已。

第二人稱單數　　Attends.　（你）等一下。（← ~~tu~~ attends）
第二人稱複數　　Attendez.　請（您）等一下。（← ~~vous~~ attendez）
第一人稱複數　　Attendons.　（我們）等一下好了。（← ~~nous~~ attendons）

❶ 動詞變化上的注意重點

直陳式現在時在單數人稱（tu）的動詞變化中，語尾是 -e、-es、-e 的動詞（如 -er 動詞、ouvrir、cueillir 等）以及 aller 的第二人稱單數（tu）的命令式，這類命令式語尾的 -s 會省略。

Avance !　向前進。（← tu avances）

但是像 **aller** 的第二人稱單數 **Vas-y**！（來啊，動手啊）或是 **Manges-en**！（吃這個）這樣若後面有 **y** 和 **en** 的時候，**-s** 會留下來。

❷ 動詞變化有例外的動詞

動詞變化是例外的動詞有四個。即 **être**、**avoir**、**savoir**、**vouloir**，不過這些和虛擬式現在時的形態是一樣的。只是有些形式和虛擬式是有些許不同的，請用辭典確認。

例：**savoir** 的命令式是 **sachez**、虛擬式則是 **vous sachiez**，兩者的語尾不同（分別是 **-ez** 和 **-iez**）。

❸ 受詞人稱代名詞的位置

在有主詞的一般句子裡，放在動詞前面的受詞人稱代名詞，也和一般的受詞一樣，在命令式的肯定形中會放在動詞的後面。

此時受詞人稱代名詞和 **en**、**y** 會因為連字號（-）[trait d'union]，而和動詞連在一起。

Laisse-le tranquille. 別干擾他。

Dites-lui d'attendre. 請跟他（她）說等一下。

Prends-en un peu. 吃一點那個吧。

▶反身動詞也是一樣位置。

Dépêchez-vous！ 請您快點。（反身動詞 se dépêcher）

▶放在動詞的後面，人稱代名詞 **me**、**te** 會變成 **moi**、**toi** 此強調形的形式。

Laisse-moi tranquille. 不要管我。

Dépêche-toi！ 快一點。（反身動詞）（←tu te dépêches）

❹ 否定形

命令式的否定形會用 **ne... pas** 夾起來。

Ne fume **pas**. 不要吸菸。

❺ 否定形中受詞人稱代名詞的位置

命令式的否定形和命令式的肯定形不同，命令式否定形之代名詞的位置是放在動詞的前面，和有主詞的一般句子的位置一樣，且人稱代名詞不會變成強調形。反身動詞也是一樣。

Ne **m'en** parlez pas.　請不要跟我說那件事。

（←vous ne m'en parlez pas）

Ne **t'inquiète** pas.　不要擔心。

（←tu ne t'inquiètes pas）（反身動詞 s'inquléter）

（2）意思、用法

❶ 第二人稱的情況

　第二人稱的情況雖然是對聽者表達「給我…，快做…，請…」，但是會根據使用的動詞、上下文或其他狀況，而帶有命令、指示、建議、推薦、懇求等微妙的差異。

Allez, circulez!　（警察）走，別停下來（繼續直行）！

Préchauffez le four à 210 degrés.
（料理節目）烤爐請先預熱到210度。

Va voir un autre médecin!　去看其它醫生吧！

Assieds-toi là.　請坐這。

Rendez-moi mon argent !　請把我的錢還來！

▶將命令式變成否定形，就會有「不要做…，不可以做…」的意思。

Ne restez pas ici.　不要待在這裡。

Ne me **demande pas** pourquoi.　不要問我為什麼。

▶命令式也常伴隨 **s'il vous plaît**（拜託您）或 **je vous en prie**（萬事拜託您了）等表達。

Passe-moi l'eau, **s'il te plaît.**
（用餐時）可以麻煩把水拿給我嗎？

Ne criez pas, **je vous en prie.**
不要那麼大聲，麻煩你們。

❷ 第一人稱複數的情況

　第一人稱複數的情況，是邀約聽者跟說話者一起來做某事的用法，表達「一起來做…吧」。

Chantons ensemble !　一起唱！

Laissons-la tranquille.　我們讓她自己一個人吧。

Dépêchons-nous ! 我們加緊腳步！

▶否定形的話就是「（我們）不要做…吧」的意思。

N'en parlons plus. 這件事我們不要再討論了。

▶有時不用在「自己和聽者一起做某事」，命令的對象是不含自己、只有對方的情況，純粹是為了要緩和語氣，也會使用第一人稱複數。

Soyons sérieux. 還是別開玩笑。

Ne **nous affolons pas.** 不要慌。 （反身動詞 s'affoler 招來恐慌）

◆命令式以外的命令、拜託、勸誘表達
「去做…」的命令式表達或「來去做…吧」的勸誘表達，不只侷限於命令式。看一下幾個例子。
現在時　Tu m'attends ? 你要等我嗎？
簡單未來時　Tu viendras à dix heures. 你十點過來。
用動詞 pouvoir　Tu peux m'aider ? 你能幫我嗎？
〈**on va…**〉 **On va travailler ensemble.** 一起工作吧。
〈**si ＋未完成過去時**〉 **Si on allait au cinéma ?** 要不要一起去看場電影？

中高級！　關於命令式的補充說明

（1）相當於條件子句的用法
　命令式的句子和其它句子搭配使用時，會變成有假設語氣的感覺。命令式的句子會用來當作條件子句的功能。

Demande-lui. Il te répondra. 問問看他嘛。他會教你的。

（2）完成時的命令式
　有時也會出現完成時形態的命令式。先將助動詞 **être**、**avoir** 變成命令式的形式後再加上過去分詞即可，但使用頻率會非常低。

Ayez fini avant six heures. 請在六點之前完成。

（3）對第三人稱的命令
　雖然沒有對應第三人稱的命令式，但是〈**que＋虛擬式！**〉可當作是相當於第三人稱的命令式。

Qu'elle vienne ici immédiatement ! 立刻告訴她到這裡來。

第9章 助動詞 & 半助動詞

助動詞指的就是作為動詞複合形（複合過去時等）中的 avoir 和 être。半助動詞指的就是，能夠更詳細表達出（後面接的）動詞**的時間性發展**或能**判斷真假**的輔助性動詞。

1. 助動詞

（1）複合形和助動詞

助動詞是在動詞變化成複合形時會用到的 **avoir** 和 **être**。另外，當作被動態時會用到的 **être** 也被稱作助動詞。　☞ 被動態 p.351

複合形是「助動詞＋動詞的過去分詞」的組合，一般是表達「做了⋯」、事情已完成的意思。

> **筆記** 主要的複合形有下列十個。關於直陳式、條件式、虛擬式會和對應的簡單時並排列舉（右側的有色字是複合形）。
>
> 直陳式：現在時－複合過去時　　　　未完成過去時－愈過去時
> 　　　　簡單未來時－先未來時　　　　簡單過去時－先過去時
> 條件式：現在時－過去時
> 虛擬式：現在時－過去時　　　　　　未完成過去時－愈過去時
> 命令式、不定式、現在分詞：有自己的複合形

複合形中會隨何種語式（敘述法）、何種時態、何種人稱、單複數來做變化的，只有助動詞的部分。

J'aurai terminé ce travail avant 6 heures.
我會在六點之前結束這件工作。

Il est content d'**avoir** réussi l'examen d'anglais.
他正為通過了英文測驗而高興。

在上面第一個例句中，因為助動詞 **avoir** 是直陳式簡單未來時，可以知道動詞 **terminer**（結束）在語式上是用直陳式、在時態上是用先未來時。人稱是第一人稱單數。

從第二個例句中的助動詞 **avoir** 不定式可以知道，動詞 **réussir**（成功）是 **avoir** 不定式複合形中的一部分。

（2）avoir 及 être

❶ 助動詞是 avoir 的動詞

大部分動詞的助動詞是 **avoir**。作為一般動詞的 **être** 和 **avoir** 本身也可用 **avoir** 來當作助動詞。

Tout le monde **a pleuré**.　大家都哭了。

Elle m'**a prêté** son dictionnaire.　她把辭典借給我。

Jean a **été** très gentil avec moi.　（動詞 être）
尚對我很好。

J'**ai eu** vingt ans en février.　（動詞 avoir）
我二月時就已經滿二十歲了。

❷ 助動詞是 être 的動詞

①表達主詞的移動或狀態變化的動詞

表達主詞的移動或狀態變化的動詞，會用 être 來當作複合形的助動詞。主要有以下的詞。

aller 去 / apparaître 現出原形 / arriver 抵達 / décéder 死去 /
descendre 降落 / devenir 變成… / entrer 進去 / intervenir 介入 /
monter 上去 / mourir 死亡 / naître 誕生 / partir 出發 / parvenir 達
到 / passer 通過，經過，靠近 / remonter 回到上面 / rentrer 回去 /
repartir 再次出發、回到 / rester 停留 / retourner 回去 / revenir 回來 /
sortir 出去 / tomber 墜落，跌倒 / venir 來

Sa fille **est devenue** actrice.　他（她）的女兒成了演員。

Merci d'**être venu**.　謝謝你來。

②任何反身動詞皆適用

反身動詞都用 être 來當作任何複合形的助動詞。

Nicole **s'est levée** tôt ce matin.　尼可今天早上很早起來。

Je ne crois pas **m'être trompé**.　我不覺得我錯了。

❸ 兩種助動詞都會用的動詞

雖然大多數的動詞都有一個以上的意思，但有少數動詞會因為意

思而改變其該使用的助動詞。舉例來說在「助動詞是 être」項目中所列舉出來的動詞之中，也有一些動詞是除了能表示主詞的移動之外，也能表示直接受詞的移動，此時助動詞會變成用 avoir。以下列舉出主要的動詞。

> descendre 放下來 / monter 搬上去 / passer 遞交 / remonter 再次上升 / rentrer 收進去 / sortir 掏出來

Il a sorti un lapin de son chapeau.
他從帽子拿出一隻兔子來。

另外也有像 descendre、monter、remonter、passer 這類會把主詞所行走的路徑、道路當作直接受詞的動詞。此時助動詞也會變成用 avoir。

Louis a monté la côte d'un pas traînant.
路易用拖著的步伐走上坡道。

還有像是 monter、remonter 這樣，主詞是事物、但表達狀態變化時會用 avoir 當助動詞的動詞。

Les prix ont encore **monté.** 物價又上漲了。

因為也有除了以上例子之外的例外情況，遇到不知這個動詞或這個意思該用哪一個助動詞時，請查字典確認。

2. 半助動詞

（1）半助動詞的種類

半助動詞以〈半助動詞＋不定式（原形動詞）〉的形式表示。和一般的動詞一樣會進行動詞變化（隨人稱、單複數、語式、時態做變化）。

Je dois partir. 我得走了。

在上面這個例句中，變成直陳式現在時第一人稱單數形態的半助動詞 **devoir**（一定要做…），其後面的動詞 **partir**（出發、離開）維持在不定式（原形動詞）。

半助動詞各自都有各自專有的意思，以下可分成幾個類型。

筆記 實際上到底有哪些動詞是可以被認定為半助動詞，並沒有很明確的規定。

❶ 半助動詞可標示出一個動詞在時間軸上的位置

關於一個動詞（如 **manger** 吃）是否能明確地表達，半助動詞倒是能夠在時間發展的概念上（☞ p.207 (ii)），在時間軸上標示出該動詞的動作到底是在開始之前（如吃之前）、進行中（如正在吃）或結束（如吃完了）等時間位置。不僅僅純粹只是在時間意義上的差異，語感上也是會有些微妙差異。

commencer à (de) 開始做… / se mettre à 開始做… / finir de 做完…
/ achever de 完成… / arrêter de 放棄做… / continuer à (de) 持續做…
/ être en train de 正在做…中 / être sur le point de 正要做… / faillir
差一點就要… / manquer de 差一點就要…
（aller ☞ p.250(2) 、venir de ☞ p.251(3)）

Léa **s'est mise à** pleurer en apprenant la nouvelle.
聽到這個消息，蕾亞哭了出來。

Charles **a failli** mourir pendant la guerre.
查理有過在戰時差點死掉的經歷。

❷ 其它

除了以上有時間意義的半助動詞之外，還有以下其他半助動詞。

[可能、能力]

pouvoir 辦的到… / savoir 知道怎麼做…的技能

Tu **peux** nager jusqu'au rocher?　你能夠游到岩石那邊嗎？

Vous **savez** nager ?　您會游泳嗎？

[義務]

devoir 必須做… / être obligé de 有義務做… /
avoir besoin de 需要做… / n'avoir qu'à 只需要做…

Nous **sommes obligés de** rester ici.
我們有義務停留在這裡。

9
半助
助動
動詞
詞 &

[推測、可能性]

> pouvoir 可能會做… / devoir 一定會… / sembler 看起來… /
> avoir l'air de 看起來是…的樣子 / risquer de 有…風險

Le nouveau système semblait fonctionner correctement.
新系統看起來正常運作。

[意圖、願望]

> vouloir 想做… / avoir envie de 想要做… /
> compter 打算做… / oser 敢做…

Je voudrais parler à Madame Husson.
我有話想跟雨森小姐說。

Elle est trop timide. Elle n'ose pas te parler.
她太害羞了，不敢跟你說話。

[使役、容許]

> faire 使…做… / laisser 讓…做… ☞ 使役句法 p.357、放任句法 p.364

Henri m'a fait visiter son laboratoire.
亨利帶我參觀他的研究所。

（2）近未來時（aller＋不定式）

　　aller 是代表性的半助動詞。「aller＋不定式」被稱作**近未來時**，表達「**接下來要做…**」或「**去做…**」的近未來意義。☞ 和簡單未來時的比較 p.215 在**直陳式現在時**中常被廣泛使用。

Le train va bientôt arriver. 列車在過不久就要抵達。（近未來）

Je vais rester ici. 我決定待在這裡。（近未來）

Ils vont se marier l'année prochaine.
他們明年結婚。（未來）

À Prague, vous allez contacter James.
在布拉格幫我跟詹姆斯取得聯繫。
（和簡單未來時一樣有時候稍微帶有命令意義。）

▶ 半助動詞 **aller** 也可以用在直陳式未完成過去時。此時會變成「當時想要做…」的特殊意思。

René est arrivé juste au moment où on **allait** partir.
正當我們要出門的時候，荷內來了。

> **筆記** 將 aller 用在原本的「去」的意思，「aller＋不定式」也會有「去做…」的意思，一般在時態上或上下文中會和近未來時做個區別，但是也有判斷不出來的時候。

Elle **est allée voir** sa grand-mère. 她去探望祖母了。

Elle **va voir** sa grand-mère. 她要去探望祖母。
她將見到祖母。（近未來）

（3）近過去時（venir de＋不定式）

就像近未來時的 **aller** 一樣，以 **venir** 當半助動詞的「**venir de ＋不定式**」是表達「**剛做…**」的意思。這個形式被稱為**近過去時**。一般會在直陳式現在時、未完成過去時中使用。

「**venir de＋不定式**」中的介系詞 **de** 是一定要加的，整個句型是「接近過去」的意思。另外，「**venir de＋不定式**」不只是用在表示「剛剛」的意思，在「最近」的意思也常用。

Tu es là depuis longtemps? – Non, je **viens d**'arriver.
你一直在這裡嗎？－不，我才剛到。

La commission **vient de** publier un rapport provisoire.
委員會最近提出了臨時報告書。

Marc **venait de** terminer ses études quand il a rencontré Sarah.
和莎拉相遇的時候馬克才剛大學畢業。

> **筆記** 近過去時主要是描述**現在**、**目前**的狀況，所以不適合和帶有「過去某個特定時間點」意義的狀況補語做搭配。

× La commission vient de publier un rapport **la semaine dernière**. 是不正確的。

○ La commission **a publié** un rapport **la semaine dernière**. （特別委員會在上週提出了報告書。）

（4）pouvoir 和 devoir

　　pouvoir 和 devoir 這兩個重要的半助動詞有著幾個意思不同的用法，且也都是很常使用的用法。

❶ pouvoir

①表示可能（可以做…）

Serge est malade. Il ne peut pas venir aujourd'hui.
塞爾吉生病了。今天不能來。

> **筆記** 將 pouvoir 用在複合過去時或簡單過去時等有「完成」意義的時態的話，不定式可表達出「完成了」「做了」的意思。

J'ai pu ouvrir la porte avec un tournevis.
我用螺絲起子打開門了。（＝我已打開門了，且那是可能的）

表示許可　也可用在從①衍生出的「可以做…」的意思。

Je peux ouvrir la fenêtre ?　我可以開窗戶嗎？

表示拜託　也可以當作「可以為我做…嗎」的意思，用在第二人稱的疑問句中。

Docteur, pourriez-vous me faire un certificat médical ?
醫生，您可以幫我開診斷書嗎？

②推測－可能性（可能是…、有可能做…）

Évidemment, il peut y avoir d'autres solutions que celle-ci.　當然可能也有除了這個以外的解決方案。

Ce genre d'accident peut arriver à tout le monde.
這類事故有可能發生在任何人身上。

表示有時可能　也可以用在從②衍生出來的「有時可能會做…」的意思。

Ici, il peut neiger même en mai.
即使在五月，有時都可能下雪。

❷ devoir

①義務（必須做…）

Je **dois** partir tôt demain matin.
我明天早上必須早點出門。

Tout le monde **doit** obéir à cette règle.
大家必須遵守這個規則。

> **筆記** 將 devoir 用在複合過去時或簡單過去時等有「完成」意義的時態的話，不定式可表達出「完成了」「做了」的意思。

On **a dû** payer 200 euros pour une chambre minable.
我不得已為這簡陋的房間支付了 200 歐元。（＝沒有辦法，只好支付了）

表示禁止　否定形一般會變成「不可以做…」的意思。

Tu **ne dois pas** regarder la télé trop longtemps.
你不可以看電視看太久。

表示預定、預計、應該　從①衍生出來也會變成「應該要做…、預計要做…」的意思。

Denis **devait** revenir ce matin, mais il a eu un empêchement.
丹尼應該要在今天早上回來，但他遇到了突發事件。

②推測－確信（應該是…、一定…）

Elle **doit** se dire que je suis un mou.
她一定覺得我是個窩囊廢。

Il **doit** y avoir une sortie quelque part.
在那裡應該會有個出口才對。

第 10 章

不定式、分詞、動狀詞

不定式是動詞的一種形態，在句子中有名詞的功能性。相同地，分詞（現在分詞、過去分詞）有著形容詞的功能性，動狀詞（又稱動狀詞）有著副詞的功能性。

1. 不定式

不定式有動詞的一部分功能，同時也在句中發揮相當於名詞的作用。可以單獨或伴隨受詞的形式，變成句子中主詞、補語、受詞等的角色。

Aimer n'est pas céder. （主詞、補語）
愛不代表讓步。

另外，不定式可在半助動詞引導的形式下，或者在使役句法（**faire**）或放任句法（**laisser**）中使用。 ☞ 使役句法 p.357、放任句法 p.364

Tu peux m'aider ? 你願意幫我嗎？（半助動詞 pouvoir＋不定式）

筆記 不定式在句中也能發揮出句子主要動詞的作用。 ☞ 中高級 p.261

不定式沒有在文法上要搭配的主詞，因此根據這點也就沒有人稱、單複數的變化。另外，不定式也不會有時態的變化，不會用在有過去、現在、未來等的時間概念中，但仍保有變成否定形或是接續受詞或狀況補語等一般動詞特有的功能。

筆記 在字典裡的句法說明中有時會出現〈…＋不定式〉這樣的標記，但這不僅僅只是表示該動詞的不定式本身而已，也包含不定式加上受詞或狀況補語等的情況。以下都統一用「不定式」簡稱。

◆簡單形和複合形

不定式的每個動詞都有簡單形（有時候也被稱作現在時）和複合形（有時候也被稱作過去時）兩種情況，而複合形可表達「完成」。

例：**簡單形　aimer　愛　　複合形　avoir aimé　愛過**

筆記 像 aimer 這種直接及物動詞的情況，除了有主動態（aimer、avoir aimé）之外，還有被動態，合計共有四種形態。

例：**被動態　現在時　être aimé　　過去時　avoir été aimé**

除了主動態的簡單形（**aimer**）之外，其他都是在助動詞 **avoir**、**être** 的不定式上加上過去分詞的複合形。

◆不定式和句子主要動詞的時間關係

不管不定式所表示的內容是在現在或是在過去，句子主要動詞的形態看起來都是一樣。

簡單形 從主要動詞（如例句的 **était contente**）表達的時間點來看的現在、未來

Elle était contente de **visiter** Paris.
她很開心可以造訪巴黎。

複合形 從主要動詞表達的時間點來看的過去

Elle était contente d'**avoir** visité Paris.
她很開心造訪過巴黎。

> **筆記** 不定式的複合形也有表達「未來完成」的時候。
>
> J'espère **avoir terminé** avant six heures.
> 我希望在六點之前結束。

◆不定式的否定形

將不定式變成否定形的情況，否定的 **ne ... pas**（或 **ne ... plus** 等）兩詞彙會一起放在不定式的前面。

C'est difficile de **ne pas manger** toute une journée.
要一整天不吃東西很困難。

J'ai dit à ma fille de **ne plus fumer.**
我對女兒說了不要再吸菸了。

> **筆記** 不定式是複合形的情況也一樣，否定形要一起放在助動詞的前面。但是在書面語，常會有分開放在助動詞前後的情況。
>
> Je regrette de **ne pas avoir tenu** ma promesse.
> 我很後悔沒有遵守約定。
>
> Il a été condamné pour **n'avoir pas assisté** une personne en danger.
> 他因為沒有幫助身陷險境的人而被判有罪。

（1）相當於名詞詞組的作用

以下將根據在句子中的角色來做分類。

1 主詞

Garder un enfant demande beaucoup de patience.
看護孩子需要無比的耐性。

❷ 主詞的表語

Vouloir, c'est **pouvoir**.　有志者事竟成。

◆在 être 的後面放不定式當作補語的情況

(i) 主詞位置不放不定式，而是用主詞 ce 代稱脫離到句首的不定式。

Vouloir, c'est pouvoir.　有志者事竟成。

(ii) 在否定句中很常把不定式直接拿來當主詞，放在主詞位置。

Aimer n'est pas céder.　愛不代表事事讓步。

(iii) 在主詞是名詞詞組，或是用 ce 代稱脫離到句首的名詞詞組的情況下，變成補語的不定式會用 **de** 來引導。

Le mieux est **de** créer une équipe spécialisée.
最好就是成立專業的團隊。（Le mieux, c'est de... 也是可行的）

Notre problème, c'est **de** réaliser une distribution équitable.
我們的問題是要公正地實現均衡分配。（Notre problème est de... 也是可行的）

❸ 受詞

①直接受詞的情況

有不定式是直接接在主要動詞（直接及物動詞）後面的情況，也有透過介系詞 de 或 à 加上去的情況（不及物動詞）。

[直接接續不定式的動詞]（動詞＋不定式）

> adorer 非常喜歡 / aimer 喜歡 / croire 覺得會做… / détester 討厭 /
> espérer 希望可以… / préférer 比較喜歡做… / prétendre 主張…

Elles adorent **danser**.　她們非常喜歡跳舞。

J'ai cru **comprendre ce qu'il voulait dire**.
我覺得我知道他想說什麼了。

[需透過介系詞 de 引導來接續不定式的動詞]（動詞＋de＋不定式）

> accepter 承諾 / décider 決定 / essayer 嘗試 / éviter 躲避 /
> oublier 忘記 / promettre 約定 / refuser 拒絕 / tenter 嘗試

Michel a décidé **de déménager.**　米榭而決定搬家。

J'ai oublié **de lui téléphoner.**　我忘記要打電話給他（她）了

[需透過介系詞 à 引導來接續不定式的動詞]（動詞＋à＋不定式）

> apprendre 學習，教授 / chercher 想辦法去做…

Tu m'apprendras **à nager le papillon.**　你教我蝶式的游法。

> 筆記 在這裡不定式（或者〈de/à＋不定式〉）是直接受詞，所以要轉換成代名詞的話，一般會變成直接受詞人稱代名詞的 le，或是直接接在動詞後面的 ça。
> ☞ 中性代名詞 le p.96

Il l'a décidé. / Il a décidé **ça.**　他決定了那個。

（le, ça＝(de) déménager）

Tu me l'apprendras. / Tu m'apprendras **ça.**　你教我那個。

（le, ça＝(de) déménager）

但是 adorer、aimer、détester、préférer 會使用 ça。

Elles adorent **ça.**　她們最喜歡那個。（ça＝danser）

②間接受詞的情況

不定式也會透過介系詞 de 或是 à 跟主要動詞（間接及物動詞）接續。

[需透過介系詞 de 引導來接續不定式的動詞]（動詞＋de＋不定式）

> parler de 說要做… / rêver de 夢想做… /
> se passer de 不用做…就完成 /
> se souvenir de＋複合形　想起來做了…

Lucie rêve **de vivre au Canada.**　露西夢想在加拿大生活。

> 筆記 在這裡因為不定式是以 de 接續的間接受詞，所以要轉換成代名詞的話會變成 en。☞ p.99②

Elle **en** rêve.　她夢想那個。（en＝de vivre au Canada）

[不定式是被介系詞 à 引導的動詞]（動詞＋à＋不定式）

> consentir à 同意… / contribuer à 對…做出貢獻 /
> penser à 想到要做… / renoncer à 放棄… /
> réussir à 成功… / tenir à 堅持做… /
> s'attendre à 預期… / se résigner à 聽從…/
> consister à （某內容）在於… / hésiter à 猶豫…

Hervé a renoncé **à partir en vacances cet été**.
愛爾維放棄今年夏天去渡假。

Je ne m'attendais pas à **te voir ici**.
沒想到會在這裡遇見你。

> **筆記** 在這裡不定式是透過 à 接續的間接受詞，所以要轉換成代名詞的話會變成 y。 ☞ p.107 **2**
> Il y a renoncé.　　他放棄了那個。（y＝à partir en vacances cet été）
> Je ne m'y attendais pas.　　我沒想到會變成那樣。（y＝à te voir ici）

但是 **consister**、**hésiter** 等在〈動詞＋à＋名詞詞組〉的句型上不能用 **y** 來代替〈à＋名詞詞組〉的部分（×**J'y hésite.**是不正確的）。

❹ 非人稱句法的補語

> 沒有介系詞：il faut 必須做… / il vaut mieux 做…比較好

> 介系詞 **à**：il reste à 還剩…要做，還必須得做…

> 介系詞 **de**：il convient de 適合做… /
> il importe de 做…很重要 / il s'agit de 做…是必要的 /
> il ne s'agit pas de 跟…無關，問題不在於… /
> il suffit de 做…就足夠了 /
> il est / c'est＋形容詞＋de 做…是… /
> il est urgent de 有必要馬上做…

Il vaut mieux **rester ici**.　　待在這裡比較好。

Il est urgent **de trouver un remplaçant**.
必須立刻找到可替代的人。

5 名詞的補語

不定式是透過介系詞來跟名詞結合的情況。當介系詞是 **de** 的情況時，所表達的通常是指以具體的方式說明該名詞的內容。若介系詞是 **à** 的情況時，雖然主要是表達用途、目的，但也有很多是變成了慣用語。另外，表達目的的時候，也會透過介系詞 **pour**（為了做…）。

介系詞 **de** : la joie de vivre 活著的喜悅
le désir de rendre les gens heureux 造福人群的願望
la peur de se faire punir 怕被懲罰的不安

介系詞 **à** : chambre à coucher 寢室 / machine à coudre 裁縫機 /
salle à manger 飯廳
chambre à louer 出租的房間 / maison à vendre 出售的房子 /
un article à terminer avant le 16 在 16 號前必須完成的稿件

> **筆記** 像上面最後的三個例子，在意思上前面的名詞（如 chambre）可被視為後面不定式（如 louer）的直接受詞，在翻譯上可以用「應該要…的…」「要…的…」的意思來表達。

J'ai encore beaucoup de **copies à corriger**.
我還有很多（一定）要改的考卷。

▶ 下列的表達會被當作主詞的表語使用。
〈le seul（＋名詞）à＋不定式〉唯一要做…的…
〈le premier（＋名詞）à＋不定式〉第一個要做…的…
〈數量（＋名詞）à＋不定式〉要做…的有此數量

Jacques est le seul Français **à travailler dans ce domaine**.
賈克是唯一一個在這個領域工作的法國人。

On était cinq **à manger sur la terrasse**.
在陽台吃飯的是我們五個人。

6 形容詞的補語

變成形容詞的補語的不定式，會透過介系詞 **de** 或 **à** 引導。

介系詞 **de** : capable de 有能力做… / certain de 堅信… /
content de 對…滿意 / digne de 適合做… /
fier de 對…感到自豪

10
不定式、分詞、動狀詞

259

Je suis content **d'avoir fini ce travail**.
我很高興完成了這份工作。

介系詞 **à**：apte à 適合… / prêt à 準備好做…

Les chiens étaient prêts **à bondir**.
那群狗準備要飛撲過去。

筆記 在上面舉出的形容詞，若把補語功能的「de＋不定式」「à＋不定式」變成代名詞的話，也是變成 en 和 y。
J'**en** suis content.　　我對那個感到滿意。（en＝d'avoir fini ce travail）

▶difficile「難的」、facile「簡單的」、agréable「舒服的」、désagréable「不愉快的」等形容詞，後面有時會加上「**à**+不定式」作為補語使用。☞ p.135

Sa voix est désagréable **à entendre**.
他的聲音聽起來讓人不快。

C'est une situation difficile **à imaginer**.
那是很難想像的狀況。

此時不定式是直接及物動詞，在意義上，以形容詞（如désagréable、difficile）作為補語的名詞詞組（sa voix、une situation）可被視為後面不定式的直接受詞。

❼ 狀況補語

用「介系詞＋不定式」形式的介系詞組，也會有發揮狀況補語功能的時候。

avant de 做…之前 / jusqu'à 到要做…的程度 / pour 為了做… /
sans 不做…

Vous pouvez y aller **sans changer de train**.
您不需要換車就能到那裡。

❽ 表達比較對象的補語

在 plutôt que「比起…不如」等的比較表達中，有時候在 que 後面接續的「比較對象」是不定式。此時一般會是「介系詞 de ＋不定式」的形式（但是沒有 de 也是可行的）。

Je préfère attendre plutôt que **de revenir demain.**
我寧願等，也不要明天再回來。

Et quelle meilleure position pour réfléchir que **de s'allonger dans l'herbe,**(...)　　　　　(Aline Giono)
沒有什麼姿勢能比躺在草地上還要更能好好思考的（…）

（2）被半助動詞引導

動詞的不定式也會接續半助動詞之後。☞ 半助動詞 p.248

L'avion va **décoller.**　飛機再過不久就會著陸。

Tu peux **me prêter cent euros?**　可以借個 100 歐元嗎？

（3）被移動性動詞等引導

表達主詞移動的移動性動詞，其後面可直接加上不定式，表達「去做…，來做…」等等的意思。

aller 去 / venir 來 / descendre 去下面 / monter 去上面 / partir 出門 / sortir 外出 / rentrer 回家

André est allé **chercher du vin** à la cave.
安德雷去地下室拿葡萄酒了。

Aude est venue **me voir** hier.　昨天歐德來見我了。

筆記 表達直接受詞移動的移動性動詞，也會有加上不定式的情況。
J'ai envoyé Denis **acheter du vin.**　我派丹尼去買葡萄酒了。

中高級！ **不定式：相當於動詞的作用**

在某些獨立的句子中或特定的從屬子句中，只看到不定式形態的動詞，而沒看到隨人稱或時態做變化的動詞時，這些不定式有時候會發揮如句子主要動詞（謂語）的作用。（注意：一般會變成句子中主要動詞的，是會隨人稱、時態做變化的動詞）

[在獨立的句子中發揮如主要動詞作用]

（1）在疑問詞後面直接加上不定式，就會變成「應該要做…」的意思。

Que **faire ?**　該怎麼做才好？（應該怎麼做？）

En pareil cas, à qui **demander** de l'aide?
這樣的情況，應該要向誰求助呢？

（2）有時候會只用不定式來表達指示、命令，尤其會用在注意事項、料理食譜上。

Mélanger les jaunes d'œuf et le sucre. 　將蛋黃和砂糖混合。

Ne pas se pencher au dehors 　禁止將身體伸出車外

（3）透過不定式，還能表達出驚訝、憤慨等語意。有時候還會讓意義上的主詞脫離原本主詞的位置，移到句首。

Travailler pendant les vacances！　渡假中居然還要工作！

Moi, **battre** ma femme？Jamais！　我會打老婆？不可能！

（4）有時候在故事中，會以「**et** 主詞 **de**＋不定式」的形式出現，是「然後～做了…」的意思。

... Et le moineau de **se cacher** dans les plumes de l'aigle.
然後燕子就藏在鷲的羽毛之中。

［在從屬子句中發揮如主要動詞作用］

（1）直接將不定式接在疑問詞後面，可發揮間接問句作用。

Je ne sais plus que **faire**. 　我已經不知道該怎麼做才好。

（2）以直接接在關係代名詞後面的形式，發揮和關係子句一樣的作用。

Nous cherchons un endroit où **passer** la nuit.
我們在找可以過夜的地方。

2. 分 詞

分詞有現在分詞和過去分詞。兩者都是一邊保有動詞的功能，一邊在句中發揮和形容詞一樣的作用。

現在分詞　les habitants **parlant** le français et l'allemand
會說法語也會說德語的居民

過去分詞　un immeuble **construit** au début du XX siècle
在 20 世紀初期建造的建築物

在這些例子中，分詞會接續受詞或狀況補語（作為動詞的功能），同時還發揮修飾前面名詞的作用（作為形容詞的功能）。

另外，就像從上面的例子所了解到的，「**現在分詞**」是表達主動性意義（**parlant** 說），而「**直接及物動詞的過去分詞**」是表達被動

性意義（construit 被建造）。

　雖然上面的例子是將分詞看作修飾語來使用的，但除此之外還是有作為直接受詞的補語用法，以及同位語用法的。☞ 形容詞詞組的作用 **p.127**

（1）現在分詞

1 形式

　有簡單形和複合形兩種。

簡單形　語尾是 -ant 。語幹和直陳式現在時的 **nous** 的動詞語幹一樣，所以只要將 **nous** 的動詞變化語尾的 **-ons** 變成 **-ant** 的話，就會變成現在分詞。

> 例：chanter「唱歌」nous chantons ➡ 現在分詞 chant**ant**
>
> 三個例外：être ➡ **étant**　avoir ➡ **ayant**　savoir ➡ **sachant**

複合形　是助動詞的現在分詞形態（簡單形）和過去分詞的組合。

> ayant chanté　　　étant parti

▶基本上簡單形表達「未完成」、複合形表達「完成」。

> **簡單形**　les personnes **buvant** plus de trois tasses de café par jour
> 一天要喝三杯以上咖啡的那些人

> **複合形**　les personnes **ayant bu** plus de trois tasses de café
> 喝了至少三杯咖啡的那些人

另外，從主要動詞的時間點來看，簡單形表達「同時」、複合形表達「過去」。

> **簡單形**　Elle a longtemps cherché un interprète **parlant** français.
> 長時間以來她在找會說法語的翻譯。

> **複合形**　La police a enfin trouvé deux personnes **ayant vu** la victime.
> 警察終於找到兩位看過被害者的人了。

2 用法

和形容詞（詞組）一樣，用法有修飾語、補語（但僅限定於直接受詞的補語）、同位語三種。另外，現在分詞很常出現在書面語，很少會用在日常口語。

①修飾語

直接接在名詞的後面做修飾功能。在口語中很常當作關係子句來使用。

un interprète parlant français
會說法語的翻譯（＝qui parle français）

un scientifique ayant obtenu un prix Nobel
拿過諾貝爾獎的科學家（＝qui a obtenu un prix Nobel）

Les personnes ne se souvenant pas de leurs rêves sont nombreuses.
不記得夢的人很多。（＝qui ne se souviennent pas de leurs rêves）

②直接受詞的補語

跟直接受詞有關，且不會被當作主詞的表語。

Ces gens sont considérés comme appartenant à des classes privilégiées.
這些人被看做是特權階級。

Je l'ai aperçue sortant du magasin.
我看到她從店裡出來。（＝Je l'ai vue sortir du magasin.）

③同位語結構

將現在分詞（及其受詞等）挪到句首或句尾，來補充說明主詞的狀態。根據上下文，還能傳達出如理由、條件等各種語意，發揮相當於副詞子句的作用。這是書面上的表達方式，但一般在口語中則是用動狀詞、副詞子句、句子並列等方式來表達同位語意。

一般來說很常放在句子開頭或句尾，但有時候也會直接放到主詞（名詞詞組）的後面。主詞是代名詞的話，一般是放在句子開頭或句尾。

Étant fonctionnaires, ils sont soumis à un certain nombre d'obligations.
身為公務員，他們必須服從幾個義務。（理由、原因）

Elle aurait pu éviter ce malheur, **prenant davantage de précautions**.

如果更加謹慎行動的話，她就能避免這場不幸了。（條件）

Le roi institua un nouvel impôt, **sachant que cela provoquerait la révolte de la noblesse**.

明知會招致貴族們的反抗，國王還是制定了新的稅制。（讓步）

Michel contemplait la mer, **rêvant de partir loin, s'imaginant seul avec son chien sur une île déserte**.

米榭眺望著海。夢想著啟程前往遠方，想像著在孤島支身和狗一起的樣子。（作為詳細的補充）

◆複合形的例子

Jacques, **ayant terminé son travail plus tôt que d'habitude**, sortit se promener dans le bois.

比平時還要早結束工作的賈克，去森林散步了。

（2）過去分詞

❶ 形式

有各式各樣的形式，主要有以下的形式。

· 語尾是 **-er** 的動詞 ➡ **-é**

aimer ➡ aimé   chanter ➡ chanté   （aller 也是一樣）

· 語尾是 **-ir** 的動詞 ➡ （大多數是）**-i**

finir 型：finir ➡ fini   choisir ➡ choisi

partir 型：partir ➡ parti   dormir ➡ dormi

acceuillir ➡ accueilli   fuir ➡ fui   bouillir ➡ bouilli   等等

[語尾不會變成 -i 的動詞]

venir ➡ venu   ouvrir ➡ ouvert   mourir ➡ mort

courir ➡ couru   acquérir ➡ acquis   等等

· 語尾是 **-oir** 的動詞 ➡ （幾乎是）**-u**（devoir 是 -û）

devoir ➡ dû   pouvoir ➡ pu   vouloir ➡ voulu   savoir ➡ su

voir ➡ vu   recevoir ➡ reçu   pleuvoir ➡ plu

falloir ➡ fallu   等等

10
動狀詞
不定式、分詞、

[語尾不會變成 -u 的動詞]　asseoir ➡ assis

・語尾是 -re 的動詞 ➡（很多是）-u

attendre ➡ attendu　　connaître ➡ connu　　lire ➡ lu

boire ➡ bu　　plaire ➡ plu　　croire ➡ cru　　vivre ➡ vécu

résoudre ➡ résolu　　battre ➡ battu　　vaincre ➡ vaincu

conclure ➡ conclu　　等等

[語尾不會變成 -u 的動詞]

faire ➡ fait　　prendre ➡ pris　　mettre ➡ mis　　naître ➡ né

dire ➡ dit　　écrire ➡ écrit　　construire ➡ construit

conduire ➡ conduit　　suivre ➡ suivi　　nuire ➡ nui

éteindre ➡ éteint　　rire ➡ ri　　等等

❷ 用法

①用「助動詞＋過去分詞」作為複合形或被動態

過去分詞會和助動詞（**avoir**、**être**）結合，作動詞複合形或被動態。

J'ai allumé la lampe.　我打開了枱燈。（複合過去形）

Elle **est aimée** de tout le monde.　她被大家所喜愛。（被動態）

②相當於形容詞的用法

過去分詞就像形容詞（詞組）一樣，有著修飾語、補語、同位語三種用法。就以上三種情況來說，過去分詞會和被修飾或相關的名詞保持陰陽性、單複數的一致性。

les routes **construites** par les Romains
由古代羅馬所造的街道（陰性・複數）

> **筆記** 被當作修飾語、補語、同位語功能的過去分詞，根據動詞本身原本的及物或不及物功能，可分「被動」和「主動」意義。在同位語的用法中，不論是「被動」意義或「主動」意義，兩者都相當於是包含了助動詞 être 的現在分詞複合形。
> ・直接及物動詞的過去分詞 ➡ 被動意義
> （主詞）接受該行為　　aimé（＝étant aimé）（主詞）被愛
> （主詞）接受該行為後的狀態
> 　　　　　construit（＝ayant été construit）（主詞）被建造
> ・不及物動詞（助動詞 être）的過去分詞 ➡ 主動意義
> （主詞）行為已完成　venu（＝étant venu）（主詞）來了
> ・以反身動詞（不含反身代名詞）為基礎的過去分詞 ➡ 主動意義
> （主詞）行為已完成的狀態
> 　　　　　assis（＝étant assis←s'asseoir）（主詞）坐著

(i) 修飾語

直接接在名詞後面發揮修飾功能。

un candidat **élu** à Paris
在巴黎被選出來的候選人（直接及物動詞）

les étudiants **venus** du monde entier
從世界各地來的學生（助動詞是 être 的不及物動詞）

un passager **assis** côté fenêtre
坐在窗邊的乘客（反身動詞）

le droit de succession **prélevé** par le fisc
被稅務機關徵收的遺產稅（直接及物動詞）

un téléphone d'urgence **mis** à la disposition des femmes **battues**
為受虐女性受害者設置的緊急電話（直接及物動詞）

> 筆記 在口語中一般是用做關係子句。
> le droit de succession qui sera (a été) prélevé par le fisc
> 將（已）被稅務機關徵收的遺產稅

(ii) 補語

在作為主詞的補語（或表語）的情況，若補語位置放的是**直接及物動詞**的過去分詞的話，此分詞就是被動態意義，若放的是**不及物動詞**（助動詞 être）的過去分詞的話，則是**複合過去等的複合形**。在這裡只列舉以反身動詞為基礎的情況，以及針對直接受詞的補語的情況。

Jean était confortablement **installé** dans le fauteuil.
尚舒服地坐在扶手椅子上。（反身動詞）

On peut considérer une relation complexe comme **composée** d'une série de relations binaires.
所謂的複雜關係可以看作是由一連串的雙邊關係所構成。（直接受詞的補語）

(iii) 同位語

就跟現在分詞的情況一樣，會挪到句首或句中，來補充說明主詞的狀態。根據上下文，還能傳達出如理由、條件等各種語意，發揮相當於狀況補語子句的作用。此外，這是書面語的表達方式，但一般在口語中則是用副詞子句、句子的並列等等方式來表達。

一般來說很常挪到句首，但有時候也會直接放到主詞（名詞詞組）的後面。主詞是代名詞的話，一般是放在句首。

10
不定式、分詞、動狀詞

Tourné à la hâte, son film n'a pas eu le succès escompté.
因為是急忙拍攝完成的，他（她）的電影並沒有獲得預期的成功。

（主詞的狀態）

Partis très tôt le matin, ils eurent le temps de visiter la cathédrale.
因為是在大清早出發的，所以他們有時間參觀大聖堂。（理由・原因）

Monique, **assise devant la cheminée**, lisait un roman policier.
莫尼克坐在暖爐的前面看推理小說。（主詞的狀態）

中高級！ 分詞子句

　　分詞有時候會搭配特定某些主詞一起出現，這被稱作分詞子句（或者**絕對**分詞子句）。雖然分詞不會有一般的動詞變化，但從語意和結構上看起來，還是有主詞和謂語的身影，所以被視作「子句」。用逗號（,）[virgule] 來做區隔，並放在主句的前面或後面，來發揮狀況補語子句的功能，來針對狀況、理由、時間等來做補充說明，是書面語的表達。

　　Le temps aidant, leur colère se dissipera. （現在分詞）
　　只要過一段時間，他們的憤怒也會消失。

　　Son travail achevé, elle sortit se promener.
　　（直接及物動詞的過去分詞）工作一結束，她就去散步了。

　　Le chat parti, les souris dansent.
　　（助動詞是 être 的不及物動詞的過去分詞）
　　（諺語）貓不來，鼠自在；貓若不來，老鼠就蹺腳（台語）。（←字面意義：貓一離開，老鼠就跳舞）

　　Le roi ayant atteint la majorité, tous les grands du royaume vinrent lui rendre hommage. （現在分詞的複合形）
　　因為國王成年了，國內有權勢的貴族們都前來向他致敬。

　　Les choses étant ce qu'elles sont, on ne peut plus qu'attendre.
　　（現在分詞）
　　因為事態發展到這種地步除了等待別無他法。

　　順帶一提，「**絕對**」（**absolu**）這個文法名稱是來於自拉丁文的文法。若依照法語的分詞子句的結構來看，在文法上跟主句沒有很明顯的從屬關係（舉例來說，沒有用到可表示理由的連接詞 **parce que** 等來跟主句做連接），因此「絕對」也有「在文法上來說，可從主句獨立出來」的意思。

（3）分詞和形容詞

　有些形容詞是以動詞的分詞為基礎，並依此基礎完全被當作形容詞來使用的情況。特別是從現在分詞（-ant）轉變而來的形容詞，會被稱作**動詞性形容詞**。舉例來說就像下列的形容詞。

> charmant 魅力的 / effrayant 可怕的 / embêtant 棘手的 /
> important 重要的 / intéressant 有意思的 / plaisant 令人開心的 /
> souriant 微笑的 / suffisant 足夠的

　因為是形容詞，所以也會和要修飾的或相關的名詞保持陰陽性、單複數的一致性。另外，根據意思還可以加上像 très「非常」這類程度的副詞。但是單純的現在分詞（不是形容詞）就沒有以上這些性質。

形容詞　　des femme **très** souriantes　笑容可掬的女性

現在分詞　　des femme travaillant à temps partiel
　　　　　　　　打零工的女性

　和現在分詞比較，有些動詞性形容詞的拼法會稍微不一樣。

‧現在分詞 -guant、-quant　在形容詞會變成 -gant、-cant。

> fatiguant ➡ fatigant 令人疲倦的 / intriguant ➡ intrigant 有陰謀的 /
> convainquant ➡ convaincant 有說服力的 /
> provoquant ➡ provocant 挑釁的

‧現在分詞 -ant 轉變成形容詞後，有的還會變成 -ent。

> différent 不同的 / équivalent 同等的 / excellent 優秀的 /
> influent 有影響力的 / précédent 之前的　等等

▶和現在分詞不同，過去分詞會和要修飾的或相關的名詞保持陰陽性、單複數的一致性，就這點可以說是接近形容詞。但是像下列的例子，過去分詞也很常會加上狀況補語或行為者。

　un pull fait **à la main**　手織毛衣

　une église détruite **par les Francs**　被法蘭克族摧毀的教會

　也有像下列的情況，雖然是分詞，仍被當作形容詞來使用，並加上 **très** 來修飾的例子。

une personne **très** appréciée **par ses collègues**
非常受同事好評的人

◆表示「完成的狀態」的過去分詞
　可用來表示直接受詞狀態變化的及物動詞，其過去分詞（舉例來說，**ouvrir** 打開 ➡ **ouvert**），可表達動作的**被動**（被打開了）和動作**完成的狀態**（開著）兩者。不論是搭配著狀況補語來使用，或即使是過去分詞單獨使用，通常都會是後者的意思。此外，作為表示狀態的形容詞也很常收錄在字典中。

　　[過去分詞]　un magasin **ouvert** l'an dernier　去年開張的店

　　[可看做過去分詞或形容詞]

　　　　　　　un magasin **ouvert** depuis l'an dernier
　　　　　　　從去年就開張的店

[表達狀態的形容詞]

> une fenêtre ouverte 開著的窗戶 / une porte fermée 關著的門
> un réveil cassé　壞掉的鬧鐘 /
> un rideau déchiré 被撕裂的窗簾/
> une lampe allumée 點亮的電燈 / le ciel couvert 陰天 /
> un homme épuisé 精疲力竭的男人 等等

（4）關於過去分詞的陰陽性、單複數一致性

　過去分詞會按照與之相關的名詞的陰陽性、單複數，來做形態的變化，以保持一致性，這個就稱為過去分詞的一致性。

❶ 形態的變化
形態變化的模式和形容詞的情況一樣。

> 陰性＝陽性語尾加上 e　aimé ➡ 陰 aimée　fait ➡ 陰 faite
> 複數形＝單數形語尾加上 s
> 　aimé ➡ 陽複 aimés　　aimée ➡ 陰複 aimées
> 　fait ➡ 陽複 faits　　faite ➡ 陰複 faites
> 但是單數形的語尾本身就是 s 的話，就維持不變
> 　pris ➡ 陽複 pris（陰性因為是 prise 所以加上 s 變成 陰複 prises）

❷ 一致的規則

一致的規則如下列表示，其原則很單純。但是在③會有比較複雜的情況，要特別注意。

①和形容詞一樣的一致性形態變化

若像形容詞一樣用作修飾語、補語、同位語的話，會和相關的名詞保持陰陽性、單複數的一致性。

修飾語　des voitures fabriquées en France　在法國生產的車

補語　（主詞）Toutes les portes étaient fermées.
　　　　　　　所有的門都是鎖著的。

　　　（直受）La viande, je l'aime bien cuite.
　　　　　　　我喜歡的肉是要烤得比較熟的。

同位語　Assiégée par les Anglais, la ville était au bord de la reddition.
　　　　被英軍圍攻，小鎮已經在投降邊緣了。

②和主詞保持一致性

在用 être 當助動詞的句法裡，過去分詞和主詞（名詞詞組）會保持陰陽性、單複數的一致性。請見下列兩個情況。（透過 être 等繫詞連接主詞與**主詞補語**的情況，從上面的①中可看到。）

(i) 表達移動意義的動詞的複合形（複合過去時等）

Elles sont allées à la piscine.　她們去游泳了。

(ii) 被動態

Ces maisons ont été construites au XVI siècle.
這些房子是在十六世紀建造的。

③和直接受詞保持一致性

助動詞是 **avoir** 的複合形，且直接受詞人稱代名詞會放在 **avoir** 前面的情況時，過去分詞會和直接受詞人稱代名詞所指涉的人事物保持陰陽性、單複數的一致。直接受詞人稱代名詞會放在 **avoir** 前面的情況有以下四種。

(i) 受詞人稱代名詞

受詞人稱代名詞會放在 **avoir**（或動詞）的前面，且此人稱代名詞是直接受詞的情況。

Tu as vu Marie? – Non, je ne l'ai pas vue.
你有看到瑪莉嗎？－不，沒有。

Vous **les** avez prises où, ces photos?
這些照片您在哪裡拍的？

直接受詞的補語，基本上也會按陰陽性、單複數的一致性原則跟著做變化。

Tu lui a parlé de ton idée?
– Oui, il l'a trouvée très intéressante.
跟他說你的想法了嗎？－有，他覺得非常有意思。

(ii) 關係代名詞
關係代名詞會放在關係子句的前面。在關係代名詞是 **que**（直接受詞）的情況下，且因為 **que** 只是代替先行詞來跟子句做連接，此時會造成子句中的過去分詞和先行詞在陰陽性、單複數上保持一致。

Elles sont belles, les tomates **que** tu as achetées!
你買的這些番茄，很漂亮。

Je vais te montrer les photos **que** j'ai prises à Grenade.
給你看我在格拉納達拍的照片。

(iii) 強調語法
在強調語法中，直接受詞會放在 **qui** 子句或 **que** 子句前面。

C'est **une chanteuse d'opéra** qu'il a épousée.
跟他結婚的是位歌劇女歌手。

(iv) 部分疑問句、感嘆句
在部分疑問句或感嘆句裡，直接受詞會放在動詞前面。

Quelles bêtises avez-vous faites dans votre jeunesse?
你們年輕的時候有幹過什麼樣的蠢事啊?

Que d'arbres Bouffier n'a-t-il pas plantés sur ce terrain aride!
在這個不毛之地，布費那到底種了多少樹啊！

筆記 就 271 頁③的「和直接受詞保持一致」之下所介紹的種種情況（主要原則是過去分詞和與之相關的詞要保持陰陽性、單複數的一致），其理論規則其實非常複雜且瑣碎，若還要包含「雖然已依陰陽性、單複數原則做了形態變化，但發音卻沒變的過去分詞」等這類規則來說，整理起來就會更瑣碎，在一般日常對話（特別是在口語）中經常會發生忘了要遵守這些規則的情況。而且不只是正在學習法語的外國人而已，對於母語是法語的人來說，這些規則或許只會增加這個語言的複雜度，對於語言的表達及使用並沒有太大的意義。

▶ **和直接受詞要保持陰陽性、單複數一致性的注意重點**

下列 **(i)** ～ **(vi)** 的情況，動詞過去分詞一般不需要依照陰陽性、單複數一致性原則來做變化。**(vii)(viii)** 的情況則要看條件而定。

(i) 動詞過去分詞的受詞是價錢、重量、尺寸、時間等情況時

coûter「值…的價格」、**valoir**「有…的價值」、**mesurer**「量起來是…的尺寸」、**peser**「秤起來是…的重量」、**durer**「持續…」等的動詞，後面會直接加上表示價格、尺寸、重量、時間等的數值。而當這些表示數值的受詞作為關係子句的先行詞時，會放在關係子句的前面。但由於這些受詞一般不會被認為是直接受詞（會被視為補語），所以子句中的過去分詞不需要跟這些受詞保持一致。

la somme que cet achat m'a **coûté** 　這採購我所花費的金額

les soixante kilos qu'il a **pesé** à vingt ans
他二十歲時體重已有六十公斤

les trois heures que le film a **duré** 　電影持續的三小時

另一方面，以上所舉的動詞也會在當受詞被認為是**直接受詞**的時候（例如將 peser 以「測量某某物品的重量（而非重達某數值）」的意思來使用時），關係子句中的動詞過去分詞就需要跟這些直接受詞保持一致。

toutes les valises que j'ai pesées
所有我量過重量的行李箱

以上此兩種情況的區分法並非那麼困難，第一種情況（不需要跟受詞保持一致）有時就算是讓過去分詞依受詞的陰陽性、單複數做一致性的形態變化，在規則上還是會被允許的。

(ii) 當受詞並不是過去分詞的直接受詞時

即使直接受詞放在關係子句的前面，也會出現這些受詞並不是複合形動詞（過去分詞）的受詞的情況。此時，這些受詞是複合形動詞後面所接續的不定式的直接受詞。這種情況下，子句中的過去分

詞不需要跟這些受詞保持一致。

> la voiture qu'il a **voulu** acheter　他曾經想要買的車
>
> （代替先行詞 voiture 的關係代名詞 que 是 acheter 的直接受詞，而非 voulu 的）
>
> les copies que j'ai **eu** à corriger　我批改的考卷

(iii) 中性代名詞 le

當中性代名詞 le 在句中是直接受詞時，但由於此時的 le 所代指的是前段話所提到的某件事，沒有陰陽性、單複數的性質，所以過去分詞不需要在一致性原則上做形態變化。

> Tu sais que Luc vient demain? - Oui, il me **l'a dit**.
>
> 你知道呂克明天要來嗎？－嗯，我有聽他說。

(iv) 數量的代名詞 en

當數量的代名詞 en 在句中是直接受詞時，即使 en 所代指的是陰性名詞或複數名詞，過去分詞也不需要在一致性原則上做形態變化。

> Tu as acheté des tomates? – Oui, j'en ai **acheté**.
>
> 你有買番茄嗎？－嗯，買了。
>
> Des mangas français, j'en ai **lu** plein.
>
> 我讀了很多法國的漫畫。

不過像是上面第一個例子，動詞後面若沒有加上數量詞的情況下，過去分詞是可以在一致性原則上做形態變化的（j'en ai **achetées**）。

(v) 非人稱句法

非人稱句法中的動詞過去分詞，不在哪種情況都不需要在一致性原則上做形態變化。

> la bagarre qu'il y a **eu** entre eux　他們之間發生的亂鬥
>
> la chaleur qu'il a **fait** hier　昨天的熱度

(vi) 使役句法、放任句法

在使役句法「**faire**＋不定式」和放任句法「**laisser**＋不定式」裡，就算直接受詞人稱代名詞放在動詞前面，**faire** 和 **laisser** 的過去分詞也不需要在一致性原則上做形態變化。

Je les ai **fait** partir immédiatement. 我已叫他們立刻出發。

Maman nous a **laissé** dormir jusqu'à onze heures.
媽媽讓我們睡到十一點。

反身動詞的句型「**se faire**＋不定式」「**se laisser**＋不定式」也是一樣，過去分詞也不需要在一致性原則上做形態變化。不過 **laisser** 的情況有點特殊，在直接受詞（人稱代名詞）是過去分詞後面接續之不定式意義上的主詞時，過去分詞還是可以在一致性原則上做形態變化。

Maman nous a laissé(**e**)**s** dormir jusqu'à onze heures.
媽媽讓我們睡到十一點。

(vii) 感官動詞

當感官動詞 **voir**「看，看見」、**regarder**「看，注視」、**entendre**「聽到」、**écouter**「注意聽」、**sentir**「感覺」等後面會接續不定式，來表示像「看／聽／感覺～在做…」的意思時，此時的一致性規則如下列所示。

・受詞是不定式的直接受詞時 ➡ 過去分詞不依一致性原則做形態變化

la chanson que j'ai **entendu** chanter　我聽到被唱的歌

・受詞是感官動詞的直接受詞時（直接受詞＝不定式意義上的主詞）➡ 過去分詞會依一致性原則做形態變化

la chanteuse que j'ai entendue chanter
我聽到在唱歌的歌手

但是以上兩種情況，不論是不是有在一致性原則上做形態變化，在規則上比較沒那麼硬性規定，皆可被接受。而以感官動詞為基礎的反身動詞句法「**se voir**＋不定式」也是一樣的情況。

(viii) 反身動詞（也參閱 **(vi) (vii)**）

在反身動詞的句型中，反身代名詞通常放在動詞本身的前面。反身代名詞（也是受詞）若是動詞過去分詞的直接受詞的話，過去分詞就會需要保持陰陽性、單複數的一致。固定搭配 **se** 的反身動詞用法中的動詞本身，也會依這此原則做形態變化。

Elle s'est bien reposée.　她好好地休息了

Elle s'est aperçue de son erreur.
她察覺到自己的錯誤了。（固定搭配 se 的反身動詞用法）

反身代名詞若是間接受詞的話，過去分詞就不需要保持陰陽性、單複數的一致。

Elles se sont **écrit** pendant plus de cinq ans.
她們彼此互相寫信寫了五年以上。

3. 動狀詞

動狀詞說的是「**介系詞 en＋現在分詞**」（如 **en travaillant** 等）的形式，讓動詞發揮如副詞功能的形式。保持著動詞一部分的功能，所以也可接續受詞或狀況補語等。句中主要動詞的主詞，會變成動狀詞在意義上的主詞，基本上是表達動作的同時性。

（1）動狀詞的用法

❶ 具副詞性質修飾主要動詞
這個情況會放在主要動詞的後面，以表達動作在進行中的狀態，大致上相當於「一邊…」。

Jean travaille **en écoutant de la musique**.
尚邊聽音樂邊念書。

Aline est partie **en courant**.
雅琳用跑的出去了。

❷ 對於主句來説，相當於副詞子句功能
這個情況下可以放在主句的前面，也可以放在主詞（名詞詞組）的後面。根據使用的動詞或上下文等情況，會有以下意思。

①時間

En sortant du magasin, j'ai rencontré Léa.
從店裡出來的時候，我遇到了蕾雅。

Jean a eu un accident **en conduisant la voiture de son père**.
尚開著父親的車子時，遭遇到事故。

②手段・條件

J'ai réussi à ouvrir la porte en cassant la serrure.
我破壞鎖頭才成功打開門。

En t'entraînant régulièrement, tu ferais plus de progrès.
靠一點一滴練習，你一定會更進步。

③理由・原因

Alain a abîmé sa santé en buvant trop de cognac.
亞倫因為喝太多白蘭地而把身體搞壞了。

④對立・讓步

很多的情況會用 tout 來強調，如「tout en travaillant」的形式。

Cécile reste bien mince tout en mangeant énormément.
明明吃的非常多，賽西爾還是維持苗條。

Michel m'a invitée à dîner tout en sachant que je n'aime pas sortir le soir.
儘管知道我討厭在夜晚外出，米雪兒還是請我吃晚餐。

筆記 也有以加上 tout 的形式，來強調同時性的情況。

Elle peut jouer du piano tout en chantant.
她一邊唱歌一邊彈鋼琴。

（2）重點補充

❶ 主詞不同的情況

動狀詞在意義上的主詞和句子主要動詞的主詞，此兩主詞是不同的這件事，常被以為是不正確的使用方式，因為此時動狀詞所表達的動作主體是不明確的。但還是有在意思上沒有問題的情況。

L'appétit vient en mangeant. 一吃食慾就湧現出來。
（諺語：得手有了慾望後，變得想要更多。）

Le bureau de scolarité? C'est à gauche en entrant.
教務課？進去左手邊就是了。

En y réfléchissant, c'est peut-être la meilleure solution.
仔細想想，這說不定是最好的辦法。

2 否定形

動狀詞也可使用否定形。

Avec ce système, on perd moins d'argent **en ne travaillant pas**.

在這個制度之下，不工作反而損失比較少的錢。

3 完成時

完成時的動狀詞很少會使用。

Ces personnes, **tout en ayant travaillé plus de 40 ans**, ne touchent qu'une pension dérisoire.

這些人們儘管工作了四十年以上，還是只能領取一點點的年金。

副詞會修飾動詞、形容詞等句子中的要素，另外，也有修飾整個句子的情況。

副詞會修飾句子中各式各樣的要素，最具代表性的就是修飾動詞或形容詞的情況。

Sabine danse bien. （修飾動詞 danser「跳舞」）
薩賓善於跳舞。

Ce vin est très bon. （修飾形容詞 bon「好的」）
這個葡萄酒非常好喝。

副詞是不會變化的詞彙，所以不會根據修飾的對象而改變形態。

> 筆記 例外的有 tout「完全」、seul「只有…」等。☞ p.293

副詞的數量非常多，大部分是修飾動詞（或者謂語）或整個句子。但修飾形容詞、副詞、名詞詞組等其它要素的副詞，則沒有那麼多。

另外，就修飾動詞（謂語）或整個句子的情況來看，副詞放置的位置有各種可能性，但修飾形容詞、副詞、名詞詞組等的情況則是固定的。

1. 修飾的對象和副詞的位置

以下來確認副詞修飾的對象，以及確認依對象而不同的「副詞的位置」吧。

（1）修飾形容詞・副詞

❶「程度」意義的副詞

有強弱或階段性質的形容詞或副詞，可以用「程度」意義的副詞來修飾。這些副詞會直接放在形容詞或副詞的前面。

Je suis un peu fatiguée. 我有點累了。（修飾形容詞）

Ne parle pas si fort. 說話不要這麼大聲。（修飾副詞）

[可修飾形容詞‧副詞的副詞]

程度：très 非常 / assez 非常，夠 / un peu 一些 / peu 幾乎沒有… /
trop 太… / bien 好地 / fort 完全 / extrêmement 極度 /
légèrement 稍微 / excessivement 過度地 / particulièrement 格外地 /
plutôt 倒不如 / presque 幾乎

比較級：plus aussi moins ☞ 比較級 p.392

程度（強），正面評價：admirablement 令人讚嘆地 /
merveilleusement 出色地 / remarquablement 了不起地

程度（強），負面評價：affreusement 非常地 / horriblement 駭人聽聞地

> **筆記** 以形容詞為基準使用的介系詞詞組，或者一部分的慣用語，也可以加上這些副詞。
>
> 例：très en colère 非常生氣 / fort à l'aise 非常放鬆 /
> il fait assez froid （氣溫）相當冷 / avoir très faim 非常餓的

❷ 其它副詞的修飾

un discours **politiquement** correct
政治性正確的（政治方面正確＝不包含偏見、歧視性表達）言論

un traitement **médicalement** incohérent　不符合醫學原理的治療

une opération **intrinsèquement** inadaptée à notre cerveau
本質上不適合我們腦部的操作

un système économique **fondamentalement** immoral
基本而言不道德的經濟系統

un ouvrier **provisoirement** absent　暫時缺勤的員工

un enfant **fréquemment** malade　經常生病的孩子

（2）修飾介系詞‧介系詞詞組‧名詞詞組‧狀況補語子句‧數量詞

　　有一部分的副詞也可以用來修飾介系詞、介系詞詞組、名詞詞組、狀況補語子句、數量詞。

❶ 介系詞

　　副詞 **juste**「剛好」、**loin**「遠」、**tout de suite**「馬上」等有時候會去修飾表達時間、位置關係的介系詞。會放在介系詞的前面。

juste devant moi　直接在我前面

loin derrière notre voiture　在我們的車子後方很遠處

tout de suite après la réunion　聚會後馬上

❷ 介系詞詞組・名詞詞組・狀況補語子句

修飾介系詞詞組・名詞詞組（包含代名詞）・狀況補語子句的副詞，主要是表達「強調及確定諸多可能選項中的某個選項」。很多情況下會直接放在被修飾對象的前面，或者直接放在後面。

Ils travaillent **surtout** pour l'argent.　（修飾介系詞詞組）
他們特別是為了錢而工作。

Agnès lit beaucoup, des romans policiers **essentiellement**.　（修飾名詞詞組）
阿涅絲讀很多書，主要是推理小說。

Il se présentera **seulement** si le sondage le donne favori.
（修飾狀況補語子句）
只有在民調中得到優勢的情況下，他才能參加競選。

[修飾介系詞詞組・名詞詞組・狀況補語子句的副詞]

> aussi …也是 / même 就連…也是 / seulement 只有… /
> uniquement 只有… / essentiellement 主要是… /
> principalement 主要是… / spécialement 特別是… /
> notamment 尤其是… / surtout 格外… / en particulier 特別是… /
> （只修飾名詞詞組）seul(e) 只有…

11
副詞

筆記 就像上面第三個例句，修飾的對象是狀況補語子句的情況時，副詞會直接放在子句前面。另外，aussi 要修飾名詞詞組的情況時會放在後面，而 même 會放在修飾對象的前面。

J'ai faim. - Moi **aussi**.　肚子餓了。－我也是。

Même un enfant peut répondre à cette question.
連小孩都能回答這問題。

❸ 數量詞

可修飾限定詞作用之數量詞的副詞，是有「大約（某數值）」等意思的副詞。

Il existe **environ** cent cinquante communes dans ce département.
這個省大約有一百五十個市鎮。

[可修飾數量詞的副詞]

> juste 剛好 / presque 幾乎 / exactement 正確地 /
> environ 大約 / pratiquement 事實上 / seulement 只有… /
> approximativement 預估地、大約地

▶encore「更加」

副詞 encore 有各種用法，可以「更多，再，在那之上」的意思來修飾「數量詞＋名詞」。

On a dû payer **encore** mille euros.
還要再多付一千歐元。

Le directeur m'a accordé **encore** trois jours de congé maladie.
部長准我再多休三天的病假。

（3）修飾動詞‧謂語

副詞在修飾動詞‧謂語的情況下，副詞會放在動詞詞組中的動詞後面。**不能放在主詞和動詞之間。**（舉例來說×**Je toujours prends métro.**是不正確的）

> **筆記** 但是主詞不是代名詞的情況（專有名詞、一般的名詞詞組），則可以在主詞和動詞之間用逗號隔開並插入副詞。 ☞ p.287(4)

按照動詞的種類或變化的形態，副詞可以放置的位置有下列四種（A、B、C、D）。根據副詞的種類可放的位置也會不同。
☞ p.284 **1**、**2**、**3**

A ［放在簡單形的動詞的後面］
動詞是以簡單形變化的情況，動詞不論是不及物動詞，或是必須要接受詞（直接受詞）的動詞，副詞都放在動詞後面。

Marie danse (A). （不及物動詞）瑪莉跳舞。

Marie traduit (A) tes livres. （用直接受詞的及物動詞）
瑪莉翻譯你的書。

Marie va (A) à Londres. 　（後面必須要接間接受詞的動詞）
瑪莉去倫敦。

B　[放在複合形助動詞的後面：助動詞的後面，過去分詞的前面]

　動詞是以複合形的情況，動詞不論是不及物動詞，或是必須要接受詞（直接受詞）的動詞，副詞都放在複合形助動詞的後面。

Marie a (B) dansé. 　瑪莉跳了舞。

Marie a (B) traduit tes livres. 　瑪莉翻譯了你的書。

Marie est (B) allée à Londres. 　瑪莉去了倫敦。

C　[放在複合形的過去分詞的後面：整個複合形（助動詞＋過去分詞）的後面]

　也有的情況是，動詞是以複合形的情況，動詞不論是不及物動詞，或是必須要接受詞（直接受詞）的動詞，副詞都放在整個複合形的後面，即過去分詞的後面。

Marie a dansé (C). 　瑪莉跳了舞。

Marie a traduit (C) tes livres. 　瑪莉翻譯了你的書。

Marie est allée (C) à Londres. 　瑪莉去了倫敦。

D　[必需受詞補語的後面]

　也有的情況是，在動詞是要接必需受詞補語（如直接受詞等）的情況，不論是簡單形或複合形，副詞都放在必需受詞補語後面。

Marie traduit tes livres (D). 　瑪莉翻譯你的書。

Marie a traduit tes livres (D). 　瑪莉翻譯了你的書。

Marie va à Londres (D). 　瑪莉去倫敦。

Marie est allée à Londres (D). 　瑪莉去了倫敦。

　筆記 在動詞詞組是「半助動詞＋不定詞」的情況下，副詞的擺放位置會以 B、C 或 D 的為基準（如複合形的情況）。

Marie va (doit) (B) ranger (C) ses livres (D).
瑪莉得整理自己的書。

　副詞要放在 A、B、C、D 哪一個位置，依副詞的種類不同而不同。另外，即使是同一個副詞也會因為意思不同，位置也會有所不同。一般來說，經常使用的幾個副詞，在動詞是簡單形的情況下，其位置在 A、在複合形的情況下，其位置在 B（是基本位置）。不過另一方面，大部分的副詞可放在 A、B、C、D 所有位置。

11
副詞

❶ 位置固定是 A、B 的副詞

下列的副詞，如果動詞是簡單形的話，其位置在 A（動詞的後面）；複合形的話，其位置在 B（助動詞的後面，過去分詞的前面），這是基本的位置。

> bien 好地，非常，的確是 / mal 不好 / déjà 已經 / encore 又、現在還是 / toujours 總是 / souvent 經常 / parfois 偶爾

Marie va **toujours** à Londres. (C) 瑪莉總是去倫敦。

Lucie a **bien** traduit ce livre. (B) 露西把這本書翻譯得很好。

J'ai **déjà** fini mon devoir d'anglais. (B)
我已經完成英語的作業了。

Tu as **encore** oublié ton parapluie? (B) 你又忘記帶傘了嗎？

> **筆記** 不過上面的副詞也是有可能放在 A 或 B 以外的位置（視意思的不同）。encore、souvent、parfois 在作為可能性的語意來使用時，A、B、C、D 任何位置都有可能擺放。另外，用 très 強調的話，bien、mal 等比較常放在 C 的位置（整個複合形的後面，也就是過去分詞的後面）。
>
> Marie a traduit **très bien** tes livres.
> 瑪莉翻譯你的書翻得非常好。

❷ 不能放在 B 的位置的副詞

下列的副詞可以放在 A、C 或者 D 的位置，也就是整個動詞或整個複合形的後面（複合形的話，即過去分詞的後面）、或者必需受詞補語的後面。以下這些副詞，用在複合形的情況下，不能放在助動詞和過去分詞之間（B 的位置）。

> tôt 早地 / tard 遲地 / ensemble 一起 / seul 一個人

Ils ont dansé **ensemble**. (C)
他們一起跳了舞。（×Ils ont ensemble dansé.是不正確的）

Marie a mangé **tard** ce matin. (C)
瑪莉今天早上很晚才吃。（×Marie a tard mangé...是不正確的）

Marie commence **très tôt** son travail. (A)/
Marie commence son travail **très tôt**. (D)
瑪莉很早就開始工作。

Marie a traduit **seule** tes livres.　(C)
Marie a traduit tes livres **seule**.　(D)
瑪莉一個人翻譯了你的書。（×Marie a seule traduit tes livres.是不正確的）

> **筆記** 以上此項規則也會因為副詞的用法而有些微差異。舉例來說，tôt、tard 在不用 très 等修飾詞修飾，而是單獨使用的情況下，若放在受詞後面感覺會比較不自然。另外，在動詞的後面是有受詞的情況下，ensemble 則會變成也可放在助動詞跟過去分詞之間。

Ils sont allés à Londres **ensemble**. (D) / Ils sont allés **ensemble** à Londres. (C) / Ils sont **ensemble** allés à Londres. (B)
他們一起去了倫敦。

❸ 所有位置（A、B、C、D）都有可能擺放的副詞

用來形容「動作執行者的意志」「動作本身的狀態」或是可表達「程度」「完美程度、強大程度」「整體性、完全性」等的副詞，大致上可以放在 A、B、C、D 所有的位置。

[動詞是簡單形]

Anne agitait **grâcieusement** son foulard.　(A)
Anne agitait son foulard **grâcieusement**.　(D)
安優雅地揮著圍巾。（動作執行者的意志）

Jean trie **soigneusement** ses déchets.　(A)
Jean trie ses déchets **soigneusement**.　(D)
尚會仔細地分類自己家的垃圾。（動作本身的狀態）

[動詞是複合形]

Claire a **délicatement** ouvert le coffret.　(B)
Claire a ouvert **délicatement** le coffret.　(C)
Claire a ouvert le coffret **délicatement**.　(D)
克蕾兒輕柔地把小盒子打開了。（動作本身的狀態）

Le bombardement a **complètement** détruit l'église.　(B)
Le bombardement a détruit **complètement** l'église.　(C)
Le bombardement a détruit l'église **complètement**.　(D)
轟炸將教會完全地摧毀了。（整體性、完全性）

11
副詞

[其它副詞的例子]

動作執行者的意志：attentivement 小心地 / calmement 冷靜地 / clairement 清楚地 / fermement 堅決地 / gentiment 親切地、溫柔地 / habilement 巧妙地 / intelligemment 聰明地 / poliment 有禮貌地 / prudemment 慎重地 / sèchement 冷淡地

動作本身的狀態：brusquement 突然 / confortablement 舒服地 / différemment 不同地 / directement 直接 / facilement 簡單地 / immédiatement 立刻 / inutilement 徒勞無功地 / machinalement 不自覺地 / progressivement 漸漸地 / rapidement 快速地、敏捷地 / simultanément 同時

程度：considérablement 明顯地 / énormément 非常地 / légèrement 一點點 / imperceptiblement 難以察覺地

完美程度、強大程度：admirablement 精彩地 / impeccablement 完美地 / merveilleusement 美妙地 / abominablement 可憎地

整體性、完全性：entièrement 完完整整 / parfaitement 完全地 / totalement 全部、完全地 / partiellement 部分地

強調某個選項：essentiellement 主要地 / précisément 正是 / principalement 主要是 / seulement 只有… / spécialement 特別是

筆記 表達「動作執行者的意志」的副詞，大部分都可以挪到句首。若主詞不是代名詞的話，也可以插在主詞和動詞之間。兩者都是強調主詞（動作執行者）的意志。

Attentivement, Max a écouté les explications de Marie, /
Max, **attentivement**, a écouté les explications de Marie.
專注地，馬克斯聽了瑪莉的說明。　　　　　　　　　(Molinier et Levrier)
另外，一部分表示「動作本身的狀態」的副詞（brusquement、immédiatement、rapidement 等）也可以挪到句首。主要是強調本句及前一句所表達之事件兩者的時間順序關係。

L'accident a eu lieu à 0 h 27. **Immédiatement**, les secours sont arrivés sur les lieux.　　　　　　　　　　　(Molinier et Levrier)
事故發生在凌晨 12 點 27 分。救護車立即就趕到現場。

▶即使是表示程度（或某個量）的副詞，下列的副詞也不能放在

受詞的後面（即不能放在 D 的位置）。

> beaucoup 大量，非常多 / un peu 一些 / peu 幾乎沒有… /
> trop 過於…
> 比較級：plus 更多 / autant 一樣多 / moins 更少 / davantage 更多

Anne aime **beaucoup** les chiens.
安非常喜歡狗。（×Anne aime les chiens beaucoup.是不正確的）

J'ai **beaucoup** réfléchi sur ce problème. /
J'ai réfléchi **beaucoup** sur ce problème.
我針對這個問題想了很多。

（×J'ai réfléchi sur ce problème beaucoup. 是不正確的）

（4）修飾整個句子

　　副詞在要修飾整個句子的情況下，會放在句子開頭，一般會用逗號（,）[virgule]隔開。根據狀況，也是有可能擺在句中或句末。根據副詞所表達的意思可分以下幾個種類。

❶ 跟事件發生的「時間」「地點」有關

　　在句子中，表示事件發生的「時間（時間點、頻率等）」或表示「地點」的副詞，在很多情況會放在句子開頭或句末。

　　因為「時間」或「地點」是事件本身構成的要素，從此意思來看，可以說是和謂語有很強的連結性。同樣的概念，像是接下來要討論的 -ment 型的許多副詞，和前面「(3) 修飾動詞・謂語」項目中所看到的副詞，也是有可以放在句中的。

Aujourd'hui, je ne suis pas allé au travail.
今天我沒有去工作。

Jean n'est pas à Paris **en ce moment**.　尚現在不在巴黎。

Récemment, ils ont acheté trois avions de chasse à une compagnie russe.
最近他們從俄羅斯的公司購買了三架戰鬥機。

Ici, il neige rarement.　這裡幾乎不下雪。

11
副詞

[其它副詞的例子]

> **時間點**：hier 昨天 / demain 明天 / autrefois 之前 /
> avant 之前 / à ce moment-là 那個時候
> （也可以放在句中的）bientôt 不久 / actuellement 現在 /
> dernièrement 最近 / récemment 最近 / ultérieurement 之後 /
> préalablement 事先
> **頻率**：（也可放在句中的）souvent 經常 / de temps en temps 有時候 /
> quelquefois 偶爾 / parfois 有時候 / rarement 不常 /
> occasionnellement 偶爾 / fréquemment 頻繁地 /
> régulièrement 有規律地 / périodiquement 定期地 /
> quotidiennement 日常地 / exceptionnellement 例外地

> **期間**：（也可以放在句中的）momentanément 一時地 /
> provisoirement 暫時地 / temporairement 暫時地 /
> éternellement 永遠地

> **地點**：là 在那裡 / là-bas 在那裡、對面 / devant 在前面 /
> derrière 在後面 / à côté 在旁邊、身邊 / tout près 非常近

❷ 用來説明某敘述內容是根據哪個「領域・觀點」的副詞

　　有些副詞可用來説明一個句子的敘述內容是關於哪個領域，或是根據哪個觀點、哪一方面來做判斷的。這些副詞在很多的情況下會放在句子開頭。另外，也可以在主詞和動詞之間插入（只限定於當主詞不是代名詞的情況），或放在句末。

Juridiquement, ce procédé est irréprochable.
就法律上來說，這個作法無可挑剔。

Cette opération, **militairement**, ne comporte aucun risque.
軍事方面來說，這個作戰沒有任何風險。

[其它副詞的例子]

> biologiquement 生物學上來說 / économiquement 從經濟（學）的觀點來說/ grammaticalement 文法上來說 / politiquement 政治上來說

❸ 表達一般情況、習慣性行為的副詞

　　表達像是「通常」「一般來說」的副詞，除了放在句子開頭之外，還可以放在動詞的後面、句末等各式各樣的位置。因為主要是在說明一般的情況、習慣性的行為，所以動詞一般是現在時或未完成過去時。

D'ordinaire, Paul ne vient pas au bureau avant dix heures.
平常保羅不會在十點前來公司。

Les salles de bains, à l'époque, étaient **en général** assez mal éclairées.
當時浴室一般來說都是非常昏暗的。

[其它副詞的例子]

> habituellement 平常是 / généralement 一般來說 /
> normalement 一般來說

❹ 為針對某件事表達出個人評價的副詞

　　有一些副詞的功能是，針對上下文提到的某件事，表達出如「幸好」「不幸地」等帶有說話者個人主觀想法、個人語氣的評價。可放在句子開頭或句末，並以逗號來區隔。另外，有時候也會在主詞和動詞之間插入（只限於主詞不是代名詞的情況）。

Heureusement, il n'a pas plu pendant le match.
幸好比賽中沒有下雨。

L'armée, **curieusement**, ne s'est pas opposée à cette décision.
不可思議的是，部隊並沒有反對那個決定。

[其它副詞的例子]

> malheureusement 不幸地 / par miracle 奇蹟般地
> paradoxalement 自相矛盾地

❺ 和敘述之真實性、可能性有關的副詞

　　此為針對某敘述之真實性、可能性，表達出如「可能」「恐怕」「一定」等評價的副詞。位置可放在句子開頭、句末、或在主詞和動詞

11
副詞

之間插入（只限定於主詞不是代名詞的情況），也可放在助動詞的後面，或是放在整個動詞的後面（過去分詞的後面）。

Apparemment, ils n'étaient pas satisfaits de notre proposition.
顯然他們對我們的提案並沒有很滿意。

Le ministre va **vraisemblablement** faire une courte visite au Caire.
部長可能將短暫造訪開羅。

[其它副詞的例子]

bien sûr 當然 / peut-être 可能 / sans doute 大概，有可能地 /
certainement 一定 / évidemment 當然 / forcément 理所當然 /
manifestement 明顯地 / naturellement 自然地 /
probablement 大概 / sûrement 一定 / visiblement 顯而易見地

▶ 以上這些副詞還可以單獨用來針對整個疑問句，來做肯定性的回應。

Ils sont sortis? – **Apparemment.**
他們出門了嗎？－看起來好像是。

6 針對「以何種態度來表達」的補充説明功能

此副詞的功能並不是針對句子的敘述內容，而是用在與聽者之間的互動，副詞的選用就取決於對於所面對的聽者，這句話說話者要以何種態度、何種形式來表達。會放在句子開頭的位置，並用逗號隔開。另外，也可在主詞和動詞之間插入（只限於主詞不是代名詞的情況），但也可放在句末。

Franchement, c'est un navet, ce film.
坦白說就是部爛作品，這部電影。

Entre nous, tu crois vraiment que ça va marcher?
我們私下說話，你真的覺得這會順利嗎？

[其它副詞]

態度：honnêtement 說實話 / sérieusement 認真地說 /
sincèrement 老實說
形式：en gros 大致上來說 / concrètement 具體上來說 /
objectivement 客觀上來看
其它：théoriquement 常理來說、一般來說 / officiellement 官方上 /
pour ainsi dire 換句話說

❼ 聯繫前後兩句子、具連接詞功能的詞

主要是聯繫前後兩句子、有著連接詞作用的副詞。至於位置，有
可放在句首的，也有可以放在句子中動詞後面（複合形的話是放在
助動詞後面）的等。

Jacques est très gentil, et **en plus**, il est intelligent.
賈克非常親切，而且很聰明。

Quoi? Personne n'est venu? C'est **quand même** un peu
exagéré.
什麼？沒有人來嗎？那真的有點誇張。

[其它副詞的例子]

放在句子開頭：à propos 話說，順便一提 / bref 簡而言之 /
c'est-à-dire 也就是說 / justement 正是因為這樣 / autrement 必須是那樣
/ puis 然後 / après 之後 / premièrement 第一 / aussi 因此
放在句子開頭或者動詞後面：en outre 而且 / en effet 實際上的確… /
par conséquent 因此 / au contraire 反而… /
par contre 相反地 / en tout cas 不管怎麼樣 /
cependant 儘管那樣 / pourtant 然而 /
d'abord 首先 / ensuite 下一個 / enfin 最後

11

副
詞

2. 關於副詞的其他補充重點

（1）Oui、Non、Si

　　為了回答一整個疑問句而使用的 **oui**「是」、**non**「不是」、**si**（對於否定疑問句的肯定回答），是可代替一整個句子或子句來回答的副詞。　☞ p321 **4**

Vous n'avez rien à déclarer? – **Non**.
您沒有事情要提報嗎？－沒有。

Céline vient vraiment? – Je crois que **oui**.　（代替子句）
席琳真的會來嗎？－我覺得會來。

（2）副詞的形式

❶ 副詞・副詞片語・副詞詞組

　　雖然副詞很多都是單一一個單字，但是也有幾個是由兩個以上的單字組合而成的（副詞片語）。

> un peu 一些 / bien sûr 當然 / par chance 幸好 /
> par exemple 舉例來說 / en tout cas 不管怎樣 /
> en un mot 用一句話來說 / en ce moment 此時此刻 /
> de temps en temps 有時候　　等

　　另外，也有會被其它副詞修飾的副詞，或是修飾「介系詞＋受詞」的副詞（副詞詞組）。

Véronique marche **très vite**.　（被其它副詞修飾的副詞）
薇羅尼克走路非常快。

Cette commission a été créée **conformément aux instructions du ministre**.
這個委員會是依照部長的指示而設置的。（修飾「介系詞＋受詞」）

[後面接受詞的副詞例子]

> contrairement à 和…相反
> indépendamment de 和…沒有關係，除了…之外

2 陰陽性‧單複數的變化

下面的副詞是有形態變化的。

‧ **seul** 「只有…，一個人／單獨」

原本是形容詞，被用來當作類似副詞的情況，**seul** 也會有陰陽性‧單複數一致性的變化。

Ma grand-mère habite **seule** dans une grande maison.
我祖母一個人住在大房子。

Seules les troupes de Condé résistaient encore.
只有康德公爵的部隊現在還在抵抗。

‧ **tout** 「完全、非常」

修飾以子音（也包含噓音 **h**）開頭的形容詞時，此形容詞是陰性的話，**tout** 也會有陰陽性‧單複數一致性的變化。

Ces gens habitent dans de **toutes** petites maisons en bois.
這些人們住在非常小的木造房子。

‧ **grand** (ouvert)、**large** (ouvert) 「（被打開得）很大地」
frais 「最近地」

本來是形容詞，但被用來當作類似副詞的功能，一般會有陰陽性‧單複數一致性的變化。

une fenêtre **grande** ouverte　開得很大的窗戶。

des roses **fraîches** écloses　剛盛開的玫瑰花

3 語尾是 -ment 的副詞

大部分的副詞是在陰性形容詞後面加上後綴詞 **-ment** 變成副詞的。

陽性	陰性	副詞	
délicat	➡ délicate	➡ délicatement	溫柔地，輕輕地
heureux	➡ heureuse	➡ heureusement	幸好
nouveau	➡ nouvelle	➡ nouvellement	最近
sec	➡ sèche	➡ sèchement	冷淡地

筆記 也有形容詞是不能以-ment 作為後綴的副詞。
例：charmant 有魅力的 / content 滿意的 / fâché 生氣的 / français 法國的 / important 重要的 / intéressant 很有趣的 / perplexe 困惑的 / travailleur 勤勉的 / vieux 老舊的　等

11
副詞

▶也有一些副詞是以不同於上述規則（在陰性形容詞字尾加上-ment）而加上-ment 的。

[在陽性形容詞後面加上-ment 的副詞]

以母音作結的陽性形容詞（包含陰陽同形、以 e 結尾的形容詞）直接加上 -ment。

probable	➡ probablement 可能	vrai ➡ vraiment 真的	
poli	➡ poliment 有禮貌地	aisé ➡ aisément 輕鬆地	
résolu	➡ résolument 斷然地		

筆記 有形容詞陽性以 u 作結尾，加上-ment 變成副詞時會像下列一樣例子一樣拼成有 û 的副詞。不過此尖音符不加也沒關係（根據 1990 年的拼字修正案）。例：assidûment 刻苦勤勉地 / crûment 直截了當地 / dûment 遵守規則地，正式地 / continûment 不間斷地　等（assidument、crument 等也可以）

[語尾的 e 變成 é 再加上 -ment 的副詞]

一部分的陰性形容詞或陰陽同形的語尾 e 會變成 é 後再加上-ment。

précis	➡ précisément 正確地	profond	➡ profondément 深刻地
aveugle	➡ aveuglément 盲目地	conforme	➡ conformément(à) 遵守…
énorme	➡ énormément 非常	commode	➡ commodément 寬敞舒適地

[變成-amment、-emment 的副詞]

陽性字尾是 -ant、-ent 的形容詞，在變成副詞時，大部分會變成 -amment、-emment 的形式（發音都是[-amã]）。

brillant	➡ brillamment 閃耀地、精彩地
apparent	➡ apparemment 表面上，看來
prudent	➡ prudemment 慎重地
constant	➡ constamment 總是
évident	➡ évidemment 明顯地
récent	➡ récemment 最近

[其它的]

gentil ➡ gentiment 親切地	bref ➡ brièvement 簡短地 等

中高級！ 多種用法的副詞

同一個副詞會有多種用法，且根據意思的不同，放置的位置也會跟著改變。

profondément

Elle était **profondément** blessée. （修飾形容詞）
她傷得很重。

Il faut creuser plus **profondément**. （修飾動詞）
必須要挖掘得更深。

franchement

Son dernier roman est **franchement** mauvais. （修飾形容詞）
他（她）最新的小說真的很糟。

Jean ne m'a pas parlé très **franchement**. （修飾動詞）
尚沒有很坦率的跟我說。

Franchement, je n'ai pas aimé ce film.
（針對「以何種態度來表達」的補充說明功能）
坦白說，我不喜歡那部電影。

中高級！ 用強調句法 c'est … que 強調某副詞

c'est… que 是提及句子中某要素（主詞、受詞或副詞等）的內容並加以強調的句法。依這個概念，那些並不是針對句子的敘述內容本身來做修飾，而是附加帶有個人評價、個人想法或一般想法等意義的副詞，一般來說是不能用 c'est … que。在前面學到的 1.（4）「修飾整個句子」項目中的 ❸❹❺❻❼ 所看到的副詞即符合這點。

另一方面，在「修飾整個句子」的重點 ❶ 中很多的副詞，或在重點 ❷，以及在(3)「修飾動詞・謂語」的 ❸ 中的「動作執行者的意志」「動作本身的狀態」等，一般來說可以用 c'est … que 來強調副詞。

C'est **à ce moment-là** que j'ai vu Sophie.
我就是那個時候看到蘇菲的。

C'est **ici** que j'ai mis mon sac. 我就是把包包放在這裡的。

C'est **légalement** que Luc a le droit d'agir ainsi.
法律上的觀點而言，呂克有這樣做的權利。

C'est **attentivement** que Max a lu la notice.
馬克斯很專注地讀了那份說明書。

11
副詞

第12章 介系詞 & 介系詞詞組

介系詞後方接續名詞子句等時,即可形成介系詞子句。介系詞子句在句中具有作為狀況補語或名詞補語等的功能。

介系詞和介系詞詞組

介系詞引導後面的名詞詞組或動詞不定詞而形成一個詞組,並以此詞組為單位在句中發揮各式各樣的作用。此詞組就稱作介系詞詞組。

> Dominique travaille **à Bordeaux**.
> 　　　　　　　　　　　　介系詞詞組
> 多米尼克在波爾多上班。
>
> Tu lui as parlé **de ce problème** ?
> 　　　　　　　　　介系詞詞組
> 你有跟他(她)說這個問題嗎?　　　　　　　　(parler de 談論…)

在上面的例子中,介系詞詞組 **à Bordeaux** 發揮地點狀況補語的作用,**de ce problème** 則是動詞 **parler** 的間接受詞。

(1) 主要的介系詞

主要的介系詞如下。有單一一個單字的或是由數個單字組成的介系詞片語。很多介系詞基本上都是表達時間、空間關係。但是介系詞的用法很廣、很多樣,所以詳細的用法還請用字典確認。下列的分類僅是為了方便了解。

[單一的介系詞]

> 空間:à 在… / de 的… ,從… / en 在… / dans 在…之中 /
> sur 在…的上面 / sous 在…的下面 / devant 在…的前面 /
> derrière 在…的後面 / entre 在…之間 / chez 在…的家 / jusque 直到…

> 時間:avant 在…之前 / après 在…之後 / pendant 在…期間 /
> depuis 自…以來 / dès 從…馬上 / vers 接近…的時候

其它：avec 和…一起 / sans 少了… / pour 為了… /
contre 對著…，反對… / par 由於… / envers 對於… /
parmi 在…之中 / sauf 除了… / malgré 儘管…還是 / selon 根據… /
d'après 根據… / vers 接近…的時候

[介系詞片語]

空間：à côté de 在…的旁邊 / en face de 在…的對面 / autour de 在…的周圍
au milieu de 在…的正中央 / près de 在…的附近 / loin de 離…很遠 /
au-delà de 在…的另一邊 / en deçà de 在…的這邊 /
du côté de 在…的旁邊 / au bout de 在…的盡頭 / au fond de 在…的底部 /
à travers 穿過… / au-dessus de 在…的上方 / au-dessous de 在…的下方

原因：grâce à 多虧了… / à cause de 由於…

對象：à propos de 關於… / au sujet de 關於… /
quant à 談到關於… / à l'égard de 關於… /
au lieu de 與其… ; 不… ，而…

筆記 在其它也有一些是像介系詞用法的詞類。
comme 像…一樣，作為…（連接詞）/ il y a（從現在開始）在…之前（非人稱
提示詞）

Sarah est devenue médecin **comme** sa mère.
莎拉和母親一樣當上醫生了。

Mon père est venu en France **il y a** trente ans.
父親在三十年前來到法國。

（2）介系詞和冠詞的縮寫

介系詞是 à 和 de 的情況下，如果後面有加上定冠詞陽性單數形
le 或者是複數形 les 的名詞的話，介系詞和冠詞會縮寫成一個單
字。 冠詞的縮寫 p.47

Cette année, je vais au Japon.
我今年會去日本。（←à＋le Japon）

以 de 或 à 結尾的介系詞片語（à côté de、au fond de、quant à
等）也是一樣的情況。

Le bureau de Madame Vidal est **au fond du** couloir.

維達爾夫人的房間在走廊的盡頭。（←au fond de＋le couloir）

筆記 不過，加上冠詞的人名的情況，則不會縮寫。

un roman **de** Le Clézio　　勒克萊齊奧的小說

（3）介系詞後面的要素

可以放在介系詞後面的是名詞詞組。

①一般的名詞詞組

Léa enseigne l'anglais **dans un collège parisien**.

蕾雅在巴黎的中學教英文。

▶沒有加上冠詞類（限定詞）的名詞，通常是原封不動直接接在介系詞的後面。舉例來說，**en** 後面一般是接無冠詞的名詞，**sans** 在句子完全否定的情況下會接無冠詞的名詞。☞ p.71(3)

Tu es venu **en voiture?**　　你是坐車來的嗎？

On ne peut rien faire **sans argent**.　　沒有錢的話什麼都做不到。

②人稱代名詞

在介系詞的後面放人稱代名詞的情況下，會使用強調形。

Jean-Pierre est très gentil **avec moi**.

尚皮耶對我非常親切。

▶動詞的間接受詞被 **à** 引導的情況下，會有下列兩種可能性，要特別注意。☞ p.166

Je pense **à toi**.　　（à＋強調形人稱代名詞）

我在想你。

Je **lui** téléphone.　　（間接受詞人稱代名詞。téléphoner à 打電話給…）

我打電話給他（她）

③不定詞

有一部分的介系詞可以引導動詞的不定詞。

Denis travaille le soir **pour payer ses études.**

丹尼為了支付學費而在晚上工作。

On peut y aller **sans changer de train**.
到那裡不需要換車就能去。

Fais ce que tu peux **au lieu de te plaindre**.
不要再說不公平了，盡你所能吧。

▶動詞的直接受詞是不定詞的情況下，根據動詞的不同，也會有後面不直接接不定詞，而是要透過 **de** 或 **à** 來接不定詞的情況。
☞ p.256①

On nous a dit **d'attendre ici**.
我們被吩咐要在這裡等。

J'ai appris **à nager le papillon** toute seule.
我自己一個人學會了蝶式。
（比較：不需要介系詞的例子 àJ'adore danser. 我最喜歡跳舞。）

> **筆記** 在上面的兩個例子中，不定詞的部分在變成代名詞的時候，會使用中性代名詞 le，且 le 是直接受詞。

On nous l'a dit.　有人如此告訴我們。

Je l'ai appris toute seule.　我一個人學會了那個。

④其它
也有以下例外的例子。

> depuis longtemps (peu) 從很久以前（不久前）（longtemps、peu 是副詞）/ depuis quand 從什麼時候（quand 是疑問副詞）/
> pour quand 為了什麼時候 /
> pour dans huit jours 為了八天後的（在介系詞的後面放介系詞詞組）等

> **筆記** 介系詞後面也可以放關係子句（que〜）。但此形式會將「介系詞＋que」視作一個從屬連接詞。☞ 狀況補語子句 p.441
> 例子：avant que 在…之前 / pour que 為了… / malgré que 儘管…還是　等

（4）介系詞詞組的作用

在句中，介系詞詞組發揮的作用如下列所示。

①狀況補語

Chez ma grand-mère, il y avait plein de poupées.
祖母的家有很多娃娃。（表達場所的狀況補語）

Guy a fait beaucoup de progrès **grâce à son nouvel entraîneur.**

多虧了新的教練，基伊進步非常多。（表達原因的狀況補語）

②動詞的間接受詞等

介系詞詞組是動詞的間接受詞的情況，或表示場所的必需補語的情況。

Je compte **sur** toi.　我要靠你了。

Je vais **à Cologne** demain.　我明天要去科隆。

③補語等

介系詞詞組發揮如形容詞的功能，在句中當作補語、修飾詞、同位語的情況。

Attention, maman est **en colère.**　要注意點，媽媽在生氣。

Le ministre était flanqué de trois hommes **en costume noir.**

部長有三位穿著黑色西裝的男人跟著。☞ 下面的④

④名詞的補語

名詞的補語最具代表性的是由 de 引導的介系詞詞組，以表示所有格的關係。

la voiture **de Sophie**　蘇菲的車

le plafond **de la cuisine**　廚房的天花板

其它的介系詞、其它的關係也有很多。

un livre **sur la France**　有關法國的書

un médicament **pour maigrir**　為了瘦身的藥

⑤形容詞或副詞的補語

Nathalie est fâchée **avec son petit ami.**
娜塔莉和她男朋友失和。

Les enfants raisonnent différemment **des adultes.**
小孩子有著和大人不同的思考方式。

中高級！ **介系詞的重複**

在有兩個並排的名詞詞組（名詞詞組 et 名詞詞組）的前面要接介系詞的時候，會有重複使用介系詞的情況及不重複使用（共用介系詞）的情況。

[à、de、en 的情況] ➡ 重複

Ces places sont réservées **aux** personnes âgées et **aux** femmes enceintes.

這些座位是老年人和孕婦專用的。

Ils parlent **en** français et **en** chinois à la maison.

他們在家裡用法語和中文說話。

但是對於慣用的用法，則不會重複使用介系詞。

le droit **de** vivre et mourir en paix

以平靜的方式生活並死去的權利

[其它介系詞的情況] ➡ 一般不會重複

Nous cherchons une maison **avec** un grand living, une grande cuisine et au moins trois chambres.

我們在找有寬敞的客廳和寬敞的廚房，且最少有三間臥室的房子。

Je crois que c'est la meilleure solution **pour** toi et **pour** ta femme.

我覺得這不管是對你還是對你太太來說，都是最好的解決方式。

中高級！ **被兩個介系詞共用的同一個名詞詞組**

在用到兩個意思對立（相反）的介系詞的情況，後面通常會共用同一個名詞詞組。

avant et après le repas　　在飯前和飯後

avec ou sans sucre　　要加糖還是不加糖

pour ou contre cette réforme　　贊成還是反對這改革

12
詞組
介系詞 & 介系詞

第
13^章

連接詞

連接詞會將兩個句子（或在句子中有同樣作用的兩個詞組）
連接起來。連接詞形態不會變化。

連接詞會將兩個句子或兩個詞組連接起來。根據其連接的方式會
分成**對等連接詞**和**從屬連接詞**。

1. 對 等 連 接 詞

對等連接詞有下列七個。

et 然後；…和…	**ou** 或是	**ni** …也沒有…	**mais** 但是
or 然而	**donc** 因此	**car** 因為是…	

> **筆記** 為了記住這七個，在法語中會使用諧音句 Mais où est donc Ornicar?「歐
> 魯尼卡爾到底在哪裡呢?」來記。

（1）詞組的連接

對等連接詞會將句中有同樣作用的詞組連接起來。因為被接起來
的兩個詞組是對等關係的，沒有「支配－從屬」關係，所以就算少
了其中一詞組也可以成立。**et** 和 **ou** 是典型的對等連接詞。

J'ai acheté une veste et deux cravates.
我買了一件外套和兩條領帶。

Tu viens samedi ou dimanche?
你要禮拜六來，還是禮拜天來？

在第一個例子 **une veste** 和 **deux cravates** 都同樣是 **acheter**
「買」的直接受詞，且就算去掉其中一詞組，在文法上句子還是成
立的（例：**J'ai acheté une veste**）。而在第二個例子中表達時間的
狀況補語被 **ou** 連接。

▶用 **et** 或 **ou** 將三個以上的詞組連接起來的情況下，會像 A, B
et C 一樣用逗號（,）[virgule]來隔開並排的情況，但只有最後的
兩個詞組會用連接詞連接起來。

Dans la vaste pièce, il n'y avait qu'une petite table, deux tabourets **et** une lampe cassée.
那間寬廣的房間裡，只有一張小桌子、兩張凳子和一台壞掉的檯燈。

▶表達否定的 **ni** 是稍微特殊的句法，是有點像書面語的用法。實際用法請用字典確認。

Ce soir, je ne prends pas de café, **ni** de thé.
今晚不喝咖啡也不喝紅茶。（＝pas de thé non plus）

Ce matin-là, Odile **ne** prit ni café **ni** chocolat.
那天早上歐蒂沒喝咖啡也沒喝可可。

筆記 mais 基本上是連接兩子句的對等連接詞，但是也有像下列一樣看起來像是連接子句及詞組的例子。

Il est intelligent, **mais** très méchant.　他雖然聰明卻非常壞心眼。

但像是 et 那樣能單純連接兩事物合在一起當作一件事來看，如把「聰明又（et）大方」看作是一件事，來形容一個人的性格的這個用法，在上面這句中就不可行。mais 的用法是，以上面的例句為例，先以 Il est intelligent 的內容導出的一個結論（先說「他很聰明」），接著再提出另一個根據 Il est très méchant，以推翻前面的那個結論不適用。因此可以把上面例句中 mais 後面的內容想成是有句子被省略了，只剩下詞組的狀況。

（2）句子的連接

對等連接詞可以將兩個句子連接起來（除了 **ni**）。以「句 1 + 對等連接詞 + 句 2」的形式來連接。句 1 說完後馬上用對等連接詞連接，再提到句 2，也有可能會出現用逗號或句號（.）[point] 隔開句 1 及連接詞與句 2 的現象。

Louis a enfin trouvé du travail **et** sa mère est très contente.
路易終於找到工作，媽媽非常高興。

Je pense, **donc** je suis. （Descartes）
我正在思考，所以我存在。（「我思故我在」──笛卡兒）

La négociation n'a pas abouti, **car** les deux pays n'ont pas voulu faire davantage de concessions.
談判進行得不順利，因為兩國拒絕做更多的讓步。

筆記 因為 car 是表示理由的連接詞，意思上很像從屬連接詞的 parce que「因

為⋯」。但是和 parce que 不同的是，car 固定用如「句 1 ＋ 對等連接詞 ＋ 句 2」的形式，且也不能用強調語法來表達，正因如此 car 沒有被分類到從屬連接詞。

（3）如對等連接詞作用的副詞

下列的副詞（片語）會發揮如對等連接詞一樣的作用。

> 前後邏輯關係：ainsi 就這樣 / aussi 因此 / en effet 因為⋯ /
> par conséquent 因此 / au contraire 相反地 /
> par contre 相反地 / d'ailleurs 此外　等

L'entrée est gratuite, **par contre** ils te font payer les boissons.

入場是免費的，但相反的，要付飲料錢。

> 前後順序關係：d'abord 首先，一開始 / puis 然後 / ensuite 然後 /
> enfin 最後 / finalement 結局 / premièrement 最先的

On prend d'abord un apéritif et **ensuite** on va passer à table.

先喝些餐前酒，再用餐吧！

筆記 由於下面的這兩個性質，以下這些副詞會和對等連接詞作區分。
（1）副詞不僅限於接在句 2 的開頭，在單一句中也能使用。

Cette réforme ne représente **par conséquent** aucun progrès.

這個改革案完全沒有進步。

（2）兩個對等連接詞不能合併在一起使用，但副詞倒是可以和對等連接詞合併起來使用。
例：et puis 然後接下來 / et enfin 然後在最後 / mais finalement 結果還是⋯
等
如果對等連接詞和連接詞功能的副詞是以這樣的方式區別的話，以往被當作是對等連接詞的 donc 反而會被歸類在副詞。

2. 從 屬 連 接 詞

由單一一個單字組成的從屬連接詞有下列四個。

引導關係子句：que

引導狀況補語子句：quand 做…的時候　si 如果…的話　comme 因為是…

其它還有像是 **puisque**「因為是…」（←**puis**＋**que**）、**lorsque**「做…的時候」（←**lors**＋**que**）這樣合成的連接詞，以及像是 **avant que**「在做…之前」或 **pour que**「為了做…」這類由兩單字以上組成的連接詞片語。

從屬連接詞只會連接句子（此時應稱作「子句」）而已。從屬連接詞引導的子句（即從屬子句）在文法上，是從屬於句子中的主句，因此才被稱為從屬子句。☞ p.414(1) 另外，狀況補語子句在很多情況下，可以放在主句的前面，也可以放在後面。☞ 狀況補語子句 p.441

Quand tu viendras, je te montrerai les photos.
你要是來的話我就拿照片給你看。

Je peux lui téléphoner **si** c'est nécessaire.
我也可以打電話給他（她），如果有必要的話。

筆記 關於從屬連接詞的詳細用法，請參照「狀況補語子句的項目」☞ p.441～449。

第 14 章

否定句

否定句的用法是用 ne ... pas 將動詞夾起來的表現方式，不過在日常對話中很常拿掉 ne，只靠動詞後面的 pas 就能變成否定句

1. 否定句的基本形態

（1）否定詞 ne ... pas

將句子中的主要動詞用否定詞的 **ne** 和 **pas** 夾起來就會變成否定句。

Je **ne** suis **pas** fatigué.　我不累。

Je **ne** regrette **pas** d'avoir choisi ce métier.
我不後悔選擇這個職業。

筆記 關於動詞不定式的否定形請參照「不定詞」的項目  **p.253** 。

▶ne ... pas 的注意重點

[ne 的音節省略]

否定詞的 **ne** 若遇到後面的動詞或代名詞是母音或啞音 **h** 開頭的情況下，會變成 **n'**。

Tu **n'**es **pas** fatigué?　你不累嗎？

Je **n'**y ai **pas** pensé.　我沒有想到那個。

[動詞是複合形的情況]

動詞是複合形的情況，則會用 **ne** 和 **pas** 把助動詞（**avoir**、**être**）夾起來。

Je **n'**ai **pas** mangé ce matin.　我今天早上沒有吃飯。

Brigitte **n'**est **pas** allée à l'école aujourd'hui.
碧基特今天沒有去學校。

[受詞人稱代名詞和代名詞 le、en、y 的位置關係]

在動詞的前面有受詞人稱代名詞或中性代名詞 **le**、代名詞 **en**、**y**

的情況下，**ne** 會放在這些代名詞前面的位置。

Vous **ne** leur téléphonez **pas?**　您不打電話給他們（她們）嗎？

Je **ne** te l'ai **pas** dit?　我沒有跟你說那件事嗎？

N'y pense **pas.**　不要想那種事。

▲「**pas de**＋名詞」

　　當受詞（某個種類的事物，例如 **argent** 錢）在被全面否定的情況下，會用像是 **ne...pas** d'argent（沒有任何的錢）一樣，變成 **pas de~** 的形式。☞ **p.45 3**

Je **n'ai pas** d'argent.　我沒有錢。
（比較：J'ai de l'argent. 我有錢）

Il **n'y a pas de** problème.　沒有問題。
（比較：Il y a un problème. 有一個問題）

Elle **n'a pas** bu **de** vin.　她沒有喝葡萄酒。
（比較：Elle a bu du vin. 她喝了葡萄酒）

（2）ne 的省略

　　在日常會話中，ne 經常被省略，只留下 **pas** 來用作否定詞。

Elle est **pas** venue?　她沒有來嗎？（＝Elle n'est pas venue?）

Ça marche **pas?**　進行得不順利嗎？（＝Ça ne marche pas?）

Te gêne **pas.**　不用客氣。（＝Ne te gêne pas.）

筆記 上面的(1)(2)講述了關於否定基本形的 ne...pas，在接下來要學的「否定的副詞」中的其他副詞，跟(1)也是同樣的情況。

Il **n'y a jamais** eu **de** problème.　從來都沒有問題發生過。

另外，(2)所提到的規則不僅限於「否定的副詞」中所提到的副詞，personne、rien 等其它副詞的情況也適用。

J'ai **rien** dit.　我什麼都沒有說。

2. 各式各樣的否定形態

除了 pas 之外，還有其他各式各樣能跟 ne 搭配表達否定意思的否定詞。

（1）用詞類來分類

❶ 否定的副詞

否定的副詞最具代表性的雖然是 **pas**，但除此之外還有下列的詞，都是和 ne 搭配使用，且用法特徵和前面 **1.** 所講述的是一樣的。

> plus 不再… / jamais 絕對沒…；至今為止一次都沒… /
> pas du tout 完全沒… / pas encore 還沒…
> [複雜的講法] guère 幾乎不… / point 一點都不… /
> aucunement 完全沒… / nullement 完全沒…

Ma mère **n'est plus** jeune.　媽媽已經不年輕了。

Tu **n'as jamais** mangé de caviar?　你從未吃過魚子醬嗎？

Je n'ai pas du tout pensé à ça.　我完全沒有料想到那件事。

L'avion **n'est pas encore** arrivé.　飛機還沒有抵達。

La mentalité des dirigeants **n'a guère** changé depuis cent ans.
居上位者的心態從一百年前開始就幾乎沒有變過。

▶其它否定的表達

其它還有像下列的詞，經常跟 ne 搭配使用來表達否定意義。

> plus du tout 已經不再… / rien du tout 完全沒有任何… /
> pas tellement 還沒到…那種程度 / pas trop 不太過於… /
> pas très+形容詞・副詞　不怎麼… / pas si+形容詞・副詞　沒有那麼… /
> pratiquement pas 事實上不… / presque pas 幾乎不…

Je **n'aime pas tellement** la bière.　我不太喜歡啤酒。

Ça va? Vous **n'êtes pas trop** fatigué?
你沒事吧？是不是覺得非常累？

Je n'ai **presque pas** dormi cette nuit.
我昨天晚上幾乎沒有睡。

❷ 否定的代名詞

下列的「否定代名詞」 ☞ p.123 有著否定的意思，會跟 **ne** 搭配。

---

personne 誰都 / rien 什麼都 / aucun(e) 誰都、什麼都 /
pas un(e) 一個人也、一個也 // [複雜的講法] nul(le) 誰都

Personne n'est vraiment satisfait de cette solution.
（主詞）
沒有人真的對這個解決方法感到滿意。

Il n'y a **rien** dans tes poches?　你的口袋裡沒有放任何東西?

Je **ne** travaille pour **personne**.　我沒有為了任何人工作。

À l'impossible, **nul** n'est tenu.
（諺語）不要強人所難；我們不能強迫別人做他不可能做到的事。

▶rien 和「動詞的複合形」、「半助動詞＋不定詞」

[動詞的複合形]
　動詞是複合形且 rien 是直接受詞的情況下，rien 會放在助動詞
和過去分詞之間。

Je n'ai **rien** vu.　我什麼都沒有看見。

⎰ 比較：Je n'ai vu personne.　我沒有看到任何人。　　　⎱
⎱　　　　Je n'ai vu aucune voiture.　我沒有看到任何一台車。⎰

[半助動詞＋不定詞]
　rien 是接在半助動詞後面之不定詞的直接受詞的情況下，rien 會
放在不定詞的前面。

Je **ne** peux **rien** faire.　我什麼都做不到。

⎰ 比較：Je ne peux rencontrer personne.　我誰也不會見。　⎱
⎱　　　　Je ne peux acheter aucune voiture.　我不會買任何車子。⎰

筆記 pouvoir、devoir、vouloir、savoir、oser、espérer 等變成複合形的情
況下，rien 的位置放在不定式的前面，或在助動詞和過去分詞（pu、dû、
voulu 等）之間都是有可能的。
Je n'ai pu **rien** faire. / Je n'ai **rien** pu faire.　我什麼都無法做。

▶形容詞組的修飾

否定的代名詞可以用形容詞組來修飾（形容詞用陽性單數形），此時會透過 de 來加上形容詞組。

Je n'ai trouvé personne **de sympathique**.
我沒有找到任何一位友善的人。

Rien **de plus simple** que de vivre heureux. Il suffit d'aimer.
要活的幸福是非常簡單的。只要去愛就好了。

❸ 否定的限定詞

接下來的否定詞是限定詞功能，主要放在名詞的前面，形成名詞詞組。跟 ne 搭配會變成「任何的～也沒有…」的意思。

aucun(e) / pas un(e) // [複雜的講法] nul(le)

Aucun étudiant **n'a** réussi cet examen.
這場考試沒有一個學生及格。

Ça **n'a aucune** importance.
沒有任何重要性。

筆記 下面使用 nul 和 aucun 的表達，可用於否定任何地點、任何時間點。
nulle part 無論在任何場所 / à aucun moment　無論在任何時間點
Je **ne** trouve mes lunettes **nulle part**.　到處都找不到眼鏡。

❹ 否定的連接詞

否定的連接詞 ni「不是…也不是…」可同時否定兩個以上的事物。和 ne 的搭配 ne～ni...(ni...)是基本的形式。

Ni Léa **ni** Alain **ne** m'ont (m'a) aidé.
不管是蕾雅還是亞倫都沒有幫過我。

Il **n'avait ni** argent **ni** pouvoir.　他既沒有錢也沒有權力。

René **n'a pas** bu de café, **ni** de thé d'ailleurs.
荷內沒有喝咖啡而且連紅茶也沒喝。

Le duc de Bourgogne **n'aimait ni ne** craignait le roi.
勃根地公爵討厭國王，而且不怕他。

有時候會合併兩個以上的否定詞來做表達。（rien、personne、aucun...、nulle part 等可跟不同的否定詞組合，不一定是只跟一種否定詞做組合。）

plus jamais（jamais plus）絕對不再 /
plus guère（guère plus）幾乎已經不 / plus personne 任何人都已經不再 /
plus rien 已經沒有任何 / plus aucun 任何…都已經不再 /
plus nulle part 到處都不再 /
jamais guère 幾乎絕不 / jamais personne 絕對沒有任何人 /
jamais rien 絕對什麼都不 / jamais aucun 任何…也絕不 /
plus jamais aucun（jamais plus aucun）任何…也絕不 /
guère personne 幾乎沒有人 / guère rien 幾乎什麼都不　等

Je n'achèterai **plus jamais** dans ce magasin.
我絕對不會再去那家店買東西。

Il **ne** reste **plus rien** dans le frigo.　冰箱什麼都沒有剩。

Elle n'a **jamais** parlé à **personne**.　她從來都沒有跟任何人說話。

除了 ne、pas、plus 這三個之外，其他的否定副詞、代名詞都可以單獨用來回答問題。

Vos fils viennent vous voir? – Non, **jamais.**
你們的兒子們會來看您嗎？－不，從來沒有來過。

Tu vois quelque chose? – Non, **rien.**
你有看到什麼嗎？－什麼都看不到。

Il faut combien de voitures? – **Aucune.**
需要幾台車啊?－一台都不需要。

▶用 pas、plus 來回答的情況
雖然不能單獨使用 pas、plus 來當作回答，但是可和其它單字搭配使用。

Tu as déjà mangé? – **Pas encore.**

你已吃過飯了嗎？－還沒。

Tu peux venir demain? – **Peut-être pas.**

你明天能來嗎？－應該不行。

Vous habitez tous à Lyon? – Non, **pas moi.**

各位全都是住在里昂嗎？－不，我不是。

Tu vas toujours à la piscine? – **Plus maintenant.**

你還是都會去游泳池嗎？－現在已經不去了。

（4）限制的表達 ne...que

ne...que~ 的組合是表達「只有…」的意思，是經常會被使用的表達。que 後面可接直接受詞、間接受詞、補語、狀況補語、狀況補語子句等。

[直接受詞]

Je suis désolé, je **n'**ai **que** ça.　不好意思，我只有這個。

[間接受詞]

Nathalie **ne** parle **que** d'elle-même.　娜塔莉只會說自己的事。

[補語]

Ce **n'**est encore **qu'**un enfant.　那還只是一個小孩子。

[狀況補語]

Ils **ne** vont commencer les travaux **que** dans trois mois.

他們好像只能在三個月後開工。

[狀況補語子句]

Le voyage **n'**aura lieu **que** s'il y a au moins dix participants.

旅行最少要有十位參加者才能成行。

[其它]

Il **n'**est **que** huit heures. On peut aller au cinéma.

才八點而已。我們可以去看電影。

▶要接主詞的時候

ne ... que 和同義詞的 seul(e)、seulement 不同，que 後面不能接主詞。在日常會話中，會用 il y a ... qui~ ☞ p.388 ❷ 來接續主詞，並以如下列句子表達。

Il **n'**y a **que** Paul qui me comprend vraiment.
只有保羅會真的了解我。

▶要接動詞詞組的時候

要接動詞詞組的時候，會使用「ne faire que＋不定式」的形式。

Elles **ne** font **que** manger des gâteaux.　她們只吃蛋糕。

▶和否定詞搭配

[和 pas 搭配]

ne ... pas que 是否定 ne ... que「只是」變成「不只是」的意思。

Il **n'**y a **pas que** ça comme problème. Il y en a d'autres.
問題不只是這樣。還有其它的。

[和 plus、jamais 搭配]

ne ... plus que 和 ne ... jamais que 分別是「只剩，只存有」和「到目前為止只有」的意思。

Je suis désolé, je **n'**ai **plus que** ça.
不好意思，我只剩下這個了。

Je **n'**ai **jamais** bu **que** de la bière.
我目前為止只有喝過啤酒而已。

（5）pas 和特定的副詞

在否定句裡，pas（或其他否定的副詞）雖然會直接放在動詞（複合形的話是助動詞）的後面，但有時候中間會有副詞插入，特別是下列表達可能性、準確性的副詞。

[在 pas 和動詞之間插入的副詞]

> certainement, sûrement 肯定 / peut-être 可能 /
> probablement 恐怕 / sans doute 可能地 / visiblement 明顯地 /
> vraiment 真的

Anne **ne** reviendra **sûrement pas**.　安一定不會回來。

Ce **n'est peut-être pas** vrai.　或許那個不是真的。

3. 關 於 否 定 句 的 補 充

（1）被否定句否定的對象

　　放在「ne＋動詞／助動詞＋否定副詞」前面的要素，一般不會是否定的對象；放在動詞、否定副詞後面的狀況補語等才會是否定的對象。

À Paris, je ne travaille pas (je fais du tourisme).
在巴黎我不會去工作（我要去觀光）。

Je ne travaille pas **à Paris** (mais à Versailles).
我並不是在巴黎工作（而是在凡爾賽）。

　　在第一個例句「巴黎」被放在句首，僅被視為某個時空背景的這個框架，不會變成否定的對象。相對的，第二個例句除了可以理解成如第一個例句的意思之外，還可理解成將「巴黎」視為否定對象的「（我工作的地點）並不是巴黎」。

（2）tout 和否定句

　　tout（tous les ...、toutes les ...等）當作直接受詞放在否定形的動詞之後的情況下，會變成否定的對象，帶有「並不是全部都…」的意思。

Je ne comprends pas **tout** ce qu'il dit.
並不是他說的話我全都懂。（一部分是懂的）

Elle ne vient pas **tous** les jours.
她並不是每天都來。（有時候會來）

另外，**tout** 當作主詞放在否定形的動詞之前也會變成否定的對象，在很多情況下是「並不是全部的…都…」的意思。

Tous les étudiants ne sont pas venus.

並不是所有的學生都來了。（一部分來了）

（比較：Trois étudiants ne sont pas venus. 三位學生沒有來）

> **筆記** 但是也有像下列例句一樣不是「一部分」的否定，而是「任何都」的否定意義。

Toutes vos menaces ne m'impressionnent pas.

你們的各種威脅手段，對我來說全都沒有用。

（3）提供資訊和反駁

根據情況，否定句有單純的資訊提供的用意，以及否定（反駁）對方的用意，以澄清自己所認知的某件事。

[提供資訊]

Jacques est venu à la fête? - Non, il n'est pas venu.

賈克有來派對嗎？－不，他沒有來。

J'adore chanter, mais je n'aime pas tellement danser.

我雖然很喜歡唱歌，但不太喜歡跳舞。

[反駁]

Je t'assure, Denis n'a pas insulté Cécile.

我向你保證，丹尼才不會罵賽西爾。

Mais non, le problème n'est pas encore réglé.

才沒有呢，問題還沒有解決呢。

Pierre n'est pas petit ; au contraire, il est immense.

皮耶爾身材才不矮小呢。相反地他超壯的。

中高級！ **只用 ne 的否定**

以下是只用 **ne** 就能變成否定句的情況，是較複雜的書面語。除了慣用語表達之外，一般都是用 **ne ... pas**。

（1）**pouvoir**「可以」、**oser**「敢做…」、**cesser de**「放棄做…」接不定詞的情況，以及 **savoir** 接間接問句的情況

Juliette **ne** put (pas) retenir ses larmes.
茱麗葉沒有辦法忍住眼淚。

Il **n'**osait (pas) regarder Mathilde de face.
他實在沒有辦法好好看著瑪蒂德的臉。

Le prix de l'or **ne** cesse (pas) d'augmenter.
金子的價格一直上升。

Je **ne** sais (pas) si j'y arriverai, mais au moins, je devrais essayer.
雖然不知道我能不能夠做好，但至少有必要試試看。

另外，也有像 **je ne saurais...**「我不知道…」的婉轉表達。

Je **ne** saurais vous dire les circonstances exactes de l'accident.
我不知道怎麼跟您說事故的實際狀況。

（2）被假設的 **si**「如果」引導的子句

Vous étiez contre ce projet de loi, si je **ne** me trompe (pas) .
您當時是反對這個法案的對吧，如果我想得沒錯的話。

Personne ne pouvait entrer dans la pièce, si ce **n'**est sa femme.
沒有人能夠進去那間房間，除了他的妻子。
（慣用語 si ce n'est... 除了…）

（3）在「**il y a (voilà)**＋時間＋**que...**」或者「**depuis que...**」的表達中，**que** 之後的動詞是複合形的情況

Il y a longtemps que je **ne** vous ai (pas) vu.
好久不見了。（很常一段時間沒有見到您了）

（4）在使用 **qui**「誰」、**quel**「怎樣的」的反問疑問句裡

Qui **n'**aspirerait (pas) à un monde meilleur?
誰會不渴望更好的世界？

（5）在被「為什麼」意思的 **que** 引導，以表達譴責等意義的句子裡

Que **ne** m'en avez-vous parlé? （在這個句法裡不會使用 pas）
為什麼您沒有跟我說那件事情呢？

（6）在主詞變成否定或疑問對象的關係子句中

Il n'y a rien qui **ne** me plaise (pas) dans ce métier.
這個行業沒有任何我不喜歡的事物。（一切都喜歡）

（7）在慣用語的表達

N'empêche que 　即使這樣還是…

n'avoir cure de 　…怎麼樣都無所謂

（複雜的表達）**n'**avoir garde de 　注意不要…

中高級！ 贅詞的 ne

在特定的從屬子句裡，會有句子意思是肯定的、卻出現 **ne** 的情況。因為是肯定的意思，所以也可以省略。這個 **ne** 被稱為「贅詞的 **ne**」。雖然句意整體看起來不是否定的意思，但從細部內容上來理解是帶有潛在的否定意味。贅詞的 **ne** 會用在複雜的書面語中，會出現在下列的情況。

（1）在表達擔心、防止、迴避某事等的關係子句中

> avoir peur, craindre, appréhender 害怕 /
> empêcher 防止 / éviter 迴避　等

Jeanne craint que son père **ne** la punisse.
珍妮害怕她父親會懲罰她（是否不會懲罰她）。

Il faudra absolument éviter que cela **ne** se reproduise.
無論如何都必須要避免這種事情再次發生（不能再發生）。

（2）在被主句（用否定形）不否定、不質疑某事的關係子句中

> ne pas douter 不懷疑 / ne pas nier 不否定 /
> ne pas contester 不質疑

Je ne doute pas qu'il **ne** dise la vérité.
我不懷疑他說的是實話（是否沒說實話）。

（3）在一部分的狀況補語子句中

> avant que 在…之前 / à moins que 除非… /
> de peur (crainte) que 害怕…

Il faut les prévenir avant qu'ils **ne** commencent.
必須在他們開始之前通知他們才行（還沒開始之前）。

（4）在表達優等、劣等比較級的 que 子句裡

Son adversaire était beaucoup plus coriace qu'il **ne** l'avait imaginé.
對戰對手比他想像的還要來的更難纏（比他不曾想像的）。

第 15 章

疑問句

疑問句不是說話者要斷定什麼，而是向聽者提問以尋求答案的時候會用的句子形式。大部分是普通的疑問，但是根據上下文也可用來表達要求、拜託、勸誘、邀約或反諷。

疑問句可分成將整個句子的內容視為問題，並確認答案到底是 **oui** 或 **non** 的形式（整體疑問），以及使用疑問詞作為句子要素來尋求答案（部分疑問）的形式。

整體疑問　　**Vous êtes étudiant?**　您是學生嗎？

部分疑問　　**Tu habites où?**　你住在哪裡呢？（疑問詞 où 哪裡）

筆記 除了整體疑問句和部分疑問句之外，還有使用連接詞 ou 問「是 A 還是 B?」的疑問句。

Tu viens avec nous ou tu restes ici?
你要和我們一起去，還是要留在這裡？

1. 整 體 疑 問

造出整體疑問句有三種方法。
❶（語順保持不變）語調上揚
❷ 使用 est-ce que
❸ 倒裝

❶ 語調上揚

直述句的語順保持不變，但句末的語調上揚。因為是非常簡單的用法，所以這個形式在日常會話中很常用。

Tu veux de café?　要來杯咖啡嗎？（要喝咖啡嗎）

Tu lui as donné un cadeau pour son anniversaire?
你有給他（她）生日禮物嗎？
（有時會在 cadeau 那個位置 ↗ 上揚，後面則降低）

❷ 使用 est-ce que

在直述句的開頭加上 **est-ce que** 就會變成疑問句，直述句的語順保持不變即可，所以很方便，也適合日常會話。但用起來沒有如 ❶

318

那樣單純、方便，所以就整體疑問的情況，使用的頻率沒有那麼高。

Est-ce que vous connaissez la place Jussieu?
您知道于修廣場嗎？

❸ 倒裝

將主詞移動到動詞的後面，變成「動詞－主詞」的語順來表達疑問句，且音調通常要在句末上揚。倒裝的方式分簡單倒裝和複合倒裝。不過因為是比較麻煩的造句方式，所以不常在日常會話中使用。特別是複合倒裝是書面語。

①簡單倒裝

主詞是人稱代名詞或 **ce**、**on** 的情況，將主詞直接放在動詞的後面即可。這樣，倒裝後的動詞和代名詞主詞會用連字符接在一起。

直述句　　　　　　　　　　　　疑問句
Elle vient. ➡ |elle| vient (　) ➡ **Vient-elle?**
　　　　　　　　　　　　　　　　她要來嗎？

Vous voulez du café. ➡ |vous| voulez (　) du café
➡ **Voulez-vous** du café?
請問您要來一杯咖啡嗎？

C'est possible. ➡ |ce| est (　) possible
➡ **Est-ce** possible?
這種事可能嗎？

▶簡單倒裝的注意重點

(i) -t-出現的情況

主詞是 **il**、**elle**、**on** 且變化後的動詞字尾是 **-a** 或 **-e** 的情況，為了使發音完整、連續，會在主詞和動詞之間插入 **t**。**-er** 型的動詞的直陳式現在時就符合這點。

A-**t**-il raison?　他是正確的嗎？

Va-**t**-elle me pardonner?　她會原諒我嗎？

Parle-**t**-on français en Suisse?　（-er 型的動詞）
在瑞士說法語嗎？

15
疑問句

(ii) 動詞是複合形的情況

動詞是複合形的情況，會**直接在助動詞的後面**放主詞，過去分詞則留在原本的位置。

Avez-vous choisi?　請問您選好了嗎？

Êtes-vous allé à l'hôpital?　您有去醫院嗎？

(iii) 否定疑問句的情況

否定疑問句的造句方式，也是將主詞直接移動到動詞（複合形的話是助動詞）的後面。因此雖然 **ne** 會留在動詞的前面，但 **pas**（**plus**、**jamais** 等等）會放在移動後的主詞的後面。「否定句是用 **ne ... pas** 夾著動詞」的這個原則在這裡不適用。

Ce n'est pas sa faute. ➡ ce n'est (　) pas sa faute
➡ **N'est**-ce **pas** sa faute?
那個不是他（她）的錯嗎？

Vous n'êtes pas allé à l'hôpital. ➡ vous n'êtes (　) pas allé à l'hôpital
➡ **N'êtes**-vous **pas** allé à l'hôpital?
您沒有去醫院嗎？

Elle ne vous a pas parlé de lui. ➡ elle ne vous a (　) pas parlé de lui
➡ **Ne** vous a-t-elle **pas** parlé de lui?
她沒有跟您說他的事情嗎？

(iv) 主詞是 je 的情況

主詞是 je 且動詞是現在時的情況，幾乎不會倒裝。

> **筆記** 在複雜的文體中，還是會有將 je 倒裝的時候。ai-je (avoir)、suis-je (être)、vais-je (aller)、dois-je (devoir)等等。但是動詞以鼻母音或 r 音作結的情況就不會倒裝。（×vends-je 是不正確的），但（-er 動詞）會將字尾變成 -é：chanté-je (chanter)、acheté-je (acheter)等等。

②複合倒裝

主詞是一般的名詞詞組等的情況（人稱代名詞、**ce**、**on** 以外的情況），名詞詞組會保留在主詞的位置，但後面會用到**主詞人稱代名詞**來代稱前面的名詞詞組，並將該代名詞移到動詞的後面做倒裝。

Le roi est-il satisfait? 　國王滿意嗎？

就像在上面的例句所看到的，**Le roi est satisfait.** 的這個直述句，要改成問句時，用×**Est le roi...?** 這樣的簡單倒裝是不正確的，必須要用到代名詞 **il** 代稱 **le roi**，變成 **est-il...?** 才行。

> 筆記 複合倒裝可以想成是以脫離句法 Le roi、il est satisfait. 為基礎，將主詞和動詞倒裝的形式。☞ 脫離句法 p.380

Le roi est satisfait. ⇒ Le roi **il** est satisfait. ⇒

le roi ⌷il⌷ est (　) satisfait ⇒ Le roi **est-il** satisfait?

❹ 針對整體疑問句的回答 oui、non、si

針對整體疑問句來回答的基本用法，肯定的情況 **oui** 是「是」、否定的情況 **non** 是「不」。

Tu as faim? - **Oui**, j'ai faim.
　　　　　　 - **Non**, je n'ai pas faim.
你肚子餓了？－是，我餓了。
－不，我不餓。

但針對否定疑問句，若要用肯定句來回答的情況，不是用 **oui** 而是要用 **si**。

Tu n'as pas faim? – **Si**, j'ai faim.
　　　　　　　　 – **Non**, je n'ai pas faim.
你肚子不餓嗎？－才不呢，我餓了。
－不，我不餓。

> 筆記 在中文裡，針對否定疑問句的回應，跟法文的邏輯是不同的，很容易會混淆。舉例來說，對於「你肚子不餓嗎？」若要用否定句來回答的話，中文可能會有「是啊，不餓」或「(不)，不餓」兩種回答，但法文都要用 non 來表示否定。

2. 部 分 疑 問

（1）各種疑問詞

在部分疑問句使用的疑問詞有疑問代名詞、疑問副詞、疑問形容詞。另外，跟這些疑問詞搭配的介系詞組也很常用，以下也來看一下。

❶ 疑問詞

單一一個疑問詞有下列的詞。

①疑問代名詞

疑問代名詞依情況有兩種基本形態的詞。

> 指人的情況：qui 誰　　　　指事物的情況：que / quoi 什麼

> **筆記** 若不知要怎麼區分表達「什麼」的 que 和 quoi 的話，舉例來說，我們可以從表達「我」意義的人稱代名詞 me（直接受詞）和 moi 的差異用法來理解。que（直接受詞、補語）固定是接在動詞前面的用法，而 quoi 是脫離形。兩者都不能當主詞來使用。

疑問代名詞還有另一個 **lequel** 的系統。☞ ③▶

②疑問副詞

疑問副詞有下列五個。

> où 在哪裡　　quand 什麼時候　　comment 如何
> pourquoi 為什麼　　combien 多少，多麼

▶**combien** 也可以搭配 **de** 當作限定詞發揮作用，構成「**combien de**＋名詞」的名詞詞組。

combien de livres 幾本書　　**combien d'**argent 多少錢

③疑問形容詞

疑問形容詞只有一個。

> quel 什麼樣的，哪一個

如下表，**quel** 會隨著所搭配的名詞的陰陽性‧單複數來改變形態。

	單數	複數
陽性	quel	quels
陰性	quelle	quelles

* 除了作為補語來使用之外，也會作為限定詞來使用，用「quel＋名詞」形成名詞詞組。
quelle voiture　哪一輛車　quel genre de musique　什麼樣類型的音樂

▶lequel

quel 會以和定冠詞結合變成 **lequel** 的形態，表達「哪一個、哪一個人」意思的疑問代名詞。主要代稱上下文出現的某名詞 **N**，這時可以不用 **quel N**「哪一個 N」，而是直接用 **lequel**。

* lequel 也會隨著陰陽性‧單複數變成 陽單 lequel、陰單 laquelle、陽複 lesquels、陰複 lesquelles。

另外，跟介系詞 à 或 de 合併的話會有縮寫現象。陽單 auquel、duquel、陽複 auxquels、desquels、陰複 auxquelles、desquelles ☞ 冠詞的縮寫 **p.47**

❷ 包含疑問詞的介系詞組

介系詞詞組 ☞ **p.296** 是用「介系詞＋名詞詞組」的形式，在句中發揮如間接受詞或狀況補語等各式各樣的作用。在這裡先來確認跟介系詞搭配的疑問詞有哪些吧。

15
疑問句

①「介系詞＋疑問代名詞」

就如同上面所看到的疑問代名詞，若是「誰」的情況就用 **qui**，若是「什麼」的情況就用脫離形的 **quoi**。

avec **qui**　和誰一起　　avec **quoi**　用什麼

par **qui**　透過誰　　par **quoi**　透過什麼

②「介系詞＋quel ／ combien de＋名詞」

接在介系詞後面的名詞詞組中，限定詞是 **quel** 或是 **combien de** 的情況。

avec **quel** couteau　用哪把刀

avec **combien de** personnes　和多少人一起

dans **combien de** temps　在多久之後

à **quelle** heure　在幾點

③「介系詞＋疑問副詞」

也有副詞放在介系詞的後面的情況，也就是 **quand** 和 **où**。

depuis **quand** 從什麼時候 / pour **quand** 為了什麼時候的 /
jusqu'à **quand** 到何時 / d'**où** 從哪裡 / par **où** 經過哪裡 /
vers **où** 朝哪裡 / jusqu'**où** 到哪裡　等等

（2）單獨使用疑問詞或「介系詞＋疑問詞」的情況

疑問詞（特別是疑問副詞）或是包含疑問詞的介系詞組（介系詞＋疑問詞），就算是不用完整的句子也能單獨使用。（＊除了 **que** 以及補語功能的 **quel** 之外。）

On te demande au téléphone. – **Qui?**
有人打電話找你。－誰？

De Sagan, je n'ai lu qu'un roman. – **Lequel? / Quel roman?**
莎崗的小說我只讀過一本而已。－哪一本？／哪一本小說？

Jacques va déménager. – **Quand? / Pourquoi?**
賈克要搬家了。－什麼時候？／為什麼？

Ils arrivent aujourd'hui. – **À quelle heure?**
他們今天會到。－幾點？

（3）使用疑問詞的疑問句

部分疑問也就是使用疑問詞的疑問句，基本上也是和整體疑問的情況一樣有三種構成方式。

❶ 語順保持不變
❷ 使用 **est-ce que** 等等
❸ 倒裝

❶ 語順保持不變

語順保持不變，直接在直述句中加入疑問詞，也可以將疑問副詞或介系詞詞組放在句首。這樣的造句方式根據情況雖然會有些複雜，但因為是簡單的用法，所以在日常會話中很常用。語順像下列一樣，會根據疑問詞的作用或種類而改變。

①主詞的作用

疑問詞是主詞的情況，放在主詞位置，即動詞的前面。

Qui veut du café?　誰想要咖啡？

筆記 qui 是主詞的情況，動詞會用第 3 人稱單數變化，而補語部分會變成陽性單數形。

Qui n'est pas content?　誰不滿意？

筆記 「quel＋名詞」和「combien de＋名詞」放在主詞位置的這種疑問句用法會比較複雜，關於此請看「**3** 倒裝」的筆記(p.327)。

②直接受詞、補語的作用

疑問詞是直接受詞或補語的情況，會放在如直接受詞的位置，即動詞的後面。

Vous cherchez **qui**? 您在找誰？

Tu fais **quoi**, comme sport? 你在做什麼樣的運動？

C'est **qui**, le garçon à côté de Jean? （Qui c'est...也可）
尚旁邊的男孩子是誰？

Dis papa, c'est **quoi**, le futon? 爸爸，棉被是什麼？

▶「**quel＋名詞**」和「**combien de＋名詞**」不只是能放在動詞的後面，也可以放在句子開頭。

Tu prends **quel pull**? （或者是 Quel pull tu prends?）
你要選哪一件毛衣？

Vous voulez **combien de tomates**? 請問您需要幾顆番茄呢？
（或者是 Combien de tomates vous voulez?）

筆記 當作直接受詞使用的情況，也可以將 combien 和「de＋名詞」分開。
Combien vous voulez **de tomates**?

③疑問副詞

一般來說，可以放到句中或句末，也可以放在句首。

Tu as vu ce film **où**? （或者是 Où tu as vu ce film?）
這部電影你是在哪裡看的？

Tu t'appelles **comment**? （或者是 Comment tu t'appelles?）
你的名字是？

Ça coûte **combien**? （或者是 Combien ça coûte?）
這個（值）多少錢？

▶quand 很少會放在句首。

Tu pars **quand**? 你什麼時候出發？

筆記 將 quand 放在句首再接「主詞－動詞」的話，就會變得像是條件子句「做…的時候」的結構，會有點不容易區分。而用 quand est-ce que 的形式的話就會比較清楚是問句。 ☞ p.327②

15
疑
問
句

▶pourquoi 會放在句首，不會放在句末。

Pourquoi tu ne m'en as pas parlé?
你為什麼沒有跟我說那件事？

④介系詞詞組

包含疑問詞的介系詞組（介系詞＋疑問詞）可以放到句中或是句末，但也可以放在句首。

Vous parlez **de quoi?** （或者是 De quoi vous parlez?）
你們在聊什麼？

Tu viens **avec qui?** （或者是 Avec qui tu viens?）
你和誰一起來的？

Tu es là **depuis combien de temps?**
（或者是 Depuis combien de temps tu es là?）
你在這裡有多久了？

❷ 使用 est-ce que、est-ce qui

在句子開頭用疑問詞或包含疑問詞的介系詞組，再接 est-ce que 或 est-ce qui，後面再接的「主詞－動詞…」的語順保持不變，是個簡單的造句方式，所以適用於日常會話。以下分這兩類，會比較好理解。

①疑問代名詞 qui 和 que

就 qui「誰」、que「什麼」這兩者來看，又可根據到底是當作主詞來使用，還是當作直接受詞或主詞的補語來使用來做區分。以下這些形式在日常會話中很常用。

	主詞		直接受詞・補語	
誰	**qui** est-ce <u>qui</u>	是誰	**qui** est-ce <u>que</u>	把誰、誰
什麼	**qu'**est-ce <u>qui</u>	是什麼	**qu'**est-ce <u>que</u>	把什麼、什麼

· 開頭的 **qui**、**que**（粗體字）表示「誰」「什麼」。
· 字尾（底線）的 **qui** 是表示疑問代名詞發揮主詞的作用、**que** 是表示疑問代名詞發揮直接受詞、主詞的補語的作用。

[誰] **Qui est-ce qui** vient demain? （主詞）
明天誰要來？

Qui est-ce que vous attendez? （直接受詞）
你在等誰？

Qui est-ce que je suis? （主詞的補語）
我是誰？

[什麼] **Qu'est-ce qui** s'est passé? （主詞）
發生什麼事了？

Qu'est-ce que tu vas faire demain? （直接受詞）
你明天要做什麼？

Qu'est-ce qu'il y a dans ce carton?
那個紙箱裡放了什麼？

Qu'est-ce que c'est? （主詞的補語）
這是什麼？

②其它疑問詞及包含疑問詞的介系詞組

主要是搭配 **est-ce que**。雖然此構成方式很簡單，但因為不夠簡潔所以不常用。但相較之下，**quand est-ce que** 和 **où est-ce que** 則是此結構中算是較常用的表達方式。

Quand est-ce que tu vas nous inviter au restaurant?
你什麼時候才要請我們去餐廳？
（＊quand 和 est-ce que 之間會用 [t] 的音來連音。）

Où est-ce que tu vas mettre tous ces livres?
這些書你打算放在哪裡？

Quelle veste est-ce que tu as achetée à Milan?
哪件外套是你在米蘭買的？

Depuis quand est-ce que vous fumez tant de cigarettes?
您什麼時候開始那麼常吸菸?（＊這裡不會連音。）

❸ 倒裝

將疑問詞及包含疑問詞的介系詞組放在句子開頭，後面用倒裝的「動詞－主詞」的語順。這裡的簡單倒裝和複合倒裝的區分方式，會比整體疑問句（用 **oui** 或 **non** 回答的問句）的情況還要複雜。大部分在日常會話中不常用，除了少部分之外。

①原則

倒裝的原則和整體疑問句的情況一樣。

[主詞：人稱代名詞、ce、on] ➡ 簡單倒裝

Qui est-ce? （qui 是補語）
這是誰？

Qui avez-vous vu? （qui 是直接受詞）
您看到了誰？

Que faites-vous là? （que 是直接受詞）
您在那裡做什麼？

Qu'y a-t-il dedans? （que 是直接受詞）
那裡面有什麼？

À qui a-t-elle téléphoné? （à qui 是間接受詞）
她打電話給誰？

Comment vous appelez-vous? （comment 是直接受詞的補語）
請問您的名字是？

Depuis quand habitent-ils à Paris?
他們什麼時候開始住在巴黎的？ （depuis quand 是狀況補語）

> **筆記** 將 que 當作補語的 Qu'est-ce? 問句雖然是舊用法，但是後面接續「que ＋名詞詞組／不定式」的話就會變成「…是什麼呢？」的句子。

Qu'est-ce que la vie? 人生是什麼呢？

> **筆記** 主詞是疑問詞的情況，也就是以 qui、「quel＋名詞」、「combien de＋名詞」的情況，會直接放在句子開頭，所以不會倒裝。

Qui t'a dit ça? 誰跟你說那個的？

Quel étudiant a eu la meilleure note?
哪一位學生拿到了最高分？

Combien d'étudiants ont réussi? 有幾位學生考取了？

但「quel＋名詞」、「combien de＋名詞」還是會有複合倒裝的情況。

就上面例句的內容，如果 **quel** 的句子改用如下列方式變成補語的用法或改用強調語法，就是日常生活中常用的表達。

Quel est l'étudiant qui a eu la meilleure note? （補語）
拿到最高分的學生是那一位？

C'est quel étudiant **qui** a eu la meilleure note? （強調語法）
拿到最高分的是哪一位學生？

另外，就「**combien de**＋名詞」來說，在日常會話中反而會使用 **il y a** 和關係代名詞。

Il y a combien d'étudiants **qui** ont réussi?
考取的學生有幾位？

[主詞：一般的名詞詞組] ➡ 複合倒裝

Qui le témoin a-t-il vu? （qui 是直接受詞）
目擊者是看到了誰？

À qui **Léa a-t-elle prêté** de l'argent? （à qui 是間接受詞）
蕾雅是借錢給誰了？

Comment **Serge a-t-il peint** ce tableau?
塞爾基是怎麼畫出這幅畫的？ （comment 是狀況補語）

Depuis quand **cette usine fabrique-t-elle** des jouets?
這座工廠從什麼時候開始生產玩具的？ （depuis quand 是狀況補語）

②例外情形
就算主詞是普通的名詞詞組，在下列的情況也會變成簡單倒裝。

[將 qui、que、quel 當作主詞的補語使用的情況]

Qui est ce monsieur? 那個先生是誰？

Que devient Louis XVI après son arrestation?
（＊複雜的文體）
被逮捕之後，路易 16 會怎麼樣？

Quelle est votre nationalité? 您的國籍是？

[將 que 當作直接受詞使用的情況]

Que va faire la France? 法國要怎麼做？

Qu'a dit Mazarin au roi? 馬扎漢對國王說了什麼？

[將 où 當作 être 的補語使用的情況]

Où est Françoise? 弗朗索瓦茲在哪？

Où sont les WC, s'il vous plaît? 請問洗手間在哪？

3. 疑問句的意思

雖然疑問句主要的目的是要從對方那邊獲得資訊，但根據所使用的單字或說話當下的情況等，還可表達出要求、拜託、勸誘、邀約等目的。☞ **命令句的章節 p.332** 另外也有用於反問的時候。

[要求‧拜託]

Voulez-vous attendre un instant?
可以請您稍微等一下嗎？

Vous pouvez répéter encore une fois, s'il vous plaît?
可以請您再重複一遍嗎？

Vous avez l'heure, s'il vous plaît? - Il est une heure.
您知道時間嗎？－現在一點。

[勸誘]

Tu viens avec nous? 要和我們一起去嗎？

On joue au tennis? 要打網球嗎？

[反問]

Est-ce que je t'ai déjà menti? 我對你說過謊嗎？

中高級！ 關於部分疑問的倒裝的重點補充

部分疑問在搭配著「介系詞＋疑問副詞或疑問詞」的情況下，即使主詞是一般的名詞詞組，不只是會有複合倒裝，簡單倒裝也是有可能的。

Comment ce monsieur s'appelle-t-il?
= Comment s'appelle ce monsieur?
那個先生叫什麼名字？

Quand les secours viendront-t-ils?
= Quand viendront les secours?
救援團隊什麼時候才會來？

Depuis combien de temps cette situation dure-t-elle?
= Depuis combien de temps dure cette situation?
這個狀況從多久以前開始的？

但是在下列的情況只會有複合倒裝而已。

[疑問詞是 pourquoi]

Pourquoi la princesse ne se réveille-t-elle pas?
為什麼公主沒有醒來呢？

[qui 是直接受詞]

Qui ce monsieur attend-il?　這位先生在等誰呢？

[動詞的後面有直接受詞的情況]

Quand le président a-t-il pris **cette décision**?
總統什麼時候下這個決定的？

中高級！ **口語中的部分疑問**

　　用在口語中的部分疑問，其構成方式有以下幾個規則。

　▶不用 **est-ce que**、**est-ce qui**，而是用沒有倒裝的 **c'est que**、**c'est qui**。

Quand **c'est que** tu reviens?　你什麼時候要回來？
Qui **c'est qui** vient demain?　明天誰要來？

　▶使用強調語法搭配疑問詞來構成疑問句。

C'est quand **que** tu reviens?　你要回來的時間是在什麼時候？
C'est qui **qui** vient demain?　明天要來的人是誰？

　▶把上面句子中的 **c'est** 拿掉，就會變得更口語。

Quand **que** tu reviens?　你啥時回來？
Qui **qui** vient demain?　明天誰要來？

第 16 章

命令句

命令句是對聽者要求「請做⋯」的句子。根據要求的內容、
要求的方式、使用的句子的形式,其語意會稍微不一樣。

「請做⋯」「不能做⋯」等表示命令、禁止的句子,在法文中是將
動詞變成命令式的句子。但是「命令(包含禁止)」的表達,從一
般催促、要求到禮貌性的講法等不同層次的語氣都有。此外,不以
命令式形式來表示命令、禁止意義的用法也很常見。

另外,就「要聽者(不要)去做某事」的行為來思考,除了「命令」
的語氣之外,還有「拜託」或「建議」等的語氣。以下就來看有這
些表現的例子。

命令、拜託、建議的表達方式

(1) 命令

❶ 用命令式 ☞ p.242 表達

是要求聽者去做(不要做)某事最直接的表達形式。不過,此表
達會被理解成是什麼樣程度的「命令」語氣,就要看狀況而定。舉
例來說,某些表達方式,聽者會理解為不太悅耳的強制性命令語
氣,而某些表達方式容易理解成是比較好聽的建議語氣。

Ne restez pas là, **circulez** !
(警察)不要停在那裡,往前走。

Ne criez pas, Monsieur, je n'y peux rien.
先生,不要那麼大聲,這我無能為力。

Regarde le ciel. Il va pleuvoir.
你看天空。看來要下雨了。

Contactez-nous si vous êtes en difficulté.
有問題的話,請跟我們聯繫。

▶語氣緩和的命令

在命令式的句子上加上特定的表達，也可以讓命令或指示的語氣變得客氣、緩和。

Apportez-nous la carte, s'il vous plaît.
（在餐廳）可以讓我看菜單嗎？

Attendez ici, je vous prie. 　還請您在這邊稍等。

Je t'en prie, ne sois pas méchant avec moi.
拜託你不要對我兇。

> **筆記** 也有使用 vouloir 的命令式「Veuillez＋不定式」句型來表達禮貌性的命令。

Veuillez nous rappeler plus tard.
（電話答錄機等）請您稍後再來電。

❷ 用簡單未來時表達

使用第二人稱的簡單未來時，並以斷定的語氣表達，會帶有「命令、指示」的語氣。 ☞ p.214③

Tu ne **mangeras** pas toute la tarte.
你不要把餡餅全都吃掉。

▶使用近未來時、現在時來表達

近未來時或現在時同樣也可以表達出「命令」的語氣。

Vous **allez partir** tout de suite. （近未來時）
請您馬上出發。

Toi, tu **restes** ici. （現在時）你待在這裡。

❸ 其它的表達

①**devoir、pouvoir** 等等

使用半助詞的 **devoir**「必須做…」或 **pouvoir**「能夠…」的句子，有時也會有命令或指示的語氣。

Vous **devez** laisser vos bagages ici.
您的隨身行李請您放在這裡。

Vous ne **pouvez** pas entrer sans badge.
沒有名牌您就不能進去。

16
命令句

②**ordonner**、**interdire** 等等

也可以使用有「命令，禁止，請求」等意思的 ordonner「命令」、interdire「禁止」、prier「請求」的動詞。

Je vous interdis de parler politique devant les élèves.
請各位不要在學生們面前談起政治。（我禁止你們各位⋯）

Je vous prie de m'excuser pour le retard de réponse.
還請您原諒我延遲回覆了。（我請求您⋯）

（2）拜託

❶ pouvoir、vouloir ☞ p.252

命令、指示和拜託用法的界線雖然不是那麼明顯，但是在拜託別人的時候，pouvoir、vouloir 很常被使用。

Vous pouvez répéter encore une fois, s'il vous plaît?
可以請您再說一次嗎？

Pourriez-vous me faire savoir les modalités d'inscription et les tarifs?
（非常禮貌的表達）可以請您告知我註冊程序和費用嗎？

Voulez-vous me suivre? / **Si vous voulez bien** me suivre.
可以請您跟我來嗎？

❷ 其它的表達

關於拜託的表達，根據狀況也會有像下列例子一樣使用條件式之慣用句型的表達。

Marie, **tu serais gentille** d'aller chercher mes lunettes.
瑪莉，行行好幫我把眼鏡拿過來好嗎？（你做⋯，你人真好）

Ça ne vous dérangerait pas de m'accompagner jusqu'à chez moi?
可以麻煩您陪我回家嗎？（您做⋯，不會麻煩到您吧？）

Je vous serais donc **très reconaissant(e) de bien vouloir** m'accorder une année supplémentaire de bourse.
（申請書）如蒙延長獎學金一年，我將感恩不盡。
（如果能夠⋯我會非常感謝您）

（3）建議

❶ devoir、faire mieux de 等等

使用 devoir 或 faire mieux de 等等的表達，若用條件式現在時的話，會變成是帶有建議或忠告的語氣。 ☞ p223②

Vous devriez vous reposer un peu.　您還是休息一下比較好。

Tu ferais mieux de te taire!　你最好是安靜點！

❷ 「si＋未完成過去時」

第二人稱的主詞搭配「si＋未完成過去時」句型的話，就可以表達「做…如何」的建議語意。 ☞ p.205

Si tu arrêtais de fumer?　你還是把菸戒了吧，如何？

❸ conseiller、recommander

也可以使用 conseiller「建議，勸」、recommander「強烈建議」等動詞。

Je te **conseille** de boire moins de café.　我勸你少喝一點咖啡。

（4）特殊形式的命令、指示、拜託表達

❶ 名詞詞組

也有單靠**名詞詞組**就能表達命令、指示、拜託的情況，我們可從對話的情況中瞭解對方所要求完成的事。常加上 s'il vous plaît「拜託您」。

La porte, s'il vous plaît!　關門，拜託了!（＝幫我關門）

Un peu de silence, s'il vous plaît!　請肅靜！

Une baguette et deux croissants, s'il vous plaît.
一個長棍麵包和兩個牛角麵包，麻煩。（＝請給我）

❷ 動詞的不定式

經常用在標示、指示文字、使用說明書、入門書等。

Ralentir　（對車輛的標示）減速

Ne pas se pencher au dehors　（在火車裡）禁止將身體伸出窗外

16
命令句

335

Rayer les mentions inutiles
（登記資料等）不符合的事項請畫線刪掉

Faire cuire à feu doux 　（食譜）用小火煮

❸ 名詞後面加上補語、形容詞
經常用在公共場所的標示或告示。

Défense d'afficher 　禁止張貼

Prière de ne pas marcher sur les pelouses
請不要走在草坪上

Stationnement interdit 　禁止停車

Sens unique 　單向通行

第 **17** 章　感嘆句

感嘆句是針對某事表達出「多麼地⋯啊！」驚訝語氣的用法。

　　若用廣義的角度來理解感嘆句，除了這些有「多麼地⋯！」語意等驚訝語氣的表達之外，一般的直述句也可以因語調的變化而形成感嘆句的功能。不過嚴格來說，感嘆句的表達其實主要是使用感嘆詞，並要套用於特定句型的，以下也將以此為中心來深入探討。

感嘆句的形態

（1）使用感嘆詞的感嘆句

　　感嘆詞的形態很多是跟疑問詞長得一樣的，如果只看形態的話，甚至會無法區分到底是感嘆句還是疑問句。但是僅針對文字書寫的情況來說，相對於疑問句的結尾會加上問號（?），感嘆句的結尾會加上驚嘆號（!）。

❶ 感嘆形容詞 quel

　　感嘆形容詞 quel 會以限定詞的功能，以「quel＋名詞」的構成方式形成一個名詞詞組，這個名詞詞組是表達「多麼地⋯啊」的意思。quel 和疑問詞的情況一樣，會依名詞的陰陽性・單複數來改變形態。

	單數	複數
陽性	quel	quels
陰性	quelle	quelles

　　quel 也可以加在有形容詞修飾的名詞前。因為此句法本身就有「程度很強（→多麼地）」的意味，所以修飾名詞的形容詞前不會再加上 très 等程度的副詞。

　　「quel＋名詞（＋形容詞）」可以單獨使用，也可以當作句中的要素來使用。當作句中的要素時，會發揮動詞的直接受詞或主詞的補

17
感嘆句

337

語的作用，另外有時也會變成由介系詞引導的介系詞詞組。兩種情況都是**放在句子開頭**。

[單獨使用]

> **Quelle** chaleur! 　怎麼這麼熱啊！
>
> **Quel** château magnifique! 　多麼美的城堡啊！

[當作直接受詞]

> **Quels** beaux cheveux elle a !
> 她怎麼有那麼漂亮的頭髮啊！
>
> **Quelle** chance j'ai eue de travailler avec eux!
> 能夠和那些人共事，我運氣真好啊！

[當作主詞的補語]

> **Quel** virtuose il était, ce Paganini!
> 那個叫帕格尼尼的名人也太厲害了吧！

[在介系詞詞組]

> Dans son livre, elle aborde le sujet très intelligemment,
> et avec **quel** humour!
> 在書裡，她非常高明地探討那個主題。而且還是用非常幽默的方式！

> 筆記 感嘆形容詞的 quel 本身也有當作補語使用的時候，是複雜的書面語。

> **Quelle** ne fut pas ma déception! 　多麼讓我失望啊！
> （此感嘆句中的 ne...pas 是一種強調 ☞ 中高級 p.341 ）

❷ 感嘆副詞 comme / ce que / qu'est-ce que / que

　　這四個的用法都一樣，都放在句子開頭，可修飾補語功能的形容詞，或是動詞、副詞。修飾名詞的要素（如形容詞）不會再加上程度意涵的副詞（**très**、**beaucoup** 等等）。

> 筆記 comme 是稍微複雜的用法，ce que 是稍微口語的用法，而 qu'est-ce que 是口語的用法，que 則是非常複雜的用法。在日常會話中 qu'est-ce que 很常被拿來使用。

[修飾補語功能的形容詞]

Comme il est mignon!　他怎麼那麼可愛啊！

Ce que je la trouve belle, cette femme!
我覺得這個女生真的很漂亮！

[修飾動詞]

Comme il mange!　他怎麼那麼會吃啊！

Qu'est-ce que j'ai souffert!　我受到了多大的苦啊！

[修飾副詞]

Qu'est-ce qu'elle chante bien!　她唱歌怎麼唱得那麼好啊！

Que le temps passe vite!　時間過得這麼快！

▶用在形容數量多寡的情況

若要形容的事物是跟動詞的直接受詞（或主詞的補語）有關，且要強調其數量很多，多到一個嚴重、誇張的地步時，在口語中可以像下列這樣使用。comme「作為…」是類似介系詞的連接詞。

Qu'est-ce qu'il boit **comme bière**!
他真會喝啤酒！

Qu'est-ce qu'il y avait **comme monde** à la gare!
車站裡的人潮真驚人啊！

（2）其它感嘆句

❶ 「un(e) de ces＋名詞」

以這個形式當作感嘆句使用時，ces 並不是指某些特定的「這些…」。在書面語還是口語都可使用。

Il faisait **un de ces vents**, ce jour-là!
那天的風說有多強就有多強！

J'ai **une de ces faims**!　我肚子極餓的！

❷ 「être d'un(e)＋名詞」

因為是談論關於人或事物的性質，所以名詞會使用表示性質的抽象名詞。在書面語還是口語都可以使用。

Léa est d'une patience! 蕾雅真是有耐心！

Le château est d'une beauté! 那城堡真美好！

> 筆記 以上的用法其實是省略了名詞後面的形容詞（原本應該要接在名詞後面）（例：[名詞] extraordinaire 不尋常的[名詞]、[名詞] incroyable 難以置信的[名詞]）。有一種厲害到或美到無法用言語形容的涵義。

❸ 「être d'un＋形容詞」

雖然用法和上面的 ❷ 所提到的一樣，但不是使用名詞，而是使用表達性質的形容詞，且是口語用法。

C'est d'un chiant, ses blablas!
那傢伙的喋喋不休真煩人！

Marie est d'un difficile! Y a rien (Il n'y a rien) qui lui plaît.
瑪莉真難搞！沒有讓她滿意的事！

中高級！ 「que de＋名詞」「combien de＋名詞」

是「數量多麼驚人的…啊！」的意思。和疑問詞的情況一樣，**combien de** 的後面會放可數名詞（除了某些名詞之外），而 **que de** 則沒有限制。兩者都是非常複雜的講法，特別是 **combien de** 是較古老的用法。

Que d'arbres (Combien d'arbres) il a plantés sur cette terre arride!
在這塊不毛之地，他究竟種植了多少顆樹啊！

combien 也可以修飾補語功能的形容詞、動詞或副詞。是古老的用法。

Combien il est important de défendre la liberté d'expression!
捍衛言論自由是多麼重要啊！

中高級！ 主詞的倒裝

　　有時會將主詞和動詞倒裝，來表達感嘆句。主詞是人稱代名詞、**ce**、**on** 時，很多情況是「繫詞＋主詞＋補語」的句法。是複雜的書面語。

Est-il idiot!　　他怎麼會這麼愚蠢啊！

　　順帶一提，在書面語中用否定形來發揮強調功能的情況，也會將主詞倒裝。

☞ 請見下面的中高級!解說

中高級！ 感嘆句：用否定形來強調

　　感嘆句有時會用否定形，是有加強語氣的作用。在複雜的書面語很常用，且會把主詞和動詞倒裝。

Que d'arbres **n**'a-t-il **pas** plantés sur cette terre arride!
在這塊不毛之地，他究竟種植了多少顆樹啊！

　　在口語中要強調「數量大」時也會出現用否定形的情況。

Oh là là, qu'est-ce que je **n**'ai **pas** souffert!
天啊，我到底受了多少苦啊！

17
感
嘆
句

第18章

各式各樣的句法 1

除了基本的「主詞－動詞－受詞」的形式之外，還有各式各樣的句法。在這個章節會舉出以 il 當主詞的「非人稱句法」和「被…」意思的「被動態」。

1. 非人稱句法

非人稱句法是**將代名詞 il 當作形式上的主詞（虛主詞）**的句法。可分成固定跟此句法搭配的幾個動詞的情況，以及將一般動詞用在此句法的情況。

概要

非人稱句法是將代名詞 **il** 當作形式上的主詞的句法。

Il faut de la cannelle pour faire ce gâteau.
製作這個點心需要肉桂。（il faut... …是必要的）

Il lui est arrivé une chose bizarre.
在他（她）身上發生了奇妙的事。（il arrive... 發生…）

此時的 **il** 沒有任何意思，並非指稱特定某個東西，只是**在形式上維持在主詞的位置**而已。這個 il 被稱作「非人稱的 il」。非人稱句法的動詞會配合主詞 il，固定維持第三人稱單數的變化形態。複合過去時等的過去分詞也不會有陰陽性・單複數的變化。

> **筆記** 一般的第三人稱單數、陽性的人稱代名詞 il（不是非人稱的 il），會代指在上下文或對話中彼此都知道的特定人事物（陽性名詞），來表示「他」「那個」等意思。

Alain est là? – Oui, il est déjà arrivé.
亞倫在嗎？－嗯，他已經來了。（il＝Alain）

Il t'a plu, le film?　好看嗎，這部電影？（il＝le film）

非人稱句法可分：固定和某些動詞搭配的情況（**il faut...**等等），以及使用一般動詞來造非人稱句法（**il lui est arrivé...** 等等）的情況。

（1）固定用在非人稱句法的動詞

以下包含表達天氣狀況的動詞，以及其它固定使用非人稱句法的動詞（或動詞片語）。

❶ 表達天氣的動詞

表達天氣的動詞會將非人稱的 il 當主詞使用，如下列的動詞。

> pleuvoir 下雨 / neiger 下雪 / grêler 下冰雹 /
> bruiner 下毛毛雨 / tonner 打雷 / venter 刮風 /
> brumer 出現薄霧　等等

Il pleut depuis trois jours.　三天來都在下雨。

Il n'a pas **neigé** cet hiver.　今年冬天沒有下雪。

> 筆記 若表達天氣的動詞拿來用來比喻時，主詞位置可放普通的名詞詞組。
> Les balles pleuvaient de partout.　子彈像雨一樣到處落下來。

▶表達天氣的 il fait

動詞 **faire** 和非人稱主詞的 **il** 組合而成的 **il fait...**，也是表達天氣等的固定形式。

Il fait beau aujourd'hui.　今天天氣很好。

Il a fait très chaud tout le mois d'août.　整個八月都非常熱。

[其它的例子]

> *il fait* mauvais 天氣不好（的）/ froid 冷（的）/ doux 溫和（的）/
> humide 潮濕（的）/ lourd 悶熱（的）/ sec 乾燥（的）/
> bon 舒服（的）/ clair 晴朗（的）/ sombre 陰天（的）/
> un temps magnifique 好棒的天氣 / du vent 有風　等等

❷ 其它固定使用非人稱句法的動詞（或動詞片語）

最重要的有 **il y a**「有⋯，在⋯」（動詞 **avoir**）、**il faut**「⋯是必要的」（動詞 **falloir**）、**il est**「（時刻）現在是⋯點」（動詞 **être**）、**il reste**「剩下⋯」（動詞 **rester**）四個。

Il y avait très peu de monde dans le magasin.
店裡只有一點點人而已。

Il faudra beaucoup d'argent pour construire ce stade.
建造這座競技場應該要花不少經費。

Il n'**est** que six heures.　現在才六點。

Il reste encore un quart d'heure.　還剩十五分鐘。

18
各式各樣的
句法 1

343

在上面的例子中，雖然動詞的後面是名詞詞組，但是 **il faut** 的後面可以放不定式也可以放關係子句，兩種都會很常用。

Il faut **faire attention.** 一定要小心。

Il faut **que tu fasses attention.** 你一定要小心。

以下舉出幾個固定只在非人稱句法使用的表達。

[後面接名詞詞組]

> il s'agit de... 那是關於⋯的事
> il était une fois... 很久很久以前⋯
> il y va de... 跟⋯有關
> il en va de même de...、il en est de même de... 關於⋯也一樣

[後面接不定式]

> il ne reste plus qu'à... 只剩下⋯要做

[後面接不定式、關係子句]

> il s'agit de (que)... 有必要做⋯
> il n'est pas question de (que)... 做⋯免談
> il est (grand) temps de (que)... 差不多是做⋯的時候

[後面接關係子句]

> il paraît que...[傳聞] 聽說是⋯
> il semble que...[推測] 看來是⋯
> il se trouve que... （剛好）是⋯
> il se peut que... 也有可能是⋯
> il s'en faut de peu (de beaucoup) que... 還差一點就⋯（離⋯還很遠）
> il va de soi que... ⋯是理所當然的

Il y va de ma dignité. 這關係到我的尊嚴。

Non, nous n'avons aucune intention de faire de la censure. 不，我們完全沒有審查的打算。

Il s'agit d'un malentendu.
那只不過是誤會。

Il paraît qu'un peu de vin est bon pour la santé.

一點點的葡萄酒好像有益健康。

> 筆記 在上面舉出的句型中，可把後面的名詞詞組變成代名詞的，只有 il faut、il y a 和 il n'est pas question 而已。
>
> il y a 可以和中性代名詞 en 一起使用，il faut 可以和中性代名詞 en 以及直接受詞人稱代名詞一起使用。此時，這兩個句型後面接的名詞詞組，可視為文法上的直接受詞。
>
> Il y a encore du lait? – Oui, il y **en** a encore.
>
> 還有牛奶嗎？－嗯，還有。
>
> Il faut combien d'œufs? – Il **en** faut trois.
>
> 要幾顆蛋？－要三顆。
>
> On ne peut pas se passer de l'assurance scolaire?
> – Non, il **la** faut pour toute les activités obligatoires.
>
> 沒有學校保險不行嗎？
> －是的，對於必要的活動而言，學校保險是必須的。
>
> S'il **le** faut, je n'hésiterai pas à employer les grands moyens.
>
> 必要的話，我會毫不猶豫地使用非常手段。
>
> 另一方面，il n'est pas question de 可以將後面的「de＋名詞詞組」替換成代名詞 en。
>
> On va acheter un appartement. – Non, il n'**en** est pas question.
>
> 我們去買間公寓吧。－不行。免談。

（2）一般動詞的非人稱句法

❶ 「il est＋形容詞＋de 不定式（或關係子句）」

此時主詞是非人稱的 **il**，在形容詞（或形容詞片語）的後面放不定式或關係子句。

①後面是不定式的情況

不定式會由介系詞 **de** 引導。很多的情況，形容詞是表達「重要的」「難的」等意義的詞，整句是「做…是～的」的意思。

Il est important pour moi **de** continuer à travailler.

對我來說持續工作是很重要的事。

Il ne devait pas être difficile de prévoir cette situation.

應該不難預料到會有此狀況。

18
句法1
各式各樣的

[形容詞的例子]

> *il est* intéressant *de* 是有趣的 / agréable 舒適的 / dangereux 危險的 /
> facile 簡單的 / possible 可能的 / impossible 不可能的 /
> indispensable 不可或缺的 / normal 當然的 / inutile 沒用的 /
> honteux 可恥的 / triste 丟臉的 / fatigant 累人的 /
> de bon ton 適合的 / trop tôt 太快的 / interdit 被禁止的

②後面有補充子句的情況

很多情況會使用帶有價值判斷或判斷真假的形容詞，後面會放關係子句，以表達「…是～的」的意思。根據形容詞的意思，有很多會像下列這兩個例子一樣，補充子句中的動詞會變成虛擬式。

☞ p.231(2)

Il est normal que l'État protège ses citoyens.
國家保護國民是理所當然的。

Il est possible que le prix de l'essence continue à baisser.
汽油價格會持續下降是有可能的。

[形容詞的例子]

> 關係子句是直陳式：*il est* certain *que* …是確切的 /
> probable 很有可能的 / vrai 真的 / connu 已知的
> 關係子句是虛擬式：*il est* possible *que* …是可能的 /
> impossible 不可能的 / indispensable 不可或缺的 / inutile 沒用的 /
> étonnant 令人震驚的 / normal 理所當然的 / étrange 奇妙的 /
> honteux 可恥的 / lamentable 可悲的 / faux 假的 /
> interdit 被禁止的 / de règle 慣例的 / de tradition 傳統的

▶上面①②的句法也可用 **être** 以外的繫動詞（**paraître** 看起來像、**sembler** 看起來像、**devenir** 變成、**rester** 維持等）。

Il paraît impossible d'aboutir à un accord.
意見要一致看起來是不可能的。

筆記 在日常會話很常用代名詞 ce 代替非人稱的 il。

C'est important pour moi de continuer à travailler.
對我來說持續工作是很重要的事。

但因為 ce 的用法主要是籠統說明整個狀況或狀態，而非指稱某事物，所以即使只用「c'est＋形容詞」（不接「de＋不定式」或「關係子句」）也是可以的。

C'est important. （那）很難。

相對的，非人稱的 il 是形式上的主詞，需要代稱後面接的某事物，所以只用 Il est important. 是不正確的，後面要接「de＋不定式」或「關係子句」。

❷ 不及物動詞的非人稱句法

「**il**＋不及物動詞」的後面，根據動詞的種類，會有名詞詞組的情況、不定式的情況、關係子句的情況三種。三者都會變成意義上的主詞。

①後面是名詞詞組

Il manque encore deux assiettes.
盤子還少兩個。（manquer 欠缺）

Il est arrivé un accident terrible.
發生了可怕的事故。（arriver 發生）

Il suffit d'un petit sourire pour adoucir l'ambiance.
只要少許的微笑就能緩和氣氛。（suffire 足夠）

Il règne une drôle d'atmosphère ici.
這裡充斥著奇怪的氣氛。（régner 盛行，支配）

[其它的例子]

> il existe 存在 / il subsiste 生存

筆記 il manque 和 il arrive 後面的名詞可替換成中性代名詞 en。

Il **en** manque encore deux. 還少兩個。（如「盤子，車子，人」都可代替）

筆記 動詞 suffire 在非人稱句法會變成 il suffit de... ，需要介系詞 de。

②後面是不定式

Il m'arrive parfois **de** m'endormir en regardant la télé.
我偶爾會看著電視然後就睡著了。

Il vaut mieux éviter les phrases trop longues.
太長的句子還是避免掉比較好。

[其它的例子]

> il suffit de... 光…就夠了 / il convient de... 做…是適合的 /
> il importe de... 做…是很重要的 /

③後面是補充子句

在②看到的所有表達都可以用**補充子句**來代替不定式。在這些的例子中，**補充子句的動詞會變成虛擬式。**

Il arrive que les vols soient annulés à cause du vent.
航班有可能會因為強風而取消。

Il vaudrait mieux que tu jettes tous ces médicaments.
你還是把這種藥物全部丟掉比較好。

[其它的例子]

> il en résulte que... 因某事造成…的結果

❸ 反身動詞的非人稱句法

動詞後面的名詞詞組，會成為整個句子在意思上的主詞。

Il s'est passé beaucoup de choses en un mois.
一個月內發生了很多事情。

[其它的例子]

> [後面是名詞詞組] il se produit 發生，引起
> [後面是補充子句] il s'ensuit que... 結果會變成…

❹ 直接及物動詞（被動態）的非人稱句法

是「非人稱主詞的 il ＋繫動詞（est）＋（特定幾個）直接及物動詞的被動態」後面再放補充子句的句法。一般是會使用像是「書寫」「確認」「決定」等意義的動詞，來說明補充子句的內容。在很多情況是書面語或公告上的表達。

Dans la Bible, il est écrit que Dieu a créé l'homme à son image.
在聖經上記載到，神仿照自己的形象創造了人。

Il est rappelé aux clients **que** le magasin n'ouvre qu'à 10 heures.
要提醒各位顧客的是，本店十點才營業。　　　　（Delaveau et Kerleroux）

也可以用間接疑問子句來代替補充子句。

Il n'a pas été précisé **quand s'arrêterait cette opération.**

並不清楚這個作戰何時會結束。

[其它的例子]

> *être* constaté 被確認 / décidé 被決定 / démontré 被證明 /
> établi 被確定 / expliqué 被說明 / proposé 被提議 /
> souligné 被強調 / statué 被規定、判決

中高級！ **其它的非人稱句法**

在本章中舉出的例句裡所使用的非人稱句法，有很多在日常生活中也很常用，不過其實還有其它書面語、別種用法的非人稱句法。

在動詞後面是名詞詞組的句法裡，名詞詞組會依「人、事物」及「行為、事件」的不同意義來做分類。

（1）後面的名詞詞組是指「人、事物」的情況

非人稱句法的功能，主要是提及新的人或事物來做為話題。非人稱句法的動詞後面所接續的，基本上是不定名詞詞組（不受定冠詞或指示形容詞等限定的名詞組）。

[不及物動詞]

表達某事物的存在、出現、消失等句子時，也會使用非人稱句法。雖然和 347 頁 ❷ ①是一樣的句法，但這用法比較不常用在日常對話中。

Autrefois, **il naissait** beaucoup d'enfants, et il en **mourait** beaucoup.

在以往，有很多孩子誕生，也有很多孩子死去。

La semaine dernière, **il est venu** deux visiteurs qui m'ont fait réfléchir.

上週，來了兩位訪客，讓我想了許多事情。

動詞基本上是表達「存在、出現、消失」等等的意思，但就同樣的涵義，有時也會用到不及物動詞。

Il dort un chat au coin du feu. （＝il y a）

暖爐旁邊有隻貓在睡覺。

Il nageait beaucoup de gens dans la piscine.

（＝il y avait）

游泳池裡有很多人在游泳。

[反身動詞]

　有一部分的不及物動詞用法和許多的被動態用法，都可以變成非人稱句法。

Il s'est présenté cinq candidats.
曾有過五名候選人。

Il se pratique très peu de transplantations dans ce pays.
在這個國家只有極少一部分的移植手術能夠執行。

[直接及物動詞的被動態]

　形式上和 **348** 頁 **❹** 是一樣的，但後面是放名詞詞組。

Il a été créé une commission de surveillance.
設置了監事委員會。

Il a été traduit plus de mille livres cette année.
今年有超過一千本的書被翻譯。

Il a été acheté vingt avions de chasse.　購買了二十台戰鬥機。

　筆記 在此句法裡，無論動詞是不及物動詞、反身動詞或直接及物動詞的被動態，都可以將後面的名詞詞組中的名詞部分，替換成中性代名詞 en。

Il est venu deux visiteurs.　來了兩位訪客。

➡ （en 代指 visiteurs）Il **en** est venu deux.

Il a été acheté vingt avions de chasse.　買了二十架戰鬥機。

➡ （en 代指 avions de chasse）Il **en** a été acheté vingt.

（2）後面的名詞詞組是指「行為、事件」的情況

[間接及物動詞的被動態]

　一般來說間接及物動詞不會變成被動態，但是在非人稱句法中有可以變成被動態的情況，也就是當放在後面的名詞詞組並不是指人或事物，而是指事情、事件、行為時。

Il a été procédé à un réexamen complet du dossier.
已重新啟動徹查該檔案了。（procéder à　執行…）

Il n'a pas été tenu compte du fait que les victimes sont opposées à ce compromis.
沒有考量到受害者們是反對這個和解案的。（tenir compte de　考量到…）

　筆記 在此句法裡可以將間接受詞的部分替換成代名詞 y、en。

Il a été procédé à un réexamen... ➡ Il **y** a été procédé.
已啟動了（再次檢查）。

Il n'a pas été tenu compte du fait que...

➡ Il n'**en** a pas été tenu compte.　　沒有考慮到那點。

使用非人稱句法的主要原因

一般動詞之所以要套用非人稱句法，最主要的原因是為了把不定名詞（不指定的名詞）、不定式或補充子句從主詞的位置上移開。法文有個基本的觀念是，(1)長的要素放在後面、(2)想引人注目的新資訊要放在後面。

從以上這點來看，若把不定式或補充子句放在句子主詞的位置，可以說是違反了(1)或(2)的觀念。另外，把不定名詞當主詞也就違反了(2)的邏輯，因此才會使用到非人稱的 **il** 來當主詞，並把這些要素帶到後面。

雖然非人稱句法很多是書面語的表達，但是在日常會話中，會用如下列的講法。

C'est difficile de vivre seul.　　要一個人生活是很困難的。

（非人稱句法：**Il est difficile de vivre seul.**）

J'ai eu deux visiteurs.　　我曾有兩名訪客。

（非人稱句法：**Il est venu deux visiteurs.**）

Il y a un chat qui dort au coin du feu.

暖爐旁邊有隻貓在睡覺。

（非人稱句法：**Il dort un chat au coin du feu.**）

On a créé une commission de surveillance.　　設置了監事委員會。

（非人稱句法：**Il a été créé une commission de surveillance.**）

---

2. 被動態

相對於主動態（主詞(A)把受詞(B)當成動作接受者「A 對 B 做…」的句子形式），以 B 當主詞變成「B（因為 A）被…」意思的形式，就是被動態。

主動態　　François Ier a construit le château de Chambord.

法蘭索瓦一世建造了香波城堡。

| 被動態 | Le château de Chambord **a été construit** par François Ier. |

被動態　Le château de Chambord **a été construit** par
François Ier.
香波城堡是由法蘭索瓦一世所建造。

主動態　Le peuple aimait Charles VI.
民眾對查理六世懷有好感。

被動態　Charles VI **était aimé** du peuple.
查理六世受民眾的愛戴。

> **筆記**　「被動態」這個詞主要是用來稱呼被動態句子裡的動詞形態，以及句子的組成方式。

（1）被動態的基本介紹

可用來造被動態句子的，是直接及物動詞（除了一部分是例外）。像是在上面的例子中所看到的被動態句子，就具備了下列三個特徵。

①將主動態句子中的直接受詞當作主詞。

上面提到的被動態句子中，原本在主動態時的直接受詞 le château de Chambord「香波城堡」和 Charles VI「查理六世」都變成了主詞。

②動詞（直接及物動詞）的形態變成被動態。

> ### 被動態＝「être＋過去分詞」

就上面的例句來說，動詞分別是 être construit「被建造」和 être aimé「被愛」。另外在時態上也和主動態一樣，分別是複合過去時（a été construit）和未完成過去時（était aimé）。

③主動態句子中的主詞，會由 par 或是 de 來引導。

主動態句子中的主詞會變成動作的補語，透過介系詞 par 或是 de 來引導。即上面例句中的 par François Ier「由法蘭索瓦一世」和 du peuple「受到民眾」。

▶省略動作執行者

動作執行者經常會被省略掉。被省略的情況通常是發生在不確定動作執行者是誰，或即使明確知道是誰，但不足以成為資訊的焦點時。其實被動態的句子省略掉動作執行者的情況是很常見的。

Cinq tableaux **ont été volés** au Musée d'art moderne.
五幅畫從現代美術館裡被偷走了。

Les résultats du concours **seront publiés** demain soir.
入學考試的結果會在明天晚上公布。

Madame Coulon **est demandée** au téléphone.
（館內廣播）庫隆女士有一通電話找您。（demander 要求）

Le château de Chambord **fut construit** au XVIe siècle.
香波城堡被建於十六世紀。

（2）關於被動態的注意重點

❶ 用兩個受詞的動詞的情況

即使句子中出現直接受詞和間接受詞這兩個受詞的情況，但在被動態中能當主詞的也只有直接受詞而已。

Le prix spécial a été décerné à l'actrice française Marie Martin.
特別獎被頒給了法國女演員瑪莉・馬丁。
（← On a décerné le prix spécial à l'actrice française Marie Martin.）

在上面的被動態例句，不能把間接受詞 l'actrice française Marie Martin 當主詞。☞ se voir＋不定式 p.371

❷ 可以變成被動態的間接及物動詞

雖然間接及物動詞不能變成被動態，但例外的 **obéir à** 「服從…」和 **pardonner à** 「允許…」在構成被動態時，可以把間接受詞當做主詞，這是舊用法中（兩者都曾是直接及物動詞）保留下來的用法，但感覺起來是比較舊的說法。

Tu es pardonné. 我原諒你了（你被原諒了）。

筆記 在非人稱句法中，間接及物動詞有時會變成被動態。☞ 中高級 p.350(2)

❸ 直接受詞不能視為動作接受者的情況下

即使動詞是及物動詞，且後面必須要接直接受詞，但如果該受詞並不能視為是動作接受者的話，就不能變成被動態。能夠變成被動態的，還是只有直接及物動詞而已。

18
句法1 各式各樣的

Ce sac a coûté 200 euros. 這個包包當時是 200 歐元。

（不能變成被動態：× 200 euros ont été coûtés par ce sac.）

[其它的例子]

> valoir 100 euros （價格是）100 歐元
>
> mesurer 2 mètres （身高、長度是）兩公尺
>
> peser 1 kilo （重量是）一公斤
>
> contenir dix litres （容量是）十公升
>
> régner dix ans 統治了十年 / sentir le tabac 有香菸的味道
>
> respirer la santé 顯得很健康

❹ 不能變成被動態的直接及物動詞

即使是直接及物動詞，也有像 **avoir**「有」、 **comporter**「包含」等這類不能變成被動態的動詞。

其它還有像是表示某行為、某狀態的動詞慣用語（〈動詞＋直接受詞〉為固定用法），或者主詞是人且直接受詞是身體部位的表達，有很多情況是不能變成被動態的。

Anne a baissé les yeux. 安的雙眼朝下。

（不能變成被動態：×Les yeux ont été baissés par Anne.）

[其它的例子]

> prendre peur 形成恐懼 / prendre le train 搭火車 /
>
> baisser la tête 低下頭 / ouvrir la bouche 打開嘴巴

❺ 不是用 par 而是用 de 接續動作執行者的動詞

雖然在引導動作執行者的情況，用介系詞 **par** 是比較普遍的，但下列的動詞會用 **de**。之所以用 **de**，我們可以想成是，因為這些動詞所表達的動作對受詞的影響，在意義上不夠強烈、不夠具體。

[動詞的例子]

> 表達情感的動詞：aimer 愛 / détester 討厭 / admirer 欣賞 /
> apprécier 評價 / respecter 尊重
>
> 表達伴隨的動詞：accompagner 陪伴 / suivre 跟隨 / précéder 先行
>
> 其它的動詞：entourer 包圍 / connaître 知道 / ignorer 忽略

（3）動作及動作所造成的狀態

動詞是表達直接受詞的「狀態變化」（例：casser 破壞、ouvrir 打開）時，變成被動態的「être＋過去分詞」形式時有時是「主詞變成某個狀態」「主詞承受某動作而成為某結果的狀態」的意思。

Tiens, la vitre est cassée. 看，窗戶玻璃破了。

La porte était ouverte quand je suis rentré.
我回來的時候門是開著的。

以上例句所表達的意思，分別是經過「打破→裂開的」「打開→開著」的動作，而產生某結果的狀態。不過以上例句只能說是狀態的表達，並不能理解為將主動態（**On casse la vitre.**有人打破窗戶玻璃、**On ouvrait la porte.**有人打開門）的「動作」改用被動態來表達的概念。就這個概念來說，我們幾乎可以把被動態中的動詞詞組理解成「狀態」的形容詞。 ☞ p.270▶

[其它的例子]

> être fermé 關閉著 / être allumé（燈等）開著 /
> être éteint（燈等）熄滅 / être déchiré 被撕裂 /
> être écrit 寫著 / être couvert 被覆蓋

▶表達「結果（完成）狀態」的句子，在很多的情況下，時態是現在時或未完成過去時。因為不是強調「動作」的表達，所以不會加上動作執行者。

反過來說，「être＋過去分詞」的時態是複合形或簡單過去時的情況，或有加上動作執行者的情況，則會被理解成是強調「動作」的句子。

完成狀態	**La lumière de sa chambre était allumée.** 他（她）房間的電燈是開著的。
強調動作（被動態）	**Les bougies ont été allumées** par les enfants du village. 蠟燭被村子裡的孩子們給點著了。

筆記 本身就不是用來表達直接受詞的「狀態變化」的動詞，就算是用現在時或未完成過去時，也不會是「完成狀態」的表達，而是強調「動作」的表達（可看作是從主動態改用被動態）。

18
句法 1
各式各樣的

Le suspect **est surveillé** de près.　　嫌疑犯被嚴格地監視著。

J'ai l'impression d'**être observé**.　　我感覺好像有人在注視著我。

（4）表達「被動」的其它句法

表達「被動」意思的句法除了被動態之外，還有下列的句法。

① 「se faire＋不定式」 ☞ p.362

Attention! Tu vas **te faire renvoyer** de l'école.

小心點！你會被學校退學喔。

② 「se laisser＋不定式」 ☞ p.367

Pierre **s'est laissé convaincre** d'acheter une nouvelle voiture.

皮耶被說服要去買新車了。

③ 「se voir＋不定式」 ☞ p.371

Le journaliste **s'est vu retirer** son passeport.

那名記者被收走護照了。

④ 反身動詞的被動態用法 ☞ p.188

Cette expression ne **s'emploie** plus de nos jours.

這個表達法在今日已經沒有在使用了。

第 19 章　各式各樣的句法 2

是指「使…做…」意思的使役句法、「讓／允許…做…」意思的放任句法，以及使用 voir 或 entendre 等的感官動詞的句法。

1. 使役句法

使役句法是使用動詞 **faire** 變成「**faire**＋不定式」的句型，表達「使（某人）做…」意思的句法。

> 例：faire partir　使…出發
> faire travailler　使…工作、念書
> faire comprendre　使…理解

▶注意重點

①「**faire**＋不定式」要看成一體、一個固定的詞組，除了特定的情況之外，一般不會在中間夾字。

②**faire** 是複合形的情況，就算直接受詞在前面，過去分詞也不會隨直接受詞的陰陽性、單複數改變其形態。☞ p.274 (vi)

Cet exercice **fait travailler** les abdominaux.
這個運動會鍛鍊腹肌（使…鍛鍊）。

Sophie **a fait ranger** les jouets aux enfants.
蘇菲要孩子們整理了玩具。

就像上面例句所看到的使役句法中的主詞（**Cet exercice** 這個運動、**Sophie** 蘇菲），是表達「讓…做…」的核心或原因。

另一方面，〈**faire**＋不定式＋受詞〉中的不定式（**travailler** 鍛鍊、**ranger les jouets** 整理玩具）以及被看作是不定式意義上的主詞（**les abdominaux** 腹肌、**les enfants** 孩子們），會因為不定式到底是不及物動詞或及物動詞，而改變表達方式。以下就按照不定式的種類來確認有哪些句型。

(1) 不定式本身是不及物動詞的情況

會變成像下列的句型。

> **主詞＋faire＋不定式＋直接受詞**
> 不定式意義上的主詞

Ce film a fait pleurer le monde entier.

這部電影使全世界感動落淚。

在不定式動詞本身是**不及物動詞**的使役句法（即「faire＋不定式」）裡，「faire＋不定式」反而會變成是一整個直接及物動詞的詞組，後面會放直接受詞（le monde entier 全世界），來作為不定式（pleurer 哭泣）意義上的主詞。

但也有像下列的例句一樣加上狀況補語的時候。

Gilles a fait monter sa fille **sur ses épaules**.

吉爾讓女兒坐在肩膀上。

▶常省略掉受詞的及物動詞（也就是所謂的絕對用法）要搭配使役句法時，其用法也跟上面的使役句法一樣（不定式動詞是不及物動詞時）。

Anne fait attendre tout le monde.　安讓大家等她。

▶直接受詞（＝不定式意義上的主詞）是人稱代名詞的情況，直接受詞會放在「faire＋不定式」的前面。（關於代名詞的位置

☞ 中高級 p.361 ）

Excusez-moi de vous avoir fait attendre.

不好意思讓您久等了。

（2）不定式本身是直接及物動詞的情況

不定式的直接受詞維持原樣，加在動詞的後面。

①不是意義上的主詞的情況

主詞＋faire＋不定式＋直接受詞
不定式的直接受詞

外觀上是和(1)相同的句法，但直接受詞則是不定式動詞原本的直接受詞。

Tu as fait réparer ta voiture?

你的車子有拿去給人修了嗎（讓…修理）？

在這個句子，直接受詞 **ta voiture**「你的車子」並不是 **réparer**「修理」的意義上的主詞，它原本就是 **réparer** 的直接受詞（**réparer ta voiture** 修理你的車子）。

②是意義上的主詞的情況

作為不定式意義上的主詞，可分有使用介系詞 **à** 的情況和使用 **par** 的情況。

> ## 主詞＋faire＋不定式＋<u>直接受詞</u>＋à / par X
> 不定式的直接受詞　不定式意義上的主詞

上面 X 是名詞詞組。**à X** 在文法上是間接受詞，**par X** 是動詞的補語。

介系詞 à　**Éric a fait visiter** Paris **à ses parents.**
艾瑞克帶父母參觀了巴黎。

介系詞 par　**J'ai fait réparer** ma voiture **par un autre garagiste.**
我要別家修車廠幫我修車了。

▶à 和 par

à 的情況和 **par** 的情況，在意思上非常不一樣。在上面例句的 Éric a fait visiter Paris à ses parents. 強調「使⋯參觀巴黎」這個使役行為，是以「父母」當作受詞（對象）來表達的。換句話說，這句是以「使父母完成某事」為主要目標的句子。因此，如果句子中沒有「à ses parents」這樣受詞，句子會感覺好像沒有講完（×Éric a fait visiter Paris.艾瑞克使參觀巴黎）。

另外，**J'ai fait réparer ma voiture par un autre garagiste.**的重點終究是「修理車子」，而「車子」則是朝著「被修好」這樣的目標前進，為了要達到這樣的目標，其方法、手段是透過「別的修車廠」來進行。**par...** 因為只是單純表示手段而已，所以即使刪掉 **par ~ garagiste**，句子還是成立（J'ai fait réparer ma voiture.　我的車子拿去修理了）。

> **筆記** 雖然介系詞幾乎都是 à 和 par，但是當不定式是 aimer「喜歡」、détester「討厭」、estimer「評價」、respecter「尊敬」等表達感情的動詞時，介系詞會變成 de。
>
> Son honnêteté fait estimer Jacques **de** tout le monde.
> 因為為人誠實，賈克受到大家的好評。

（3）不定式是間接及物動詞的情況

不定式動詞的受詞若本身就是透過介系詞引導的話（如 téléphoner à＋受詞），那麼不定式意義上的主詞會像(1)一樣，可放在「faire＋不定式」後面的直接受詞位置。

> **主詞＋faire＋不定式＋<u>直接受詞</u>＋間接受詞**
> 不定式意義上的主詞

Jean a réussi à **faire renoncer** sa fille **à** son projet.
尚成功使他女兒放棄了她的計畫。

Notre société **fait profiter** ses clients **de** sa longue expérience dans ce domaine.
本公司讓他們的客戶可以享有公司在此領域的充分經驗（讓…享有）

在以上這些句子中，直接受詞（sa fille 他女兒、ses clients 他們的客戶）是不定式（renoncer à 放棄…、profiter de 享有…）意義上的主詞。

（4）不定式是反身動詞的情況

依照一般的情況，反身動詞要放在「faire＋不定式」的不定式位置。

J'ai fait **s'asseoir** les enfants en cercle.
我讓孩子們圍成圓形坐下來。

但是有時候會省略掉反身代名詞。

Ils ont fait **allonger** les prisonniers par terre à plat ventre.
他們使俘虜臉朝下趴在地上。（＝s'allonger）

▶**faire** 和不定式之間夾雜其他單字的情況
・否定句的情況
faire 是以簡單形的變化來造否定句的時候，**pas**、**plus**、**jamais** 等會放在不定式的前面。

Tu **ne** fais **pas** réparer ta voiture?　你車子不拿去送修嗎？
・變成命令式（肯定句）且受詞是代名詞的情況

Fais-**la** entrer.　讓她進去。

Faites-**moi** savoir les modalités de paiement.
請通知我支付的方法。

· **tout**「一切」經常放在不定式的前面。有一部分的副詞有時也會放在不定式的前面。

La méditation nous fait **tout** comprendre.
冥想能夠讓我們理解一切。

Cet exercice ne fait pas **tellement** travailler les abdominaux.
這項運動不太能夠鍛鍊到腹肌。

中高級！ **使役句法＆受詞的代名詞化**

以下是使役句法的基本例句，以及將其受詞變成代名詞之後的句子組成方式，從此表一一來理解。

＊粗體字是不定式意義上的主詞，有底線的是不定式動詞原本的受詞。
＊代名詞會放在「**faire**＋不定式」的前面。

			代名詞化的句子	
動詞	不及物	Léa fait sortir **Alain**. 蕾亞讓亞倫出去。	Léa **le** fait sortir. （le＝Alain）	
直接及物動詞	沒有主詞	Léa fait réparer <u>sa voiture</u>. 蕾亞讓人修理她的車子。	Léa <u>la</u> fait réparer. （la＝sa voiture）	
	有主詞 à	Léa fait savoir <u>son intention</u> à **Alain**. 蕾亞讓亞倫知道她的意圖。	Léa <u>la</u> fait savoir **à Alain**. （la＝son intention） Léa **lui** fait savoir <u>son intention</u>. （lui＝Alain）	Léa <u>la</u> **lui** fait savoir.
	有主詞 par	Léa fait réparer <u>sa voiture</u> par **Alain**. 蕾亞請亞倫修車。	Léa <u>la</u> fait réparer **par Alain**. （la＝lui） （par lui 不常用）	

間接及物動詞	Léa fait renoncer **Alain** à son projet. 蕾亞讓亞倫放棄自己的計畫。	Léa **y** fait renoncer **Alain**. （y=à son projet）	Léa l'**y** fait renoncer.
		Léa **le** fait renoncer à son projet. （le=Alain）	

筆記 不定式是直接及物動詞的情況，意義上的主詞會像上面的一覽表一樣，會有不是間接受詞受詞人稱代名詞（lui、leur），而是直接受詞受詞（le, la, les）的時候。

Elle **le** fera aborder ce sujet.　她會讓他論及此個話題。

另外，不定式是間接及物動詞的情況，意義上的主詞會有作為間接受詞（**lui**、**leur**）的時候。

Paul **lui** a fait changer d'avis.
保羅讓他（她）改變了意見。

2. se faire ＋不定式（伴隨反身代名詞的使役句法）

　　使役句法有時候會伴隨反身代名詞變成「se faire＋不定式」的形式。大部分的情況，主詞都是「人」。但是和一般的使役句法不同的是，此句型並不太常強調「主詞使…做…」這個語意，反而是更強調與其相反的「被…」的語意。以下會依「使役」和「被動」此兩語意來分類做舉例說明。

（1）使役語意「讓…為自己做…，請…為自己做…」

　　可分成：主詞是自己並主動「讓別人為自己做…（=自己被做）」、同時也是受益者的情況，以及沒有主動去做，而只是單純的受益者的情況。會變成以上哪一種含意，要根據單字、上下文來決定。此時反身代名詞是不定式的直接受詞或者是間接受詞。

Je ne sais pas si je **me suis fait bien comprendre**.
不知道有沒有清楚理解到我說的話。（我是否有被理解）（反身代名詞是直接受詞）

Marie n'arrive pas à **se faire aimer** de ses élèves.
學生們不怎麼喜歡瑪莉。（瑪莉沒有被人喜歡）（反身代名詞是直接受詞）

Fouquet **s'est fait bâtir** un superbe château à Vaux-le-Vicomte.

富凱在沃樂維康建造了一座令人驚艷的城堡。（富凱請人為自己建造城堡）
（反身代名詞是間接受詞，也是動作的受益者 ☞ p.92 ❸ ）

[其它的例子]

> **se** 是直接受詞：se faire soigner 接受治療 / se faire connaître 出名 /
> se faire remarquer 顯眼、引人注目 / se faire conduire à 被帶領到… /
> se faire opérer par un chirurgien célèbre 被有名的外科醫師來動手術
> **se** 是間接受詞：se faire couper les cheveux 請人剪頭髮 / se faire
> faire un costume 請人製作西裝

> **筆記** 也有反身代名詞是表達不定式意義上的主詞的情況。以下這些動詞片語由於是無法要求（使役）對方為自己做的，所以只能是要求自己靠自我意志、努力去做。
> 例：se faire bronzer （在屋外等）曬太陽 / se faire maigrir （努力）變瘦 /
> se faire passer pour un spécialiste 自稱專家

（2）被動語意「被…」

主詞是「人」、並表達出「被動」語意的這個句法，比被動態句型還要常用在日常生活中，一般來說是「被害、遭到」的含意。雖然反身代名詞大部分是不定式的直接受詞，但偶爾也會是間接受詞。

Elle **s'est fait agresser** dans le métro.　她在地鐵內被襲擊了。

Je **me suis fait voler** mon sac.
我的包包被偷走了。（反身代名詞是間接受詞）

不定式意義上的主詞會用 **par**（表達感情的動詞的話會用 **de**）來引導。

Benoît n'aime pas se faire mouiller **par** la pluie.
布諾瓦討厭被雨淋濕。（被淋濕）

[其它的例子]

> se faire renverser par une voiture 被車子撞到 /
> se faire avoir 被欺騙 / se faire prendre 被捉住 /
> se faire frapper 被毆打 / se faire gronder 被責罵 /
> se faire insulter 被謾罵 /
> se faire renvoyer 被解雇，被退學

> **筆記** 即使含意是「被動」，但因為終究還是使役句法，所以此句法有時會被理解成包含「自己的過失、自己是原因」的語意。

3. 放任句法

放任句法是在動詞 **laisser** 的後面放不定式表達「讓…保持在…」意思的句法。分成兩種句型，一種是在 **laisser** 的後面、在不定式的前面放不定式意義上的主詞；另一種是將「**laisser**＋不定式」當作是一體、一個詞組，變成和使役句法是同類型的句型。

> **筆記** laisser 是複合形的情況，就算直接受詞在前面，過去分詞也不會隨直接受詞的陰陽性、單複數改變其形態。 **☞ p.274(vi)**

（1）將不定式意義上的主詞（直接受詞）放在不定式前面

> **主詞＋laisser＋直接受詞＋不定式**
> 不定式意義上的主詞

① 不定式是不及物動詞的情況

Le dimanche, je **laisse** les enfants **dormir** autant qu'ils veulent.
禮拜天，我會讓孩子們睡到自然醒。

② 不定式是直接及物動詞的情況

Les autorités **laissent** ces entreprises **transférer** leurs bénéfices dans des paradis fiscaux.
有關當局任憑這些企業把收益移動到避稅天堂。

③ 不定式是間接及物動詞的情況

Jean **laisse** sa femme **parler** de leurs problèmes conjugaux à tout le monde.
尚放任妻子對所有人都講夫妻間的問題。

④ 不定式是反身動詞的情況

Henri a **laissé** ses filles **se disputer**.
亨利放任自己的女兒們爭吵。

（2）和使役句法同樣的句型

①不定式是不及物動詞的情況

> 主詞＋laisser＋不定式＋直接受詞
> 　　　　　　　　　不定式意義上的主詞

J'ai laissé tomber mon verre.
我弄掉了我（拿在手上的）玻璃杯。

Ils **ont laissé passer** une belle occasion de démocratiser le système.
他們錯失了將制度民主化的絕佳機會（讓它就這樣過去）。

②不定式是直接及物動詞的情況

> 主詞＋laisser＋不定式＋直接受詞＋à / par X
> 　　　　　　　　　　不定式的直接受詞　不定式意義上的主詞

Il ne faut pas **laisser lire** ce livre **aux enfants**.
不能讓小孩子閱讀這本書。

L'empereur **a laissé envahir** le pays **par les barbares**.
皇帝讓蠻族入侵其國土。

> **筆記** 關於介系詞 à 和 par 的不同請參照使役句法的項目。☞ p.359

③不定式是間接及物動詞的情況

不定式動詞的受詞若本身就是透過介系詞引導的話（如 **téléphoner à**＋受詞），那麼不定式意義上的主詞會像①一樣，可放在「laisser＋不定式」後面的直接受詞位置。

> 主詞＋laisser＋不定式＋直接受詞＋間接受詞
> 　　　　　　　　　不定式意義上的主詞

Il **laisse téléphoner** sa secrétaire à toutes ses amies.
他就放任他的祕書打電話給她所有朋友。

④不定式是反身動詞的情況

跟一般情況一樣，在「laisser＋不定式」的不定式位置放反身動詞。

Il faut laisser se reposer vos muscles pendant 48 heures.
必須讓肌肉休息四十八個小時。

但是也有反身代名詞被省略掉的時候，而且也有像 laisser échapper「錯過、不小心說出口」這樣已經是慣用語的例子。

La police a laissé échapper le suspect. (=s'échapper)
警察讓嫌疑犯逃掉了。

中高級！ 放任句法&受詞的代名詞化

以下是放任句法的基本例句，以及將其受詞變成代名詞之後的句子組成方式，從此表一一來理解。

[將不定式意義上的主詞放在不定式前面的句型]

＊粗體字是不定式意義上的主詞，有底線的是不定式動詞原本的受詞。

＊因為在放任句法中，不定式意義上的主詞是 laisser 的直接受詞，所以出現代名詞化的情況，會放在 laisser 的前面。相對的，本身是不定式的受詞的，則會留在 laisser 的後面，並放在不定式的前面。

		代名詞化的句子	
不及物動詞	Léa laisse **Alain** dormir. 蕾亞讓亞倫睡著。	Léa **le** laisse dormir. (le＝Alain)	
直接及物動詞	Léa laisse **Alain** manger le gâteau. 蕾亞隨亞倫吃蛋糕。	Léa laisse **Alain** le manger. (le＝le gâteau) Léa **le** laisse manger le gâteau. (le＝Alain)	Léa **le** laisse le manger.
間接及物動詞	Léa laisse **Alain** parler de ce problème. 蕾亞讓亞倫高談此問題。	Léa laisse **Alain** en parler. (en＝de ce problème) Léa **le** laisse parler de ce problème. (le＝Alain)	Léa **le** laisse en parler.

[和使役句法相同的句型]

＊粗體字是不定式意義上的主詞，有底線的是不定式動詞原本的直接受詞。

＊這些是代名詞的情況時，會放在「laisser＋不定式」的前面。

		代名詞化的句子	
不及物動詞	Léa laisse dormir **Alain**. 蕾亞讓亞倫睡著。	Léa **le** laisse dormir. （ le＝Alain ）	
直接及物動詞 à	Léa laisse manger <u>le gâteau</u> à **Alain**. 蕾亞讓亞倫吃蛋糕。	Léa **le** laisse manger à **Alain**. （ le＝le gâteau ） Léa **lui** laisse manger <u>le gâteau</u>. （ lui＝Alain ）	Léa **le lui** laisse manger.
直接及物動詞 par	Léa laisse manger <u>le gâteau</u> **par des fourmis**. 蕾亞任由螞蟻把蛋糕吃掉。	Léa **le** laisse manger **par des fourmis**. （ le＝le gâteau ）	

4. se laisser＋不定式（伴隨反身代名詞的放任句法）

伴隨反身代名詞的情況，「讓…保持在…」也是基本的意思。另外，因不定式的不同，也有一些常被當作慣用語使用的情況。

（1）不定式是不及物動詞的情況

此時反身代名詞 **se** 是不定式意義上的主詞，且整句帶有「不積極去做，順其自然去做」的意思。

Marie mange très peu et **se laisse maigrir**.
瑪莉只吃一點點，並任由身體消瘦。

[其它的例子]

> se laisser aller 不積極處理、敷衍了事
> se laisser vivre 悠哉地過活
> se laisser tomber sur son lit 直接躺上床鋪

（2）不定式是直接及物動詞的情況

很多情況是，反身代名詞 se 是不定式的直接受詞，且會有「讓自己處於被…的狀態」的**被動**意思。

Léon s'est laissé frapper sans réagir.
雷昂不抵抗就這樣任人毆打。

Je me suis laissé tenter par cette voiture futuriste.
我不敵誘惑選擇了這台未來型汽車。

Un profond désespoir se laisse deviner dans son humour noir.
從他（她）的黑色幽默中可以臆測出深墜的絕望。

[其它的例子]

> se 是直接受詞：se laisser injurier 任人譏罵
> se laisser griser par la victoire 沉醉在勝利中
> se laisser attendrir 被弄得痛哭流涕
> se laisser prendre 被捉住、被欺騙
> se 是間接受詞：se laisser faire 任人擺佈

5. 感官動詞句法

表示感官動詞的 voir「看見」、entendre「聽到」、regarder「看」、écouter「聽」、sentir「感覺」可放在不定式的前面，造出像「看到…做…」的句法。

J'ai vu Marie entrer dans l'église.　我看見瑪莉進入教堂。

句型就像上面的例句一樣，作為感官動詞的直接受詞、同時是不定式意義上的主詞（Marie 瑪莉），基本上是放在不定式（entrer

進入）的前面（和放任句法的(1)一樣 ☞ p.364 ）。

主詞＋voir 等＋直接受詞＋不定式
不定式意義上的主詞

①不定式是不及物動詞的情況

J'ai entendu la porte **claquer**. 我聽到了大力關門的聲音。

Je **sens** la tension **monter** autour de moi.
我感覺到周圍的緊張氣氛高漲。

②不定式是直接及物動詞的情況

Les enfants **regardaient** Jean **installer** la douche.
孩子們注視著尚安裝淋浴器。

③不定式是間接及物動詞的情況

J'ai entendu par hasard mes parents **parler de** leur secret.
我不經意聽到我父母談論他們的祕密。

④不定式是反身動詞的情況

J'ai vu deux hommes **se battre** dans la rue.
我看到了兩個男人在路邊打架。

筆記 感官動詞還有下列的句法。

＊後面會放形容詞功能的關係子句 qui~

J'ai entendu **ma** voisine **qui parlait à son chien**.
我聽到隔壁鄰居在跟狗說話。
（代名詞化：Je l'ai entendue qui parlait à son chien.）

＊後面放現在分詞（書面語）

Claire vit sa mère **essuyant ses larmes**.
克蕾兒看見母親抹去眼淚。
（代名詞化：Claire la vit essuyant ses larmes.）

中高級！ 感官動詞句法&受詞的代名詞化

　　以下是感官動詞句法的基本例句，以及將其受詞變成代名詞之後的句子組成方式，從此表一一來理解。

＊粗體字是不定式意義上的主詞，有底線的是不定式動詞原本的受詞。

＊在感官動詞句法中，不定式意義上的主詞是感官動詞的直接受詞，所以出現代名詞化的情況，會放在感官動詞前面。相對的，本身是不定式的受詞的，則會留在感官動詞的後面，並放在不定式前面。

		代名詞化的句子	
不及物動詞	Léa voit **Alain** sortir. 蕾亞看到亞倫出去。	Léa **le** voit sortir. （le＝Alain）	
直接及物動詞	Léa voit **Alain** promener <u>son chien</u>. 蕾亞看到亞倫去溜狗。	Léa voit **Alain** <u>le</u> promener. （le＝son chien） Léa **le** voit promener <u>son chien</u>. （le＝Alain）	Léa **le** voit le promener.
間接及物動詞	Léa entend **Alain** parler <u>de ce problème</u>. 蕾亞聽到亞倫在談那個問題。	Léa entend **Alain** <u>en</u> parler. （en＝de ce problème） Léa l'entend parler <u>de ce problème</u>. （l'＝Alain）	Léa l'entend <u>en</u> parler.

中高級！ 和使役句法相同的句型

　　感官動詞也會和使役句法的情況一樣，有時候會將「感官動詞＋不定式」視為一體、同一詞組。雖然一般來說這是比較特殊的文體，但也有像 entendre dire que... 「聽說…這樣的事」或 entendre parler de... 「聽說…的事」這樣當作慣用語使用的例子。

[不定式是不及物動詞]

　　On **entend chanter** les oiseaux. 　可以聽見小鳥在唱歌。

　　（代名詞化：On les entend chanter.）

[不定式是直接及物動詞]

・沒有不定式意義上的主詞的情況

J'ai entendu dire que tu vas retourner au Japon.
聽說你要回日本去了。（代名詞化：Je l'ai entendu dire.）

Tu **as entendu parler** de l'affaire des Poisons?
有聽說過「毒藥事件」嗎？（代名詞化：Tu en as entendu parler?）

・有不定式意義上的主詞的情況

J'ai vu jouer cet opéra **par des lycéens**.
這齣歌劇我有看過高中生演的。
（代名詞化：Je l'ai vu jouer par des lycéens.　×par eux 是不正確的）

Je **lui** ai déjà vu jouer ce rôle.
我之前有看過他（她）演這個角色。
（此時 lui 不能替換成 à cet acteur 等，只能用 lui, leur 等的受詞人稱代名詞）
（代名詞化：Je le lui ai déjà vu jouer.）

6. se voir＋不定式

「**se voir**＋不定式」有時候會被當作被動意思的句法來使用，是複雜的書面語。反身代名詞 **se** 有用作不定式的直接受詞、間接受詞這兩種情況。

> **筆記** 即使反身代名詞是直接受詞的情況，複合形 voir 的過去分詞也不會隨直接受詞的陰陽性、單複數改變其形態。☞ p.275(vii)

[反身代名詞是直接受詞]

Le ministre **s'est vu citer** en justice.　部長被法庭傳喚了。

[反身代名詞是間接受詞]

Jules **s'est vu refuser** sa carte de crédit.
朱兒的信用卡被拒絕了。

Hélène **s'est vu décerner** le prix spécial du jury.
艾蓮娜被頒發評審特別獎。

[其它的例子]

se 是間接受詞：se voir attribuer un privilège 被賦予特權 / se voir retirer un droit 權利被剝奪

各式各樣的句法 3

本章要介紹的，有 1. 表達「做～的是…」意思的強調句法，2. 把要強調的主題（名詞詞組）挪到句首的脫離句法，3. 將主詞放在動詞後面的倒裝句法，以及 4. 在日常會話中經常會用到的 Voilà、Il y a 等的句法。

1. 表強調的句法

強調句法說的就是使用 **c'est...qui~** 或者是 **c'est...que~** 以表達「做～的是…」的句型。是經常會使用到的句法。

C'est Pierre **qui** a cassé le vase.　打破花瓶的是皮耶。
（比較：Pierre a cassé le vase. 皮耶爾打破了花瓶。）

C'est demain **que** Marie vient?　瑪莉是明天要來嗎？
（比較：Marie vient demain? 瑪莉明天會來嗎？）

第一個例句是把「打破了花瓶」這件事當作補充說明，並把焦點放在「（打破花瓶的人物）是皮耶」這一點上。

第二個例子則是把「瑪莉要來」這件事當作補充說明，並將焦點擺在「（要來的時間）是明天」這一點上。

（1）強調句法的構成方式

就如同上面所舉的例子一樣，透過強調句法和（）內一般句子的比較之後，我們可以理解強調句法的構成方式正如下列所示。

①在 **c'est** 的後面放想要強調的要素（**Pierre** 皮耶、**demain** 明天）。

②用 **qui** 或者用 **que** 連接，再放要補充說明的部分（底線部分 **a cassé le vase** 打破了花瓶、**Marie vient** 瑪莉要來）。

> **筆記** 跟一般的句子比起來，因為強調句法可拆成「c'est...」和「qui (que)~」兩個部分，所以也被稱作「分裂句」

在強調句法中，**c'est...** 的作用是強調各種想要強調的要素。根據要被強調的要素（到底是主詞被強調，還是其他要素被強調），會決定要使用 **qui** 還是 **que**。

強調的事物是主詞	: c'est...qui~
強調的事物是主詞以外的要素	: c'est...que~

以下依照被強調的要素來一一了解 **qui** 與 **que** 的用法。

❶ 主詞

在 c'est 後面所要強調的要素，對於 **qui~** 的部分來說是有主詞的作用。

Oh là là, le rideau est déchiré! – **C'est** Filou **qui** a fait ça.
哎呀呀，窗簾破了。是－菲魯（貓咪的名字）弄破的。

C'est moi **qui** suis responsable de tout ce désordre.
這場混亂的責任在我。

▶**qui~** 子句中的動詞會隨前面被強調的**主詞的人稱、陰陽性、單複數**做變化。在第一個例句裡是第三人稱單數（陽性），在第二個例句則是第一人稱單數（陽性或是陰性）。

❷ 直接受詞

在 c'est 後面所要強調的要素，對於 **que~** 的部分來說，有直接受詞的作用時。

C'est ça **que** tu appelles 《un petit restaurant sympa》?
就是這裡嗎，你所謂的「別有風味的小餐館」?

C'est cette veste **que** j'ai achetée à Milan.
在米蘭買的就是這件外套。

▶被強調的是直接受詞的情況時，**que~** 子句中的動詞如果是複合形的話，**過去分詞就會隨直接受詞進行陰陽性、單複數一致性的變化**。在第二個例句裡，**achetée** 會變成陰性，是因為直接受詞的 **cette veste**「這件外套」是陰性名詞。 ☞ p.271③

> 筆記 即使是不把直接受詞視為動作接收者（如表達「價錢、尺寸、味道」等的受詞）的動詞，也可以用在強調句法中，其直接受詞放在 C'est 後面被強調。
>
> **C'est** bien cent euros **que** ça coûte. 　那個的價格正是一百歐元。
>
> （比較：Ça coûte cent euros. 那個要一百歐元。）
>
> **C'est** l'odeur du tabac **que** la pièce sentait.
> 那間房間的味道正是香菸的味道。
>
> （La pièce sentait l'odeur du tabac. 那間房間有香菸的味道。）
> 其它還有下列動詞。
>
> 例：mesurer（身高、長度）是… / peser（重量）是… / durer（持續時間）是…

❸ 間接受詞

在 c'est 後面所要強調的要素，對於 **que~** 的部分來說，有間接受

詞的作用時。

C'est à toi que je parle.
我正是在跟你說話。（比較：Je te parle.）

C'est de ça que nous avons discuté avec le président.
我們跟總統談論的，正是那件事情。

▶強調間接受詞時，間接受詞會和介系詞一起放在 c'est 的後面。不只是間接受詞，一般來說，任何介系詞組會整個被視為一個組合來強調。

另外，請拿上面第一個例句和一般的句子來做比較。在一般的句子裡，**Je te parle.**裡，間接受詞是沒有加上介系詞的人稱代名詞 **te**。相對的，在強調句法裡，若要強調間接受詞的話，介系詞就要出現，變成 **à toi**。

> 筆記 同樣地，在一般的句子裡被代名詞 en 或 y 代替的詞，若要用在強調句法中被強調時，會變成如 de ça 或 à ça 一樣的介系詞組。
>
> C'est à ça que je pense.　我在想的就是那件事情。
>
> （比較：J'y pense.　我在想那件事情。）

❹ 其它的要素

狀況補語　☞ p.14 、動狀詞、狀況補語子句、形容詞的補語也可以用在強調句法裡被強調。☞ 中高級 p.378

C'est à Milan que j'ai acheté cette veste.　（狀況補語：場所）
我是在米蘭買這件外套的。

C'est en octobre qu'il pleut le plus à Lyon.
（狀況補語：時間）
在里昂最常下雨的時節是十月。

C'est à cause de toi que nous avons manqué le train.
（狀況補語：原因）
因為你的關係才害我們趕不上火車的。

C'est en forgeant qu'on devient forgeron.　（動狀詞）
（諺語）熟能生巧。
（正因為有在打鐵才能變成鐵匠＝「熟能生巧」）

C'est quand j'avais huit ans que j'ai découvert ma passion pour le ballet.　（狀況補語子句）
我發現愛上芭蕾是在八歲的那年。

Les autres ont suivi mon exemple. Et **c'est** de ça **que** je suis fier. （形容詞的補語）

其它人也以我為範例。我對這點感到很驕傲。

> 筆記 上面看到的強調句法是在日常生活中常用的。除了這些要素會被強調之外，雖然還有強調主詞的補語（名詞詞組）（形容詞不能被強調）的情況，但那是複雜的書面語。

C'est une étrange fille **que** cette Perrette.

那個叫佩雷特的，真是奇怪的女孩。

（比較：Cette Perrette est une étrange fille.）

此時在強調句法中會省略掉繫動詞 être。

> 筆記 有個重點是，在強調句法中所使用的 qui 和（強調直接受詞的）que 都是關係代名詞。此時，關係代名詞 qui 或 que 所引導的關係子句，會像形容詞一樣修飾先行詞，不過這和包含 que 子句的一整個名詞詞組的情況（下面第一個例句），在作用上是完全不同的，所以有必要清楚地做區分。比較實際的做法就是，把強調句法的「c'est...qui (que)~」想成是一組固定的句型來表達。

Qu'est-ce que c'est? - C'est <u>un livre sur l'Europe</u> **que** j'ai acheté à Paris.

（依照上下文語意，此時的 que＝關係代名詞，但不是強調句法中的 que。底線的部分要看作是整個名詞詞組）

這是什麼？－這是我在巴黎買的一本關於歐洲的書。

C'est <u>un livre sur l'Europe</u> **que** j'ai acheté à Paris (non pas un livre sur l'Afrique). （強調句法）

我在巴黎買的是一本關於歐洲的書（不是關於非洲的書）。

（2）關於強調句法的注意重點

❶ 人稱代名詞的強調

在 c'est 的後面放人稱代名詞，雖然一般會放強調形（**moi**、**toi**、**lui...**），但強調句法的情況也是一樣的。一般句子裡的 je, tu...（主詞）、me, te...（直接受詞）的代名詞，用在強調句法時，c'est 的後面會放強調形。

C'est **toi** qui commences. （比較：Tu commences.）

就從你開始。

此外，當要強調「間接受詞的人稱代名詞」時，即使這些人稱代名詞在一般句子裡是 me, te, lui...，但在強調句法中要變成 **à moi**、**à toi**、**à lui**、**à elle...**。

C'est **à elle** que tu as téléphoné?　（比較：Tu lui as téléphoné?）
你打電話的對象就是她嗎？

❷ c'est 和 ce sont

　　強調的是主詞或直接受詞，而且是複數的名詞詞組的話，強調句法會用 ce sont。另外，強調的對象是人稱代名詞，而且是第三人稱複數（eux、elles）時，也要用 ce sont。

Ce sont mes enfants **qui** m'ont offert cette montre.
送這隻手錶給我的是我的孩子們。

Ce sont eux **que** j'ai invités.　我邀請的是他們。

　　不過不論是複數形的名詞詞組，還是第三人稱複數的代名詞，在日常會話裡經常還是會使用 c'est。

C'est mes enfants **qui** font la cuisine ce soir.
今晚做晚餐的是我的孩子們。

　　單記 搭配「單數形－單數形」的名詞詞組，或搭配「單數形－複數形」順序的名詞詞組的強調句法，一般會使用 c'est。
C'est ma femme et ma fille **qui** m'ont offert cette montre.
送這隻手錶給我的是我妻子和女兒。
C'est ma femme et mes enfants **qui** m'ont offert cette montre.
送這隻手錶給我的是我妻子和孩子們。

❸ 否定形

　　相對於 c'est... qui (que)~「做～的是…」，否定形的 ce n'est pas...qui (que)~「做～的不是…」也經常使用。

Ce n'est pas toi **qui** dois faire ce travail.
應該要做這工作的不是你。

Ce n'est pas comme ça **qu'**il faut faire.
要做的不是像這樣（來做）的。

Ce n'est pas parce que tu as de l'argent **que** tu peux faire n'importe quoi.
並非你有錢就代表可以為所欲為。

Ce n'est pas parce qu'elle était avec un autre garçon **que** je suis fâché.
並不是因為她和其他男人在一起，我才生氣的。

❹ c'est 的時態

在強調句法的 c'est ...qui (que)~ 結構裡，不論 qui (que)~ 子句中的時態是什麼，c'est 都固定是用現在時。

C'est Marie **qui** m'attendait. 那時等我的人是瑪莉。

C'est Marie **qui** viendra me chercher. 將要來接我的人是瑪莉。

C'est lui **qui** l'avait demandé.
要求那個的人是他。

但是也可配合後面的時態（後面是複合時態的話就變成對應的簡單時態）。

C'était Olivier **qui** avait raison. 有理的是奧利維。

C'était lui **qui** l'avait demandé. 曾經要求那個的是他。

> **筆記** 當強調句法的 c'est 變成是動詞後面的關係子句時，會因為時態的需要而變成未完成過去時，或是因為句法上的需要而變成虛擬式的時候。
>
> Je croyais que **c'était** Cécile **qui** m'avait téléphoné.
> 我一直以為打電話給我的是賽西爾。
>
> Il est possible que **ce soit** un ours **qui** a cassé les ruches.
> 把蜂巢破壞掉的也有可能是熊。

❺ 關於「前提」

在強調句法裡，qui (que)~ 的部分會變成是「前提」。就像下面對話中，qui a fait ça 就表示「花瓶破掉」這個前提。

Le vase est cassé! - **C'est** Luc **qui** a fait ça.
花瓶破掉了。－是呂克弄破的。

在上面的例句中，從上下文來看，「有人把花瓶打破了」這件事變成前提。但是前提的部分不一定每次都要在上下文中清楚地說明或從上下文中推測。

Ce **sont** les Chinois **qui** ont découvert la poudre.
發現火藥的是中國人。

Tu sais que **ce sont** les Français **qui** consomment le plus de vin?
你知道最會喝葡萄酒的人是法國人嗎？

在這些例子裡雖然「發現了火藥」、「最會喝葡萄酒」是前提,但此前提不是透過上下文來判斷的,而是一般的認知。所以「發現火藥」和「最會喝葡萄酒」這樣的事件就不需要再多做說明,因為是一般人都知道的意義。

中高級！ **強調在強調句法中的動詞・副詞・狀況補語子句**

[動詞]

雖然強調動詞的情況並不是沒有,但不常使用。當動詞被拿到前面(**C'est** 之後)來強調時,**que** 子句中動詞的位置會用 **faire** 來彌補。

C'est dormir **qu'**il fait sans cesse.

他一天到晚都在睡。

[副詞]

副詞有很多是不能被拿來強調的,但是表示動作的時間點、地點的就可以。

C'est demain **que** Jules arrive. 　朱勒是明天才會到。

C'est là **que** j'ai vu Anne. 　我就是在那裡看見安的。

另外,修飾動作的副詞,一般來說是都可以拿來放進強調句法的。但是只有像下面這樣有限制意義的表達(**Ce n'est que** 副詞:唯有⋯),用在強調句法時才會比較自然、不突兀。

Ce n'est que progressivement **que** la réconciliation s'est faite.

唯有循序漸進,才能逐步和解。

[狀況補語子句]

雖然狀況補語有很多都能被強調,但狀況補語用起來要比較自然(較不突兀)的話,則要視句子情況來用。

C'est pendant que je dormais **que** le bateau est parti.

船是在我睡覺的時候離港的。　　　　　　　　　　　(Flaubert)

C'est pour que tu puisses bien travailler **qu'**on t'a loué un studio près de la fac.

為了讓你能夠專心念書,已經幫你在大學附近租套房了。

以下會列舉在強調句法裡,哪些狀況補語子句可被強調,哪些狀況補語子句不能被強調(或很難被強調)的例子。

[於強調句法中，常被強調的狀況補語子句]

> quand 做…的時候 / lorsque 做…的時候 / pendant que 做…的期間 / après que 在做…之後 / avant que 在做…之前 / depuis que 做…以來 / parce que 因為… / pour que 為了做… / afin que 為了做… / de peur que 害怕… / de crainte que 害怕… 等

[不能強調（不太被拿來強調）的狀況補語子句]

> puisque 因為是… / comme 因為；在做…的同時；正當… / bien que 儘管…但是 / quoique 儘管…還是 / à moins que 只要不做… / pourvu que 只要有…的話 / comme si 宛如…一樣 / si 如果…的話

中高級！ **強調上下文提到的狀態或時間點等**

　　強調句法是以後面 **qui (que)~** 的內容當作前提，並將焦點擺在前面的 **c'est...** 所強調的要素。不過有些強調句法，會在 **c'est...** 的位置強調前面上下文提到的狀態或時間點等，並在後半部（**que** 子句）引導新的內容，焦點就擺在該狀態或時間點。**c'est ainsi que~**、**c'est alors que~**、**c'est pour cela que~** 等的表達，經常會這樣使用。

C'est ainsi que j'ai déjà établi un plan en plusieurs points.
正因此，我已經擬好有好幾個要點的計畫。

C'est alors que Marie vit un homme qui s'approchait d'elle.
就是在那個時候，瑪莉看到了一名男子朝著自己接近。

C'est pour cela que ces études ont été abandonnées dans les années 80.
就因為這樣，這些研究在八零年代就已放棄了。

（3）擬似分裂句

　　在強調句法（分裂句）裡當作焦點來強調的要素，會用 **c'est...** 的形式，放在句子的前半。相對的，將 **c'est...** 的部分放在後半的，則被稱作**擬似分裂句**的句法，就如下列例句。

Celui qui a cassé le vase, **c'est** Pierre.
打破花瓶的是皮耶。（打破花瓶的人物，那就是皮耶爾）

Ce que j'ai acheté à Milan, **c'est** cette veste.
我在米蘭買的，就是這件外套。（我在米蘭買的東西，就是這件外套）

　　就像在上面的例句看到的，在擬似分裂句裡，會將相當於強調句法後半部分的內容挪到句首，拿來當作句子的主題。此時如果是以「人」為話題的話，會用到 celui、celle 等並加上關係子句，若是「事物」的話，會用到 ce 並加上關係子句，☞ p.112 **2** 、p.121 接著再以 c'est...「那是…」接續。

　　▶在擬似分裂句中，會放在 c'est 後面的內容，與前半部內容中的**動詞**正好是「主詞－動詞」或「動詞－補語」的關係，所以 c'est 後面接續的會是名詞詞組、關係子句或不定式等要素。

Ce qui m'a plu le plus dans ce film, **c'est** la rapidité des actions. （名詞詞組）
這部電影裡我最喜歡的就是它情節的緊湊感。

Ce que je voudrais, **c'est** que tu fasses la cuisine de temps en temps. （關係子句）我希望的就是你不時下廚做菜。

Ce dont tu as besoin, **c'est** de te reposer. （不定式）
你需要的就是休息。

> **筆記** 擬似分裂句是把形成主題的名詞詞組（如 X），挪到句首變成「X, c'est...」「X, 那是…」，這是經常使用的形式之一。

Fifi, **c'est** mon frère.　菲菲是我的兄弟。
Mon auteur préféré, **c'est** Balzac.　我最喜歡的作家是巴爾札克。
La ville qui attire le plus de touristes, **c'est** Paris.
吸引最多觀光客的城市是巴黎。

2. 脫離句法

　　此句法表示可將句子中的某個名詞詞組，從句子裡抽出來（使其脫離），並放在句首或者是句尾者。脫離之後，已脫離的要素會使用人稱代名詞在句子中代稱。像是這樣的句子，就叫作脫離句法。這在日常會話中很常使用。

> **筆記** 脫離也被稱作「轉移」，此時脫離到句首者叫作「左方轉移」，脫離到句尾者叫作「右方轉移」。

（1）概要

❶ 脫離到句首

名詞詞組挪（脫離）到句首時，表示該名詞詞組所表達的事物，是句子的主題（「說到關於…」），並在接續的子句中對該主題進行說明。

Ce film, je l'ai vu deux fois. 那部電影我看了兩次。

在上面的例句裡，首先將作為對話主題的 ce film「那部電影」抽離出來並放在句首。接下來，將子句中直接受詞的位置（即原本的 ce film，但被脫離當作主題）改用 l' 來代替 ce film。因此，這句話有「說到那部電影，我看過它兩遍了」的意思。

❷ 脫離到句尾

名詞詞組挪（脫離）到句尾的情況是指，在句子前面先敘述發生的事情或狀態，最後再以挪到句尾的名詞詞組的形式，討論到底是誰、是什麼。

Elle est rentrée, Sarah? 她有回來嗎？我是說莎拉。

在這個例子裡首先是問到「她回來了嗎」的這件事，接著再將句子中提到的人物（「她」到底是在說誰）再挪出來做確認語或強調。

（2）名詞詞組在原本子句中的功能

脫離到句首（或句尾）的名詞詞組，在脫離之後，其原本的子句仍保有該名詞詞組的功能（主詞或直接受詞等），只是改用人稱代名詞來代替該名詞詞組。

❶ 在原本子句中的功能是主詞時

Mon père, il était d'accord, mais ma mère...
我爸呀，他是同意了，但我媽就…

Moi, je reste ici. 我呀，要留在這裡。

C'était bien, le concert? 好聽嗎？這場音樂會。

❷ 在原本子句中的功能是直接受詞時

Je l'ai connue à Lyon, **cette fille**.
我和那個女孩子是在里昂認識的。

▶脫離到句首或句尾的名詞詞組，若冠詞是用不定冠詞複數或部分冠詞，在原本的子句中改用數量代名詞 en 來代稱的情況也很常見。

Des touristes japonais, on n'**en** voit pas **beaucoup** ici.
日本的觀光客在這裡很少見到。

❸ 在原本子句中的功能是間接受詞或場所的必需補語時

Moi, on ne **m'**a rien dit.　我什麼都沒有聽到。

Les vacances, ils ne parlent que **de ça**.
那些人盡是在聊渡假的事。

La Grèce, j'**y** vais chaque été.　我每年夏天都會去希臘。

▶就脫離到句尾的情況來說，有時也會有在脫離的名詞詞組前加上介系詞的情況。

On ne **m'**a rien dit, **à moi**.　他們什麼都沒跟我說。

（3）脫離句法的其它重點

❶ 用 ce、ça 等代稱
　在名詞是總稱意義的句子，還是類似「A = B」的 être 結構句，或是說明類別的句子裡，若用到脫離句法時，不會用人稱代名詞來代稱脫離的名詞詞組，而是會用 ce、ça、cela 來代稱。

La musique baroque, j'adore **ça**.　巴洛克式的音樂，我超愛的。

Un chien, ça aboie.　狗這種動物就是會叫。

La capitale de la Turquie, c'est Ankara.
土耳其的首都，是安卡拉。

❷ 在結構複雜句子中脫離的名詞詞組
　在從屬子句中或在結構更為複雜的句子中，名詞詞組也會脫離。

Tu crois que c'est encore loin, le Louvre?
你覺得還很遠嗎？我是說羅浮宮。

Mes parents, j'ai enfin réussi à **les** convaincre.
我父母，我終於成功說服他們了。

❸ 複數名詞詞組的脫離句法

有時候也會出現脫離兩個（或以上）名詞詞組的情況。

Moi, le vin, je n'**en** bois pas beaucoup.　我啊，不常喝葡萄酒。

❹ 不定式、關係子句的脫離句法

不定式或關係子句本身可看作是一個名詞詞組，有時候也會出現脫離句法。

不定式　**Travailler ici, c'est un vrai plaisir.**
在這裡工作，真是件開心事。

關係子句　**Que vous soyez sincère**, personne n'**en** doute.
您所說的是發自於內心，沒有任何人對此懷疑。

❺ 補語形容詞的脫離

補語功能的形容詞有時候也會脫離，這時用中性代名詞 le 代稱。是個非常複雜的用法。

Sensible à l'injustice, il l'a toujours été.
經常注意到不公正的事，他以往總是這樣。

3. 倒 裝

雖然法語的基本詞順是「主詞－動詞－（受詞等）」，但是根據情況也有主詞放在動詞後面的時候，這稱為**主詞的倒裝**。最具代表性的例子是疑問句裡的倒裝。

不過以下要講解的是在直述句中的任意倒裝，任意倒裝主要會出現在複雜的書面語裡。

> 筆記 倒裝 有 **簡單倒裝** 和 **複合倒裝**。關於這些請參照「疑問句」的章節 ☞ p.319-320。關於在疑問句、感嘆句、關係子句、間接疑問句、插入句等的倒裝，會分別在以上這些主題之下做說明。

（1）用在句首並和前句有語氣上的呼應，或帶有推測意義等的副詞

在表示推測意義或和前句有語氣上的呼應（如有轉折語氣）的副詞之中，有一些是像下列的詞一樣是可用在句首的，大部分會將主詞倒裝。主詞是一般的名詞詞組的話，會用複合倒裝（但不及物動詞等情況是用簡單倒裝），人稱代名詞或 ce、on 的話是用簡單倒裝。

[會放在句首的副詞]

> ainsi 就像這樣、就這樣 / aussi 此外， / à peine 幾乎不是… /
> à peine ... que~ 剛…就～ / encore 雖說…但 /
> tout au plus 最多… / du moins 至少… /
> peut-être 也許… / sans doute 可能…

Ainsi commença **la longue aventure de Jeanne**.
（簡單倒裝）
就這樣，珍妮開始了漫長的冒險。

À peine la sorcière eut-**elle** touché le prince, **que** celui-ci fut transformé en âne.
巫師一觸碰到王子，王子轉眼間就變成驢子了。

Sans doute a-t-**elle** deviné l'intention des Anglais.
恐怕她是察覺到英國人的意圖了。

（2）放在句首表示時間或地點的副詞、狀況補語

表示時間或地點的副詞放在句首的話，經常會倒裝把主詞放在動詞的後面。主詞只會是一般的名詞詞組，且動詞僅限於不及物動詞，後面也是沒有任何受詞的情況。此時是用簡單倒裝，而人稱代名詞或 ce、on 不能夠倒裝放置。

Bientôt réapparut **Marie**, qui portait son violon et une partition.
不久後，拿著小提琴和樂譜的瑪莉又出現了。

Autour de lui s'assemblaient **tous les oiseaux de la forêt**.
森林裡所有的小鳥全都聚在他的周圍。

（3）和表示移動或出現意義的動詞進行倒裝

像 venir「來」、arriver「抵達」、entrer「進入」、passer「經過」等動詞在表示人事物的移動或出現意義時，這時可以將動詞拿到句首，再把主詞放到後面。其倒裝形式是**簡單倒裝**，但能倒裝的主詞只能是一般的名詞詞組，人稱代名詞或 ce、on 不能倒裝。

Vient enfin le moment de la réconciliation.
和解的時刻終於來了。

Entre le médecin par la grande porte à gauche(...)
(Ionesco)

（舞台提示）醫生從左手邊的大門進來（…）

（4）和表語進行倒裝

有時候會將主詞的表語（形容詞）放在句首，將主詞放在 être 的後面。但這是強調表語的文學性手法，非常少會用到。不過談論到像是 nombreux「很多」、rare「不常見」或是失望、驚訝等 grand「大」時，相比之下則比較常用。形式是簡單倒裝，但能倒裝的主詞只能是一般的名詞詞組，人稱代名詞或 ce、on 不能倒裝放置。

Nombreuses sont les femmes qui ne trouvent qu'un travail à temps partiel.
僅僅能找到兼職工作的女性為數甚眾。

(...) **bleue** est la nuit, **bleue** est la neige, c'est évident! (Tournier)

（…）夜晚是藍色、雪也是藍色，這是顯而易見的事！

（5）其它的倒裝句法

也有像下列這樣固定常用的倒裝句型。X 是主詞。cela、là 的部分也可以替換成名詞詞組。

À cela s'ajoute X　那個再加上…

De là vient X　從那裡產生…

4. 使用 Voilà、Il y a、C'est 的句法

使用 **Voilà**、**Il y a**、**C'est** 的句子，特別是在日常會話中會經常使用。基本上是在後面放名詞詞組，提示在某情景、地點有某人或某事物，讓聽者把注意放在那裡。

(1) Voilà、Voici

在後面放名詞詞組，以「你看，是…」「這／那是…」的語意來提示眼前有某人或某事物。不過也有以此句型來提示發生某事的時候。 ☞ 下一頁 **3**、**4**

> **筆記** 此兩單字原本是動詞 voir「看」的命令式（古法語形式）voi，再和 ci（相當於「這裡」）、là（相當於「那裡」）組合起來的形式。在日常會話裡會不分遠近統一使用 voilà，很少使用 voici。以下就直接介紹 voilà。

另外，除了這裡舉的 **voilà**（**voici**）之外的其他用法，請用字典確認。

❶「voilà＋名詞詞組」

Voilà mon mari André. Il travaille à l'hôpital Cochin.
（介紹）這是我的丈夫安德雷。他在可香醫院工作。

Voilà votre clé, monsieur.　先生，這是您的房間的鑰匙。

▶人稱代名詞會放在 **voilà** 的前面。當作直接受詞處理。

Claire n'est pas là? - **La voilà!** Elle arrive.
克蕾兒沒來嗎？－你看在那裡！她來了。

用到「人稱代名詞＋**voilà**」句型時，後面可放地點之類的狀況補語或過去分詞等。

Nous voilà **dans une drôle de situation**.
這下我們陷入奇怪的狀況了。

Les voilà **partis**.　他們就這樣離開了。

▶也可以使用表示數量的中性代名詞 **en**

J'en ai assez de ces cafés à l'américaine.
- Regarde, **en voilà** un autre.
我已經受夠這種美式咖啡店了。
一看。又是另一家。

❷「voilà＋間接疑問句」

被 comment 或 pourquoi 等引導的間接疑問句，有時候會放在 Voilà 後面。

Voilà pourquoi il n'arrive pas à se décider.
正因如此，他現在很難下定決心。

❸「voilà＋關係子句（que~）」

表達新事件突然發生。

Nous sommes mariés depuis dix ans, et **voilà que ma femme décide de me quitter**.
我們結婚十年了，但我妻子卻這樣突然要離開我。

❹「voilà＋名詞詞組＋qui~」

在用 voilà 引導的名詞詞組（包含人稱代名詞）之後，會接關係子句 ☞ p.439 來表達「看，…在做～」的意思。

Tiens, **voilà ton frère qui arrive!**
看，你哥（弟）來了！

Gilles n'a pas oublié son portefeuille?
- Justement, **le voilà qui revient!**
吉魯沒有忘記錢包吧？
－你說得沒錯，你看，他回頭來（找）了。

（2）Il y a

il y a...是使用動詞 avoir 的非人稱句法，基本的用法是在後面放名詞詞組以表達「有…」、「有…在…」的意思。另外，也可以此句型為基礎來表達發生某事。☞ 下一頁 ❷

❶「il y a＋名詞詞組」

經常出現在名詞詞組位置的，是不定名詞詞組（也就是限定詞不是定冠詞、指示形容詞、所有形容詞的名詞詞組）或一部分的不定代名詞（**quelque chose** 某事物，**quelqu'un** 某人，**rien** 什麼都沒有，**personne** 沒有人）。此外，也有否定形、時態的變化。

Il y a un bon restaurant taïwanais à côté de chez moi.
我家附近有好吃的台式餐廳。

Il n'y avait rien à manger.　沒有任何可以吃的。

▶表示數量的中性代名詞 en 也經常和 **il y a** 一起使用，會放在 y 和 **avoir** 之間。

Il y a encore du vin? - Non, il n'y **en** a plus.
還有葡萄酒嗎？－不，已經沒有了。

▶人稱代名詞也可以放在 **il y a** 的後面，這時要使用強調形。

Tout le monde est parti? - Eh hien, il y a **toi** et **moi**.
大家都回去了嗎？－沒有啊，你跟我不是還在這。

❷「**il y a＋名詞詞組＋qui~**」
在名詞詞組的後面用 **qui** 連接一形容詞子句的話，可表示「…在做～」或「…做了～」，以提醒聽者把注意力放在那件事上。使用此用法時，**il y a** 只能是肯定形的現在時。

Regarde! **Il y a** Minou **qui** déchire le rideau!
看，米奴（貓咪的名字）在弄破窗簾。

Je dois rentrer. **Il y a** mon fils **qui** a eu un accident à l'école.
我必須回去了。我兒子在學校遭遇事故了。

> 筆記 在相似的句法裡，也有以人當主詞，動詞用 avoir 的句法。
> **J'ai** mon fils **qui** passe le bac cette année.
> 我家的兒子，今年要考高中生畢業會考。

（3）C'est

將指示代名詞 ce 當作主詞的句法，大部分是表達「這是…」「那是…」的意思。在 c'est 的後面放形容詞或名詞詞組，是基本的表現方式。 ☞ p.110

❶「**c'est＋形容詞**」
主要是以含糊的方式代指當下狀況或上下文中的某「事物」、某情況，或某話題內容等，並對此狀況做出**形容或評價**。

Regarde la lune! **C'est** beau!　你看月亮！好美！

Tu as lu ce livre? - Oui, **c'était** très intéressant.
你看過這本書了嗎？－嗯，非常有趣。

Tu es heureuse? - Je ne sais pas. **C'est** difficile à dire.
你幸福嗎？－我不知道，很難形容。

筆記 「c'est＋形容詞」不能明確代指特定的「人、動物」。

Regarde ce clown! Il est drôle!　你看那個小丑！好逗趣！

（×C'est drôle!不能用來指稱小丑本人的狀況）

但如果「人、動物」名詞是表示類型的總稱時，則可用 c'est 來形容「人、動物」的狀況。

Un poussin, **c'est** mignon.　雛鳥好可愛。

▶「c'est＋形容詞＋de 不定式 / que~」

是「做～是…的」意思的句法。在較嚴謹或書面的講法中，會使用 **il est...**。 ☞ **p.345 ①** 如果形容詞是表示評價、情感等時，關係子句（que~）中的動詞會變成虛擬式。 ☞ **p.231**

C'est gentil **de me le dire**.　謝謝你對我說這個。

C'est vrai **que tu vas en France?**　你真的要去法國嗎？

②「c'est＋名詞詞組」

主要是針對「人、事物」來說明其種類，弄清楚那是什麼事物的句型。名詞詞組是**事物**的情況時，是指「不定冠詞／部分冠詞＋名詞」的名詞詞組；**人**的情況是指「定冠詞／指示形容詞／所有形容詞＋名詞」的名詞詞組（限定詞是定冠詞、指示形容詞、所有形容詞的名詞詞組）或專有名詞。

Attention, **c'est** de la vodka.　小心點，那是伏特加。

C'est ma femme Sylvie. Elle est professeur d'anglais.
（介紹）這是我的妻子希爾薇。她是英文老師。

也可用來形容（於某時間、某地點）發生的任何事件或情況。

Les gens se ruaient sur l'unique sortie. **C'était** la pagaille totale.
人們衝到了唯一的出口。真的完全是混亂的極致。

▶但 c'est 的用法（尤其是 ce 的部分）也有不明確指稱某人事物（這個，那個）的含意，而只是單純提示某一狀況、只是提示眼前有某人、某事物（如 **voilà**）的情況。

Tiens, **c'est** Jacques. Il vient vers nous.
看，是賈克。他朝我們這邊過來了。

20
句法3　各式各樣的

▶名詞詞組是複數形或是第三人稱複數的代名詞 **eux**、**elles** 時，會使用複數形 **ce sont**。但是在日常會話中經常使用 **c'est**。

Attention, **ce sont** des guêpes.　小心點，那可是黃蜂。

▶不管是上面 **❶**、**❷** 哪一種情況，將 C'est 句型中 ce 所代稱的事物或狀況挪（脫離）到句首（或句尾）的脫離句法，也是經常使用的。 ☞ 脫離句法 p.380

C'est importatnt, **ce qu'il dit**.　很重要啊，他所說的事。

Demain, c'est mon anniversaire.　明天是我的生日。

❸ 「c'est＋補充子句（que~）」

①將脫離到句首的主詞，用 **c'est...** 中的 **ce** 來代稱的形式
即「…是…」「那就是…」的意思。

Notre problème, **c'est qu'**on n'a plus d'essence.
我們的問題是已經沒有汽油這件事。

> 筆記 在這個用法中也有「c'est＋de 不定式」的形式。
> L'essentiel, **c'est de** se sentir bien.
> 重要的是要感覺到舒服。

②代稱前面上下文中內容，並加以説明
此時的 **c'est** 主要是用來代稱上下文中的某段內容，表示「也就是說那是…」，後面再加上説明。有時候會和「**si**＋從屬子句」（若是…這樣的話）搭配使用。

Éric n'est pas venu. - **C'est qu'**il ne veut pas nous voir.
艾瑞克沒有來。－也就是說他不想見到我們。

Si la lumière n'est pas allumée, **c'est qu'**elle n'est pas encore rentrée.
沒有開燈也就表示她還沒有回來。

❹ 強調句法 ☞ p.372

C'est ici **que** j'ai trouvé ce sac.　我就是在這裡找到這個包包的。

❺ 「c'est＋名詞詞組＋qui~」
在名詞詞組的後面接形容詞功能的關係子句，可表達「是…在做

（做了）～」的意思。是針對「是發生了什麼事？」「是怎麼回事？」的疑問句來做說明的句子。在這個用法裡，c'est 只會是肯定形的現在時。

Tu n'as pas entendu un bruit bizarre?
- Ne t'inquiète pas. **C'est** le couvreur **qui** répare le toit.

你沒聽到有奇怪的聲音嗎？
－沒事。是工匠在修理屋頂。

第21章 比較級&最高級

比較級是比較人或事物之間的性質、數量或某動作的程度大小。而最高級則是在程度上表示「最多」「最少」的用法。

1. 比較級

（1）比較級的形式

形容詞和副詞會使用到 **plus**「更多⋯」、**aussi**「一樣⋯」、**moins**「更少⋯」這三個副詞來造比較級，分別被稱作**優等比較級**、**同等比較級**、**劣等比較級**。不過，若是在名詞或動詞方面做比較，同等比較的副詞不用 **aussi** 而是用 **autant**。另外，若要提到比較的對象時，會用連接詞 **que** 來連接。 p.399

❶ 形容詞

形容詞的比較級表現方式，會在形容詞前面加上表示比較的副詞。

Le français est ┌ **plus difficile**
　　　　　　　 ├ **aussi difficile**　que le chinois.
　　　　　　　 └ **moins difficile**

法語　　　　　 ┌ 更難
　　　　　　　 ├ 差不多困難　比起中文
　　　　　　　 └ 更簡單

▶注意重點

①和名詞的位置關係

當作修飾詞使用的形容詞，就算一般是放在名詞前面，變成比較級後也可以放在後面。

Je voudrais acheter une voiture **plus grande**.
我想要買更大的車子。（＝une plus grande voiture）

Vous devriez essayer une version **plus vieille** que celle-ci.
您應該要試試比這更舊的版本。
（＝une plus vieille version que celle-ci）

②特殊的比較級（meilleur 等）

bon「好的，好吃的」、mauvais「不好的，難吃的」、petit「小的」這三個形容詞要變成優等比較級時，分別還有 meilleur、pire、moindre 的形式。這些形式的使用頻率各自都不一樣。

bon：bon 的優等比較級，大部分的情況會使用 meilleur。

Ce vin est bien meilleur que le vin d'hier.
這葡萄酒比昨天的葡萄酒還要好喝。

Il faut trouver une meilleure solution.
一定要找到更好的解決方法。

中高級！ 變成 plus bon 的情況

不過若 bon 要和其它形容詞做比較時，則會使用 plus bon。

Il est **plus bon** que juste.　　比起公正倒不如說他比較善良。

只不過是說，像上面這樣的例子（比較兩個形容詞的情況），在日常生活中，比起 plus，plutôt「與其…不如說是」還要更常使用。

---

mauvais：一般來說，談論關於人或事物本身具體的缺陷、劣質或損壞的情況時會使用 plus mauvais。

Ce vin est plus mauvais que le vin d'hier.
這葡萄酒比昨天的葡萄酒還要難喝。

La toiture est dans un plus mauvais état que les murs.
屋頂結構的狀況比起牆壁的還要惡化。

相對的，針對抽象的情況、人或事物的妥當性，要給予「更糟糕」的評價時，這時法文會使用 pire 這個形容詞比較級。

La situation est pire dans certaines régions.
在某些特定區域裡，情況更糟糕。

Le tabac et l'alcool ensemble, c'est encore pire.
菸酒不忌，那更是糟糕。

petit：大部分的情況（尺寸、規模等）會使用 plus petit。

Ma voiture est plus petite que la vôtre.
我的車子比你的還要小。

▶表示「更小的」另一種形態的 **moindre**，雖然會用在抽象的性質上，但實際上會用到的表達非常少。

à **moindre** coût　用更少的成本

dans une **moindre** mesure　較小的程度

des sujets de **moindre** importance　重要性更低的主題

③像形容詞的介系詞組

　介系詞組有時候用起來會像形容詞，此時也可以把它視為形容詞，並改成比較級。

Sophie semblait **plus à l'aise** que sa mère.
蘇菲看起來比她母親還自在。

Je suis encore **plus en forme** qu'hier.　我比昨天還要有精神。

2 副詞

　副詞的比較級也和形容詞一樣，會在前面加上表示比較的副詞來造句。

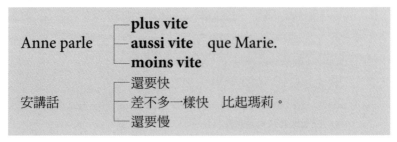

| Anne parle | ┌ **plus vite** ├ **aussi vite**　que Marie. └ **moins vite** |
| 安講話 | ┌ 還要快 ├ 差不多一樣快　比起瑪莉。 └ 還要慢 |

▶注意重點

①特殊的比較級 **mieux**

　bien：**bien**「好地，擅長地」的優等比較級會使用 **mieux**。

Nicole parle **mieux** allemand qu'anglais.
尼可比起英語更擅長說德語。

C'est **mieux** comme ça.　（形容詞用法）
這樣更好。

mal「不好地，笨拙地」的優等比較級會使用 plus mal。雖然也有 pis 這樣的優等比較級形態，但只能用在像 Tant pis!「算了」或者最高級 au pis aller「最壞的情況」這樣的表達。

雖然也許有人會說「beaucoup 的優等比較級是 plus，peu 的優等比較級的 moins」，但因為與其對應的同等、劣等比較級並不存在（×aussi beaucoup、×moins beaucoup 等是不正確的），或者是用別的形式（aussi beaucoup ➡ autant、moins beaucoup ➡ moins 等）來視為是 beaucoup 的同等、劣等比較級，或甚至是認為 beaucoup 和 peu 的優等、同等、劣等比較級是共用「plus－autant－moins」，以上這樣的說法都不太妥當。

②像副詞的介系詞組

用起來像副詞的介系詞組，也有變成比較級的時候。

Mets-toi **plus à gauche**.　再靠更左邊一點。

❸ 名詞

名詞所指稱的事物，其數量用比較級來表達時，會將 plus de「更多的…」、autant de「一樣多的…」、moins de「更少的…」加在名詞的前面。

▶注意重點

①同等比較級

和形容詞、副詞的情況不同，要注意名詞的同等比較級會使用 **autant de...**。

②plus 的發音

加在形容詞、副詞前面時，除了要連音的情況之外，一般都是

[ply]，但用 **plus de** 加在名詞前面的情況時，一般會讀出字尾的 s 變成 [plys]。這樣的話就能避免跟不會讀出字尾 s 的否定副詞 plus（已經…不再）搞混了。

③和其它事物的數量做比較

比較的對象是其它事物的數量時，會給該對象前加上 de，即 **que de...** 的形式。

Dans cette école, il y a plus de filles que de garçons.
這間學校女生比男生還要多。

❹ 動詞

動詞要用比較級來表達時，會將 **plus**「更多」、**autant**「一樣」、**moins**「更少」放在動詞的後面。

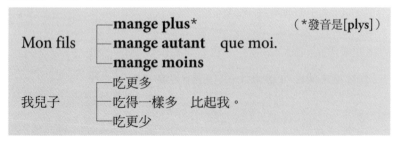

Mon fils ┬ **mange plus*** ┐
         ├ **mange autant** ├ que moi.　(*發音是[plys])
         └ **mange moins** ┘

我兒子 ┬ 吃更多 ┐
       ├ 吃得一樣多 ├ 比起我。
       └ 吃更少 ┘

▶注意重點

①同等比較級

和名詞的情況一樣，動詞在同等比較級時也會使用 **autant**，所以要注意。

②plus 的發音

跟動詞搭配時，比較級 plus 語尾的 s 會發音變成[plys]。

③比較的對象模糊多意

在下列的句子中，由 **que** 引導的比較對象，可能會被解釋成是主詞或是直接受詞。☞ p.399

Elle aime son fils plus que son mari.
她比起她丈夫更愛她兒子。

解釋 1　Elle aime son fils plus que son mari l'aime.
（「她對她兒子的愛」比「丈夫對她兒子的愛」還要來得多）

解釋 2　Elle aime son fils plus qu'elle aime son mari.
（「她對她兒子的愛」比「她對丈夫的愛」還要來得多）

④plus 等的位置

plus 等的位置基本上是放在動詞後面，但根據句法的不同也有可能會放在其它的位置（如受詞的後面，或是複合形之過去分詞的前面）。☞ 中高級

Michel mange **plus** que moi.　米雪兒吃得比我還要多。

J'aime **autant** sa personnalité que ses livres.
我喜歡他的個性，就如同喜歡他的書一樣。

Aujourd'hui, nous avons travaillé **plus** qu'hier.
今天我們做了比昨天還要多的工作。

中高級！　plus 的位置和句法的關係

　　關於句中 **plus** 等的位置，會根據動詞是簡單形還是複合形、動詞的後面有沒有加上受詞，而有各式各樣的可能性。

（**1**）動詞是簡單形，後面沒有受詞
[放在動詞的後面]

　　Giselle gagne **plus** que son mari.　吉賽兒賺得比她丈夫還要多。

（**2**）動詞是簡單形，後面有受詞
　　下列每一種都有可能

[放在動詞的後面]

　　Léa aimait **plus** les animaux que les humains.
　　蕾亞喜歡動物勝過喜歡人類。

　　Cet homme tient **plus** à l'argent qu'à sa famille.
　　那個男的重視金錢勝過於重視家人。

[放在受詞的後面]

　　Marie aime sa voiture **plus** que son bébé.
　　瑪莉愛車子勝過愛自己的寶寶。

　　Je tiens à l'amour **plus** qu'à toute autre chose.
　　對我來說，愛比其它任何東西都還要來得重要。

　　筆記　沒有比較的對象時，plus 會放在動詞的後面、受詞的前面。

21
比較級 & 最高級

Marie aime **plus** sa voiture.　　瑪莉更愛自己的車子。

（3）動詞是複合形，後面沒有受詞

下列情況都有可能。

[放在助動詞的後面，過去分詞的前面]

Pour maigrir, j'ai **plus** mangé le matin et moins le soir.

為了瘦下來，我早上都吃得比較多，晚上都吃得比較少。

Aujourd'hui, Henri a **plus** travaillé que d'habitude.

今天亨利做了比平常還要多的工作。

Cette jeune actrice m'a **plus** impressionné que les grandes vedettes.

比起其它巨星，這名年輕女演員給我留下了更深的印象。

[放在過去分詞的後面]

Pour grossir, j'ai mangé **plus** à chaque repas.

為了變胖，我每一餐都吃得比較多。

Sophie a travaillé **plus** que ses camarades.

蘇菲比她朋友們還要用功。

Cette école nous a intéressés **plus** que les autres.

這間學校比其它間學校還要引起我的興趣。

（4）動詞是複合形，後面有受詞

下列每一種都有可能。

[放在助動詞的後面，過去分詞的前面]

J'ai **plus** aimé le livre que le film.

（針對某個作品）比起電影版，我更愛書的版本。

Jacques a **plus** parlé de sa nouvelle voiture que de son travail.

比起自己工作的事，賈克聊了更多自己新車。

[放在過去分詞的後面，受詞的前面]

J'ai aimé **plus** le deuxième tome que le premier.

比起第一集，我更愛第二集。

Dans son interview, le président a parlé **plus** de lui que de la France.

在訪談裡，總統談論自己，超過談及法國。

[放在受詞的後面]

J'ai aimé les acteurs **plus** que le film.
我愛演員，勝過於影片本身。

Jacques a parlé de sa voiture **plus** que de sa famille.
比起自己家人的事，賈克聊了更多自己的車。

（2）比較的對象

在比較級的句法裡，被 **que** 引導的比較對象有很多種。

❶ 是主詞、直接受詞、間接受詞、狀況補語‧狀況補語子句的情況

筆記 被 que 引導的比較對象，可以像以下各例句下方（ ）內的句子一樣，完整表達出與主句重複的完整子句，也可把與主句重複的部分省略掉之後，留下要比較的要素。在（ ）內句子裡出現的否定副詞 ne 是贅詞 ne ☞ p.317 ，也可以省略掉。

一般來說，比較不會使用（ ）內的那種完整的表達方式，而是用省略掉重複部分的表達方式。

[主詞的比較]

Nathalie travaille plus **que Jean**.
娜塔莉比尚還要用功。
（ ＝Nathalie travaille plus que Jean ne travaille. ）

[直接受詞的比較]

Je parle mieux chinois **qu'anglais**.
比起說英語，我中文說得更好。
（ ＝Je parle mieux chinois que je ne parle anglais. ）

[間接受詞的比較]

Ce film plaît plus aux adultes **qu'aux enfants**.
這部電影受到大人的喜愛，勝過孩子們（對它的喜愛）。
（ ＝Ce film plaît plus aux adultes qu'il ne plaît aux enfants. ）

[狀況補語（地點）的比較]

Je travaille plus à la maison **qu'au bureau**.
比起在辦公室，我在家會做更多工作。

[狀況補語（時間）的比較]

Il y a plus de neige **qu'hier.**　雪下得比昨天多。

（＝Il y a plus de neige qu'il n'y en avait hier.）

[狀況補語子句（時間）的比較]

Je suis en meilleure forme **que quand j'avais vingt ans.**

我現在的狀況比二十歲時還要好。

（＝Je suis en meilleure forme que je ne l'étais quand j'avais vingt ans.）

[狀況補語子句（條件）的比較]

L'achat de produits français est maintenant aussi facile **que si on habitait en France.**

現在購買法國製的產品，就跟住在法國一樣容易。

（＝...qu'il ne serait facile si on habitait en France.）

❷ 「que＋子句」的情況

①表達「比想的還要更…」等意思

比較的對象也常會有「比某人想的還要更」「比某人聽到的還要更」等意思的形式，此時 **que** 的後面會用一子句。

> **筆記** 在一個完整的主要句子之中放入另一個次要的句子，這個次要的句子就叫作「子句」。所以以下例句的句子結構可看成「主要句子＋que＋子句」。

Je ne suis pas aussi bête **que tu penses.**

我沒有你想的那麼傻。

L'état du malade était beaucoup plus grave **qu'on me l'avait dit.**

病人的病情比我聽到的還要嚴重。

除此之外，像是 (**plus、moins、aussi、autant**) **que je ne l'imaginais**「比我想像的還要更～、跟我想像的一樣～」、(**plus、moins**) **que je n'aurais cru**「比我認為的還要更～、跟我認為的一樣～」的形式也經常使用。

②比較的對象是「主詞、動詞」或「主詞、受詞」時

若要針對「主詞、動詞」或「主詞、受詞」來做比較時，**que** 的後面也是要用相對應的句子形式。

針對「主詞、動詞」做比較

J'ai mal aux chevilles. Pour l'instant, je marche plus vite **que je ne cours.** （＊ne 是贅詞 ne ☞ p.317）
我的腳踝痛。目前我走路比用跑的還快些。

Mon mari marche plus vite **que je cours.**
我丈夫走路比我用跑的還要快。

針對「主詞、受詞」做比較

Lise a autant de CD **que j'ai de livres.**
莉茲有的 CD 跟我有的書一樣多。

Charles joue mieux du violon **que je joue du violoncelle.**
查理拉小提琴比我拉大提琴還要熟練。

On parle toujours en anglais, parce qu'il parle mieux anglais **que je parle français.**
我們總是用英文講話。因為他的英文比我的法語還要好。

③ 比較的對象（**que** 後面的詞組）和比較級的事物（**plus** 等修飾的詞組）是同一詞類

比較的對象（**que** 後面的詞組）也有和比較級的事物（**plus** 等修飾的詞組）是同一詞類的情況，舉例來說形容詞比上形容詞、名詞比上名詞等。

Ce type est plus **rusé** qu'**intelligent.**
那個男人與其說是聰明不如說是狡猾。

J'essaie de manger plus de **légumes** que de **viande.**
我嘗試多吃蔬菜、少吃肉。

Il **s'amuse** plus qu'il ne **travaille.** （＊ne 是贅詞 ne）
他與其說在工作，不如說是樂在其中。

（3）比較級程度的表達方式

要加強比較的程度時，會將 beaucoup、 bien「更好、遠比」、encore「還要」、infiniment「相差甚遠」、nettement「更加」等放在 plus 或 moins 的前面。mieux 也是一樣的情況。至於要減弱程度的話，則會使用 un peu「一點」。

21
比較級 & 最高級

Cécile chante **beaucoup mieux** que moi.
賽西爾唱歌唱得比我還要好。

Mon frère est **encore plus grand** que moi.
我哥（弟）身高比我還要高。

Il faut **un peu plus d'argent**.　還需要一點錢。

▶程度的表達方式：其它重點

①強調 meilleur

　要加強比較級 meilleur「更好的」、pire「更不好的」、moindre「更小的」時，會使用到 bien 來修飾，變成 bien meilleur、bien pire 等。雖然 beaucoup 也是可以，但在日常話不常使用。

Je trouve ce vin **bien meilleur** que l'autre.
我覺得這葡萄酒比另一瓶還要好喝。

②使用「…倍」的表達來強調比較級

　deux fois「兩倍」、trois fois「三倍」等的表達也經常和比較級一起使用，此時會加在 plus 或 moins 前面。

Leur appartement est **deux fois plus grand** que le nôtre.
他們的公寓是我們的兩倍大。

③用數值來表達實際的比較差別

(i) 形容詞或副詞的比較級
　要用數值來表達與比較對象之間的實際差別，以下有兩個方法。

[將「de＋數值」加在 plus 等比較級的後面]

Didier est plus grand **de vingt centimètres** que son père.
迪迪耶比他父親高二十公分。

Les personnes atteintes de cette maladie vieillissent plus vite **de dix ans** en moyenne.
罹患這個疾病的人平均會快速老化十年。

[將「數值」加在 plus 等比較級的前面]

La tour de Tokyo est environ **dix mètres** plus haute que la tour Eiffel.
東京塔比艾菲爾鐵塔還要高大約十公尺。

Ce médicament permet de guérir **un mois** plus vite que si on ne fait rien.

服用這個藥會比什麼都不施行的情況快一個月痊癒。

(ii) 名詞的比較級

名詞數量上的比較級會用「數值＋**de plus**[plys] / **de moins**」來表達。

Ma femme a **cinq ans de plus** que moi.

我妻子比我大五歲。

（＝Ma femme est cinq ans plus âgée que moi.）

La chambre coûte **cent euros de moins** qu'en août.

房間比起八月的時候還要便宜一百歐元。

（4）將比較級變成否定形的情況

比較級用否定形來表達的情況下，語意上不僅僅是程度上的比較而已，還有其他意思的暗示。

優等比較級　Il n'est pas plus grand que moi.

他沒有比我高多少。

（暗示：我和他都不高）

同等比較級　Il n'est pas aussi grand que moi.

他沒我高。

（暗示：我身高很高）

劣等比較級　Il n'est pas moins grand que moi.

他的身高沒有比我矮。

（暗示：我和他身高都一樣高）

筆記 在肯定形裡，同等比較級和劣等比較級還有其他意思的暗示。

Il est aussi grand que moi.　他和我身高一樣高。（我和他身高都很高）

Il est moins grand que moi.　他的身高沒有我高。（我身高很高）

另外，優等比較級一加上 encore 後就不僅僅是程度上的比較而已。

Il est encore plus grand que moi.

他比我還要來的高。（我和他身高都很高）

（5）比較級：其它的表達

以下是包含比較級的常用表達。

❶ plus que「在…以上」「超過」（發音是[plys]，要念出 s）、**moins que**「在…之下」「低於」

plus que、moins que 後面接續名詞、形容詞、副詞，來表達「在那（名詞、形容詞、副詞）之上／之下」。

Son raisonnement est **plus qu**'approximatif.
他的理論也馬虎得太過分了。

Le logement est **plus qu**'un simple abri.
住宅不是只要棲身就行了。

❷ plus de＋數值（發音是[ply]，不念 s）、**moins de**＋數值

提到「某數量以上、以下」時，會在 plus、moins 的後面放 de 及數值。

Il y avait **plus de** cent étudiants dans la salle.
教室裡有一百名以上的學生。

Ce film est interdit aux **moins de** 18 ans.
這部電影是禁止未滿十八歲的人觀賞。

> **筆記** 像上面第二個例句一樣，在統計或法律等用詞表達精準的內容裡，提到「某數量以上、以下」時是指不含該數值本身，而是除了該數值之外的範圍（即未滿十八歲是指不含十八歲本身，而是一到十七歲）。

❸ 可代替 plus 的 davantage

比較級要用在動詞或名詞的情況時，可用 davantage 來代替優等比較級的 plus。是稍微複雜的講法。

Je ne peux pas rester ici **davantage**.
我不能再繼續待在這裡了。

L'argent les intéresse bien **davantage** que l'amour.
比起愛情，他（她）們對金錢有更大的興趣。

Le gouvernement devrait fournir **davantage d**'efforts pour réaliser la décentralisation.
為了地方分權的實現，政府還需要付出更多的努力。

4 可代替 aussi、autant 的 si、tant

在否定句、疑問句裡，有時候會用副詞的 si、tant 來代替同等比較的 aussi、autant。

La situation n'est pas **si** grave qu'on le croit.

狀況並沒有一般人認為的那麼嚴重。（＝aussi grave）

Cette réforme n'entraînera pas **tant de** problèmes que le disent les opposants.　（＝autant de problèmes）

這項改革並不像反對派說的會引起那麼多問題。

▶si... que ça 和 **tant que ça**「沒有那麼」的形式經常用在日常會話的否定句、疑問句中。

Olivier n'est pas si sympa **que** ça.

奧莉薇並不是那麼親切。

Elle gagne bien dix mille euros par mois. - **Tant que ça?**

她一個月賺一萬歐元。－那麼多？

5 補充性比較

有時候比較級會插入句中，以比較兩個同類型狀況補語的形式，來說明主要句子的情況（兩者之間何者是更符合主要句子的情況）。至於同等比較（一樣～）會使用 autant。

C'est une perte de temps, **plus** pour toi **que** pour moi.

比起對我而言，這更是浪費你的時間。

Il m'arrive de boire énormément de café (**plus** au travail qu'à la maison).

我有時候會喝超量的咖啡（在工作場所超過在家）。

Raymond a décidé de rester **autant** pour toi **que** pour moi.

雷蒙決定留下來不只是為我也是為了你。

6 動詞片語的比較級

像 avoir faim「肚子餓」、faire chaud「熱」這樣的動詞片語也可以變成比較級。此時動詞片語中的形容詞、名詞會加上 plus 等（就算是名詞，也不會用 plus de，而是只用 plus）。

Il fait **plus chaud** qu'hier.　比昨天還熱。

Ça fait **moins mal** qu'hier. 　變得比昨天還要不痛。

J'ai **aussi sommeil** que s'il était deux heures du matin.
我感到如深夜兩點時的睡意。

筆記 動詞片語也可以變成最高級。

Quel est le pays où il fait **le plus froid** en Afrique?
非洲最冷的國家在哪裡？

中高級！ 是 aussi 還是 autant?

　　把動詞片語變成同等比較級時，會出現到底要用 **aussi** 還是用 **autant** 的情況。一般來說，加在形容詞前面，或者形容詞意義較強的名詞（如 **faire froid** 的 **froid**）前面時，會用 **aussi**；而加在名詞意義較強的名詞之前時，則會使用 **autant**。

Il fait **aussi froid** qu'à Moscou. 　跟莫斯科一樣寒冷。

Aucun film ne fera jamais **aussi peur** (**autant peur**) que celui-ci.
以後應該不會有比這還要恐怖的電影了。

Ton adversaire **a autant envie** de gagner que toi.
你的對手跟你一樣想贏。

Les consommateurs font **autant confiance** qu'avant aux avis
des spécialistes.
消費者還是跟以前一樣信任專家說的話。

---

2. 最高級

（1）最高級的形式

　　最高級是像 **le plus**「最多的」、**le moins**「最好的」一樣，在比較級的前面加上定冠詞即可。此外，在表達某人事物「在某特定範圍、領域之中」是第一的情況時，用來表示範圍的介系詞是 **de...**（在…之中）。

❶ 形容詞

　　形容詞和有對應到的名詞，會保持陰陽性、單複數上的一致性，所以變成最高級的情況時，定冠詞的陰陽性、單複數也會隨名詞保

持一致性。

[補語的例子]

C'est Anne qui est **la plus travailleuse** de la classe.
在班上最用功的是安。

[修飾詞的例子]

C'est **le traitement le plus efficace** contre le cancer du poumon.
這是對肺癌最有效用的治療方法。

Quels sont **les pays les plus riches** du monde?
在這世界上最富裕的國家有哪些？

作為修飾詞修飾名詞的情況時，該名詞因為是最高級而被視為唯一的事物，也因此是特定的名詞，所以要加上定冠詞（les pays les plus riches）。

中高級！｜ 最高級：出現定冠詞不隨名詞保持陰陽性、單複數一致性的情況

形容詞的最高級也會出現定冠詞的陰陽性、單複數是不隨名詞保持一致性變化的，而是以「**le plus (le moins)** ＋陰性複數名詞」的形態呈現。主要是用於同一事物在不同狀況或時空背景（如下面例句中的 **sous la pluie**）之間來做性質的比較時。有時候會出現在新的文體中。

C'est sous la pluie que ces fleurs sont **le plus belles**.
只有在雨中，這花才會最美。 （就是在雨中，而不是在其他情況下…）

但是在日常對話中，定冠詞還是隨名詞保持一致性變化的（變成 **les plus belles**）。

▶和名詞的位置關係

像 **beau**「美麗的」、**grand**「大的」等放在名詞前面的形容詞，在變成最高級使用的情況下，基本上也是要放在前面。這個時候，定冠詞不用重複，只會共用一個。

La plus grande place de Paris, c'est la place de la Concorde.
在巴黎最大的廣場是協和廣場。

Conques figure parmi **les plus beaux villages** de France,
孔克是法國最美麗的村子之一。

但是也是有可能放在名詞後面的，此時就會出現兩個定冠詞（加在名詞前和加在形容詞的最高級前）。

La place la plus grande de Paris, c'est la place de la Concorde.

▶形容詞的最高級：其它重點

①出現定冠詞以外的情況

就像上面的例句一樣，被最高級的形容詞修飾的名詞，雖然在很多情況會加上定冠詞，但根據意思的不同也有加上所有形容詞的時候。

Daniel, c'est **mon meilleur ami**.　丹尼爾是我最要好的摯友。

形容詞放在名詞後面的情況，就會變成像是 son film le plus intéressant「他最感興趣的電影」這樣的情況。

筆記 也有指示形容詞和最高級同起出現的情況。

Pour rénover **ce plus beau château** de la France, il a fallu trois cent milles d'euros.
這座法國第一美城堡的改建工程需要三十萬歐元。

②沒有出現定冠詞的情況（如 de plus intéressant）

像下列例句這樣有 ce que 的最高級句子裡，就不會出現定冠詞。

Ce qu'il y a de plus intéressant dans ce film, c'est la richesse des couleurs.
這部電影最令人感興趣的是色彩的豐富性。

C'est **ce que j'ai trouvé de moins cher** comme batterie.
這是我找到的最便宜的電池。

這裡的 de 是當用形容詞來修飾指示代名詞或不定代名詞等時，必須用到的要素 de。☞ p.113 ▶ ce que~和形容詞

③和數量詞的組合

被形容詞最高級修飾的名詞，也可以加上數量詞。若是基數詞就會像下列這樣使用。

les **huit** meilleurs joueurs de l'année　年度最優秀的八名選手

les **cent** personnes les plus influentes du monde
世界上一百名最具影響力的人

另外，也可像下列這樣加上序數詞的情況，只是說這樣的用法比較口語。

le **troisième** meilleur joueur de France　法國的第三名選手

④表示「最⋯的⋯之一的⋯」

也可用 **un (une) de...**（⋯之中的某一個）搭配複數形最高級，來表達「最⋯的⋯之一的⋯」的意思。

Le Louvre est **un des plus grands musées** du monde.
羅浮宮是世界上最大的博物館之一。

⑤如形容詞功能的介系詞詞組

如形容詞功能的介系詞詞組，也有變成最高級的時候。

On trouve dans cette boutique les chaussures **les plus à la mode**.
這家店有最新流行的鞋子。

Il faut prendre la voie **la plus à droite**.
一定要走最右邊的車道。

❷ 副詞

因為副詞沒有陰陽性、單複數的變化，所以最高級的定冠詞也是用陽性單數形態，即 le plus...、le moins...的形式。

Les oiseaux qui volent **le plus vite** de la planète, c'est l'aigle doré et le faucon pèlerin.
在地球上飛得最快的鳥是金鵰和游隼。

Le Danemark est le pays où on parle **le mieux** anglais.
丹麥是（人民）英語講得最好的國家。

Le plus tôt sera le mieux.　還是盡可能快一點比較好。

▶如副詞功能的介系詞組

如副詞功能的介系詞組也有變成最高級的時候。

Mettez-vous **le plus à gauche** possible.
請您盡量放靠左邊的位置。

❸ 名詞

若名詞前面出現最高級的數量表達時，最高級的定冠詞也是用陽性單數形態，即 le plus de...（plus 的發音是[plys]）、le moins de...的形式。

Qui a **le plus d'argent** au monde?　世界上最有錢人是誰？

Cette solution nous posera **le moins de problèmes.**
這個解決方法最不會讓我們產生問題。

❹ 動詞

用「最…」或「最不…」的最高級表達來修飾動詞時，會將用陽性單數形態的定冠詞的 le plus（plus 的發音是[plys]）、le moins 放在動詞的後面。

Dans ma famille, c'est ma sœur qui mange **le plus.**
在我家，我妹（姊）最會吃。

La langue que j'aime **le plus**, c'est le français.
我最喜歡的語言是法語。

J'ai mal à la gorge. J'essaie de parler **le moins** possible.
我喉嚨痛。盡可能不要講話。

◆動詞和 le plus、le moins 的位置

le plus、le moins 的位置無論動詞是否有使用受詞，**基本上都是放在動詞的後面**。但是若動詞是複合形的情況，則有可能會放在助動詞的後面或過去分詞的後面。

①動詞是簡單形，後面沒有受詞

C'est Jean-Jacques qui mange **le plus.**
吃得最多的是尚‧賈克。

Le plat que j'aime **le plus**, c'est la ratatouille.
我最喜歡的料理是普羅旺斯雜燴。

②動詞是簡單形，後面有受詞

C'est ce problème qui intéresse **le plus** les parents.
家長們最關心的就是這個問題。

Quelle voiture plaît **le plus** aux jeunes femmes?
最受年輕女性歡迎的是哪一款車？

③動詞是複合形，後面沒有受詞
　　下列兩個位置都是有可能的。

[助動詞的後面、過去分詞的前面]

　Qui a **le plus** mangé ce soir?
　今晚吃最多的人是誰？

[過去分詞的後面]

　Qui a mangé **le plus** ce soir?
　今晚吃得最多的人是誰？

　Ce sont les deux thèmes sur lesquels on a travaillé **le plus**.
　最花我們心思的就是這兩個主題。

④動詞是複合形，後面有受詞
　　下列兩個位置都是有可能的。

[助動詞的後面、過去分詞的前面]

　C'est la chaleur qui a **le plus** gêné les joueurs.
　選手們感到最痛苦的就是這酷熱。

　Ce qui a **le plus** nui aux relations des deux pays, c'est ce traité inégal.
　對兩國的關係損害最大的就是這份不平等條約。

[過去分詞的後面]

　C'est cette question qui a intéressé **le plus** les experts.
　專家們最感興趣的就是這個問題。

　Ce qui a plu **le plus** aux enfants, c'est le toboggan aquatique.
　孩子們最喜歡的就是滑水道。

（2）最高級的強調

　　要強調最高級，會將 **de loin**、**de beaucoup**「遠（大於）」「極為」放在最高級的前面。帶有「絕對第一」的意思。

Jupiter est **de loin** la plus grosse planète du système solaire.
木星是太陽系裡遠大於其它行星的最大行星。

Ce secteur est celui qui décline **de loin** le plus vite en France.
這個領域是在法國衰退程度遠超過其它領域的。

Rabelais est l'auteur qui m'a pris **de beaucoup** le plus de temps.
拉伯雷是花我時間花最多的作家。

◆最高級的強調：其它重點

①加上 possible 來強調

也可以使用形容詞 possible「可能的」來強調最高級，以表達「盡可能最」的意思。這個情況下， possible 一般不會有陰陽性、單複數的變化。

Il faut rassembler le plus grand nombre **possible** de pays.
一定要盡可能地集結最多的國家。

Viens le plus tôt **possible**.
盡快過來。

Essayez de faire le moins de fautes **possible**.
要做到盡可能降低錯誤。

②加上關係子句來強調

為了強調「最」「第一」這件事，有時候會在被最高級形容詞修飾的名詞後加上關係子句，帶有「這事物～到不可能被超越的地步」的意思。此時關係子句中的動詞會變成虛擬式。

C'est probablement le guide le plus pratique **qu'on puisse imaginer.** （puisse：pouvoir「能夠」的虛擬式）
這應該是一般人所能想像最實用的指南。

C'est la meilleure solution **qui soit.**　這是最棒的解決方法。
（soit：être「存在」的虛擬式）

（3）在兩件事物做比較時使用最高級

兩件事物做比較時會有使用比較級的情況，和使用最高級的情況。

比較級　Benoît est **plus grand** que toi.
布諾瓦身高比你還要高。

最高級　Qui est **le plus grand,** toi ou Benoît?
你和布諾瓦哪一個人身高比較高？

Des deux sœurs, c'est l'aînée qui était la plus **paresseuse**.
這兩個姐妹之中，姊姊是個懶惰蟲。

就像上面 [最高級]的例句中所了解到的，若把兩事物視為一個範圍來看，在該範圍內具有第一意思的（比較突出者）的話會用到最高級。

第 22 章

複合句

複合句指的就是兩個句子以某種形式組合在一起，變成更長的一個句子。

　　一個完整的句子雖然是「主詞＋動詞詞組（＋狀況補語等）」的構造，但這樣的一個完整句子也有由兩個（或兩個以上）句子組合起來變成一個句子的情況。這樣的句子就叫作複合句。

構成複合句的四種模式

構成複合句的兩個句子之間，其關係有下列四種模式。

(1)從屬　　(2)對等　　(3)並置　　(4)插入

> **筆記** 在英文文法中，(1)為「複句」(2)為「合句」，但以上在法語文法裡都統一稱為「複合句」。

(1) 從屬

請看下面的例子

Tu sais que Manon vient?　　你知道馬農要來的事嗎？

　　在這個句子裡　① **Manon vient**「馬農來」這個子句變成主要子句　② **Tu sais...**「你知道…」的直接受詞。

　　像這樣，句子 ①（**Manon vient**）當作另一個句子 ② **Tu sais…** 的構成要素，併入句子 ① 的情況，我們可以理解為「句子 ① 從屬於句子 ②」，句子 ① 叫作**從屬子句**，而句子 ② 就叫作**主句**。

> **筆記** 一般來說，構成複合句的各個句子叫作「子句」，來和獨立的一般句子做區分。在(2)的對等關係裡，各個句子有時也會叫作對等子句，在(3)的並置關係裡，各個句子有時也會被叫作並置子句。

　　從屬子句在併入主句時，除了可作為在上面例句中所看到的直接受詞功能之外，也可當作主詞、補語、間接受詞、狀況補語，或是修飾名詞的要素等功能。　☞ 補充子句 p.418、間接問句 p.423、關係子句 p.429、狀況補語子句 p.441

Quand je suis arrivé, il n'y avait personne.
我抵達的時候沒有任何人。（表達「時間」的狀況補語）

Tu connais le garçon **qui danse avec Sarah?**

你認識那位和莎拉跳舞的男生嗎？（修飾名詞的關係子句）

另外，從屬子句會由連接詞或關係詞等引導（如上面三個例子裡分別是連接詞 que、quand、關係代名詞 qui），以清楚表示要併入主句。

（2）對等

兩個句子因為對等連接詞（et 然後、mais，但是、ou 或者）等而被接在一起的時候，這樣的關係就稱作「對等關係」。相反的，從屬於另一方的句子，就沒有像對等關係這樣，每個子句各自都是獨立的。

Il pleut **et** tu n'es pas là. 在下雨了，而你不在。

Anne est bien venue, **mais** elle est repartie tout de suite.
安確實有來，但馬上就又回去了。

一般來說，會被對等連接詞連接的要素，在文法上通常都會是同種類或有同樣功能的要素。

<u>mon fils et sa voiture</u> 我的兒子和他的車子

un monde <u>très violent et sans morale</u>
非常暴力且缺乏道德倫理的世界

第一個例子是由兩個名詞詞組連結的情況，下一個例子則是修飾詞功能的形容詞詞組和介系詞詞組，都是由對等連接詞連接的情況。此時，兩詞組之所以可以被連接起來構成的一組團體（底線部分），就表示各詞組本身是密切相關的或是同一類型的事物。在第一個例子中，（底線部分）整個是名詞詞組，而下一個例子則是修飾名詞的修飾詞。

若用如上面這樣的方式思考，將兩個（或以上）句子用對等連接詞連接之後的產物，就是另一個新的句子（複合句）。

> **筆記** 「用對等連接詞把兩個獨立的句子連接起來，以構成一個大型句子」是複合句的基本結構。但一般來說，兩個句子不是用句號分段、語調也不是在第一個句子的最後下降，此外兩個句子在意思上也是緊密相關聯的，這時才會被視為是複合句。

（3）並置

指兩個句子不是由連接詞等來連接，而是只用逗號（,）（virgule）分段及並排在一起的情況。

C'est curieux, je n'ai pas peur du tout.　（Houellebecq）

這不可思議，但我完全不害怕。

Je monte, je valide.　（Dhorne）

上車不要忘了打印車票。（在巴黎的公車上提醒乘客不要忘記把車票插進打印機器的標語）

Nicole ne viendra pas, sa fille est malade.

尼可不會來，他女兒生病了。

就並置來說，在意思上兩個句子緊密相關聯的情況，會像上面的例子一樣表達出對立、條件、理由等關係。

> **筆記** 並置的情況，也是一樣，從文法觀點來看兩個句子構成一個大型句子（複合句）是非常難以理解的。從意思上來看，可能不會有很明顯可作為連接兩句子的詞彙，且語調也是依狀況而定。但並置也還是有線索可循的時候，舉例來說就像下列的句子。
>
> J'aurais un peu plus de temps, j'apprendrais le russe.
>
> 要是再多一點時間的話，我就會去學俄語。
>
> 這是以〈條件式, 條件式〉的結構表達「與事實相反」的假設句。唯有當兩個句子並排在一起時，前面一個句子才會變成條件子句。構成這個形式的這兩個條件式的句子，就語意來說因不算是個獨立的句子（語意未完），所以並置是有從屬關係的。像這樣的情況，就適合稱作「複合句」。

（4）插入

在一個句子中插入的另一個句子，這樣的另一個句子就叫作插入句，但也有放在句尾的情況。插入句一般會由逗號等來分段，在表達（說）的時候，語調是排除在原本句子之外的，也就是會造成語氣上的不連貫（原本在說某一事件，但中間插入誰誰說時，語氣會突然停頓）。另外，原本句子（被插入的原句子）和插入句兩者都是獨立的個體，並沒有文法上的從屬關係。以下有兩種類型的插入句。

❶ 在直接引述中使用插入句

用在直接引述和自由間接引述中時，可用來指出說此句話的來源（說話者）。

«Non, **dit-il**, oh! non. J'ai pensé que le plus pressé…
- Bien sûr, **coupa Rieux**, je le ferai donc.»　(Camus)
「不」他說，「不。我以為最緊急的是…」
「當然」爾約打斷了，「那我就先去做」　　（卡繆）

«Tu n'a rien à manger?» **lui demanda la sorcière.**
「你沒有任何的食物嗎？」巫師這麼問他（她）。

就像上的例子一樣，不論主詞是人稱代名詞、專有名詞或是一般的名詞詞組，在插入句中會將主詞倒裝放置到動詞的後面。

> **筆記** 即使在日常會話也有在直接引述中使用插入句的時候，此時一般不會將主詞倒裝放置。另外，在口語中會先放 que。

Comment! **elle me dit**, tu peux pas m'attendre?
「怎麼了！」她對我說，「你不能等我嗎？」

❷ 針對原本句子的評價或補充

針對某個句子的整體或某一部分表達出自己的看法、評價或補充等。常見的例子是將原本的句子變成像是從屬子句（插入句）一樣的功能與位置，而將插入句變成相當於主句的功能與位置。

Ça commence à huit heures, **je crois**.
八點開始，我認為是這樣。
（＝Je crois que ça commence à huit heures.）

Tu n'as pas oublié le pain, **j'espère**.
你沒有忘記麵包吧，但願如此。
（＝J'espère que tu n'as oubliè le pain.）

Luc - **c'est le seul Français de la classe** - est toujours entouré de filles.
呂克，他是班上唯一的法國人，總是被女孩子包圍著。

雖然這個情況下，插入句的語順很多都會變成「主詞－動詞」，但也有像 **paraît-il**「看起來是…」、**me semble-t-il**「我覺得看起來像…」等可以倒裝放置的。

另外，就補充性資訊或評語的情況，來說，也有將插入句放到主詞與動詞之間（如上面第三個例子）用破折號（－）（**tiret**）來分段的情況。

第23章

從屬子句

所謂的從屬子句是指，接續主要子句（或併入主要子句）、並作為這個句子具修飾功能的構成要素（直接受詞、狀況補語等）。 ☞ p.414 (1)

　　從屬子句可說是主句中的一個要素，在併入主句後發揮各式各樣的功能。就功能來看，有發揮**如名詞詞組作用的補充子句（或名詞子句）**以及**間接問句**、有發揮**如形容詞組作用（修飾名詞）的關係子句（或形容詞子句）**，以及當作狀況補語發揮作用的**狀況補語子句**共四種。

1. 補充子句

　　補充子句指的是被**連接詞 que** 引導當作動詞之直接受詞的從屬子句。

主詞	動詞	直接受詞
Ma mère	espère	que vous viendrez .
我的母親	期望	[補充子句] 您會來

母親期望您來。

> **筆記** 補充子句因為會在句子裡發揮主詞、直接受詞、間接受詞，以及如形容詞功能的補語等相當於名詞詞組的作用，所以也有人稱作「名詞子句」。不過像是這樣的作用，不定式或間接問句也是會發揮一樣的作用。 ☞ 不定式 p.255 (1)、間接問句 p.423

以下透過例子我們就來了解補充子句的作用吧。

補充子句在主句中發揮的作用

❶ 直接受詞

　　就像「說（⋯）」「知道（⋯）」一樣，（⋯）中的部分是補充子句來當作動詞的直接受詞的情況，中，補充子句是最常見的例子。（＊底線部分是補充子句。）

Léa m'a dit **que** sa mère est italienne.

蕾亞對我說，她母親是義大利人。 ☞ p.452

Tu sais **que** Jacques travaille en France?
你知道賈克在法國工作嗎？

On va attendre **qu'il fasse beau**. 我們等天氣變好吧。

[以下的動詞後面可接補充子句（作為直接受詞用）]

> **補充子句是直陳式**：dire 說 / savoir 知道 / annoncer 告訴 /
> raconter 講述 / écrire 書寫 / déclarer 宣言 / admettre 承認 /
> avouer 坦白 / répéter 重複 / répondre 回答 / penser 思考 /
> croire 思考 / promettre 承諾 / supposer 推測 /
> remarquer 察覺 / oublier 忘記 / vérifier 確認 /
> apprendre 得知 / prétendre 主張 等
> **補充子句是虛擬式**：aimer 喜歡 / souhaiter 期望 / craindre 擔心 /
> vouloir 追求 / attendre 等待 / regretter 覺得遺憾 / interdire 禁止 等

▶**que 是不可省略的**

　和英文的 **that** 不一樣，法文的 **que** 是不能省略的。不只是直接受詞的情況，以下看到的每個作用，**que** 都一樣不能省略。

▶**補充子句的代名詞化**

　當作直接受詞作用的補充子句，要以代名詞來代替的情況時，會使用中性代名詞的 **le**「那件事」。

Tu sais que Marie va au Canada? Oui, elle me **l'**a dit.
你知道瑪莉要去加拿大嗎？嗯，有聽她說過。

▶**quand 補充子句**

　主要是當作 **aimer**「喜歡」、**détester**「討厭」等動詞的直接受詞。有時會使用由連接詞 **quand**「當…的時候」引導的補充子句，且是口語用法。

J'aimais **quand** mon père jouait du violoncelle.
我曾經喜歡父親拉大提琴的時候。

❷ 間接受詞

　主要是補充子句當作動詞的間接受詞使用的情況。除了原本引導受詞的介系詞要去掉變成 **que** 的形式之外，根據動詞還會用由介系詞引導的 **à ce que**、**de ce que** 的形式。

23
從屬子句

419

Je me souviens **qu**'il pleuvait ce jour-là.
我想起來那一天有下雨。

Philippe s'est aperçu **que** la fenêtre était ouverte.
菲利浦察覺到窗戶是開著的。

Je tiens **à ce que** tout soit remis en ordre pour lundi.
我堅持禮拜一一切都要回到原本的狀態。

[以下的動詞後面可接補充子句（作為間接受詞用）]

補充子句是直陳式：（原本的介系詞是 de）se souvenir que 想起 /
s'apercevoir que 察覺 / se rendre compte que 想到 /
informer (de ce) que 通知 / se douter que 察覺
（原本的介系詞是 sur）compter (sur ce) que 依靠
補充子句是虛擬式：（原本的介系詞是 à）tenir à ce que 強烈希望 /
veiller à ce que 注意 / s'attendre (à ce) que 預期 /
（原本的介系詞是 de）avoir peur que 害怕 / douter que 懷疑 /
s'étonner (de ce) que 驚訝

▶補充子句的代名詞化
　當作間接受詞作用的補充子句，要以代名詞來代替的情況，時，若原本是用介系詞 de 的話，要用代名詞 en「關於那件事」代替，若介系詞是 à 的話，要使用代名詞 y「把那件事」代替。

Tu te souviens? Il neigeait ce jour-là.
Oui, je m'**en** souviens très bien.
你記得嗎？那一天下著雪。
嗯，我記得很清楚。

Il n'y avait plus de place.Oui, je m'**y** attendais.
沒座位了。啊，果然跟我預料的一樣。

❸ 補語
　主要是補充子句透過動詞 **être** 等變成主詞的補語的情況。也經常有將主詞脫離到句首再以 **c'est que** 代稱的形式。

Le problème, c'est **que** j'ai trop de choses à faire.
問題是我要做的事情太多了。

L'essentiel, c'est **que** tu sois heureuse.
重要的是你要幸福。

Son hypothèse était **que** chaque planète tourne sur un épicycle.

他的假設是行星在各自的本輪上轉。

[其它的例子]

> **補充子句是直陳式**：le fait est que 事實就是… /
> le malheur est que 不幸的是… / la preuve en est que 證據就是… /
> la conséquence en est que 結果就是…
> **補充子句是虛擬式**：ma volonté est que 我的想法是… /
> mon seul regret est que 我唯一覺得遺憾的是…

❹ 形容詞功能的補語

主要是補充子句變成形容詞功能的補語時。雖然介系詞 de 是接續在補語功能的形容詞之後，並引導名詞子句，但用在補充子句中時 de 會去掉變成 que。

Je suis sûre **que** c'est par là, la sortie.

我很確定出口在這邊。

Je suis content **que** vous soyez venu.

我非常高興您能夠前來。

[以下的形容詞後面可接補充子句（作為補語使用）]

> **補充子句是直陳式**：（原本的介系詞是 de）sûr 確定的、certain 確定的、persuadé 相信的、convaincu 有信心的
> （＊這些形容詞變成否定形的話，補充子句就會變成虛擬式。）
> **補充子句是虛擬式**：（原本的介系詞是 de）content 滿足的 / heureux 覺得高興的 / fier 覺得驕傲的 / gêné 困惑的 / désolé 覺得十分抱歉的 / navré 覺得遺憾的 / étonné 吃驚的 /
> （原本的介系詞是 à）disposé à ce que 做好心理準備 /
> habitué à ce que 習以為常

▶ 補充子句的代名詞化

將形容詞功能的補語後接續的補充子句改用代名詞的情況，原本的介系詞是 de 的話，代名詞用 en，介系詞是 à 的話，代名詞就使用 y。

23
從屬子句

Tu crois que François vient? – J'**en** suis sûr.
你認為法蘭索娃會來嗎？我很肯定。

5 名詞的補語

主要是 **que** 補充子句用來當作補語，直接接在某名詞詞組後（或子句後），來補充說明該名詞詞組的內容。

J'ai le sentiment **que notre modèle économique a atteint ses limites**.
我有感覺，我們現行的經濟系統已經達到它的極限了。

La probabilité **que cela se reproduise** est pratiquement nulle.
這個再次發生的機率幾乎等於零。

Le moment est venu **qu'on choisisse un autre mode de vie**.
是我們該選擇別種生活模式的時候了。

[以下的名詞後面可接補充子句（作為補語使用）]

補充子句是直陳式：la certitude 堅信 / l'idée 想法 / l'impression 印象 / le sentiment 心情 / l'espoir 希望 / la preuve 證據 / la nouvelle 新聞 / l'hypothèse 假設 / le bruit court que 流傳著…這樣的傳聞
補充子句是虛擬式：la crainte 恐懼 / le désir 希望 / la probabilité 機率
兩個都有：le fait 事實 / le moment est venu que 該做…的時候了

中高級！ **當作主詞的補充子句**

有時補充子句會當作主詞發揮作用，且補充子句裡的動詞是虛擬式。

不過由於此時的主詞會變得比較長，也使得句子也跟著變長了，所以不是很常用。

Que cette affaire réussisse ne dépend que de toi.
這件事的成敗，完全取決於你。

一般是將補充子句脫離到句首，再用 **cela** 等於主句中來代稱，或者是用於非人稱句法中，將補充子句放到後面來當作此句法的實主詞。

Il ne dépend que de toi **que cette affaire réussisse**.

2. 間接問句

　　所謂的間接問句，也就是將疑問句接續在主句後面，當作主句動詞的受詞，具有從屬子句的作用。

> 直接問句
>
> **Il habite où?**
>
> **Où est-ce qu'il habite?** 　他住在哪裡？
>
> **Où habite-t-il?**
>
> 　　　　形態的改變
>
> <u>Je ne sais pas</u> **où il habite.** 　我不知道他住在哪裡。
> 主詞　　動詞　　　直接受詞（間接問句）

　　最上面的三個句子雖然各自的形態都不一樣，但都是意思相同的普通疑問句。而最下面的那個句子則是將這些疑問句拿來當作動詞 **savoir**「知道」的直接受詞，併到主句中。像是這裡出現的 **où il habite**「他住在哪裡」的從屬子句，就叫作**間接問句**。相對的，一般的疑問句有時會叫作**直接問句**。就像在上面例子中看到的間接問句和直接問句在形式上的不同。

（1）間接問句的形式

　　以下依照疑問句的種類一一來了解吧。

❶ 整體疑問句（用 **oui / non** 回答的疑問句）

・整體疑問的間接問句是用連接詞 **si**「是不是…」來引導。
・間接問句的語順和直述句一樣，是〈主詞－動詞－受詞等〉。
・在間接問句裡不會使用 **est-ce que**。

Je ne sais pas <u>si Nicole a déjà lu ce livre</u>.
我不知道尼可是否已看過這本書了。

Il faudra vérifier <u>si c'est vrai</u>.
必須要確認這是否是真的。

　　就像以上的例子一樣，整體疑問的間接問句會使用 **si**，而不會像直接問句的情況，一樣進行〈動詞－主詞〉的倒裝放置（使用 **est-ce que**）。

▶有時會在句尾加上 **ou non**（口語是 **ou pas**）以強調「是不是…」「會不會…」。

Je ne sais pas si Jacques vient ou non.
我不知道賈克會不會來。

❷ 部分疑問句（使用疑問詞的疑問句）

①一般的情況

· 疑問詞固定會放在間接問句的最前面。（＊名詞詞組或介系詞詞組要視為是一個組合。例：**combien de temps**、**de qui**）
· 間接問句的語順和直述句一樣。（＊但仍有必須倒裝放置的情況）
· 不會使用 **est-ce que** 或 **est-ce qui**。

Je ne sais pas qui va me remplacer. （qui 是主詞）
我不知道是誰會代替我。

Je ne sais pas qui elle va choisir. （qui 是直接受詞）
我不知道她會選擇誰。

Je ne comprends pas de qui tu parles.
我並不明白你在說誰。

Je ne comprends pas de quoi tu parles.
我不明白你在說什麼事。

Tu sais par quelle porte elle est entrée?
你知道她是從哪一扇門進去的嗎？

Je vais te montrer comment il faut faire.
我示範給你看要怎麼做。

Je me demande pourquoi Céline n'est pas venue.
我想知道席琳為什麼沒有來。

On va lui demander combien de temps il faut attendre.
我們去問他到底要等多久。

②「什麼」當作主詞、直接受詞、補語的情況（ce qui、ce que）

直接問句原本是使用 **qu'est-ce qui**「什麼是」或 **qu'est-ce que**、**que**「把什麼，是什麼」的形式，當要變成間接問句時，與其對應的間接問句會變成下列的形式。

· 是主詞的話，使用 ce qui 的形式。
· 是直接受詞或主詞的補語的話，使用 ce que 的形式。

・間接問句會將 ce qui、ce que 放在最前面。
・間接問句的語順和直述句一樣。（＊但仍有必須倒裝放置的情況）

Je n'ai pas compris **ce qui se passait**. （主詞）
我無法理解到底發生什麼事了。

Tu sais **ce qu'il y a dedans**? （直接受詞）
你知道這裡面放了什麼嗎？

Devine **ce que j'ai mangé hier**. （直接受詞）
猜猜看我昨天吃了什麼。

Tu sais **ce que c'est**? （主詞 c' 的補語）
你知道這是什麼嗎？

◆主詞的倒裝放置

　部分疑問的間接問句裡，其語順也會變成和一般的直述句一樣是「主詞－動詞」的語順。但是下列的情況，主詞會被倒裝放置到動詞的後面。

①qui 和 quel 是補語的情況，時，固定要將主詞倒裝放置。

Tu sais qui est **ce monsieur**? 　你知道那個男人是誰嗎？

Je sais quel est **son niveau**.
我知道他（她）是到什麼樣的程度。

②用到 où 和補語 ce que 一般會將主詞和動詞 être 等做倒裝。

Tu vois où est **la bibliothèque**? 　你知道圖書館是在哪裡嗎？

Les gens ignorent totalement ce qu'est **une guerre**.
人們完全不知道什麼是戰爭。

③若 ce que 所代指的事物，從意思上來看很明顯是直接受詞時，可以將主詞倒裝放置。

Je ne sais pas ce que fabrique **cette usine**.
（＝cette usine fabrique）
我不知道那間工廠在製造什麼。

Il faut toujours noter quelle couleur a choisie **chaque client**. （＝chaque client a choisie）
每個客人選擇了什麼顏色，必須隨時記下來。

23
從屬子句

425

④在部分疑問裡，動詞是不及物動詞等時，可以倒裝放置主詞。

On commence à comprendre comment vivaient **ces dinosaures.** （＝ces dinosaures vivaient）
人們開始了解這些恐龍過去是怎麼生活的。

Je ne sais pas à quelle heure se couche **mon fils.**
（＝mon fils se couche）
我不知道我兒子是幾點睡的。

▶人稱代名詞等是不能倒裝放置的
在上面①～④所有的情況，裡，**人稱代名詞 je、tu、il...等和 ce、on 不能夠倒裝放置。**

Tu sais qui c'est?　你知道那是誰嗎？
（×Tu sais qui est-ce? 是不正確的）

Tu sais où **elle** est?　你知道她（那個）在哪裡嗎？
（×Tu sais où est-elle? 是不正確的）

Je ne sais pas à quelle heure **on** arrive.
我不知道我們可以在幾點抵達。
（×Je ne sais pas à quelle heure arrive-t-on. 是不正確的）。

（2）間接問句的其它重點

❶ 將間接問句當作受詞使用的動詞
下列的動詞可以把間接問句當作受詞（大部分是直接受詞）來使用。

發言類型：dire 說 / demander 問 / expliquer 說明 / révéler 揭開，澄清 / avouer 坦言 / préciser 弄清楚 / répondre 回答 等

Le maire n'a pas **dit** pourquoi il prenait cette mesure.
市長沒有說為什麼採取這個措施。

知道類型：savoir 知道 / ignorer 不知道 / comprendre 理解 / apprendre 知曉 / découvrir 發現 / chercher 拼命思考 / constater 確認 / vérifier 查清楚 等

Les chercheurs **ont découvert** quel est le rôle de cet enzyme.
研究員們查明了這個酵素的作用是什麼。

> **其它**：se demander 懷疑是不是… / voir 看，確認了解 / montrer 給人看 / oublier 忘記 /（間接問句用作間接受詞，原本的介系詞是 de）se souvenir 想起來 / ça dépend 依…而定

Je **me demande** si on ne peut pas faire autrement.
我懷疑是否沒有其它的做法了。

Ça dépend combien tu payes.
這就要看你要出多少錢而定了。

2 疑問句的間接引述 ☞ p.453

將疑問句用間接引述來表達時，會在動詞 demander「問」的後面放間接問句當作直接受詞。

Claude **a demandé** à sa femme **si elle n'était pas fatiguée**.
克勞德問他妻子會不會累。

Mon fils m'a **demandé comment on sait que la Terre tourne autour du Soleil**.
我兒子問我說我們怎麼知道地球是繞著太陽轉的。

3 使用不定式的間接問句

間接問句也可以使用〈疑問詞＋不定式〉或〈包含疑問詞的介系詞詞組等＋不定式〉的形式。

Il faut savoir **comment parler aux clients**.
有必要知道該如何跟客人說話。

在這個形式裡，「什麼」的直接受詞不會使用 ce que，而是會使用 quoi 或是 que。

Je ne sais pas **quoi faire**. （稍書面的用法是 que faire）
我不知道到底要怎麼做才好。

> **筆記** 當疑問詞變成是主詞的情況，因動詞需要變化，所以不會變成不定式。
> Tu sais ce qui ne **marche** pas? 你知道是哪裡行不通嗎？

23
從屬子句

❹ 省略疑問詞以外的內容

也有動詞後面單純只接續〈疑問詞〉或〈包含疑問詞的介系詞詞組等〉的形式。此時需從上下文中來了解被省略掉的部分為何。

Je ne sais pas pourquoi, mais j'ai très sommeil.
不知道為什麼，我非常想睡。

René m'a promis de venir me voir, mais il n'a pas dit quand.
荷內雖然承諾過要來找我，但沒有說是什麼時候。

❺ 間接問句的單獨使用

有時間接問句會以單獨或脫離的形式來使用。

Comment ils ont réussi Sciences po : les secrets de 10 admis   *(l'Étudiant)*
（報導的標題）他們是怎麼考上巴黎政治學院的：10 位錄取者的祕訣大公開
（學生雜誌）

❻ ce qui、ce que 的不明確性

ce qui~或 ce que~在使用上會有 ① 間接問句「做的某事物」和 ②〈ce＋關係子句〉「做了…」這兩方面的意涵。會是哪一個意涵，有時很容易混淆。

Je me demande ce qu'il a acheté.
我想知道他買了什麼。（間接問句。此時 se demander 不是 ce qu'il a acheté 看作是「他買的東西」，而是「他買了什麼」）

J'ai jeté ce qu'il a acheté.　我把他買的東西丟掉了。
（〈ce＋關係子句〉。此時 jeter 不是 ce qu'il a acheté 看作是「他買了什麼」，而是「他買的東西」）

J'ai vérifié ce qu'il a acheté.
我確認了他買了什麼／他買的東西。（兩個意涵都有）

❼ est-ce que 等的使用

在口語中，有時會在間接問句裡使用本來是直接問句中才會用到的 est-ce que、est-ce qui。不過這並不是很正式的用法。

Je me demande qu'est-ce qui ne va pas.
我想知道到底哪裡出錯了。

（3）間接感嘆句

使用感嘆詞的感嘆句，也可以變成動詞的受詞（很多是直接受詞），此時這是間接感嘆句的用法。間接感嘆句會由感嘆詞 **comme**、**combien**、**ce que**「多麼」、〈**quel**＋名詞〉「多麼的…」來引導。（＊底線部分是間接感嘆句）

Regarde **comme** c'est joli!　你看這真漂亮呢！

Je me suis rendu compte **combien** j'avais besoin de toi.
我了解到自己有多麼需要你。

Tu ne peux pas imaginer **à quel point** c'est important pour moi.
你沒辦法想像，那對我來說有多麼重要。

> **筆記** 在直接感嘆句使用的感嘆詞 que、qu'est-ce que「多麼」不能在間接感嘆句裡使用。
> 另外，只有在間接感嘆句才會將 si 當作感嘆詞使用。

Regarde-moi **si** c'est pas joli!　　你看看這，是不是很漂亮！

3. 關係子句 & 關係代名詞

修飾名詞（先行詞）的從屬子句叫作關係子句。關係子句會被關係代名詞引導，並和先行詞連接。

（1）先行詞、關係代名詞、關係子句

雖然關係子句是「主詞＋動詞詞組…」的形式，但透過關係代名詞可以此形式像形容詞一樣修飾名詞。

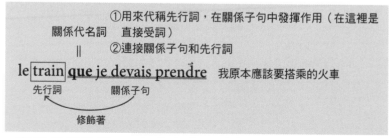

在這個例子裡，**train**「火車」這個名詞用 (que) je devais prendre「我原本應該要搭乘的…」此子句修飾，並造出「我原本

應該要搭乘的火車」這個意義。最後再加上冠詞 le 變成 le train que je devais prendre 這個名詞詞組。

這個例子中的子句 que je devais prendre 叫作**關係子句**。關係子句最前面固定會用到像是 **que** 的**關係代名詞**，將此子句前面的名詞（**train**）和關係子句連接起來。放在關係代名詞前面的名詞叫作**先行詞**。

關係代名詞作為代稱先行詞（名詞）的角色，在關係子句中有著主詞、直接受詞等的作用。另外，關係代名詞連接著放在後面的句子（關係子句）和前面的名詞（先行詞），同時也表示放在後面的句子是修飾前面的名詞。

> **筆記** 上面的例子中，關係子句會限制先行詞所表達的概念，來縮小其範圍（將「一般的火車」限制為「我原本應該搭乘的那班火車」）。但是關係子句並不是每次都會發揮這樣的功能。對於被限制的先行詞，關係子句也有補充說明的功能。
> ☞ 說明型關係子句 p.436

▶像上面例子的 le train que je devais prendre「我原本應該搭乘的火車」這樣，由先行詞和關係子句所構成的組合本身是名詞詞組，所以會被併到別的句子（主句）中發揮各式各樣的作用。在下列的例子裡就變成了主句的直接受詞。（＊例句的灰底部分是名詞詞組。

J'ai raté le train **que** je devais prendre.
我沒有趕上原本應該要搭乘的火車。

（2）關係代名詞的選擇

關係代名詞有下列六個。

| qui | que | dont | où | lequel | quoi（特殊的情況） |

要使用哪一個關係代名詞主要是依據：① 在關係子句中，關係代名詞於文法上的作用、② 先行詞是「人」還是「事物」這兩項來決定。

❶ 作用是主詞、直接受詞

在關係子句中的關係代名詞，若是發揮主詞或直接受詞的作用時，會使用下列的形式。

主詞　　➡ qui
直接受詞 ➡ que

被 **qui**、**que** 引導的關係子句，在口語中也會經常使用到。

J'ai **un ami qui** habite à Lyon. （qui 是 habite à Lyon 的主詞）
我有（位）住在里昂的朋友。

Je vais te montrer **le pull que** j'ai acheté hier.
（que 是 j'ai acheté hier 的直接受詞）
我來給你看我昨天買的毛衣。

▶關係代名詞 **qui**、**que** 只是在關係子句中表示文法上的作用而已。跟先行詞是「人」還是「事物」完全沒有關係。

主詞	l'étudiant **qui** a eu le premier prix 拿到第一名的學生	l'avion **qui** va à Londres 飛往倫敦的飛機。
直接受詞	l'étudiant **que** j'ai rencontré 我遇到的學生	l'avion **que** j'ai pris 我坐的飛機

▶關係代名詞是主詞 **qui** 的情況，關係子句的動詞會隨先行詞的人稱、陰陽性、單複數進行變化。

les **étudiantes** qui **sont** admis**es** à l'examen
通過測驗的女學生們

▶關係代名詞是直接受詞 **que** 且關係子句的動詞是複合形時，複合形的過去分詞會和先行詞的陰陽性、單複數維持一致性。

☞ p.271③

les **étudiantes** que j'ai rencontré**es** 我遇到的女學生們

❷ 作為介系詞詞組
關係代名詞在關係子句中作為介系詞詞組時，會如下列形式。

> 介系詞是 **de** ➡ **dont**
> 其它的介系詞[先行詞是人] ➡ 介系詞＋**qui**（à qui、pour qui 等）
> 　　　　　　[先行詞是事物]➡ 介系詞＋**lequel**（auquel、pour lequel 等）

關係代名詞成為介系詞詞組這樣的關係子句句法，是稍微複雜的書面語用法。

> 筆記 關於 dont
> ・dont 是包含了介系詞 de 的關係代名詞，不管先行詞是「人」還是「事物」都能使用。
> ・包含 p.434 的 ❹ 的情況，代替 dont 使用 de qui 或 duquel（de+lequel）是文學上的特殊用法。但若 de 是表達「出處」的意思時，就會變成 de qui。

23
從屬子句

431

la personne **de qui** je tiens cette information
我獲得這個資訊的來源人物

筆記 關於 lequel

＊定冠詞和 quel 組合起來的 lequel，會和疑問代名詞的 lequel 一樣會有陰陽性、單複數的變化。

	單數	複數
陽性	lequel	lesquels
陰性	laquelle	lesquelles

＊lequel 依陽單、陽複、陰單、陰複，和介系詞 à 組合後分別會變成 auquel、auxquels、à laquelle、auxquelles。是介系詞 de 的話，分別會變成 duquel、desquels、de laquelle、desquelles。☞ 中高級 p.441
＊「介系詞＋lequel」也會在先行詞是「人」的情況下使用。另外，介系詞是 parmi（用於表達三者以上之間）的情況，即使先行詞是人也不會使用 qui，而會使用 lesquel(le)s。

以下來看當作介系詞詞組的各個作用。

①動詞的間接受詞

C'est une affaire **dont** on a beaucoup parlé à l'époque.
這是當時大家議論紛紛的事件。（parler de 談論關於…）

Il ne se souvenait plus du visage de l'homme **à qui** il avait donné la cigarette.
他不記得那位他曾遞香菸過去的男子長相。（donner à 給…）

Les missions **auxquelles** ils participent sont très dangereuses.
他們參與的任務都非常危險。（participer à 參加…）

②形容詞功能的補語

Sa femme n'appréciait pas les amis **dont** il était entouré.
他的妻子不喜歡圍繞在他身邊的朋友們。
（entouré de 被…包圍）

③狀況補語

Tous les journaux ont critiqué la façon **dont** l'enquête a été menée.
所有的報紙都在批評調查的方式。
（比較：L'enquête a été menée de cette façon. 以那種方式進行搜查。）

3. 關係子句 & 關係代名詞

Le garçon **avec qui elle danse**, c'est son petit ami.
和她一起跳舞的那位男生是她的男朋友。
（比較：Elle danse avec ce garçon. 她和那位男生跳舞。）

Voilà la raison **pour laquelle** la négociation a échoué.
這就是交涉失敗的理由。
（比較：La négociation échoué pour cette raison. 因這個理由交涉失敗了。）

❸ 作用是表達「場所、時間點」的狀況補語

關係代名詞在關係子句中是作為表達某動作（行為）進行中所處的「場所」或「時間點」的狀況補語時，可以使用 **où**。

> 場所、時間點 ➡ **où**

這相當於表示場所或時間狀況的「介系詞（**à, dans...**）+ **lequel**」。不過 **où** 也可以用在口語中。

> **補記** 像 devant「在⋯的前面」、derrière「在⋯的後面」等的位置關係或像 avant「在⋯之前」、après「在⋯之後」等表達時間關係的介系詞，**où** 是無法取代的。

[場所]

L'usine **où elle travaille** va bientôt être fermée.
（＝dans laquelle）
她工作的工廠再過不久就要被關閉了。

J'ai bien aimé la scène **où l'héroïne fait un tour de cartes**.
（＝dans laquelle）
我很喜歡女主角表演撲克牌魔術的那場景。

Dans l'état **où elle se trouve**, elle ne pourra recevoir personne.
在她身處的那種情況，她誰都無法應付。（以她現在的狀態來說）

[時間點]

Il vaut mieux choisir un jour **où il n'y aura pas trop de monde**.
改天選一個沒有太多人的日子比較好。

On a déménagé en banlieue l'année **où mon mari a changé de travail**.
我丈夫換工作的那年我們搬到郊區了。

23
從屬子句

433

筆記 有時會使用 que 來代替表達時間點的 où。是較文學性或極為口語的表達。

les jours **que** je la rencontrais　我遇到她的日子

▶ d'où、par où、jusqu'où

關係代名詞 **où** 可以和介系詞 de「從⋯」、**par**「經過⋯」、jusque「直到⋯」連接。

Hervé a bouché le trou **par** où passaient les rats.
愛爾維把老鼠出沒的洞穴通路給堵住了。

❹ 作用具補語功能，表達名詞（先行詞）為所有者

舉例來說像是 **le salaire de ces personnes**「這些人的工資」這類有「所有者－被所有者」關係的情況下，可以將「所有者」（**personnes** 人們）當作先行詞，並把「被所有者」（**salaire** 工資）放進關係子句中（當作關係子句的要素）來修飾「所有者」。

les personnes **dont** le salaire dépasse vingt mille euros
工資超過兩萬歐元的人們

表達「所有者－被所有者」關係的情況，關係代名詞會使用 **dont**。在這裡的 **dont** 可以想成是包含介系詞 de（表示所有、所屬意義）。另外，上面例子中的關係子句（底線部分）中的「被所有者」le salaire，是當作主詞來使用的。

在這類結構中，「被所有者」在關係子句中除了主詞的作用外，有可以用來發揮如直接受詞和補語的作用。

主詞　　la maison dont **le toit** a été détruit par la tempête
　　　　屋頂被暴風雨摧毀了的家
（比較：Le toit de cette maison a été détruit par la tempête.
　　　　那個家的屋頂暴風雨給摧毀了。）

直接受詞　la maison dont ils ont réparé **le toit**
　　　　　他們修好屋頂的家
（比較：Ils ont réparé le toit de cette maison.
　　　　他們把那個家的屋頂給修好了。）

補語　　le groupe dont je suis **le responsable**
　　　　我擔任負責人的那一組
（比較：Je suis le responsable de ce groupe. 我是這一組的負責人。）

以下也來看一下套用如上結構、並併入到完整句子的例子吧。

Les personnes **dont le salaire dépasse vingt mille euros** ne peuvent pas bénéficier de ce système.
工資超過兩萬歐元的人不能享有此制。

On voit d'ici **la maison dont ils ont réparé le toit**.
從這裡可以看見他們修好屋頂的家。

◆關係代名詞的用法
以下整理目前為止所看過的關係代名詞及各自的用法。

	先行詞	在關係子句中的作用	
qui	人、事物	主詞	le car **qui** va à Athènes 往雅典的巴士
	人	和介系詞一起使用	l'homme **avec qui** elle s'est mariée 她所嫁的男人
que	人、事物	直接受詞	la femme **que** j'ai rencontrée 我遇到的女人
		狀況補語（時間點）、補語	☞ p.433、中高級 p.440
dont	人、事物	間接受詞	le livre **dont** il m'a parlé 他跟我說過的那本書
		形容詞功能的補語	le fis **dont** elle est fière 讓她感到自豪的兒子
		狀況補語	la façon **dont** il a fait ce travail 他做這工作的方式
		名詞的補語（所有者關係）	les enfants **dont** les deux parents travaillent 雙親都工作的孩子們
où	事物	狀況補語（場所）	la ville **où** ils habitent 他們住的城市
		狀況補語（時間點）	le jour **où** elle est née 她出生的日子

23
從屬子句

lequel 陰陽性、單複數變化	（人）、事物	和介系詞一起使用	la boîte **dans laquelle** elle a mis ses bijoux 她放了珠寶的箱子
	人、事物	主詞之外	☞ 中高級 p.441
quoi	事物、事情	和介系詞一起使用	☞ 中高級 p.440

（3）關係子句的兩個用法

關係子句因為和先行詞在意思上的關係，而被分成**限定型關係子句**和**説明型關係子句**。

❶ 限定型關係子句

就像「火車」對於「我搭乘的火車」一樣，關係子句會限制先行詞所表達的概念，來縮小其範圍，這被稱作限定型關係子句。其實目前為止看過的例子，大多都是限定型關係子句。

Je vais te montrer le pull **que j'ai acheté hier**.
給你看我昨天買的毛衣。

在這個例子裡，所提到「毛衣」不僅僅只是一般「毛衣」的概念而已，而是受「我昨天買的」這個修飾詞在意思上的限定，有明確指出到底是哪一件「毛衣」。之所以要使用定冠詞 le 主要也是用來限制「某件特定的毛衣」。

有些案例是，雖然不是被限定為特定某一個（不用定冠詞來限定），但就意思上來說，其範圍是有被限制的。像是先行詞是加上不定冠詞 un 等的情況。

J'ai un ami **qui habite à Lyon**.
我有位住在里昂的朋友。

Je cherche un studio **où je puisse faire de la musique**.
我在找可以彈奏音樂的套房。

> **筆記** 就像第二個例句一樣，自己正在尋找（自己希望）的事物，因其存在性是不明確的，所以關係子句中的動詞會變成虛擬式。 ☞ p.231(2)

❷ 説明型關係子句

關係子句並不會特別指定先行詞的範圍，而只是加上補充說明

時，這稱作說明型關係子句（或稱作同位結構關係子句）。會使用在書面語。說明型關係子句一般會用逗號來分段，且在唸的時候，逗點前後也是會有停頓的。

Le roi, **qui allait bientôt partir en guerre**, organisa une grande fête.
這位不久後就要上戰場的國王，舉行了一場盛會。

上面的例子中，**le roi**「國王」本身就已被定冠詞限定了，但關係子句（底線部分）對於到底是指哪一位國王，在限定上並沒有發揮實質意義上的作用。

說明型關係子句雖然沒有清楚表示和主句的意思關係，但是經常會有理由或對立的微妙差異。

La Provence, **où il fait doux même en hiver**, attire beaucoup de retraités.
即使在冬天也很溫暖的普羅旺斯，受許多退休人士的喜愛。

先行詞雖然大部分是定名詞組（專有名詞、定冠詞、指示代名詞、放在所有形容詞前的名詞詞組），但也有是不定名詞組的情況。此時，說明型關係子句也沒有限定範圍的功能。

Dans la salle, il y avait une vingtaine de personnes, **parmi lesquelles** j'ai trouvé un de mes collègues.
房間裡有二十幾個人，其中我找到了一位同事。

▶對於主句提到的事件，說明型關係子句也可表達隨之同時發生的另一事件。

Le berger siffla son chien, **qui revint aussitôt vers son maître**.
牧羊人一吹口哨，狗立刻就回到主人身邊。

▶也有將 **toi** 或 **moi** 當作先行詞，並在口語中使用的時候。

Toi qui connais bien Paris, tu peux nous conseiller un bon hôtel pas cher?
你對巴黎很熟，可以推薦我們便宜又好住的飯店嗎？

23
從屬子句

（4）關於關係子句的補充

❶ celui qui、ce qui、là où 等

有的情況是，在先行詞的位置擺放單純只是區分「人」或「事物」但沒有實質內容的代名詞，來表達「是⋯這樣的人」「⋯是這樣的事物」意思。 ☞ p.112 ❷、p.121

Comment s'appelle celui qui a inventé ce vaccin?
請問發明這個疫苗的那個人叫什麼名字？

Ce que j'apprécie en lui, c'est son honnêteté.
我欣賞他的地方在於他的誠實。

另外，若把副詞 **là** 和關係代名詞 **où** 連接起來就會變成「在⋯的場所」的意思。

Là où j'habite, il y a toujours beaucoup de bruit.
我住的地方噪音總是很嚴重。

❷ 在關係子句中主詞的倒裝放置

在關係代名詞不是當主詞時的關係子句中，有時主詞會放在動詞的後面。此時，動詞的後面是沒有直接受詞的。

La croissance **que** nous promet **le gouvernement** n'est qu'une chimère. （＝que le gouvernement nous promet）
政府承諾我們的經濟成長只是幻影而已。

Les forêts **où** vivent **les gibbons** se trouvent dans un parc national. （＝où les gibbons vivent）
長臂猴所生存的森林就在國家公園裡。

▶但主詞是 **on**、**ce** 以及人稱代名詞的情況，不會倒裝放置。

la croissance qu'**il** nous promet　他承諾我們的經濟成長

les forêts où **ils** vivent　他們所生存的森林

❸ 跟先行詞分開的關係子句

以下的情況，關係子句會跟先行詞分開。

①先行詞是表示數量的中性代名詞 **en**

Les vins français? Oui, il y **en** a **qui** sont très bons.
法國的葡萄酒嗎？有，有非常好喝的。

②先行詞是 rien 且是作為動詞複合形的直接受詞

Je n'ai rien trouvé **qui** confirme votre hypothèse.
我沒有找到任何可以證明你的推論之處。

③先行詞是疑問代名詞

Qu'est-ce qu'il y a **qui** cloche?　有什麼讓你掛在心上的事嗎？

④主句的謂語很短，且修飾主詞的關係子句卻很長的情況，是複雜的書面語

Le temps n'est plus **où** l'on pouvait gaspiller l'énergie.
可以浪費能源的時代已經過去了。

4 關係子句的謂語性用法

　關係子句也會有既不是限制先行詞範圍的限定型用法，也不是為先行詞加上補充說明的說明型用法，而只是單純描述以先行詞當主詞之下的整件「事情」。僅限於是由「主詞功能的 **qui**」引導的關係子句的這個用法，叫作謂語性關係子句。主要是出現在提示的用法，或主句的動詞是感官動詞時的用法。☞ p.387 **4**、p.388 **2**、p.390 **5**

Il y a le bébé **qui** pleure!　有小嬰兒在哭！

J'ai vu Marie **qui** sortait du magasin.
我看到瑪莉正從店裡出來。☞ 筆記 p.369

　筆記 在感官動詞組法裡把直接受詞變成代名詞的話，先行詞和關係子句會離開。
Je l'ai vue **qui** sortait du magasin.　我看到她正從店裡出來。

5 關係子句是不定式

　關係代名詞是 **où** 或是〈介系詞＋關係代名詞〉的情況，也會有後面只加上不定式的時候。是帶有「可以…的…」的意思。

Ce n'est pas un endroit **où** passer la nuit.
這不是一個可以過夜的場所。

Vous avez quelqu'un **à qui** demander de l'argent?
你們這有人是可以讓人借錢的嗎？

23
從屬子句

中高級！ 關係代名詞其它的用法

　　各個關係代名詞的基本用法，已經在 p.435 的表格整理過了。以下要來看較特殊的使用方法。

qui：用於沒有先行詞的狀況下，可表示「做⋯的人」的意思。在諺語中經常出現。

Qui dort dîne. （諺語）睡覺就不會餓肚子。（←睡覺的人也在吃飯。）

　　跟「沒有先行詞的 qui」有同樣作用的，還有關係代名詞 quiconque。意思是「做⋯的任何人」，是書面語。

Quiconque contrevient à cet arrêté est passible d'une amende.
不管是誰違反這個條例都會收到罰款。

que：在複雜的表達中，也會有先行詞是當作關係子句中動詞 être 等的補語的情況。此時先行詞是名詞或是形容詞。

Ô pauvre homme **que je suis**! 是啊，我是個可憐的男人！

quoi：和介系詞一起使用。先行詞是 ce「事物、事情」、rien「什麼都不」、quelque chose「任何東西」等。

Gaston craint de ne pas pouvoir réaliser ce **à quoi** il s'est engagé.
加斯頓害怕承諾過的事情無法實現。

　　也有把前面整個句子視為先行詞的使用方式，此時「介系詞＋quoi」會變得像是對等連接詞。

Indiquez correctement votre numéro, **sans quoi** nous ne pourrons pas vous répondre.
請正確地寫出您的電話號碼，否則我們無法給您回應。

où：可用在沒有先行詞的情況，並表達「在⋯的場所」「在任何地方」的意思。

J'irai **où elle ira**. 我會去任何她去的地方。

dont：會省略掉關係子句的動詞，並表達「（在先行詞中）其中是⋯」的意思。是複雜的用法。

Le nouveau cabinet comporte quinze ministres, **dont cinq femmes**.
新內閣由十五位部長組成，其中五位是女性。

duquel：即使看起來應該是要用到 **dont** 來表示「所有者關係」，在「被所有者」是由介系詞引導的情況下，不是使用 **dont** 而是使用 **duquel**。

un bâtiment **sur le toit duquel** sont installées plus de deux antennes
屋頂有設置兩根以上天線的建築物（←sur le toit de ce bâtiment　在這棟建築物的屋頂）

la cause **au nom de laquelle** ces barbaries ont été commises
進行這些野蠻行為的原因（←au nom de cette cause 以這個原因之名）

「介系詞＋關係代名詞」的介系詞部分，若是像 **au cours de**「正在…的途中」、**aux dépens de**「犧牲…」這類介系詞片語的情況，關係代名詞也會變成 **duquel**。

un débat **au cours duquel** de nombreux étudiants sont intervenus
許多學生發言的辯論會（←au cours de ce débat　在這個討論會的進行中）

lequel：在說明型關係子句 ☞ **p.436** 裡，有時會當作主詞來使用。是書面語，在公文等文件中經常會使用到。

La reine fit venir Mazarin, **lequel** semblait fort préoccupé.
女王傳喚了馬札蘭，他一副非常擔心的樣子。

另外，**lequel** 也會以「**lequel**＋名詞」的形式代稱前面出現過的名詞詞組，作為表示「那個…是」的限定詞性用法（關係形容詞）。

Un délai a été fixé pour…, **lequel délai** ne peut pas dépasser 60 jours.
雖然為了…已延期了，但這樣的延期不能超過六十天。

23
從屬子句

4. 狀 況 補 語 子 句

狀況補語子句主要是用來說明關於主句所產生之動作、發生之事情的狀況（時間、原因、目的等）的從屬子句。會和被從屬連接詞 ☞ **p.304** 引導的主句連接。

（1）依照意思的分類

　　狀況補語子句依照意思來分類的話，最具代表性的可列舉出這七種：**時間、原因、條件、目的、讓步、結果、比較**。以上這些意思的表達會由引導狀況補語子句的連接詞來發揮功效。（＊在以下的例句裡，狀況補語子句用底線來表示，連接詞用粗體字來表示。）

> **筆記** 以上這些分類只是個大概的區分而已，即使同樣都是連接詞，但也有像 comme 一樣有多重意思的詞。另外，即使只是一個狀況補語子句，但在解讀時可能會有多重的意思。

1 表達時間的狀況補語子句

　　主要是指，主句事件發生的時間點等的從屬子句。

・對於主句的位置，不管是放在前面還是後面都是有可能的。

・動詞是直陳式。但有一部分動詞是虛擬式。

Quand je me suis levée, il faisait encore noir dehors.
我起床的時候天色還很暗。

Je me sens mal à l'aise **chaque fois que** je viens ici.
我每次來到這裡總是會感到不舒服。

Tant que tu vis chez tes parents, tu ne pourras pas avoir la vraie liberté.
只要是還住在父母的家裡，你就不能算是擁有真正的自由。

[其它連接詞的例子]

動詞是直陳式：lorsque 做了⋯的時候 / pendant que 在做⋯的期間 / comme 做⋯的時候 / après que 做了⋯之後 / depuis que 自從做⋯以後 / dès que 一旦做⋯後馬上 / aussitôt que 做⋯後馬上 / aussi longtemps que 只要做⋯ / maintenant que 既然⋯
動詞是虛擬式：avant que 在做⋯之前 / jusqu'à ce que 直到做⋯ / en attendant que 在等候的同時做⋯

2 表達原因的狀況補語子句

　　主要是像「因為⋯」「由於⋯」這樣表達主句事件發生的理由或原因的從屬子句。

・對於主句的位置，不管是放在前面還是後面都是有可能的。但有一部分的表達只會是其中一個固定的位置。

・動詞是直陳式。

Médor n'est pas content **parce qu**'on lui a caché son os.
因為我們把骨頭藏起來了，所以麥道（狗的名字）不開心。

Le match sera reporté, **puisqu**'il pleut.
比賽會延期，因為下雨了。

Étant donné que le virus de la dengue se transmet par les moustiques, il est conseillé de se couvrir les bras et les jambes pour aller dans ces parcs. （＊是較書面的表達）
因為登革熱的病毒是以蚊子當媒介，所以要去這些公園時建議包住手腕或腳比較好。

[其它連接詞的例子]

---

vu que 因為… / du moment que 既然…就 /
dans la mesure où 因為是… / sous prétexte que 以…當藉口 /
à l'idée que 想到是…就

[較複雜的用法] dès lors que 既然…就 / du fait que 因為是… /
attendu que 鑒於… / étant entendu que 因為是…
只放在主句的後面：[較複雜的用法] d'autant plus que 尤其是因為…
只放在主句的前面：（僅限於此意思）comme 因為…

---

❸ 表達條件的狀況補語子句

主要是像「如果…的話，」這樣表示假設或條件的從屬子句，並作為主句事件發生的前提。

· 對於主句的位置，不管是放在前面還是後面都是有可能的。
· 就 **si** 的情況來說，動詞是直陳式。 ☞ p205、p.211
· 就 **au cas où** 的情況來說是條件式。其它連接詞則是虛擬式。

Si tu viens, je te présenterai Françoise.
如果你過來時，我會向你介紹法蘭索娃。

Je te conseille d'attendre, **à moins que** tu (ne) sois très très pressé. （＊ne 是「贅詞 ne」☞ p.317 ）
我建議你等一下，如果不是非常趕時間的話。

23
從屬子句

[其它連接詞的例子]

> **動詞是虛擬式**：à condition que 以…這個條件 /
> pourvu que 要是有…的話 / pour peu que 要是…的話 /
> en admettant que 假設… / en supposant que 假設… /
> à supposer que 假設…
> **動詞是條件式**：au cas où 在萬一要做…的情況下

❹ 表達目的的狀況補語子句

主要是指用來說明主句（事件）是為了某某目的的從屬子句。

- 對於主句的位置，不管是放在前面還是後面都是有可能的。但是也有只能放在後面的。
- 動詞為虛擬式。

Parlez plus fort **pour que** tout le monde puisse vous entendre.

請您用讓大家都能夠聽到您的音量講話。

Jean a mis toutes ces lettres dans un coffre-fort **de peur que** sa femme (ne) les lise. （＊ne 是「贅詞 ne」）

尚害怕被妻子看到，所以把那些信件全部都收進保險箱了。

[其它連接詞的例子]

> afin que 為了做… / de crainte que 害怕…；為了不要…
> **只放在主句的後面**：de façon (à ce) que、de manière (à ce) que、de telle façon que、de telle manière que、de sorte que、en sorte que 為了做…

> **筆記** 以上例子中除了 pour que 和 de peur que 以外的，其他都是比較複雜的用法。

▶ **呼應表達**

將分開的要素看作是一組慣用的片語，且要素前後彼此呼應，這樣的表達有人稱作呼應表達。**assez... pour que**「對於做是足夠…的」、**trop... pour que**「對於做…是太…的」此兩者是將 **assez**、**trop** 併入到主句中的呼應表達，而 **pour que** 是表達「目的」。

Le problème est **trop** compliqué **pour que** vous puissiez le résoudre seuls.
這個問題太過於複雜了，不是你們可獨自解決的。

5 表達讓步的狀況補語子句
　主要是像「儘管…還是」這樣的從屬子句，在表達從屬子句所述的狀況即使會阻礙主句事件的發展，但主句的事件還是成立、還是發生了。**quoique** 或 **encore que** 引導的從屬子句要放在主句後面，是比較難的用法。☞ 中高級 p.449
・對於主句的位置，不管是放在前面還是後面都是有可能的。
・動詞是虛擬式。

Bien que cette pratique ne soit pas conforme à la loi, aucun parti ne la met en cause.
儘管這個慣例是違反法律的，但沒有任何政黨把它視作問題。

Nous avons décidé d'acheter un appartement, **quoique** ce ne soit pas le moment idéal.
我們決定要買公寓了，雖然現在不是理想的時期。

[其它連接詞的例子]

encore que、malgré (le fait) que 儘管…還是

6 表達結果的狀況補語子句
　主要是指用來說明因主句事件的發生，而造成結果的從屬子句。**ce qui fait que** 是在日常話中經常使用的用法。
・通常是放在主句的後面。
・動詞是直陳式。

Tout le monde criait à tue-tête, **si bien que** personne n'a entendu la détonation.
大家都大聲叫喊，所以沒有人注意到槍聲。

Le vol a été annulé, **ce qui fait que** j'ai dû rester un jour de plus à Moscou.
航班被取消，造成我要在莫斯科多滯留一天。

[其它連接詞的例子]

> de (telle) sorte que、de (telle) manière que、de (telle) façon que
> 結果是…
> au point que、à tel point que、tant et si bien que
> 造成…的結果

▶呼應表達

法文有表示「因為太…，所以…」意思的好幾種呼應表達。例如用 **si (tellement)... que** 的形式時，**si** 等副詞會併入到主句之中。不過只有使用到 **tellement** 的片語，在日常會話中比較常用。

Je suis **tellement** fatiguée **que** je n'ai envie de rien manger.
我太累了什麼都不想吃。

Ce chanteur connaît **un tel** succès **que** son agenda est rempli jusqu'à l'été prochain.
這位歌手太熱門了，以致檔期已經排到明年的夏天。

> 接續形容詞、副詞：si＋形容詞・副詞＋que~
> 　　　　　　　　　tellement＋形容詞・副詞~
> 接續名詞的量：tellement de＋名詞＋que~ ／ tant de＋名詞＋que~
> 接續動詞　　　：動詞＋tellement que~ ／ 動詞＋tant que~
> 接續名詞　　　：un(e) tel(le)＋名詞＋que~

❼ 和某對象相做比較的狀況補語子句

指表達「像…一樣」意思的從屬子句。
・一般放在主句的後面。
・動詞是直陳式。

Il ment <u>comme il respire.</u> 他說謊就像呼吸一樣。

Il faut régler le bouton <u>comme c'est indiqué dans le mode d'emploi.</u>
如同說明書上所述，要操作按鍵。

[其它的連接詞]

> ainsi que 像…一樣 / （書面語）de même que 和…同樣 （也有 de
> même que…, de même~「和…一樣、另一個也是」的呼應表達）

> **筆記** 連接詞 comme、ainsi que、de même que 也有引導名詞詞組的時候。
> 主要是因省略了和主句共通的動詞等，而變得像介系詞一樣。
> Il a crié **comme** un bébé.　他像小嬰兒一樣哭天喊地。

▶呼應表達

使用了比較級的句子，可視為是表達「比較」意義的呼應表達。

> ☞ 比較級 p.392

C'était **plus** facile **que** je pensais.　比我想像的還要簡單。

❽ 其它的狀況補語子句

除了上述的例子之外，還有像下列的狀況補語子句。

①對立、對比

Le budget de l'État ne cesse d'augmenter **alors qu'**il est
en déficit.

明明入不敷出，國家的預算卻不停地增列。

S'il sait bien écrire, en revanche, il est nul quand il parle.

會放在主句的前面。（＊放在主句前面）
他雖然擅長寫文章，但說話卻完全不行。

[對立、對比：其它的例子]

> 主句的後面：tandis que 相對於是… / pendant que 另一方面…

②否定狀況

Chantal est partie **sans que** son mari s'en aperçoive.

（＊動詞是虛擬式）
香塔爾在丈夫不知情下離開了。

③其它的表達

> (au fur et) à mesure que 伴隨著… / suivant que ...ou~ 按照…或是~ /
> sauf que 除了… / outre que 加上…

④使用了 si 的表達

> comme si 簡直就像… / même si 即使…也還是 /
> sauf si 除了…的情況， / seulement si 只要是…的情況

▶呼應表達

在一個句子中的兩子句開頭都加上 **plus (moins)**等或是 **autant**，可表示程度是成正比的。

Plus il fait chaud, **plus** ce moustique devient actif.
越是變得炎熱，這隻蚊子就越是活躍。

Moins tu mets de temps, **mieux** ça vaut.
花費的時間越少越好。

Autant je l'aimais, **autant** mon désespoir est grand.
我有多愛那個人，我就有多深刻的絕望。

（2）關於狀況補語子句的重點

❶ 不用子句而改用不定式的情況

當狀況補語子句的主詞和主句的主詞是一樣的情況時，根據連接詞會有不是用子句而是使用不定式的時候。

Chloé boit de la tisane **avant de se coucher**.
克羅艾在睡覺前會喝花草茶。
（在這裡，從屬子句 avant qu'elle (ne) se couche 是不正確的）

[其它連接詞的例子]

時間	en attendant de
原因	sous prétexte de / à l'idée de / du fait de
條件	à moins de / à condition de
目的	pour / afin de / de peur de / de crainte de / de manière à / de façon à / assez … pour / trop … pour
結果	au point de
否定狀況	sans

❷ 狀況補語子句的主詞和動詞可以省略的情況

當狀況補語子句的主詞和主句的主詞是一樣的，且動詞是 être 的情況下，有些連接詞是可將主詞和動詞 être 省略掉，僅留下補語的。是較難的書面語。

Le héros, **quoique** follement amoureux de sa cousine, ne révèle pas son sentiment à celle-ci.
主角雖然對表妹抱持著強烈的戀慕之情，卻不跟她坦率說出自己的心意。

[其它連接詞的例子]

parce que 因為… / bien que 儘管…還是 / encore que 儘管…還是

❸ 可代替重複的 quand / comme / si 等的 que

在複雜的表達裡，會使用 que 來代替原本要重複的 quand、comme（時間，原因）、si。即使連接詞是像 puisque、après que、pour que 等這類包含 que 的也一樣可以被代替。就 si 的情況，que 的後面也有變成虛擬式的時候。

Comme il faisait chaud **et que** le soleil tapait, on ne voyait personne dans les champs.
由於炎熱及烈日當頭，田地裡看不到任何人。

Si la piqûre démange **et qu'**elle soit rouge, il vaut mieux consulter un médecin.
如果被叮到的地方會發癢且變紅，最好儘速就醫。

中高級！ **表達讓步的特殊的句法**

有像下列一樣特殊的讓步句法。

〈que＋虛擬式＋A ou B〉

是「不管是 A 還是 B」意思的句法。很多會放在主句的前面。

Que ça soit toi **ou** moi qui viens, personne ne fera attention.
不論來的是你還是我，都不會有人注意的。

Qu'on le veuille **ou** non, la modification du plan est inévitable.
不管是否願意，都不能避免計畫的變更。

23
從屬子句

〈quoi que＋虛擬式〉等用法

　　是表達「不管…都…」「不管（即使）是多麼的…都…」意思的句法，是較難的用法。此兩意思的表達都是用「X que＋虛擬式」的結構。常見的形式是，que 接續的子句的動詞是 être 或直接及物動詞，此時 X 是該動詞的補語或直接受詞。

（1）X＝qui（人）、quoi（事物）（qui、quoi 是不定代名詞）

Qui que vous soyez, nous sommes obligés de vous arrêter.
不管您是誰，我們都必須逮捕您。

Tu ne pourras pas l'empêcher de partir **quoi** que tu fasses.
不論你要做什麼都無法阻止他（她）離開。

　　qui que ce soit「不論那是誰」和 quoi que ce soit「不論那是什麼」是一個慣用片語，可像名詞詞組一樣發揮功用，也可當作動詞的補語等來使用。

Il ne faut pas en parler à **qui que ce soit**.
不能跟任何人論及此事。

Si tu as besoin de **quoi que ce soit**, n'hésite pas à me le dire.
如果有需要什麼的話，不用客氣儘管說。

（2）X＝〈quelque(s)＋名詞〉（quelque(s) 是不定形容詞功能的修飾詞用法）

Quelque raison qu'il invoque, il a toujours tort.
不管要拿出什麼理由，他依然是錯的。

　　像下列讓步表達的部分（特別是指後半部有 que ce soit 的情況）可看作一個詞組，就像名詞詞組一樣可變成動詞的補語，也可被介系詞引導變成狀況補語。

Ces personnes ne peuvent pas conduire **quelque véhicule** que ce soit.
這些人不管是什麼樣的交通工具都沒辦法駕駛。（直接受詞）

On ne peut pas modifier le plan pour **quelque** raison que ce soit.
不管是為了什麼樣的理由都不能變更計畫。（狀況補語）

（3）X＝quel(le)(s)（不定形容詞功能的補語用法）

Quel que soit le mode de paiement, le délai doit être respecté.
不論用什麼支付方式，都必須遵守期限。

Quelles que soient les questions qu'on lui pose, il ne répond que par des railleries.
不管是問他什麼樣的問題，他只會用諷刺方式來回答。

（4）X＝où（場所的副詞）

Où que tu ailles, je te suivrai.
不管你要去哪裡我都要跟你去。

（5）X＝〈quelque (si、aussi)＋形容詞・副詞〉（quelque 等是程度的副詞）

Quelque étrange que cela puisse paraître, ce comportement ne s'observe que chez les gorilles.
即使可能會令人感到奇怪，但這個行為只會出現在猩猩身上。

Si tard qu'il vienne, il faudra qu'il nous trouve à l'attendre.
不管他有多晚才到，都必須讓他看到我們在等他。

23
從
屬
子
句

第24章 引述句

引述句是指將某人（X）的話語或想法，透過說話者（A）傳達給聽者（B）時會使用的形式。

將某人所說的話或正在想的事情，用像是「X 先生說了⋯」「X 先生好像是⋯這麼想的」這樣傳達給聽者的形式，這樣的形式就叫作「引述句」。引述句有三種：**直接引述**、**間接引述**以及文學性手法的**自由間接引述**。

1. 直接引述 & 間接引述

（1）概要

圖 1.

Alain

Je suis en forme.

時間軸 ⟶

現在

「我」（說話者＝傳達者）

將圖 1. 的 **Alain** 所表達的內容傳達給其他人，有下列兩種傳達方式。
直接引述：直接引用 **Alain** 表達的話語。

Alain dit: «Je suis en forme.» 亞倫說：「我身體狀況很好」。

使用動詞 **dire**「說」等來表示那是某某人說的話（**Alain dit**），某某人說的話語要用引號（« » **guillemets**）框起來，即 **«Je suis en forme.»**。動詞 **dit** 和引述內容這兩者之間要用冒號（**deux-points**）來分段。 ☞ 附錄 p.476
間接引述：並非直接引用被說出來的話語，而是以傳達者（我）的觀點來描述對方表達某句話的行為。

Alain dit qu'il est en forme. （il＝Alain）
亞倫說他自己狀況很好。

　　不是以引用的方式講出某句話（獨立一個句子的形式），而是將講話內容以傳達者（我）的觀點重新彙整，變成一個從屬子句。就如上例一樣，原文（最原始的表達）若是直述句的話，會將說的內容變成補充子句，用 que 連接，當作 dire「說」的直接受詞（qu'il est en forme）。

> **筆記** 雖然即使是直接引述，也會有並非完全忠實引述、逐字逐句呈現他人的話語的時候，但都統一採用直接引述的形式。
> 另外，間接引述是以傳達者的觀點來描述表達內容這件事，從例句來看，直接引述的 je「我」在間接引述裡是用 il「他」來表達。

（2）直接引述和間接引述的對應關係

　　將某個人的表達（有些情況是腦中的想法）傳達給聽者時，可能會採用直接引述或是採用間接引述，以下來比較兩者差異吧。

❶ 直述句
原文是直述句的情況。

直接引述　Alain dit : «Je vais téléphoner à mes parents demain.»
亞倫說：「我明天會打電話給我父母」。

間接引述　Alain dit **qu'il va téléphoner à ses parents demain**.
亞倫說他明天會打電話給他的父母

　　像這樣在間接引述裡，原文是直述句的情況，dire 的後面會變成補充子句 que。　☞ 補充子句 p.418

❷ 疑問句
　　原文是疑問句的情況下，在間接引述裡會將主要動詞變成 demander「問」之類的動詞，後面接續間接問句。　☞ 間接問句 p.423
①整體疑問的情況，

直接引述　Alain dit : «Est-ce que je peux fumer?»
亞倫說：「我可以抽菸嗎？」

間接引述　Alain demande **s'il peut fumer**.
亞倫問說他可否抽菸。

　　就像上面的例子一樣，原文是整體疑問（以 oui 或 non 回應的疑問句）的話，在間接引述裡會用 si「是不是…」來引導表達的內容。

②部分疑問的情況（一般）

| 直接引述 | Alain dit : «Ça commence à quelle heure?» |
亞倫說：「幾點開始？」

| 間接引述 | Alain demande **à quelle heure** ça commence. |
亞倫在問幾點會開始。

　　就像上面的例子一樣，原文是部分疑問（使用疑問詞的疑問句）的話，在間接引述裡會將疑問的部分放在最前面，再來引導剩下的表達內容。

③部分疑問「什麼」的情況

| 直接引述 | Alain dit : «Qu'est-ce qu'il y a dans la boîte?» |
亞倫說：「箱子裡面有什麼？」

| 間接引述 | Alain demande **ce qu**'il y a dans la boîte. |
亞倫在問箱子裡面有什麼。

　　就像上面的例子一樣，疑問詞是「什麼」意義的情況下，在間接引述裡，若「什麼」是主詞的話，就會改用 **ce qui** 放在最前面、若「什麼」是直接受詞或補語的話，就會改用 **ce que** 放在最前面，再來引導剩下的表達內容。

3 命令、拜託、建議

　　當要傳達對方關於命令、拜託、建議的表達時，在間接引述裡依狀況會使用 **dire**「說」、**ordonner**「命令」、**interdire**「禁止」、**demander**「拜託」、**conseiller**「建議」等作為主要動詞，且不會使用從屬子句，而是使用「**de**＋不定式」。

①命令、禁止

| 直接引述 | Alain dit à Léa : «Attends un peu.» |
亞倫對蕾亞說：「等一下」。

| 間接引述 | Alain **dit** à Léa **d'attendre un peu**. |
亞倫對蕾亞說稍微等一下。

| 直接引述 | Alain dit : «Les enfants, vous ne devez pas jouer sur vos lits.» |
亞倫說：「孩子們，你們幾個不可以在床上玩耍」。

| 間接引述 | Alain **dit** aux enfants **de ne pas jouer sur leurs lits**. |
亞倫對孩子們說不可在床上玩耍。

或是：

Alain interdit aux enfants **de jouer sur leurs lits.**
亞倫禁止孩子們在床上玩耍。

> **筆記** 上一個例句是傳達者（我）將亞倫的表達解釋成「禁止」，並使用 interdire 這個動詞的句子。但也可以採用原文的形式，且同樣是直述句，變成像下列一樣的補充子句 que。

Alain dit aux enfants **qu'ils ne doivent pas jouer sur leurs lits.**
亞倫對孩子們說不可以在床上玩耍。

②拜託

直接引述 Alain dit à Léa: «Tu peux m'aider?»
亞倫對蕾亞說：「妳可以幫我嗎？」。

間接引述 Alain **demande** à Léa **de l'aider.**
亞倫拜託蕾亞幫他忙。

原文中的 **tu peux...?** 因為是有「拜託」的意義，所以在間接引述裡會使用 **demander**「拜託」。

③建議

直接引述 Alain me dit : «Tu devrais te reposer.»
亞倫對我說：「你應該要去休息比較好」。

間接引述 Alain me **conseille de me reposer.**
亞倫建議我去休息。

> **筆記** 因為原文是有「建議」的意思，所以使用 conseiller 這個動詞。也可以改用像下列一樣以接近原文的形式來表達。

Alain me dit que je devrais me reposer.
亞倫對我說我應該要去休息比較好。

◆補充

除了上述之外，就沒有其他特定的形式了。就直接引述來說，雖然任何表達（或想法）都可以被引用，但間接引述幾乎僅限於使用上述 ❶～❸ 的形式。現在請看下面的感嘆句的例子。

直接引述 Alain dit : «Oh! Qu'est-ce que c'est beau!»
亞倫說：「啊！怎麼會這麼美！」

若不用如上的直接引述，而要以傳達者（我）的觀點來描述上面這個表達的原文的話，會有以下幾個可能性，但此時，間接引述這

24
引述句

個選項未必是最有力的表達之一。

Alain s'exclame combien c'est beau. （間接引述）（書面語）
亞倫讚嘆地說怎麼會這麼美。

Alain admire sa beauté. （書面語）
亞倫對那樣的美感到讚嘆。

Alain trouve ça très beau.
亞倫覺得很美。

（3）時態的一致

主句的動詞是過去時的時候，從屬子句中的動詞的時態也會跟著做調整，以談論於過去發生的事。「時態的一致」不只是用在間接引述的情況，一般來說也適用於補充子句、間接問句、關係子句等。

> **筆記** 「時態的一致」雖然是指「主句的動詞時態」和「從屬子句的動詞時態」兩者要維持一致的關係，但主句是現在時或未來時的情況下，從屬子句的動詞時態則不會受到主句的影響。

❶ 原則

圖2.

當要傳達圖 2. 之 **Alain** 的原文表達時，因為此表達所存在的時態，是處於「現在的傳達者所看的過去 T」，所以不管是直接引述還是間接引述，**Alain** 當時的動作 **dire**「說」都會變成過去時。

直接引述　**Alain a dit : «Je suis en forme.»**
亞倫說過：「我狀況很好」。

間接引述　**Alain a dit qu'il était en forme.**
亞倫說過自己當時的狀況很好。

上面的例子中，因為直接引述是直接引用原文（最原始的表達），所以還是用現在時 **Je suis**。相對的，在間接引述裡，因為不是直接

引用原文，而是要描述出當時的情況，所以 être 的時態並不是原文的現在時，而是用未完成過去時 il était。

　　間接引述是以傳達者（我）的觀點，將原文重新彙整加以描述的形式。在圖 2. 裡，因為亞倫的表達發生在「現在的傳達者（我）所看的過去 T」，所以首先第一個重點，會用複合過去時（Alain a dit）來表示亞倫「說」的這個行為。

　　接著因為原文是改以傳達者（我）的觀點來表達「在 T 的這個過去時間點，亞倫的身體狀況是很好的」此意義，所以使用未完成過去時來表達過去某時間點的狀態（qu'il était en forme）。這就是時態的一致。

　　以下使用如上述一樣的概念，透過跟原文（以下左列）做比較的方式，在間接引述中的「時態的一致」於下列各情況中都會成立（以下右列）。

[原文]

・現在時
　（位於現在的「現在」概念）

Je suis en forme.
我狀況很好。

・複合過去時
　（位於現在的「現在完成」概念）

J'ai vu ce film.
我看過那部電影了。

・簡單未來時
　（位於現在的「未來」概念）

Je reviendrai.
我會再回來。

・先未來時
　（位於現在的「未來完成」概念）

J'aurai terminé avant.
我會在那之前先完成的。

[當主句是過去時情況下的「時態的一致」]

➡ 未完成過去時
　（位於過去的「現在」概念）

Alain a dit qu'il **était** en forme.
亞倫說過自己當時狀況很好。

➡ 愈過去時
　（位於過去的「現在完成」概念）

Alain a dit qu'il **avait vu** ce film.
亞倫說過他已看過那部電影了。

➡ 條件式現在時
　（位於過去的「未來」概念）

Alain a dit qu'il **reviendrait**.
亞倫說過他會再回來。

➡ 條件式過去時
　（位於過去的「未來完成」概念）

Alain a dit qu'il **aurait terminé** avant.
亞倫說過他會在那之前先完成。

24
引述句

457

　用圖像化的方式來解說的話（請見下圖 **3.**），從左區塊以現在時為中心的系統，移到右區塊以未完成過去時為中心的系統，這樣的轉換就是「時態的一致」。

圖 3.

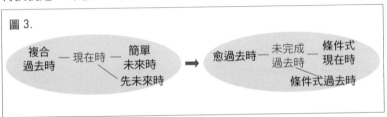

❷ 不做時態一致的情況

　不過「時態的一致」並不完全是唯一的準則，它只是其中一套邏輯而以。有時會出現不以此邏輯來表達，而是以另一套邏輯來表達的時候，言下之意就是「時態的一致」有時並不太適用。

①原文是普遍的真理或定義等

　普遍的真理、定義、格言等一般是用**現在時**，因該內容通常是被視為普世價值、恆久不變的概念、任何時間點拿出來談都是一樣的概念，所以就算改成間接引述，也沒有改變其時態的必要。

L'eau bout à 100 degrés. ⇒ Alain a dit que l'eau **bout** à 100 degrés.
水在一百度會沸騰。　　　　亞倫說水在一百度會沸騰。

②原文內容對傳達者來說也同樣有時效性

　即使原文最一開始被表達的時間點發生在過去，但原文內容對傳達者（我）來說，從傳達者的現在來看也同樣有其時效性，似乎事件歷歷在目，感覺是剛剛發生完，所以就算是用間接引述來傳達，也可維持使用原本的時態。在日常會話裡，這樣的情況經常出現。舉例來說，表達原文的這個行為是最近發生的情況等。

Ma fille est malade depuis trois jours.
我女兒從三天前就生病了。

⇒ Alain m'a dit tout à l'heure que sa fille **est** malade
depuis trois jours.
亞倫剛才說他女兒從三天前就生病了。

Je viendrai demain. ⇒ Alain m'a dit qu'il **viendra** demain.
我明天會來。　　　　亞倫跟我說過他明天會來。

J'ai déjà vu ce film. ➡ Alain m'a dit qu'il **a déjà vu** ce film.

我已經看過那部電影了。　亞倫跟我說過他已看過那部電影了。

③未完成過去時、愈過去時、條件式

原文若是使用圖 **3.** 左區塊沒有出現的時態（即未完成過去時、愈過去時、條件式現在時、條件式過去時）的情況下，就不會有時態一致的必要性，即使是在間接引述中也是維持原本的時態。

Je dormais. （未完成過去）➡ Alain a dit qu'il **dormait**.

我當時在睡覺。　　　　　　亞倫說過自己當時在睡覺。

與事實相反的假設 ☞ **p.222、p.225** 也是使用圖 **3.** 左區塊沒有出現的時態（而是用右區塊的時態）來造句的，所以即使是在間接引述中也是維持原本的時態。

Si j'étais Léa, je refuserais.　如果我是蕾亞的話，我會拒絕。

➡ Alain a dit que s'il **était** Léa, il **refuserait**.

亞倫說如果他是蕾亞的話，他會拒絕。

筆記 不過如果是一般的假設句（不是與事實相反的假設），還是有可能會有時態的一致。不過此時因為跟「與事實相反的假設」會容易搞混，所以很多情況還是會遵照前面②的規則，維持原本的時態。

S'il **pleut**, je ne **viendrai** pas.

如果下雨的話，我將不會來。

➡ Alain a dit que s'il **pleuvait**, il ne **viendrait** pas.

亞倫說過下雨的話，他就不來了。

➡ 改成 Alain a dit que s'il **pleut**, il ne **viendra** pas. 也可以。

（4）人稱、時態、地點的對應關係

間接引述是以傳達者（我）的觀點，將原文重新彙整加以描述的形式。和時態一致的情況一樣，原文中出現之人物的人稱、原文中事件的時間、地點的狀況補語，也會根據傳達者（我）的觀點而有所改變，來重新描述原文的內容。

J'en ai parlé à ta mère hier.　那件事我昨天跟你的母親談過了。

➡ Alain a dit qu'**il** en avait parlé à **ma** mère **la veille**.

亞倫說他前一天跟我母親談過那件事情了。

在上面的間接引述例句中，原文的 **je**「我」變成 **il**「他」、**ta**

mère「你的母親」變成 ma mère「我的母親」、hier「昨天」變成 la veille「前一天」。

當然這並不是機械式的轉換，用詞或表達要怎麼改變，或是到底要不要改變，都要依情況來決定。舉例來說，亞倫說的「昨天」若以「傳達者的現在」來看也是「昨天」的話，在間接引述中就不一定要使用 la veille，也可使用 hier。

（5）引述動詞

在直接引述或間接引述中，「（某人）說（某內容）」等表達中的主要動詞被稱作**引述動詞**。代表性的引述動詞如下列所示。

①引導直接引述（直述句、疑問句等）、間接引述（直述句）的動詞

> dire 說 / écrire 寫 / ajouter 添加 / hurler 大聲叫喊 /
> murmurer 喃喃自語 / répéter 重複 / répondre 回答 /
> se dire 思考 / penser 思考 / s'écrier 喊叫 等

Il **répondit** : «Je ferai de mon mieux.»
他回答「我會盡全力做到最好」。

Anne m'**a répondu** que l'exposition ne lui avait pas plu.
安回答我說他不喜歡那個展覽。

②只引導直接引述的動詞

> faire 說 / continuer 持續 / poursuivre 繼續 / insister 強調

«N'aie pas peur», **fit** le loup.
「不要害怕」野狼這麼說。

③只引導直接引述、間接引述之直述句的動詞

> affirmer 斷言 / assurer 保證 / conclure 總結 / confier
> 坦白 / constater 確認 / préciser 明確指出 /
> prétendre 主張 / promettre 承諾

Marie **a confié** à sa mère : «Je veux arrêter mes études.»
瑪莉對她母親坦白說：「我想要休學」。

Il m'a confié qu'il était amoureux de ma sœur.
他對我坦言他愛上了我的妹妹（姐姐）。

④只引導直接引述、間接引述之疑問句的動詞

demander 問 / se demander 懷疑 / s'interroger 自問

Elle **se demande** : «Est-ce qu'il vient vraiment?»
她懷疑：「他真的會來嗎？」。

Je **me demande** jusqu'à quand ça va durer.
我心裡想著，這能持續到什麼時候。

（6）在直接引述裡，引用的表示方式

將某原文用直接引述來傳達時，引用的部分有以下幾個模式。

❶ 將引述動詞放在前面

　包含著引述動詞的引導部分（主詞＋引述動詞）放在前面，其後面接續引用部分（引用的內容）。其文字呈現方式為，引導部分和引用部分之間會用冒號（:）來分段，而引用部分的兩側會用引號（«»）夾著。

Il me dit en riant : «Tu sais, maman, j'ai déjà vingt ans.»
他笑著對我說：「媽媽，你知道嗎，我已經二十歲了」。

❷ 使用插入句　☞ p.416(4)

　引述動詞及其主詞（原文的說話者）會被插到引用部分（引用的內容）的中間，或是放到最後。此時，主詞一般是名詞詞組、專有名詞、代名詞其中一個，並倒裝放置在動詞後面。

«Je ne sais pas», **murmure la princesse**.
「我不知道」公主喃喃自語。

«Je ne sais pas, **dit-elle** d'un air embarrassé, mais je vais demander à mon père.»
「我不知道。」她很為難地說：「但我會去問問我父親。」

❸ 在引用部分前面放破折號

　在小說等的對話內容中，若兩位說話者的對話內容要交替出現時，經常會使用破折號（－ **tiret**），但也可以和插入句一起使用。

24
引述句

461

另外，整個對話部分會用引號（« »）框起來。

«Vous avez des parents?
- Je ne les vois plus, **lui ai-je dit.**
- Pourquoi?»

（作家 Modiano）

「請問令尊、令堂在家嗎？」
「我已經沒有再跟他們見面了」我這麼跟她說。
「為什麼呢？」

2. 自由間接引述

自由間接引述主要是在文學作品裡使用的手法。在一般的間接引述裡，原文的內容在文法上會從屬於引述動詞，且若是直述句的話，會固定以 **que** 補充子句的形式出現。

原文（話語或想法）　Je peux demander de l'argent à mon père.
我可能跟我父親要些錢。

間接引述　Jean pensa **qu'il pouvait demander de l'argent à son père.**
尚想著可向他父親要些錢。

從上面間接引述的句子裡，將接續詞 **que** 拿掉，引述部分則維持不變，自己獨立成一個句子，這就是自由間接引述。

自由間接引述　Jean pensa : **il pouvait demander de l'argent à son père.**
尚想著：他能跟他父親要些錢。

自由間接引述可以說是「**從引述動詞的引導之下，變得較自由的間接引述**」。

就如同上面所看到的例子，**自由間接引述**也和一般的間接引述一樣，動詞會套用「時態的一致」規則（**je peux→il pouvait**），人稱也會轉換成以傳達者（故事的敘述者）的角度來看的人稱（**je→il**、**mon père→son père**）。

另一方面，自由間接引述因為會脫離主句，自己獨立起來，看起來有點像是直接引述的表達，因此疑問句或感嘆句並不會轉換成以間接問句、感嘆子句的形式來引述，而是用直接問句、感嘆句的形式。語調也會隨情況做改變，且也會有加入感嘆詞的情況。

Robinson tendit l'oreille. **N'avait-il pas entendu une voix humaine(...)?** (作家 Tournier)

羅賓遜側耳傾聽。他不是曾聽見了人的聲音嗎？

Alors, une idée l'exaspéra. **C'était une saleté que ces dames voulaient lui faire en se conduisant mal chez elle. Oh! Elle voyait clair!(...)** (來自 Zola、Vuillaume)

此時一個想法使她覺得焦躁。這些女士在她家中無禮的作為，令人厭惡。
啊！她非常地清楚！（…）

以上這些例子連引述動詞都省略掉了。這樣的結果就是，引用部分參雜在非對話的敘述裡，變得很難跟非對話的部分做區分。但是在第一個例子裡，我們可以靠直接問句的形式（粗體字部分）來理解這是故事中人物的話語或想法，而在第二個例子裡可以靠 Oh 這類感嘆詞 附錄 p.464 或驚嘆號，來判斷這些是自由間接引述。

就像以上看到的一樣，自由間接引述兼具了直接引述的性質和間接引述的性質，可以說是**原文說話者的觀點**和**傳達者**（故事敘述者）**的觀點**的共存現象。作家們會利用包含自由間接引述在內的「引述」形式，來推敲故事或事件中人物的表達或想法，並用不同方式傳達。

附錄

感嘆詞

　　感嘆詞是指，對於各式各樣的情感、感覺或情緒不以事件描寫的形式來呈現，而是以很短的表達（單字或片語）直接表現出來的表達方式。每個表達會使用於什麼樣的情況，其含意為何，大致上都有所區分。

　　但感嘆詞這一類詞的範疇並沒有清楚地劃清界線，也是有很多其它詞類（名詞、形容詞、動詞的命令式等）會被拿來當作感嘆詞使用。另外，當作感嘆詞性的表達，還有招呼語、擬聲詞（也稱作狀聲詞）、擬態詞等。

　　在這裡分成說話者於情感、感覺或反應上的表達、要聽者給予回應的表達（但會省略招呼語、感謝、道歉等的用語）以及擬聲詞這三種，並從中列舉出主要的表達。

[説話者於情緒、感覺、反應上的表達]

Ah!　（喜悦、驚訝、憤慨等）	Hop là! 嘿（跳起來、接住東西、突然的動作）
Ah bon! 啊！是這樣嗎？（感到意外）	Merde!　[粗俗] 可惡，糟了
Aïe!　好痛	Mince!　糟了！
Allons bon! 真是的，那算什麼（氣餒）	Mon dieu!　怎麼會（驚訝）
Bah!　呃，什麼（不感興趣）	Nom de Dieu!　混帳東西
Berk!　呸（厭惡）	Oh!　（感嘆、憤慨、驚訝等）
Bien.　我知道了，了解，那麼	Oh là là! 哎呀（驚訝，發生不好的事情）
Bien sûr!　那當然啊	Ouf!　幸好（感到放心）
Bof...　好吧，沒差（不感興趣，藐視）	Par exemple!　居然（驚訝）
Bon.　那麼，好的（結束話題）	Présent(e)!　（對點名的回應）有
Ça alors!　實在是（吃驚、驚訝）	Quoi!　什麼

Ciel! 怎麼會（驚愕、害怕、喜悦等）	Super! 好厲害，太棒了
Chic! 好耶，讚（喜悦）	Tant mieux! 太好了，那正好
Comment! 什麼（憤慨）	Tant pis! 沒辦法，算了
D'accord. 好的，了解	Tiens! 喂，嘿，瞧
Dis donc! 居然（驚訝）	Tiens! Tiens! 哎呀呀，是這樣嗎（驚訝）
Eh bien 哎呀，然後怎麼了，那個啊…其實	Youpi! （小孩子）哇（非常高興）
Et comment! 當然啊	Zut! 不好了

[要聽者給予回應的表達]

Allez! 來吧（鼓勵、催促）	Eh! 喂（引起注意）
Allez hop! 去吧	Eh! oh! 喂喂（我說的你有在聽嗎）
Allô! 喂（通話中）	En avant! 前進
Allons! 走吧（鼓勵、催促）	En route! 出發
Allons donc! 有可能嗎？	Halte! 停下來
Attention! 注意	Hé! 喂（引起注意）
Au feu! 失火了	Hein? 對吧（尋求同意），什麼（反問）
Au secours! 救命（求助用語）	Monsieur, Madame 等稱謂（引起注意）
Bis! 安可（在音樂會等）	Motus! 閉嘴
Bravo! 做的好	Pardon! 不好意思（把人叫住）
Chut! 噓（肅靜）	Psst! （[粗俗] 叫住前面的人、引起注意的聲音）

Coucou! 喂（對放空的人、有點距離的人招喚）	Silence! 肅靜
Dis! / Dites! 喂、你好嗎（招呼）	Stop! 停
Doucement! 忍住忍住	Tiens! （對 tu）拿去，給你 Tenez! （對 vous）拿去，給您
Du calme! 冷靜下來	Voyons! （鼓勵）沒有那種事啦，怎麼了，振作一點啊

[擬聲詞] [擬態詞]
人，動物的聲音

Atchoum! 阿嚏（打噴嚏）	Hi han （驢子）
Bê 咩（山羊、羊）	Hi hi! 嘻嘻（詭異的笑）
Coa coa 嘓嘓（青蛙）	Meuh 哞（牛）
Cocorico 咕咕咕（公雞）	Miaou 喵（貓）
Coin coin 呱呱（鴨子等）	Ouah ouah 汪汪（狗）
Cot cot 咯格（母雞）	Patati patata 嘰嘰喳喳（喋喋不休的樣子）
Coucou 咕咕（杜鵑、布穀鳥、布穀鳥鐘聲）	Pfff 呼（疲累、厭煩）
Cui cui 啾啾（小鳥）	Snif （啜泣聲）
Ha ha! 哈哈（笑聲）	ZZZ... （打呼的聲音）

事物、動作的聲音

Badaboum!
咚（東西掉下來的聲音）

Baff! 啪（打巴掌的聲音）

Bang! 砰（爆炸聲）

Blam! 砰（關門聲）

Boum! 砰（爆炸聲）

Brrr 抖抖抖（顫抖的樣子）

Clap clap 劈劈啪啪（拍手）、啪啪（旗子飄動等）

Crac!
喀、框啷（折斷、碎掉的聲音）

Cric crac 喀（鑰匙轉動的聲音）

Ding dong 叮噹（鐘聲）

Dring （鈴電鈴、鈴鐺等聲音）

Froufrou
簌簌聲（衣服摩擦、葉子的聲音）

Glouglou 汩汩聲（喝水，溺水）

Paf! 啪（打巴掌等）

Pan! 砰（手槍等）

Patapouf! 啪嗒（東西掉下來）

Patatras!
啪嗒（建築物、家具等倒塌）

Plouf!
撲通，啪噠（掉到水中或地上）

Pouf! 啪嗒（重物掉下來）

Ratatata! 噠噠噠噠（機關槍）

Splash! 啪搭，撲通（水濺起來、進到水池的聲音）

Toc toc 咚咚（敲門聲）

Tut tut! 叭叭（汽車喇叭）

Vlan! 砰（關門聲、毆打的聲音）

Vroum vroum 隆隆（引擎聲）

時間的表達

　　表達「時間」的狀況補語之中，有一些和「說話當下的時間點」有所關聯、以此為基礎來敘述事件的時間表達（例：aujourd'hui 今天＝說話的那一天）。

　　另外，也有一些跟「說話當下時間點」無關，但跟某個特定時間點有所關聯、以此為基礎來敘述事件的表達（例：ce jour-là 那一天、le lendemain 隔天）。

[和說話當下時間點有關聯的表達]

hier　昨天	aujourd'hui　今天	demain　明天
hier matin 昨天早上	ce matin 今天早上	demain matin 明天早上
hier après-midi 昨天下午	cet après-midi 今天下午	demain après-midi 明天下午
hier soir 昨天晚上	ce soir 今天晚上	demain soir 明天晚上
la semaine dernière 上週	cette semaine 這禮拜	la semaine prochaine 下禮拜
le mois dernier 上個月	ce mois-ci 這個月	le mois prochain 下個月
l'année dernière 去年	cette année 今年	l'année prochaine 明年
l'an dernier　去年		l'an prochain　明年
l'été dernier 去年夏天	cet été 今年夏天	l'été prochain 明年夏天
il y a trois jours （從現在起）三天前		dans trois jours （從現在起）三天後
	en ce moment　此時此刻	

[和某個特定時間點有關聯的表達]

la veille （某天的）前一天	ce jour-là 那一天	le lendemain 隔天
la veille au matin 前一天早上	ce matin-là 那天早上	le lendemain matin 隔天早上
la veille dans l'après-midi 前一天下午	cet après-midi-là 那天下午	le lendemain après-midi 隔天下午
la veille au soir 前一天晚上	ce soir-là 那天晚上	le lendemain soir 隔天晚上
le jour précédent （某天的）前一天		le jour suivant （某天的）隔天
le jour d'avant 前一天		le jour d'après 隔天
la semaine précédente （某一週的）上一週	cette semaine-là 那一週	la semaine suivante 隔週
le mois précédent （某個月的）上一個月	ce mois-là 那個月	le mois suivant 下個月
l'année précédente （某年的）前一年	cette année-là 那年	l'année suivante （某年的）隔年
l'été précédent 前一年的夏天	cet été-là 那年夏天	l'été suivant 隔年的夏天
trois jours avant （在那天的）三天前		trois jours après （在那天的）三天後
trois jours plus tôt 三天前		trois jours plus tard 三天後
	à ce moment-là 那個時候	

數字的表達方式

1. 基數詞

0 zéro	20 vingt	1 000　mille 一千
1 un, une	21 vingt et un(e)	1 001　mille un(e)
2 deux	22 vingt-deux	2 000　deux mille
3 trois	30 trente	10 000　dix mille 一萬
4 quatre	40 quarante	100 000　cent mille 十萬
5 cinq	50 cinquante	200 000 deux cent mille 二十萬
6 six	60 soixante	1 000 000 un million 一百萬
7 sept	70 soixante-dix	10 000 000 dix millions 一千萬
8 huit	71 soixante et onze	100 000 000 cent millions 一億
9 neuf	72 soixante-douze	1 000 000 000 un milliard 十億
10 dix	80 quatre-vingts	10 000 000 000 dix milliards 一百億
11 onze	81 quatre-vingt-un	100 000 000 000 cent milliards 一千億
12 douze	90 quatre-vingt-dix	
13 treize	91 quatre-vingt-onze	
14 quatorze		
15 quinze	100 cent	1000 000 000 000 mille milliards / un billion 一兆
16 seize	101 cent un(e)	
17 dix-sept	102 cent deux	
18 dix-huit	200 deux cents	
19 dix-neuf	201 deux cent un(e)	

▶注意重點

(1) 根據 1990 年的拼字修正案（十二月六號的政府公報），就組合數字的情況來說，不只是一百以下的數字，在那之上的所有數字，都要用連字符號（- trait d'union）來連結。
cent-un（101）、sept-cent-mille-trois-cent-vingt-et-un（700 321）
但 million、milliard、billion 因為是名詞，不是數字，不用連字符號連結。
deux-cents millions cinq-cent-soixante-dix-mille-six-cents（200 570 600）

(2) 以 un 作結的數詞當作限定詞使用的情況，後面是陰性名詞的話，會變成 une。vingt et une personnes 二十一個人

(3) quatre-vingts 的 vingt 以及 deux cents、trois cents...等的 cent，會加上複數的 s。但後面有數字接下去的情況，不會加上 s。
quatre-vingt-un（81）、deux cent un（201）、quatre-vingt mille（80 000）、deux cent mille（200 000）
另外，頁碼數字放在名詞後面的情況下不會加上 s。
page quatre-vingt（p.80）、page deux cent（p.200）

(4) 若接在 quatre-vingts 以及 deux cents、trois cents...等數字後面的是 million、milliard、billion 的情況下，s 會留下來。
quatre-vingts millions 八千萬、deux cents milliards 兩千億

(5) mille 固定要用單數形，字尾不會加上 s。
deux cent mille 二十萬

(6) million、milliard、billion 是用作複數的情況，隨時會加上 s。
deux millions 兩百萬、dix milliards 一百億
million 等名詞後面有數字的情況下，也是一樣要加上 s。
deux millions cinq cent mille 兩百五十萬

(7) million、milliard、billion 因為是名詞，所以當作限定詞使用時，會藉由 de 來加上後面的名詞。
trois millions de touristes 三百萬名觀光客
但是 million 等後面有數字的話，就不會使用 de。

trois millions deux cent vingt mille touristes
三百二十二萬名觀光客

(8) million、milliard、billion 前面的數字是含有小數點且是當作限定詞使用的情況,也要藉由 de 接續在名詞。
2,4 millions de dollars 兩百四十萬美金
1,3 milliard d'habitants 十三億名居民

(9) 在表達較龐大的數字時,每三位數就要空格或是打句號(. Point)。
1 500 000 或是 **1.500.000**(**un million cinq cent mille**)

2. 序數詞

1er, 1ère premier, première	8e huitième	21e vingt et unième
2e deuxième	9e neuvième	25e vingt-cinquième
3e troisième	10e dixième	80e quatre-vingtième
4e quatrième	11e onzième	81e quatre-vingt-unième
5e cinquième		91e quatre-vingt-onzième
6e sixième	19e dix-neuvième	101e cent unième
7e septième	20e vingtième	200e deux centième

▶注意重點

(1) 「第一個、最初的」是 陽 **premier**、陰 **première**。

(2) 其它的序數詞是直接在基數詞後面加上 **-ième** 來表達。
deuxième 第二個

(3) 以 e 作結尾的基數詞,要去掉 e 再加上**-ième**。
quatre ➡ quatrième 第四個

(4) **cinq** 是加上 **u** 再變成 **cinquième**「第五個」、**neuf** 是把 **f** 改成 **v**,變成 **neuvième**「第九個」。

(5) 複數情況的 **s** 會省略掉。**deux cents ➡ deux centième** 第兩百個

3. 日期

(1) 日期是以「le＋基數詞」來表達。月、年則放在後面。
例：le 14 juillet 1789（1789 年 7 月 14 號）

(2) 1 號是變成 le 1ᵉʳ（le premier）。
例：le 1ᵉʳ janvier（1 月 1 號）

(3) 加上星期的情況，會變成「le＋星期＋基數詞」。
例：le mardi 14 juillet（7 月 14 號星期二）

(4) 定冠詞的 le 有時會被省略，主要會發生在同位語結構或簡化的書寫中時。
例：aujourd'hui, (mardi) 14 juillet（7 月 14 號（星期二）的今天）

(5) 年的唸法，一般只要用基數詞的唸法就行了。但是從 1100 年到 1900 年，特別是較久遠年代的情況，會有每兩個數字唸成一組、且前一組要加上「百」的習慣，像是 1400 年唸成「14百」、1500 年唸成「15 百」。
例：en quatorze cent cinquante-trois（在 1453 年）

4. 時刻

(1) 在日常會話裡是 12 小時制。

(2) 在傳達大眾運輸的交通資訊時，為了避免含糊不清、造成誤會，會使用 24 小時制，「分」的部分也是用從 1 到 59 的數值，而不用其他表達方式。

5. 分數的唸法

(1) 在分數的表達上，先唸分子再唸分母，分子部分用基數詞來唸，接著分母部分用「序數詞 -ième(s)」來唸。
例：1/5（un cinquième）　3/5（trois cinquièmes）

(2) 分母是 2、3、4 的情況，會使用 demi、tiers、quart 來代替。
例：1/2（un demi）　2/3（deux tiers）
　　3/4（trois quarts）

(3) 也有使用介系詞 sur 的講法，尤其是在分母的數字變大時。另

外，以文字或記號來代替數值時，也會使用這種講法。

例：1/1（un sur un）　5/22（cinq sur vingt-deux）　a/b（a sur b）

6. 包含小數的數字唸法

(1) 小數點用逗號（, virgule）來表示。另外，小數點以下到三位數之內的數字，都要當作一組整體的數字來唸。

例：2,8（deux virgule huit）
2,07（deux virgule zéro sept）
3,14（trois virgule quatorze）
15,725（quinze virgule sept cent vingt-cinq）

(3) 若數字繼續接下去的情況，在數學上通常會一個數字一個數字的唸下去。

例：1,7320508...（un virgule sept trois deux zéro cinq zéro huit...）

(3) 也有將小數點以下的所有數字當作一整個數字，並依其位於第幾位數再加上如 dixième（十分之一）、centième（百分之一）、millième（千分之一）…的時候。

例：2,07（deux et sept centièmes）

(4) 在加上價格等單位詞時，唸法跟下列一樣。

30,75€：
trente euros soixante-quinze (centimes) 30 歐元 75 分
或是 trente virgule soixante-quinze euros　30.75 歐元
15,25m：
quinze mètres vingt-cinq (centimètres) 15 公尺 25 公分
或是 quinze virgule vingt-cinq mètres 15.25 公尺
也有使用 dixième「十分之一」、centième「百分之一」等的時候。

9,58 s：neuf secondes et cinquante-huit centièmes 9.58 秒
0,015g：quinze millièmes de gramme　0.015 公克
0,0378cm：
trois cent soixante-dix-huit dix millièmes de centimètre
0.0378 公分

7. 四則運算的唸法

3+7=10：Trois plus sept égale dix.

或 Trois et sept font dix. 或 Trois plus sept est égal à dix.

10-3=7：Dix moins trois égale sept.

其它表達方式（在動詞部分）同加號的

2×3=6：Deux fois trois égale six.

或 Deux multiplié par trois égale six.

其它同加號的

6÷3=2：Six divisé par trois égale deux. 其它同加號的

a+b=c：a plus b égale c.

a-b=c：a moins b égale c.

a×b=c：a multiplié par b égale c.

a÷b=c：a divisé par b égale c.

8. 次方、根號的唸法

10^2：dix au carré 或 dix puissance deux 或 dix à la puissance deux

10^3：dix au cube 或 dix puissance trois 或 dix à la puissance trois

10^{25}：dix puissance vingt-cinq 或 dix à la puissance vingt-cinq

a^n：a puissance n 或 a à la puissance n

$a^2+b^2=c^2$：a au carré plus b au carré égale c au carré.

$\sqrt{2}$：la racine carrée de deux

$\sqrt[3]{8}$：la racine cubique de huit

$\sqrt[n]{a}$：la racine n-ième de a

標點符號的使用方法

[表示句子或句中分段的符號]

.　句號、縮寫符號（point）

▶表示直述句的結束；一般句子與句子之間的分段。

▶表示縮寫。

M. Huot=Monsieur Huot　于歐姓一族

J.O.=Jeux olympiques　奧林匹克
（但也有很多是不打句號的。ONU=Organisation des Nations unies 聯合國）

,　逗號（virgule）

▶表示在句中暫時停頓的分段。

;　分號（point-virgule）

▶表示在句號和逗號之間較強烈的分段，但使用頻率非常低。雖然是用在一般句子與句子之間的分段，但和句號不同，分號是用來暗示上一個句子與下一個句子是有密切關係、可看作是一個群體的。

Le vrai poète (...): il cherche l'inspiration dans ses lectures; il médite dans le silence; il contrôle et corrige ce qu'il a créé; il écoute même les conseils de ses amis.

(Lagarde et Michard)

所謂真正的詩人是[…]：在閱讀的時候追求靈感；在寂靜之中冥想；控制並修正自己所創造的一切；甚至會傾聽友人們的建議。

[表示句子種類的符號]

?　問號（point d'interrogation）

▶在直接問句後加上，以表示句子結束。

!　驚嘆號（point d'exclamation）

▶在直接感嘆句加上，以表示句子結束。

▶也可藉由使用驚嘆號，來給一般形式的直述句加上感嘆句的語感。

▶許多感嘆詞都會加上驚嘆號。

[其它的符號]

： 冒號（**deux-points**）

▶用在對所記述的內容做舉例說明、列舉或換成更具體的說法時。

En Italie, ils ont visité beaucoup de villes: Milan, Vérone, Venise, Florence...
他們在義大利造訪了很多城鎮：米蘭、維洛那、威尼斯、佛羅倫斯…。

▶放在直接引述的引述動詞後面、引用句的前面。

Alain a dit : «Je travaille demain.» 亞倫說：「我明天要工作」。

▶也有為了表示和接下來的句子有密切關係（原因、結果、對立）的情況，而使用冒號。

Léa est très contente: elle a enfin trouvé du travail.
蕾亞非常開心：因為她終於找到工作了。

... 省略號（**points de suspension**）

▶表示句子的中斷或省略後面的內容，或表示躊躇、猶豫。

▶以放入括號變成(...)或是[...]的形式，來表示引用句中的省略。

— 破折號（**tiret**）

▶尤其是在如小說中的直接引述中，加在引述部分前面來表示說話者的說話內容交替出現。

▶將補充說明的資訊或註釋插到句中時會使用，會比括號明顯。

« » 引用符號（**guillemets**）

▶表示在直接引述等中的引用部分。有時會用更長、更大的引用符號 «，把它放在整個引用的段落的頭（或尾，用 »）。

▶針對某詞句加上引用符號，可表示這詞句不是說話者自己的表達，或這是特殊的表達。有時是表示對該詞句的內容抱持著強烈的疑問。相當中文裡會用到的括弧「」的作用。

Je trouve que «le rêve américain» ne fonctionne plus.
我認為「美國夢」這個詞已經失效了。

（） 圓括號（**parenthèses**）

▶在句子中表示圓括號內的內容是補充說明資訊或註釋。

［ ］ 方括號（**crochets**）

▶沒有像圓括號那麼常用。是會出現在圓括號內的括號。

法語文法術語 （以下中文按照注音符號排序。m：陽性名詞，f：陰性名詞）

不及物動詞 verbe intransitif (m)

被動態（動詞的形態） passif (m), voix passive (f)

半助詞 verbe semi-auxiliaire (m)

表語（主詞的表語） attribut (m)

補語（受詞） complément (m)

比較級 comparatif (m)

必需補語 complément essentiel (m)

不可數名詞 nom non-comptable (m)

不定冠詞 article indéfini (m)

不定式 infinitif (m)

不定代名詞 pronom indéfini (m)

不定名詞詞組 expression indéfinie (f), syntagme nominal indéfini (m)

部分冠詞 article partitif (m)

並置 juxtaposition (f)

補充子句 complétive (f), proposition complétive (f)

品質形容詞 adjectif qualificatif (m)

普通名詞 nom commun (m)

名詞 nom (m)

名詞詞組 syntagme nominal (m), groupe nominal (m)

命令句 phrase impérative (f)

命令式 impératif (m), mode impératif (m)

反身代名詞 pronom réfléchi (m)

反身動詞 verbe pronominal (m)

否定 négation (f)

否定句 phrase négative (f)

非人稱句法 construction impersonnelle (f)

複合過去時 passé composé (m)

副詞 adverbe (m)

副詞詞組 syntagme adverbial (m), groupe adverbial (m)

複數形 pluriel (m)

複數句 phrase complexe (f)

分詞 participe (m)

放任句法 construction laisser+infinitif (f)

動詞變化 conjugaison (f)

單複數 nombre (m)

代名詞 pronom (m)

單數（形） singulier (m)

單數句 phrase simple (f)

定冠詞 article défini (m)

定名詞詞組 expression définie (f), syntagme nominal défini (m)

對等連接詞 conjonction de coordination (f)

動詞 verbe (m)

動詞組 syntagme verbal (m), groupe verbal (m)

倒裝（主詞） inversion (du sujet)

條件式 conditionnel(n)

同位語結構（同位語） apposition (f)

脫離（轉移） dislocation (f) (détachement (m))

脫離形 forme disjointe (f)

擬似分裂句 phrase pseudo-clivée (f),

連接詞 conjonction (f)

過去分詞 participe passé (m)

關係子句 relative (f), proposition relative (f)

關係代名詞 relatif (m), pronom relatif (m)

冠詞 article (m)

冠詞的縮寫 contraction de l'article (f)

感嘆句 phrase exclamative (f)

感嘆詞 interjection (f)

關係形容詞 adjectif relationnel (m), adjectif de relation (m)

構成要素 constituant (m)

感官動詞 verbe de perception (m)

可數名詞 nom comptable (m)

肯定句 phrase affirmative (f)

間接問句 interrogative indirecte (f), subordonnée interrogative (f)

間接補語 complément indirect (m)

間接受詞補語 complément d'objet indirect (m)

間接引述 discours indirect (m)

近未來時 futur proche (m)

句法（單字的組合規則） syntaxe (f)

句法（特定句型） construction (f)

接合形 forme conjointe (f)

478

介系詞	préposition (f)
介系詞詞組	syntagme prépositionnel (m), groupe prépositionnel (m)
及物動詞	verbe transitif (m)
簡單過去時	passé simple (m)
簡單未來時	futur simple (m)
句子	phrase (f)
強調形	forme tonique
強調	mise en relief (f), emphase (f)
強調句法（分裂句）	phrase clivée (f)
繫詞	copule (f), verbe copule (m)
形容詞	adjectif (m)
形容詞詞組	syntagme adjectival (m), groupe adjectival (m)
現在時	présent (m)
現在分詞	participe présent (m)
限定詞	déterminant (m)
限定型關係子句	relative restrictive (f), relative déterminative (f)
虛擬式	subjonctif (m)
先過去時	passé antérieur (m)
先未來時	futur antérieur (m)
修飾語	épithète (f)
贅詞ne	ne explétif
專有名詞	nom propre (m)
指示形容詞	adjectif démonstratif (m)
指示代名詞	pronom démonstratif (m)
集合名詞	nom collectif (m)
主詞	sujet (m)
主句	principale (f), proposition principale (f)
狀況補語	complément circonstanciel (m)
狀況補語子句	circonstancielle (f), subordonnée circonstancielle (f)
助動詞	auxiliaire (m), verbe auxiliaire (m)
指示	déictique (m)
直陳式	indicatif (m)
直接補語	complément direct (m)
直接受詞補語	complément d'objet direct (m)
直接引述	discours direct (m)
主動態	voix active (f)
直述句	phrase assertive (f), phrase déclarative (f)

插入句	incise (f), proposition incise (f)
使役句法	construction factitive (causative) (f)
時態	temps (m), forme temporelle (f)
時態一致	concordance des temps (f)
首句重覆法	anaphorique (m)
說明型關係子句（同位結構關係子句）	relative explicative (f), (relative appositive)
說話時間點	moment d'énonciation (m)
人稱（第一人稱）	première personne (f)
人稱代名詞	pronom personnel (m)
最高級	superlatif (m)
自由間接引述	discours indirect libre (m)
子句	proposition (f)
作用（意思上）	rôle sémantique (m)
作用（文法上、句子中）	fonction (grammaticale) (f)
詞組	syntagme (m), groupe (m)
從屬連接詞	conjonction de subordination (f)
從屬子句	subordonnée (f), proposition subordonnée (f)
詞類	partie du discours (f)
所有格形容詞	adjectif possessif (m)
所有格代名詞	pronom possessif (m)
一致性（陰陽性 單複數）	accord (du genre, du nombre) (m)
疑問（整體、部分）	interrogation (totale, partielle) (f)
疑問代名詞	pronom interrogatif (m)
疑問副詞	adverbe interrogatif (m)
疑問句	phrase interrogative (f)
陰性名詞	nom féminin (m)
陰陽性	genre (m)
陽性名詞	nom masculin (m)
引述句	discours rapporté (m)
謂語	prédicat (m)
謂語性關係子句	relative prédicative (f)
未完成過去時	imparfait (m)
文法	grammaire (f)
語式	mode (m)
愈過去時	plus-que-parfait (m)

索引

法文索引

主要參考文獻

Arrivé, M., F. Gadet et M. Galmiche (1986) *La grammaire d'aujourd'hui*, Flammarion.

Culioli, A. (1990) *Pour une linguistique de l'énonciation*, tome 1, Ophrys.

Delaveau, A. et F. Kerleroux (1985) *Problèmes et exercices de syntaxe française*, Armand Colin.

Gadet, F. (1989) *Le français ordinaire*, Armand Colin.

Grevisse, M. et A. Goosse (2011) *Le bon usage : grammaire française* (15e éd.), De Boeck - Duculot.

Hanse, J. (1987) *Nouveau dictionnaire des difficultés du français moderne* (2e éd.), Duculot.

Jones, M.A. (1996) *Foundations of French Syntax*, Cambridge University Press.

Kalmbach, J.-M. (2012-2016) *La grammaire du français langue étrangère pour étudiants finnophones*（web公開）・

Le Goffic, P. (1993) *Grammaire de la phrase française*, Hachette.

Mauger, G. (1968) *Grammaire pratique du français d'aujourd'hui*, Hachette.

Molinier, C. et F. Levrier (2000) *Grammaire des adverbes : description des formes en -ment*, Droz.

Monnerie, A. (1987) *Le français au présent*, Didier - Hatier.

Riegel, M., J.-C. Pellat et R. Rioul (2014) *Grammaire méthodique du français* (5e éd.), Presses Universitaires de France.

Wagner, R.L. et J. Pinchon (1962) *Grammaire du français classique et moderne*, Hachette.

Journal officiel de la République française, 9 février 1977, (tolérances grammaticales et orthographiques, l'arrêté du 28 décembre 1976).

Journal officiel de la République française, 6 décembre 1990, (les rectifications de l'orthographe).

朝倉季雄（1981）『法語文法筆記』，白水社
朝倉季雄（1984）『法語文法筆記』，白水社
朝倉季雄（2002）『新法語文法百科辭典』（木下光一校閱），白水社
川口順二（編）（2015）『法語文學的最前線3：語氣』，Hitsuji書房
小林路易（1982）『中級法語作文』（教科書版），白水社
佐藤房吉、大木健、佐藤正明（1991）『詳解法語辭典』，駿河台出版社
曾我佑典（2011）『中級法語　傳達文法』，白水社
東鄉雄二（2011）『中級法語　表達文法』，白水社
薪倉俊一其它（1996）『法語手冊』（改訂版），白水社
西村牧夫（2011）『中級法語　讀解文法』，白水社
春木仁孝、東鄉雄二（編）（2014）『法語文學的最前線2：時態』，Hitsuji書房
三宅德嘉、六鹿豐監修（2001）『白水社拉魯斯法日辭典』，白水社
目黑士門（2000）『現代法國廣文典』，白水社

台灣廣廈 國際出版集團
Taiwan Mansion International Group

國家圖書館出版品預行編目（CIP）資料

法語文法大全／六鹿 豐著.
-- 初版. -- 新北市：國際學村, 2019.02
面； 公分
ISBN 978-986-454-070-9(平裝)
1.法語 2.語法

804.56　　　　　　　　　　　　107001646

 國際學村

法語文法大全
專為華人設計 真正搞懂法語構造的解剖書

作　　　者／六鹿 豐　　　　　編輯中心／第七編輯室
翻　　　譯／曾修政　　　　　　編輯 長／伍峻宏・編輯／古竣元
審　　　定／黃馨逸　　　　　　封面設計／林嘉瑜・內頁排版／菩薩蠻數位文化有限公司
　　　　　　　　　　　　　　　製版・印刷・裝訂／東豪・明和

發 行 人／江媛珍
法 律 顧 問／第一國際法律事務所 余淑杏律師・北辰著作權事務所 蕭雄淋律師
出　　　版／台灣廣廈有聲圖書有限公司
　　　　　　地址：新北市235中和區中山路二段359巷7號2樓
　　　　　　電話：（886）2-2225-5777・傳真：（886）2-2225-8052
讀者服務信箱／cs@booknews.com.tw

行企研發中心總監／陳冠蒨　　　線上學習中心總監／陳冠蒨
媒體公關組／陳柔　　　　　　　數位營運組／顏佑婷
綜合業務組／何欣穎　　　　　　企製開發組／江季珊

代理印務・全球總經銷／知遠文化事業有限公司
　　　　　　地址：新北市222深坑區北深路三段155巷25號5樓
　　　　　　電話：（886）2-2664-8800・傳真：（886）2-2664-8801
郵 政 劃 撥／劃撥帳號：18836722
　　　　　　劃撥戶名：知遠文化事業有限公司（※單次購書金額未達1000元，請另付70元郵資。）

■出版日期：2019年2月　　　ISBN：978-986-454-070-9
　　　　　　2023年10月7刷　　版權所有，未經同意不得重製、轉載、翻印。